Martha Grimes

Après des études de lettres à l'université du Maryland, État où elle a passé son enfance, Martha Grimes suit les cours du très réputé atelier d'écriture de l'université de l'Iowa, dont elle sort avec le titre de docteur ès lettres. Elle a longtemps enseigné l'anglais avant de se consacrer pleinement à l'écriture. Dès son premier roman, *L'Énigme de Rackmoor* (1991), ses enquêtes policières portent la griffe du commissaire Richard Jury et de son complice Melrose Plant, à l'exception de quelques romans, parmi lesquels *La Jetée sous la lune* (1994), *Le Crime de Ben Queen* (2003), *L*[illegible]*nes du palace* (2008). Son sens tr[illegible]ologie et son habileté à [illegible] aux romans poli[illegible]ont valu de trouv[illegible]urs contemporain[illegible] Après *La Maison du* [illegible] *que savait le chat* (2011), *Le* [illegible] *chambre 51* est publié en 2012. La mê[illegible] année, Martha Grimes a été nommée *Grand Master* par les Mystery Writers of America, distinction accordée à des auteurs comme Stephen King, Mary Higgins Clarks ou encore Graham Greene. Depuis, elle a écrit *Un gros poisson* (2015) et *Vertigo 42* (2016).

Tous ses ouvrages ont paru aux Presses de la Cité et sont repris chez Pocket.

UN GROS POISSON

DU MÊME AUTEUR
CHEZ POCKET

LA JETÉE SOUS LA LUNE
UN MONDE IMPITOYABLE
UN GROS POISSON

LES ENQUÊTES D'EMMA GRAHAM

LE MEURTRE DU LAC
LE CRIME DE BEN QUEEN
LES FANTÔMES DU PALACE
LE MYSTÈRE DE LA CHAMBRE 51

LES ENQUÊTES DE RICHARD JURY & MELROSE PLANT

LE MAUVAIS SUJET
L'ÉNIGME DE RACKMOOR
LE COLLIER MIRACULEUX
LE VILAIN PETIT CANARD
L'AUBERGE DE JÉRUSALEM
LA NUIT DES CHASSEURS
LE FANTÔME DE LA LANDE
LE CRIME DE MAYFAIR
LES CLOCHES DE WHITECHAPEL
MEURTRE SUR LA LANDE
LE MYSTÈRE DE TARN HOUSE
LES MOTS QUI TUENT
L'AFFAIRE DE SALISBURY
UNE HAINE AVEUGLE
L'ÉNIGME DU PARC
L'INCONNUE DE LA CRIQUE
LE JEU DE LA VÉRITE
DISPARITION
LE SANG DES INNOCENTS
LE PARADOXE DU MENTEUR
LA MAISON DU MAÎTRE
CE QUE SAVAIT LE CHAT

MARTHA GRIMES

UN GROS POISSON

ROMAN

Traduit de l'anglais (États-Unis)
par Nathalie Serval

PRESSES DE LA CITÉ

Titre original :
THE WAY OF ALL FISH

MIXTE
Papier issu de sources responsables
FSC® C003309

Pocket, une marque d'Univers Poche,
est un éditeur qui s'engage pour la préservation
de son environnement et qui utilise du papier fabriqué
à partir de bois provenant de forêts
gérées de manière responsable.

ISBN : 978-2-266-26388-7

« Commençons par tuer tous les gens de loi ! »

William SHAKESPEARE,
Henri VI (2e partie)

Pas tous ! J'en connais au moins trois excellents :

Kenneth Swezey, David Wolf,
et Ellis Levine

« Reardon est en retard sur son temps. Il vend ses manuscrits comme s'il vivait à l'époque de Samuel Johnson. Mais notre Grub Street n'a plus rien de commun avec l'ancienne. Elle est au courant de la demande littéraire partout dans le monde. Ses habitants sont tous dans les affaires, même les plus troubles. »

George GISSING,
The New Grub Street

INCIDENT
AU CLOWNFISH CAFE

1

Ils entrèrent, engoncés dans leurs manteaux, leurs chapeaux rabattus sur les yeux. Deux clones de George Raft, silhouette râblée, lèvres serrées et regard de glace. Comme par magie, deux Uzi apparurent dans leurs mains et ils se mirent à arroser la salle d'un geste fluide, aller et retour. La vingtaine de clients – plusieurs couples, deux hommes d'affaires en costume à rayures, quelques dîneurs solitaires – bondirent de leurs chaises en hurlant, plongèrent sous les tables ou tentèrent de fuir en rampant.

La poudre embrumait l'air comme les bulles d'un champagne bon marché. Aucun client ne fut blessé, mais l'aquarium du propriétaire, situé entre le bar et la partie restaurant, vola en éclats. Les immenses vitres se détachèrent, tels des icebergs arrachés à la banquise. Emportés par un tsunami miniature, une quarantaine de poissons (dont un tiers de poissons-clowns) se répandirent sur le sol, sautillant dans les flaques.

Le tout n'avait pas duré plus de quatre secondes.

Il n'en fallut pas une de plus à Karl et Candy pour sortir leurs armes – qui de son holster, qui de sa ceinture – et répliquer – qui debout, qui en appui sur un genou. Les deux sosies de George Raft battaient déjà en retraite vers la porte, sans cesser de tirer, et disparurent dans la nuit.

Candy et Karl échangèrent un regard.

— C'était quoi, ce bordel ? marmonna le premier en se relevant.

Ils rangèrent leurs armes aussi rapidement qu'ils les avaient sorties, comme les flics qu'ils n'étaient pas. Puis ils regardèrent autour d'eux, gravant les visages des clients dans leurs mémoires pour un usage ultérieur. Au fond, les deux types en costard, portable collé à l'oreille, appelaient les secours ou leur agent de change. A côté d'eux, une femme âgée sanglotait tandis que son mari lui tapotait le dos pour la réconforter. Quelques cinglés débarqués de Brooklyn ou de Jersey poussaient des éclats de rire hystériques, toujours tassés sous leur table. Deux gars munis d'oreillettes Bluetooth conversaient l'un avec l'autre ou avec leurs homologues de Tokyo. Une blonde s'était rassise devant son assiette de spaghettis, un livre posé à côté d'elle sur sa table. Une brune avec un fourre-tout LeSportsac accroché au dossier de sa chaise parlait à son smartphone. Un groupe de quatre greluches en vadrouille (peut-être un enterrement de vie de jeune fille, même si aucune ne méritait plus ce nom depuis longtemps) complétait le tableau.

Vingt tables au total, la plupart occupées.

Une minute avait suffi pour transformer un cadre banal en champ de bataille.

Le Clownfish Café n'avait rien de spécial. Situé dans une rue étroite partant de Lexington Avenue, c'était un établissement modeste, aussi peu éclairé qu'une grotte sous-marine. Les appliques fixées aux murs en pierres apparentes tentaient de créer l'illusion d'un récif de corail. Des bougies carrées dans leurs petites cages en métal tremblotaient sur les tables, comme si la clarté ainsi prodiguée était un trésor qu'elles répugnaient à partager.

Eparpillés sur le sol, les poissons-clowns, chirurgiens, scalaires bleu électrique et jaune éclatant suffoquaient en silence quand la blonde aux spaghettis balança le fond de vin rouge que contenait son verre, y versa de l'eau et y laissa tomber une des pauvres bêtes.

A son tour, Candy saisit une carafe d'eau et introduisit tant bien que mal un poisson-clown à l'intérieur. Avec cet esprit de camaraderie que seul un danger mortel peut faire naître chez des gens qui ne se connaissent pas, les autres clients, inspirés par leur exemple, vidèrent leurs verres de l'immonde piquette que servait l'établissement et les remplirent d'eau. Tandis que les serveurs s'agitaient inutilement, le propriétaire escalada le bar et se mit à arroser les poissons au tuyau. Ignorant les risques de coupures présentés par les débris de verre, clients et employés s'improvisèrent bientôt tous sauveteurs.

Quand tout fut terminé, les tables étaient recouvertes d'un assortiment de carafes et de verres, grands ou petits, élancés ou trapus. Dans chacun nageait un poisson éclairé par une bougie carrée qui semblait avoir enfin découvert sa vocation.

Même Frankie, le patron, avait l'air subjugué. Puis il se secoua et annonça à la cantonade que l'équipe d'intervention promise en urgence par une animalerie du quartier serait bientôt là, avec un aquarium tout neuf.

— A ton avis, c'était qui, ces deux types ? demanda Karl comme ils remontaient Lexington Avenue.

— Je te parie qu'ils bossent pour Joey G-C. Il nous trouve pas assez rapides, faut croire.

— On a pourtant été clairs ! C'est notre façon de travailler. Donc, selon toi, ces gugusses ont vu Hess entrer dans le restaurant, ou quelqu'un leur aura dit où le trouver... Ils ont alors sorti l'artillerie lourde et bousillé l'aquarium, pensant qu'il était attablé derrière ?

— Appelle-le, dit Candy, serrant le col de la carafe dans son poing.

Karl sortit son portable et sélectionna un numéro dans le répertoire. Joey G-C décrocha immédiatement, comme s'il attendait son coup de fil.

— Putain, Joey, on peut savoir ce qui t'est passé par la tête ? attaqua Karl. D'abord tu nous engages, puis tu lâches tes gorilles dans une salle de restaurant bondée ?! Ces abrutis ont arrosé tout le monde avec leurs Uzi – la classe, franchement ! – et ils ont même pas été fichus d'atteindre leur cible ! Ils ont tout saccagé, même l'aquarium. J'espère au moins que tu vas rembourser le proprio...

Candy lui planta son coude dans les côtes.

— Dis-lui que tous les poissons sont morts, souffla-t-il.

— Imagine toutes ces pauvres bêtes en train de se tortiller par terre, au bord de l'asphyxie... Une vraie extinction de masse. Encore un coup comme ça, et on t'envoie les rejoindre au paradis des poissons. Pigé ? On exécutera le contrat quand on l'aura décidé. Sur ce, adieu !

— Hess a filé par la porte latérale, remarqua Candy. A croire qu'il se doutait de quelque chose.

— Bon Dieu, C. ! Mieux vaut traverser l'Afghanistan en skate-board que bosser dans l'édition... Tu risques moins de te faire buter.

— Tu l'as dit !

Au bout de quelques pas, Karl donna une bourrade amicale à Candy, faisant gicler un peu de l'eau de la carafe sur la manche de son costume Hugo Boss.

— Oups, pardon ! Bien joué, au fait ! dit-il. Grâce à toi, tout le monde s'est activé pour sauver ces poissons.

— J'y suis pour rien. C'est la blonde qui a eu l'idée. Tu vois qui je veux dire ?

— Une blonde ? Elle ressemblait à quoi ?

Candy haussa les épaules, et un nouveau filet d'eau éclaboussa le trottoir de Lexington Avenue.

— J'ai pas bien vu son visage, avoua-t-il. Mais elle avait une barrette dans les cheveux. Marrant.

Karl s'esclaffa.

— T'as pas vu sa tête, mais sa barrette, si ? Tu te fiches de moi, là ?

Il y a des filles que rien ne distingue de la foule, hormis leur blondeur.

Imaginez : vous marchez le long d'une des grandes artères de New York (Park Avenue, Lexington ou la Septième) quand une chevelure dorée accroche votre regard parmi le flot de têtes brunes, de bonnets et de chapeaux qui s'avance vers vous.

A peine avez-vous le temps d'enregistrer sa présence qu'elle vous a dépassé. Vous regrettez alors de ne pas l'avoir mieux regardée, mais il est trop tard. Elle a déjà disparu au coin d'une rue.

Cindy Sella était ce genre de fille.

Certains témoins en parleraient plus tard, et longtemps : les deux hommes d'affaires qui s'étaient engouffrés dans un taxi, la brune qui avait fourré son smartphone dans son sac LeSportsac avant de s'éclipser…

Mais à croire qu'une tempête solaire avait mis hors service tous les systèmes d'Apple et de Microsoft, ou qu'une tornade avait emporté au pays d'Oz tous les iPhone, BlackBerry, HTC, Galaxy, personne ne songea à dégainer son portable une fois les poissons sauvés. Tous étaient bien trop occupés à les regarder se cogner aux parois des verres et des carafes, comme s'ils étaient ivres.

Personne n'envoya de SMS ni de mail.

Personne ne tweeta ni ne posta sur Facebook.

Personne ne prit ne serait-ce qu'une photo.

Tout au plus, et bien plus tard, certains, chacun dans les limites de ses capacités descriptives, tirèrent-ils leurs anciens journaux intimes de l'oubli afin d'y relater l'incident.

Amis, collègues, confesseurs, serveurs, conjoints, enfants, tout l'entourage des témoins eut droit au récit des événements qu'ils avaient vécus au Clownfish Café, le soir où ils avaient failli se faire descendre.

Ce sont les gosses qui se montrèrent les plus intéressés :

— Trop cool ! Je peux voir les photos ?

— En fait, personne n'en a pris…

— La lose !

— Oui, mais pense à tous ces poissons dans les verres d'eau, à leurs couleurs – bleu, orange, vert, jaune – et à la lumière des bougies… Ferme les yeux, et imagine…

Et les gamins d'obéir, mais leur imagination était en panne. Ne voyant rien, ils rouvraient les yeux et s'éloignaient.

NEW GRUB STREET

2

Cindy Sella remontait Grub Street, dans West Village, avec un poisson-clown dans un sac de congélation zippé. C'était Frankie qui lui avait fourni le sac, quand elle lui avait demandé si elle pouvait garder le poisson qu'elle avait sauvé. « Pas de problème, avait-il répondu. Tenez ! »

Si elle avait dîné au Clownfish Café un nombre incalculable de fois, elle n'avait aucun souvenir d'y avoir jamais aperçu Frankie. Il devait être là, pourtant, à la cuisine, derrière le bar ou occupé à surveiller les poissons, mais elle n'était pas assez observatrice pour l'avoir remarqué.

Jusqu'à ce soir, du moins.

Elle songeait toujours à l'incident extraordinaire survenu au café ce soir-là comme elle dépassait les arbres chétifs, plantés dans des parcelles de trente centimètres sur trente et censés embellir les rues de Manhattan. De rares fleurs décoraient leurs branches malingres. Cindy n'aurait su dire à quelle espèce ils appartenaient, et elle s'en désolait. Si on avait menacé de la frapper avec un tisonnier à moins qu'elle ne cite dix espèces d'arbres différentes, elle serait tombée raide morte sur le trottoir de Grub Street.

Comment pouvait-elle se prétendre écrivain alors qu'elle ignorait tant de choses, à commencer par le nom du petit arbre à l'extérieur de son immeuble ? Quel lecteur confierait son sort à un auteur aussi inculte ?

En réfléchissant, elle devait pouvoir nommer dix arbres fruitiers : pommier, cerisier, citronnier, oranger, pêcher, bananier… Bon sang, une gosse de cinq ans aurait fait mieux !

Celle qui était assise sur le perron de la maison voisine de l'immeuble, par exemple… Stella quelque chose. Qu'est-ce qu'elle fabriquait seule dehors à 10 heures du soir ?

— Stena !

Ah ! Sa mère !

— Stena ! hurla de nouveau Mme Rosini depuis le seuil de la maison.

Stena, et non Stella, car Mme Rosini souffrait d'hypertrophie adénoïdienne… ou d'une fente palatine.

Qu'est-ce que je disais ? Tu ne connais même pas la différence entre ces deux affections !

Stella se leva et regarda effrontément Cindy.

— Bonsoir ! lança celle-ci.

Stella lui tira la langue.

— Stena, viens ici tout de suite !

Quand Stella eut le dos tourné, Cindy tira la langue à son tour. Puis elle pénétra dans l'immeuble.

Celui-ci était peint en blanc et ne comportait que sept étages. Cindy l'aimait beaucoup. Il avait l'air d'un nain comparé à la tour d'en face, faite de métal et de panneaux de verre qui donnaient l'illusion que le soleil titubait autour d'elle, ivre de son propre éclat, et découpaient des ombres en lame de couteau. Un miroir géant, de plus en plus instable et fragmenté à mesure qu'on s'élevait vers le sommet.

Le concierge, Mickey, lui tint la porte ouverte. Eclairés par l'applique Art déco de l'entrée, Mickey et son chien, un terrier gris souris assez petit pour loger dans une cuillère, semblaient sortir d'un dessin de Sempé.

Cindy salua le concierge et se pencha pour caresser le chien, qui poussa un aboiement bref et remua sa courte queue.

Mickey porta la main à la visière lustrée de sa casquette. Sa veste d'uniforme avait connu des jours meilleurs.

— Heureux de vous voir, mademoiselle Sella. J'espère que votre soirée fut pleine d'éclats de rire et de musique.

Mickey ne pouvait se contenter d'un banal « bonsoir ».

— Pas vraiment, répondit Cindy. A moins de considérer les coups de feu comme de la musique d'ambiance…

Croyant qu'elle plaisantait, Mickey gloussa.

Dans une existence antérieure, Mickey avait été professeur de danse à Prague, Marienbad, ou une autre ville tchèque. Une profession aussi romantique qu'improbable, qui lui inspirait la même nostalgie passionnée que Prague (ou Marienbad).

Cindy, elle, venait d'une petite ville proche de Topeka, Kansas. Elle y travaillait non comme professeur de danse mais comme caissière au Walmart local – le boulot le plus déprimant de l'univers – tout en suivant des cours du soir à l'université. Un atelier d'écriture lui avait révélé sa vocation. Elle avait écrit quelques nouvelles, puis un roman qu'elle avait apporté à New York, pleine d'illusions, avant de retourner au Kansas et de s'atteler à un deuxième.

Après cet échange chandlerien avec Mickey (quelque part entre *Le Grand Sommeil* et *Adieu, ma jolie*), Cindy monta dans l'ascenseur. Celui-ci attendait toujours au rez-de-chaussée, comme s'il avait lui aussi une histoire à raconter. Elle l'écouta patiemment dérouler la liste de toutes les personnes qui l'avaient emprunté ce jour-là tandis qu'il la conduisait à son étage.

Elle prit pied sur la moquette beige standard et longea le couloir aux murs Calamity White (apparemment, quelqu'un pensait avoir le sens de l'humour chez Duron, le fabricant de peintures) jusqu'à la porte de son appartement, objet de toutes les convoitises. A Manhattan, il était plus risqué d'occuper un logement à loyer contrôlé que de devoir une grosse somme à son banquier ou à la mafia.

Son chat, Gus, était assis dans l'entrée, attendant Dieu sait quoi (pas elle, en tout cas). Il cligna plusieurs fois des yeux d'un air renfrogné, comme si on l'avait forcé à écouter Justin Bieber toute la soirée. Mais quand il vit ce qu'elle tenait à la main, il se ramassa sur le sol.

— Pas si vite !

Cindy leva vivement le sac pour le mettre hors de portée du chat et se dirigea vers la cuisine. Elle sortit du placard un grand bocal en verre qui avait autrefois contenu des fleurs, le remplit à moitié d'eau tiède et y versa délicatement le contenu du sac, poisson compris.

Gus bondit sur le plan de travail. Cindy le repoussa avant qu'il ne plonge la patte dans le bocal, et il retomba lourdement sur le lino.

Elle débarrassa ensuite une étagère murale des livres qui l'encombraient et y plaça le bocal. Les meubles étaient trop éloignés pour que Gus puisse l'atteindre. Dès le lendemain, elle se procurerait un aquarium digne de ce nom, et peut-être un autre poisson. Frankie ou le vendeur de l'animalerie sauraient la conseiller. Le plus simple serait d'acheter un second poisson-clown… Un rose, semblable à celui que Frankie lui avait montré dans un des verres.

Alors seulement, elle ôta sa veste, ses chaussures, et se laissa tomber dans un des fauteuils assortis au minuscule canapé. Les uns et l'autre étaient recouverts de sergé crème agrémenté d'un liseré marron. Ils faisaient partie du même lot que la table basse vitrée. (« Ce serait dommage de les séparer », lui avait dit le vendeur, comme s'il s'agissait d'une portée de chatons.)

Cindy regarda autour d'elle. Un an plus tôt, quand on avait repeint les parties communes de l'immeuble, elle avait eu l'idée de rafraîchir son appartement. Elle avait demandé à l'homme chargé de la maintenance s'il lui restait un bidon de Calamity White, et si oui, s'il accepterait de le lui revendre. Il lui en restait deux, qu'il lui avait cédés gratuitement en échange de la promesse qu'elle lui confierait l'exécution des travaux.

Ce qui l'avait d'abord séduite dans cette peinture, c'était son nom. Avec le recul, elle ne s'expliquait toujours pas celui-ci. Ce n'était qu'une nuance de blanc parmi d'autres, *A Whiter Shade of Pale*… Elle tendit la main vers la pile de CD près de la chaîne compacte Bose et glissa dans le lecteur l'album de Joe Cocker où figurait sa reprise de cette chanson. Même après en avoir écouté toutes les versions existantes, son sens lui échappait toujours, ce qui ajoutait à son mystère. Des gens dansaient le fandango d'un pas léger et traversaient la piste en faisant des roues. Plus loin, une femme écoutait un meunier raconter son histoire, et son visage, « d'abord juste spectral », prenait « une nuance d'une pâleur extrême »…

Cindy pensait n'avoir jamais rien écrit d'aussi saisissant que cette phrase. Celle-ci vous atteignait avec la force d'une gifle, comme certains vers d'Emily Dickinson.

Gus était assis près d'elle, sur le canapé. Tous deux regardaient le bocal sur l'étagère, pour des raisons différentes. Par sa présence, le poisson-clown attestait la réalité des événements de la soirée. S'il avait disparu le lendemain, à son réveil, Cindy pourrait estimer qu'elle avait rêvé tout cela.

Les deux hommes en manteau sombre qui avaient fait irruption dans le restaurant semblaient appartenir à la pègre. Mais ils avaient tiré sur l'aquarium, pas sur les deux types attablés qui devaient aussi faire partie de la pègre. En dégainant leurs armes, ceux-ci leur avaient probablement sauvé la vie à tous, même si, à l'évidence, les deux flingueurs ne visaient pas les clients.

— C'étaient les poissons qu'ils voulaient tuer, expliqua-t-elle à Gus, qui n'avait pas quitté le bocal des yeux.

Quelqu'un avait-il appelé la police ? En tout cas, aucun flic n'avait rappliqué. Certes, personne n'avait été blessé, et ils étaient tous occupés à récupérer les poissons. Il y en avait une bonne trentaine, pour une vingtaine de clients. Chacun d'eux avait sauvé plus d'une vie.

Frankie avait préféré téléphoner à une animalerie plutôt qu'à la police. Une fois tous les poissons en sécurité dans leurs mini-océans individuels, il s'était affairé autour de la salle, serrant des mains, distribuant des accolades et parlant en italien (ou en espagnol ?) avec un débit tel que sa langue aurait dû faire des nœuds dans sa bouche.

Cindy réalisa soudain que ni elle ni aucun des autres témoins n'avaient la moindre idée de ce qui s'était passé au Clownfish Café ce soir-là. La scène ne leur aurait pas paru plus étrange s'ils s'étaient tous mis à faire la roue pendant que le plafond s'envolait. Quelle soirée calamiteuse ! Elle n'avait pas plus de sens que la chanson, ou que le nom de la peinture.

Les opérations de sauvetage achevées, un seul spécimen manquait à l'appel : un poisson-clown albinos, ou « fantôme ».

« Mon pauvre, pauvre fantôme », s'était lamenté Frankie.

Emporté par le torrent, peut-être avait-il atterri dans quelque recoin sombre, où il s'était agité en vain jusqu'à périr d'asphyxie et devenir encore plus spectral, d'« une nuance d'une pâleur plus extrême ».

Cette nuit-là, elle rêva qu'elle était Dorothy (sans couettes), et Gus le chien Toto.

Ils se trouvaient tous deux dans leur petite maison tandis qu'une tornade déferlait sur le Kansas en valsant (littéralement) aux accents d'*Histoires de la forêt viennoise*.

Le vent balayait tout sur son passage, courbant les roseaux jusqu'au sol. (Depuis quand y avait-il des marécages au Kansas ? Elle ne pouvait s'empêcher de corriger même ses rêves !) Des canards dansaient sur l'eau et prenaient leur envol. Des coups de fusil partaient et manquaient tous leur cible. La petite maison tournait sur elle-même comme une toupie. Renversés cul par-dessus tête, ils décrivaient des roues à travers le ciel.

Cindy ouvrit les yeux et sourit pendant que le plafond s'envolait.

Une fois bien réveillée, elle constata que le plafond n'avait pas bougé... Oups ! Gus ne se trouvait pas sur le lit, ce qui signifiait...

Elle se leva précipitamment et se rua au salon.

Le poisson-clown était indemne. Couché sous l'étagère, les pattes repliées sous lui, Gus surveillait le bocal.

Cindy enfila alors son peignoir en chenille bleu et se dirigea vers la cuisine, sa ceinture pendant jusqu'à terre.

Le courrier de la veille attendait sur le plan de travail en formica blanc (plutôt blanc sale, sans aller jusqu'à Calamity). Sur le dessus de la pile, une lettre de ses avocats l'informant du déroulement de la procédure engagée par son ex-agent auprès de la cour de l'Etat de New York, afin de lui extorquer une commission sur un livre paru bien après qu'elle se fut séparée de lui.

Elle versa de l'eau et du café Dunkin' Donuts dans la cafetière, brancha celle-ci. Puis elle mit la lettre de côté, n'ayant aucune envie de prendre connaissance du nouvel acte de la pièce écrite par L. Bass Hess. En réalité, l'intrigue n'avait jamais dépassé le stade du premier acte, voire des répétitions. C'étaient toujours les mêmes arguments, rebattus et ressassés jusqu'à l'indigestion.

La cafetière ayant distillé son nectar, elle remplit de café un mug blanc qu'elle emporta au salon. Là, elle se laissa tomber sur le canapé, comme la veille au soir, sauf que c'était L. Bass Hess qui occupait à présent son esprit. Elle allait devoir l'en chasser au plus vite, soit en lisant quelques pages de Proust, soit en lui consacrant un temps de réflexion défini à l'avance. Elle décida de lui accorder soixante, non, trente secondes. Le regard fixé sur sa montre, elle se mit à penser : Horrible personnage, tyrannique, sociopathe – ou psychopathe ? Non, sociopathe car (elle raya mentalement ce dernier mot, qui introduisait une liaison inutile) aussi froid qu'une banquise… Trente secondes !

Elle but ensuite son café, s'interrogeant sur l'efficacité de cette méthode pour combattre les obsessions. Autant interdire à Lady Macbeth de se laver plus d'une fois les mains…

Finalement débarrassée de L. Bass Hess, elle leva les yeux vers le poisson-clown, qui tournait en rond dans son petit monde liquide. La présence d'un compagnon ne devrait pas lui déplaire. L'idéal aurait été que Frankie lui vende un autre poisson, mais elle doutait qu'il accepte.

Elle se dressa tel un ressort. Elle savait comment soutirer un nouveau poisson à Frankie.

3

— Ça va durer longtemps, ton obsession pour cette fichue bestiole ?

Karl lisait le supplément culturel du *New York Times*. Il tourna bruyamment la page, dans l'unique but de distraire l'attention de Candy de son protégé, P.C. Quand Karl lui avait fait remarquer que c'était un nom idiot pour un poisson, Candy lui avait rétorqué : « Parce que tu en fréquentes beaucoup, toi, des poissons ? »

Ils venaient de se disputer pour savoir s'il s'agissait oui ou non d'un poisson-clown.

« C'est un sympho… truc, avait affirmé Karl, brandissant un manuel illustré acheté le matin même. Ça n'a rien à voir. »

Candy avait insisté sur les bandes parallèles distinctives de l'espèce, mais Karl ne s'était pas laissé démonter.

« Quelles bandes ? C'est juste des gribouillis sans queue ni tête ! »

La veille, à minuit, ils s'étaient procuré un aquarium auprès d'un « confrère » propriétaire d'un entrepôt. L'aquarium était d'une taille respectable. Le confrère avait balancé à l'intérieur le contenu d'un sac de cailloux roses, un peu de gravier, quelques coraux ainsi qu'un scaphandrier miniature. Il leur avait fallu plus d'une heure pour regagner ensuite leur propre entrepôt, dont les étages étaient aménagés en deux vastes appartements. Ils avaient consacré pas moins d'un million et demi à la rénovation de chaque niveau. Le designer d'intérieur, Lenny Babbo, avait été agréablement surpris en découvrant les dimensions des pièces et la somme qui lui était allouée.

— En plus, tu lui donnes trop à bouffer, reprit Karl, qui avait abandonné le livre sur les poissons pour la critique d'un roman sorti récemment. Frankie serait horrifié.

Candy considérait son poisson, se demandant s'il devait le rebaptiser.

— En parlant de Frankie, dit-il, on devrait peut-être passer chez lui. Pour savoir comment il va, depuis hier soir…

— Ecoute ça : ça parle d'un livre écrit par une certaine Angel. C'est quoi, cette manie de se faire appeler par son prénom ? Les seuls qui en soient dignes, c'est Elvis et Frank.

— Frank Giacomo ?

— Sinatra, abruti !

— Ah oui ! Frankie. Et Madonna, alors ?

— C'est différent. Madonna a toujours été Madonna. Pas « Madonna Jones », ou je ne sais qui. Elle n'a pas *mérité* ce traitement spécial. Elvis, si. Avant de devenir célèbre, il était simplement Elvis Presley. Pareil pour Sinatra.

Karl reposa le journal et s'enfonça dans le canapé en cuir blanc de Candy.

— Bon Dieu, ce bouquin a l'air vraiment nul ! Comment cette conne a-t-elle réussi à se faire publier ?

Candy et Karl fréquentaient assidûment les librairies depuis leurs démêlés avec l'éditeur Bobby Mackenzie. Celui-ci avait imaginé un plan digne d'un roman de genre en engageant une paire de tueurs à gages – eux, en l'occurrence – pour éliminer un de ses auteurs, Ned Isaly. Pour être tout à fait juste avec Bobby (même si son attitude n'appelait aucune indulgence), l'idée ne venait pas de lui mais de l'auteur de best-sellers Paul Giverney. Bobby Mackenzie rêvait de publier Giverney, lequel avait accepté de signer avec lui à l'unique condition qu'il se débarrasse de Ned Isaly. Nul ne savait pourquoi, pas même les deux tueurs. Heureusement, Candy et Karl avaient des « principes ». Avant d'exécuter un contrat, ils mettaient un point d'honneur à connaître leur cible et s'arrogeaient le droit exclusif de décider si elle méritait ou non la mort. Leur cible du moment était un agent littéraire new-yorkais, L. Bass Hess, qu'ils suivaient à travers Manhattan depuis deux semaines, pour se faire leur idée du bonhomme.

Les livres avaient ouvert de nouveaux horizons aux deux types. Certains valaient la peine qu'on meure ou qu'on tue pour eux. Candy et Karl connaissaient les dessous de New York mieux que la moitié des flics de la ville et aussi bien que l'autre moitié. Pourtant, ils n'auraient jamais soupçonné que le monde de l'édition fût un tel panier de crabes. On s'y faisait plus facilement buter que publier.

Avant que Danny Zito ne les branche sur Bobby Mackenzie, leur expérience du milieu se limitait audit Danny Zito. A l'époque, celui-ci s'était mis dans de sales draps en commettant un « livre vérité » (ou « demi-vérité », comme l'avait souligné Karl) sur le clan Bransoni. (« Danny a écrit un bouquin ? avait ricané Leo Bransoni. Il est à peine fichu d'écrire son nom ! – Il devait avoir un nègre », avait répondu Candy. A quoi Leo avait répliqué : « C'est lui-même, pas son nègre, qui a signé son arrêt de mort ! »)

Danny avait envoyé bouler les responsables du programme de protection des témoins pour s'établir à Chelsea, en plein Manhattan. « La meilleure des cachettes, leur avait-il dit, c'est de vivre au grand jour. » Aux dernières nouvelles, il travaillait sur un nouveau livre et s'était mis à la peinture.

Trois semaines plus tôt, Joey Giancarlo, alias Joey G-C, avait demandé à Candy et Karl de descendre un certain L. Bass Hess, agent littéraire à Broadway.

« Mon fils, Fabio… Il a écrit un bouquin qui se passe à Chicago dans les années 1930. Bien sûr, il était pas né à l'époque, mais on s'en fout : c'est un roman, après tout. »

Joey avait haussé les épaules avant de poursuivre. Celles-ci étaient si grasses qu'on distinguait à peine son cou.

« Bref, Fabio a parlé à Danny Zito…

— Danny est un témoin protégé… Comment Fabio a-t-il pu entrer en contact avec lui ?

— Peu importe. Danny a trouvé un éditeur pour son bouquin…

— C'est même pour ça qu'il est témoin protégé ! »

Joey avait ignoré l'interruption :

« Fab espérait que Danny le rencarderait sur les éditeurs. Mais il lui a dit : “La première chose à faire, c'est de te dégoter un agent. – Un *quoi ?*" a dit Fab. "Un agent. C'est le gars qui va vendre ton bouquin." Danny lui file alors le nom de ce type, Hess, et mon Fab fonce direct à Broadway… »

Cet entretien avait eu lieu à l'abri des murs de pierre qui entouraient la propriété de Joey, sur la côte du New Jersey.

« Et là, ce connard refuse de le recevoir. Tout net ! »

Joey avait ôté son cigare cubain de sa bouche et craché une minuscule bribe de tabac, comme s'il visait l'œil de Hess.

« Une pouffiasse décolorée, les fesses calées derrière un comptoir, lui a dit de laisser son manuscrit, et qu'on le rappellerait. Fabio n'était pas très chaud, mais il a fini par accepter. Et croyez-vous que l'autre salopard l'ait rappelé ? Un mois plus tard – oui, un mois ! –, Fab reçoit un coup de fil de la même pouffe. (Joey prit une voix aiguë :) "M. Hess dit que votre manuscrit n'est pas publiable en l'état. Désolée !" »

Joey avait lentement secoué la tête.

« Jamais je n'avais vu Fabio aussi déprimé. Vous connaissez mon gamin… »

Candy et Karl avaient acquiescé : un parfait petit con.

« … toujours souriant et plein d'allant. La joie de vivre incarnée ! »

Le climat de la Floride inspirait la joie de vivre, celui de la Californie aussi. Mais quel rapport avec Fabio ? Ce gosse traînait sa mauvaise humeur comme un cheval tirant toute la misère du monde.

Son cigare s'étant éteint, Joey avait frotté une allumette sur l'ongle de son pouce et lâché du coin de la bouche :

« Ce Hess a insulté ma famille. Butez-le.

— Tu sais comment on bosse, Joey : on va suivre ton gars, apprendre à le connaître, découvrir comment il vit…

— Bon sang, Karl ! Je vous ai dit tout ce qu'il y avait à savoir sur ce fils de pute… D'accord, je connais vos conditions. Mais vous êtes les meilleurs, alors c'est vous que je veux. »

Joey avait alors tiré de la poche intérieure de sa veste une enveloppe épaisse, que les deux hommes avaient refusée.

« On ne veut aucune avance, Joey. Seulement si on accepte le contrat. »

Joey avait levé les yeux au ciel.

« Vous deux, vous êtes uniques ! »

Chaque jour, L. Bass Hess quittait son bureau à 12 h 30 tapantes pour aller déjeuner au 21 ou à la Gramercy Tavern. C'était également là qu'il invitait ses clients ou donnait rendez-vous aux éditeurs. En semaine, il passait la nuit dans son pied-à-terre de l'Upper East Side et s'aventurait jusqu'à Lexington Avenue pour dîner au Bhojan. Candy et Karl avaient été étonnés de découvrir qu'il avait ses habitudes dans un restaurant indien – bon marché, en plus !

Un soir, le Bhojan étant fermé pour plusieurs jours, il avait essayé le Clownfish Café, là encore au grand étonnement de Candy et Karl.

Une pile de magazines était posée près du canapé – surtout des revues littéraires, *Booklist*, *Kirkus Reviews* ou *Publishers Weekly*. Malgré leurs efforts pour suivre l'actualité des parutions, ils prenaient parfois du retard.

Karl feuilletait un numéro du *Publishers Weekly* qu'il avait cueilli sur le dessus de la pile.

Ce matin-là, Candy avait récupéré quelques exemplaires du *National Geographics* dans un café qui en possédait un stock. Il avait commencé à lire à voix haute celui dont la couverture était illustrée d'une photo de récif corallien, jusqu'au moment où Karl lui avait ordonné de la fermer et de le laisser boire son café en paix.

L'un et l'autre jugeaient le Kindle et les livres numériques ridicules. La technologie, c'était bien pour tirer des balles, pas pour lire un bouquin.

Candy avait réussi à quitter son école publique du Bronx avec un corps et un cerveau intacts, mais vierges d'éducation et d'instruction. Karl, pour sa part, avait fréquenté la fac, Hemingway et Francis Scott Fitzgerald. Mais un mois avant les examens de fin de première année (ce détail avait beaucoup impressionné Candy : Karl excepté, il ne connaissait personne qui se soit approché d'un quelconque diplôme à moins d'une année-lumière) il avait accepté un premier contrat. Rien de sérieux – il ne devait pas y avoir une seule goutte de sang versée –, juste un avertissement adressé à un des doyens de l'université. Mais deux types – un autre doyen et le président du département d'éducation physique – lui avaient mis des bâtons dans les roues. « Tu te rends compte ? avait-il expliqué à Candy. Des profs avec des armes à feu ! Bel exemple pour notre jeunesse… Bref, ces deux gus ont surgi de la nuit, flingue au poing. Ils ne m'ont pas laissé le choix… »

Et donc, il y avait eu du grabuge. Karl était toujours resté vague sur les détails, comme l'identité de son commanditaire. Tout ce qu'il avait confié à Candy, c'était qu'il avait dû fuir la fac (et la ville) avec pour tout bagage un 9 mm, un Browning à culasse mobile et un exemplaire de *Gatsby le magnifique*.

Soudain la voix de Karl jaillit des profondeurs du canapé :

— Ecoute ça, C. ! Ce fumier de Hess attaque en justice une de ses ex-clientes. Il lui réclame une commission pour un bouquin dont elle affirme qu'il ne s'est jamais occupé… Elle dit qu'elle l'avait déjà remplacé à l'époque !

Karl reposa son magazine et réfléchit quelques secondes.

— Je crois qu'il est temps qu'on ait une discussion avec ce bon vieux Hess, déclara-t-il enfin.

Avant de décider si un type méritait la balle qu'ils lui destinaient, les deux hommes mettaient toujours un point d'honneur à lui parler en face.

— Quoi, là, tout de suite ?! fit Candy.

— Oui, là, tout de suite, répondit Karl en enfilant ses mocassins Arfango.

— « Bass Hess », dit Candy d'un air songeur. Ça ressemble au sifflement d'un serpent.

Après deux semaines à surveiller les allées et venues de L. Bass Hess, leur opinion était faite : ils n'avaient jamais vu quelqu'un d'aussi routinier. Pour la première fois de leur carrière, ils avaient même failli renoncer, de peur de périr d'ennui.

Ils auraient pu se poster à l'angle de la Cinquième Avenue et de la 51e Rue et buter Hess les yeux fermés devant la cathédrale Saint Patrick où, pour une raison inconnue, il se rendait tous les mercredis, à 17 h 55 précises. La seule chose qui distinguait ses journées les unes des autres, c'était le nom des gens – clients, éditeurs ou confrères – avec qui il déjeunait au 21, à la Gramercy Tavern ou dans ce nouveau restaurant français de SoHo dont tout le monde parlait, l'Arles.

Chaque midi, Candy et Karl appelaient les trois successivement et demandaient si M. Hess était arrivé. Une fois renseignés sur sa destination du jour, ils n'avaient plus qu'à le rejoindre et s'installer à une table proche de la sienne. Ils commandaient invariablement des whiskies et des steaks saignants sans même jeter un coup d'œil au menu, rempli de noms à coucher dehors le ventre vide. « Soupe de mer, petite salade, thon albacore, pâté en croûte… » Très peu pour eux ! En revanche, ils aimaient regarder les serveurs apporter les assiettes aux couleurs vives décorées d'un trait de sauce, les arbres miniatures en brocolis, les barques en feuilles de romaine, tellement bien imitées qu'on aurait voulu les faire flotter sur un lac, les volutes, les pointillés, les échafaudages complexes… Un vrai défilé de mode ! Pour un peu, on se serait attendu à voir les assiettes traverser la salle d'une démarche chaloupée, tourner les talons et regagner la cuisine sur leurs petites jambes.

Candy et Karl avaient un faible pour la Gramercy Tavern et ses assiettes de poisson, à la fois simples et élégantes (même si le chef affublait la morue d'ornements superflus). Hess déjeunait immanquablement d'un poisson accompagné d'une pomme de terre à l'eau, de petits pois ou de haricots verts. Jamais de sauce ni de friture ; ni dessert ni alcool. Juste un verre de thé glacé. Limite anorexique. Pas étonnant qu'il ait été aussi maigre qu'un rail. Leur consolation, c'était de voir son invité du jour s'enfiler un double martini avec trois olives, suivi d'un plat qui transpirait le beurre et l'huile, d'une bouteille de sancerre et de plusieurs boules de crème glacée, le tout aux frais de ce bon vieux Hess.

Mais ce qu'ils préféraient, c'était épier leur conversation et se régaler des derniers potins du monde de l'édition.

« S'ils ne font pas monter les enchères, il ira voir ailleurs, c'est sûr.

— Il ne veut pas marcher dans la combine ? Pas grave. On fera appel à Bobby Three Winds.

— Bobby Three Winds ?

— Pourquoi pas ? Rappelle-toi Vegas… Steve Wynn, le Bellagio ?

— Un coup de maître !

— Qu'est-ce que je te disais ! Ce type ne rate jamais sa cible ! »

On aurait cru entendre Joey G-C vanter les mérites de son porte-flingue habituel : Ralph Bono, surnommé « Talonnettes » en raison des semelles rehaussées qui compensaient sa petite taille.

« C'est qui, Bobby Three Winds ? avait demandé Karl un peu plus tard.

— Un écrivain d'origine peau-rouge, sioux ou cherokee.

— Un Amérindien, tu veux dire ?

— Appelle-le comme tu voudras. C'est un crack dans son domaine : les guides de voyage.

— L'édition, c'est vraiment un monde impitoyable.

— Une piscine pleine de requins, oui ! »

Karl et Candy n'avaient besoin d'aucun guide pour trouver le chemin du bureau de L. Bass Hess, dans le secteur de la 23e Rue. Ils auraient pu s'y rendre les yeux bandés.

4

Le bâtiment évoquait davantage un entrepôt qu'un immeuble d'habitation. Plus Cindy le regardait et plus elle se demandait si elle avait eu raison de répondre à cette annonce sur Craigslist, proposant un poisson-clown albinos dans le quartier de Sunset Park, à Brooklyn.

« C'est cent dollars », avait dit le vendeur au téléphone.

Elle n'avait pas marchandé et avait donné rendez-vous au type une heure plus tard, ne sachant combien de temps il lui faudrait pour se rendre à l'adresse qu'il lui avait indiquée. Comme il lui avait conseillé d'emprunter la ligne N, elle avait marché jusqu'à la station de Washington Square.

Une lumière crépusculaire baignait la rue, même si ce n'était que le milieu de l'après-midi – l'heure creuse pour les voleurs, tueurs, dealers, violeurs et…

— Ouais ?

Cindy sursauta violemment. La lourde porte venait de s'entrouvrir avec un fracas métallique, comme si elle semait ses écrous et ses boulons.

Elle considéra l'homme qui se tenait dans l'embrasure :

jeune, vêtu d'un jean déchiré et d'un tee-shirt imprimé d'éclairs, de couteaux et d'autres symboles de mort violente. Pas très rassurant.

Comme elle tardait à répondre, il se répéta, « Ouais ? », tout en la détaillant du regard, mais sans la moindre trace de concupiscence.

Cindy porta instinctivement une main à sa gorge, prête à battre en retraite.

— Pardon. J'ai dû me tromper d'ad…

— Hé ! C'est vous qui avez appelé pour le poisson, pas vrai ? Moi, c'est Monty. Entrez !

Il recula vers l'intérieur du bâtiment, l'invitant à le suivre d'un geste qui rappelait celui d'un lanceur de disque.

Trop tard pour renoncer. Elle pénétra à sa suite dans un couloir étroit revêtu d'une moquette terne, aux murs couverts d'un réseau de craquelures.

Il l'introduisit dans une pièce où se trouvaient déjà trois hommes d'âge incertain (Cindy leur donna entre dix-huit et trente-cinq ans). Ils avaient le même regard atone et le même sourire vague que Monty (sans doute fumaient-ils tous les mêmes substances). Eux aussi portaient des jeans déchirés, mais les motifs de leurs tee-shirts – un alligator souriant pour l'un, *LA GRANDE ILLUSION* pour un autre – étaient moins agressifs.

Les yeux mi-clos, ils tiraient sur des joints et dodelinaient de la tête, assis sur deux canapés décrépits. L'un était enveloppé dans une couverture indienne. Ils s'animèrent un peu à leur entrée, et l'un d'eux remit ses parties génitales en place d'un air de profonde satisfaction qui n'avait rien à voir avec la visiteuse.

Monty fit les présentations : Molloy, Graeme, et Bub, enroulé dans la couverture.

Leur indifférence manifeste dissipa les craintes de Cindy. En même temps, elle trouvait leur attitude un peu vexante : depuis quand une jeune femme blonde qui s'aventurait seule dans un taudis aussi imprégné de tension sexuelle qu'une chorégraphie de Bob Fosse (si c'était bien lui qui avait fait *West Side Story*) pouvait-elle imaginer en ressortir indemne ?

Monty s'éloigna en direction d'un recoin sombre et revint aussitôt avec un poisson nageant dans un sac zippé surdimensionné.

— Et voilà ! annonça-t-il. Votre poisson-clown albinos. Mignon, hein ?

— C'est bien ce qu'on appelle un poisson-fantôme ? s'enquit Cindy.

Elle surprit un mouvement du coin de l'œil, mais là encore, rien de menaçant.

— Vous aimez les poissons ? demanda Molloy (celui qui avait un alligator sur son tee-shirt) d'une voix noyée de fumée.

Etait-ce une vraie question ? Il semblait dans un état voisin de l'hypnose. Il avait le front ceint d'un bandeau sur lequel on lisait *AQUARIA* en lettres bondissantes.

— Oui, répondit Cindy.

Puis elle répéta, à l'intention de Monty :

— C'est bien un poisson-fantôme ?

— Ouais… Enfin, je crois.

— Parce que je ne le trouve pas très… opaque.

Les quatre la regardèrent avec des expressions plus ou moins perplexes.

— Je veux dire, il n'est pas vraiment blanc. Plutôt orange transparent.

Un fantôme de fantôme, ou un poisson-clown en voie d'effacement… Cindy sourit malgré elle.

Monty lui tendit le sac en plissant les yeux, comme si la lumière l'aveuglait.

— Ouais, ouais, marmonna-t-il.

A l'évidence, il n'avait pas la moindre idée de ce dont elle parlait.

— C'est un vrai albinos, déclara alors Molloy-à-l'alligator. Un poisson-clown albinos, même.

Il avait parlé d'un ton plein d'autorité. Cindy se demanda si Aquaria était le nom d'une boutique qui vendait des poissons, et s'il y travaillait.

— Vous voyez ?

Monty chassa une mèche brune de son front et tourna vers elle un regard innocent. A cet instant, il paraissait à peine six ans.

Un souvenir d'enfance remonta soudain à la mémoire de Cindy. Elle revit son petit frère avec trois ou quatre de ses copains, dans la cabane qui leur servait de repaire. C'était comme si on les avait brusquement transplantés du Kansas rural à Brooklyn. La tristesse l'envahit, si intense qu'elle craignit de fondre en larmes si elle s'attardait.

Elle produisit les deux billets de cinquante qu'elle avait glissés dans une poche intérieure de son sac à main.

— Cent, c'est ça ?

— Cent dollars pour un petit poisson de rien du tout ?! Monty, tu devrais avoir honte d'arnaquer cette pauvre fille !

La protestation venait de Graeme. Enfin, c'est ce qu'il sembla à Cindy : les présentations avaient été rapidement expédiées.

Elle secoua la tête.

— Non, non, c'est tout à fait honnête ! Certains vendeurs demandent un prix beaucoup plus élevé pour ce genre de poisson-clown, affirma-t-elle sans en avoir la moindre idée.

Monty sourit aux billets et les posa sur une table avec un verre dessus, comme s'ils risquaient de s'envoler.

Cindy remonta son sac sur son épaule et prit congé en tenant le poisson devant elle, au cas où il aurait voulu dire au revoir.

Les quatre hommes sourirent et levèrent la main pour la saluer à travers le rideau de fumée. On aurait dit des Indiens autour d'un feu de camp.

Cindy regretta de n'avoir pas apporté plus d'argent pour acheter leur aide. *Pour cinq cents dollars, vous accepteriez d'aller à Manhattan et de casser la figure à quelqu'un ? Je peux monter jusqu'à mille...*

Ils auraient rapproché leurs têtes et acquiescé.

Ça marche ! Votre type, où est-ce qu'il crèche ?

Mes *types. Ils sont plusieurs, deux avocats et un agent littéraire...*

Elle leur aurait dit alors où trouver leurs cibles – son avocat, Wally Hale, celui de Mackenzie-Haack, et L. Bass Hess. Puis elle aurait posé les billets sur la table avec un verre dessus et serait sortie sans autre forme de procès.

Par chance, elle trouva un taxi au coin de la rue (elle n'avait pas envie de marcher jusqu'à Grub Street en trimballant un poisson). Assise à l'arrière de la voiture, l'esprit en paix, elle songea à Monty et à ses amis, se demandant dans quel genre de monde ils vivaient.

Elle y pensa pendant tout le trajet de retour vers Manhattan, le sac plein d'eau calé sur les genoux.

5

Candy et Karl entrèrent dans les locaux de l'Agence littéraire Hess sans s'être annoncés (et encore moins y avoir été invités). Candy s'était étonné que la porte extérieure n'ait ni verrou ni serrure de sécurité – en plein New York !

Le comptoir incurvé au fond de la salle d'attente était inoccupé. Les deux principaux murs disparaissaient sous les livres. Des portraits photographiques grand format (dont deux presque aussi grands que des affiches) étaient exposés sur des présentoirs de part et d'autre de la porte. Des clients de L. Bass Hess, sans doute.

Le plus visible montrait un célèbre auteur du désert des Mojaves, Creek Dawson. Coiffé d'un chapeau de cow-boy, un lasso à l'épaule, il mâchonnait un cure-dents devant une écurie. Son visage buriné sillonné de rides, ses yeux comme deux fentes bleu azur.

— Tu l'as lu ?

— Ça me ferait mal ! Mais j'aime bien Louis L'Amour. Il habitait un endroit réel, lui : Durango.

— Ce désert n'est pas assez réel pour toi ?

— C'est la *Californie*, C. ! Rien n'est vrai là-bas… Hé ! Regarde !

Karl indiquait la photo d'un homme brun, plutôt jeune. Les yeux mi-clos, il avait un bras replié sur la poitrine, la main sur l'épaule opposée, dans une pose qui se voulait à la fois virile et sexy.

— Dwight Staines ! Tu te rappelles ? Il était à Pittsburgh en même temps que nous.

— Ce bon vieux Dwight… Avec Hess, ça nous fait une belle paire de cons.

La photo de Creek Dawson voisinait avec celle de Mia Pennyroyale, un auteur de « romans à clés » aux oreilles affublées d'anneaux d'or presque aussi grands que des cerceaux.

Venait ensuite un demi-dieu bronzé dont le nom – Harve Hanks – claquait comme un coup de fouet, auteur d'une série de romans mettant en scène un privé de L.A. « dans la tradition de Raymond Chandler »…

— Tu parles ! marmonna Karl. Le seul type qui écrive dans la tradition de Raymond Chandler, c'est Chandler.

Son associé acquiesça en ricanant. Des deux, c'était Karl qui avait le plus lu, mais Candy s'efforçait de combler ses lacunes.

Le cinquième et dernier portrait montrait une femme (ou une jeune fille ? Difficile de lui donner un âge) aux cheveux dorés coupés en dents de scie (peut-être de sa propre main), avec des yeux gris très calmes et une bouche qui ne souriait pas. Un visage qui invitait au silence.

— Bon sang, K. ! souffla Candy. C'est elle… La fille du Clownfish Café !

Karl se pencha vers le portrait.

— Mignonne, laissa-t-il tomber.

— C'est elle qui a commencé à sauver les poissons.

Karl déchiffra la légende sous la photo, puis il se tourna vers Candy.

— Nom de Dieu ! C'est Cindy Sella, dit-il, le pouce pointé par-dessus l'épaule. *Cindy Sella !*

Une réceptionniste – ou une secrétaire – surgit alors d'une porte latérale et vint se glisser derrière le comptoir.

— Oh ! s'exclama-t-elle. Je vous demande pardon, messieurs. Vous devez être le rendez-vous de 15 heures ?

Elle jeta un coup d'œil à sa montre et ajouta, avec un sourire quasi extatique :

— Vous avez vingt minutes d'avance, mais je vais voir si M. Hess peut vous recevoir.

Karl allait répliquer qu'ils n'étaient rien pour Hess, et surtout pas un de ses rendez-vous, mais Candy lui glissa :

— Motus ! Elle nous tend une perche en or, là.

Karl acquiesça et sourit également.

D'un geste aimable de la main, la réceptionniste les dispensa de lui donner une réponse. Elle pressa le bouton d'un interphone, d'où jaillit un grésillement.

— MM. Hale et Reeves sont arrivés, dit-elle devant le micro.

Un nouveau grésillement se fit entendre.

Comme ils dépassaient le comptoir, une plaque leur apprit que leur bienfaitrice s'appelait Stephanie. Un prénom qui respirait la grâce et la jeunesse, bien qu'elle eût la soixantaine bien sonnée.

La pièce dans laquelle ils entrèrent ressemblait beaucoup à la précédente : deux canapés en cuir séparés par une table basse vitrée qui servait de présentoir à revues, une paire de fauteuils face à un bureau sur lequel des livres formaient une pile bien nette, à côté d'un assortiment de chemises et d'une tablette numérique.

Malgré sa chevelure d'un roux insensé qui rebiquait dans tous les sens, Hess échouait autant que le mobilier à habiter cet espace. Ses yeux brun clair paraissaient transparents, son visage aux traits aigus avait une expression hagarde. La veste en tweed drapée sur le dossier de son fauteuil n'était assortie ni à ses cheveux, ni à sa chemise à rayures larges, ni à son nœud papillon. L'homme semblait composé d'éléments disparates.

Ils le trouvèrent debout derrière son bureau, comme s'il craignait de gaspiller son temps en s'asseyant. Au lieu de les accueillir avec un sourire ou une poignée de main, il les dévisagea à tour de rôle et leur lança :

— Lequel est Hale et lequel est Reeves ?

Candy jeta à Karl un regard qui voulait dire « A toi l'honneur ».

— Je suis Hale, dit Karl.

— Et moi Reeves, par conséquent.

Hess ne leur proposa pas de s'asseoir. Penché au-dessus de son bureau, il se mit à feuilleter le contenu d'une chemise après avoir humecté le bout de son index.

Candy, qui avait surpris son geste, le trouva presque attendrissant. Surtout de la part d'une pourriture telle que Hess, qui semblait mettre un point d'honneur à traiter quiconque comme de la crotte – hormis ses clients les plus lucratifs, sans doute.

— Mon dernier ajout au dossier, dit-il. Après ça, elle acceptera certainement un compromis.

Ignorant de quoi il parlait, les deux hommes fixèrent chacun un point de la pièce d'un air grave. Puis ils haussèrent les épaules en marmonnant des trucs comme « oui », « peut-être », « possible »…

Candy remarqua soudain un poisson empaillé, exposé près d'une fenêtre donnant sur Broadway. Un black-bass ? Un nom intéressant, à bien y réfléchir, Bass. Davantage que l'abruti qu'il désignait, en tout cas. Et de quel prénom *L.* était-il l'initiale ?

— Au sujet du compromis…

Hess plissa les yeux.

— Duke Borax vous a mis au courant, non ?

Candy passa mentalement en revue les sbires de Joey G-C. Aucun n'était complexé au point de se faire appeler Duke, « le duc ».

— Bien sûr, acquiesça Karl. Mais vous le connaissez : il n'est pas très à cheval sur les détails…

— Forcément, il est à cheval sur les détails ! Tous les avocats le sont. Qu'est-ce que vous ne comprenez pas ?

Candy avait perçu de la méfiance dans la voix de Hess.

— On a bien pigé, assura-t-il. Seulement, mon estimé confrère, M. Hale, tenait à entendre l'histoire de votre bouche.

La bouche en question ne lui retourna pas son sourire. Ses lèvres pincées dessinaient une ligne sinueuse, comme si elle hésitait sur la conduite à tenir. La bouche de Charlie Brown, en moins sympathique. Courbé au-dessus de la chemise, Hess semblait attendre qu'elle s'anime entre ses mains. Deux taches rouges marquaient ses joues.

— Que les choses soient claires, laissa-t-il tomber. J'ai un dossier en béton. Elle a tout intérêt à accepter un accord.

— Compris, dit Karl.

Il tendit la main vers la chemise que Hess avait plaquée contre sa poitrine, comme une jeune mère répugnant à confier son bébé à une nourrice. Enfin, le gars desserra les bras et tendit le précieux dossier.

— Sinon, ça lui coûtera la peau des *fessssses*, siffla-t-il.

Candy avait l'habitude des serpents. Pourtant, il eut un mouvement de recul.

Après avoir assuré Hess de leur totale discrétion, les deux hommes se retirèrent.

En sortant de l'agence, ils jetèrent un coup d'œil vers l'ascenseur et virent deux types en sortir. Leurs costards à fines rayures – gris pour l'un, bleu marine pour l'autre – se complétaient si bien qu'on aurait dit qu'ils les avaient achetés ensemble. Ils s'attardèrent un moment dans le couloir pour se concerter. Le plus grand (et le plus beau gosse) évoquait vaguement quelqu'un à Candy.

— Si c'est le rendez-vous de 15 heures, on ferait bien de ne pas traîner, dit Karl en indiquant l'issue de secours. Hess va sûrement alerter la sécurité.

Les types en costards rayés avançaient lentement vers eux tout en se parlant et en faisant des gestes avec les mains. Leurs mouvements étaient si bien synchronisés qu'on aurait dit un couple de danseurs de claquettes. Candy réalisa soudain qui lui rappelait le plus grand : Richard Gere dans *Chicago*.

Ils atteignirent l'issue de secours avant que les supposés Hale et Reeves arrivent à leur hauteur. Ils n'étaient qu'au troisième, et ils avaient l'habitude de dévaler des escaliers en courant. A peine deux minutes plus tard, ils prenaient pied dans le hall.

6

L'agent de sécurité était en communication sur son portable. Il allait s'extraire de derrière son comptoir quand ils franchirent les portes vitrées de l'immeuble. Il ne les avait pas vus. Ils s'arrêtèrent devant un café deux numéros plus loin et firent semblant d'étudier la carte. Du coin de l'œil, Candy vit le vigile regarder à gauche et à droite, puis vers le parc, de l'autre côté de la rue. Sans doute pensait-il que les imposteurs qu'on venait de lui signaler avaient fui par là avant de se fondre parmi les arbres, car il finit par rentrer.

— C'est quoi, ce bordel ? demanda Candy tandis que Karl hélait un taxi.

Ils regagnèrent leur entrepôt d'East Houston Street. Leurs appartements étaient situés au premier et au deuxième niveau. Le rez-de-chaussée, inexploité, valait dans les deux millions de dollars, mais ils s'en moquaient. Le bâtiment leur convenait parfaitement en l'état. Ils ne tenaient pas à attirer l'attention. Les gens qui avaient une dent contre eux ne penseraient jamais à les chercher à Manhattan. Ils les croyaient probablement au Venezuela, à Guadalajara, ou sur une île inconnue des cartes maritimes. En vérité, ça ne changeait pas grand-chose : tous ceux qui avaient une dent contre eux auraient préféré s'asseoir sur leurs griefs plutôt que de les affronter.

Quoi qu'il en soit, ils n'avaient aucune envie de partager leur entrepôt. En dépit de multiples différences superficielles, ils se ressemblaient beaucoup. Ni l'un ni l'autre n'avaient de famille. Tous deux s'habillaient chez Façonnable et regrettaient l'arrêt des *Soprano* (même si la fin de la série laissait espérer une résurrection[1]). Ils aimaient les bons restaurants et les femmes (pas trop nombreuses, et pas trop souvent). Ils étaient fiables et gagnaient leur vie en tuant des gens.

Ils entrèrent par la lourde porte métallique donnant sur Houston Street, puis le monte-charge poussif les conduisit au premier, chez Candy, qui brûlait de prendre des nouvelles de son poisson.

Karl soupira et leva les yeux au ciel en franchissant la porte en noyer blindée qui ouvrait sur un havre de blancheur épurée. Enfin, de moins en moins épurée depuis que Candy avait entrepris de le « relooker » en l'honneur de son nouveau pensionnaire.

A la place d'un majordome en bois tendant un plateau se dressait la statue d'un adolescent chevauchant un requin – ou un dauphin ? –, dégotée chez un brocanteur de Broome Street. Le crâne du garçon présentait une dépression qui servait de vide-poches.

La pièce était toujours meublée de cuir blanc, la table de salle à manger en verre toujours entourée de chaises Louis Ghost, mais des chandeliers ornés de

1. Si cela devait arriver, ce serait toutefois sans l'acteur principal, James Gandolfini, mort en juin 2013. *(Toutes les notes sont de la traductrice.)*

coquillages déparaient à présent la magnifique cheminée, et un banc de poissons en métal martelé avait envahi un des murs.

— P.C. a l'air content, remarqua Candy, soulagé.

Karl lui rétorqua que c'était la moindre des choses, vu la taille de l'aquarium dans lequel il se pavanait.

— C'est à peu près tout ce qu'il fait, d'ailleurs. Je n'ai jamais vu un poisson se pavaner autant. Bon Dieu, on pourrait loger un grand requin blanc dans un aquarium pareil !

Karl exagérait à peine : l'aquarium occupait la moitié d'un mur. Candy aurait dû piller un récif de corail pour compléter la décoration offerte par leur copain le soir de l'incident.

— Un poisson a besoin d'espace pour nager, expliqua Candy. Et aussi de pouvoir s'isoler.

Il avait d'ailleurs veillé à l'intimité de son protégé en lui fournissant un abri « aussi rupin qu'un palace », au dire de Karl.

Ce dernier se dirigea vers le chariot-bar vitré et déboucha une bouteille de whiskey.

Candy se laissa tomber dans un fauteuil face à la cheminée – avec un soupir las, comme si ses mocassins Bruno Magli lui faisaient mal aux pieds – et ouvrit la chemise cartonnée.

— C'est quoi, ce bordel, K. ? demanda-t-il de nouveau.

— Qu'est-ce que j'en sais, moi ?

Karl compléta deux verres de whiskey avec du soda, en tendit un à Candy et but une gorgée du sien en lisant par-dessus l'épaule de son ami.

— Un bordel judiciaire, je dirais.

— Merci, j'ai pigé. Mais qui est le plaignant et qui est le défendeur ?

Leur vocabulaire juridique était assez restreint, sauf dans les domaines qui concernaient leur activité.

— C'est Hess le plaignant et Cindy Sella le défendeur… ou la défenderesse ?

— La seule qui semblait vivante, parmi tous les gens dont on a vu les photos dans cette salle d'attente.

— Il attaque aussi sa maison d'édition, Harbor Books… Ça alors ! Harbor Books est un département de Mackenzie-Haack !

Candy reposa la chemise et leva les yeux vers Karl.

— Cette chère vieille canaille de Bobby Mackenzie ! Il est déjà revenu de… Où l'a-t-on envoyé se faire voir, déjà ?

— En Afrique ? Non, en Australie ! Clive m'a appelé le mois dernier.

Clive Esterhaus, l'infortuné directeur éditorial auquel Bobby Mackenzie avait confié le sale boulot de recruter des tueurs à gages… Candy se leva et se mit en quête de ses lunettes : l'encre du dossier semblait se dissoudre devant ses yeux.

Karl retourna vers le bar et vida presque le siphon dans son verre, moins par envie de soda que pour se dégourdir les jambes.

— Qu'est-ce qu'il devient, Clive ?

— Il va bien. Bobby l'a récompensé en lui accordant… Comment dit-on, déjà ? Sa propre « marque ».

— Bien ! Il le mérite. Mais j'ignorais que Bobby Mackenzie était capable de générosité. Qui sait ? Notre leçon a peut-être porté ses fruits…

Leur plongée dans les eaux troubles de l'édition, quelque six mois plus tôt, leur avait beaucoup appris sur les us et coutumes de ce milieu, presque aussi pourri que celui de la justice.

— Tu parles ! Bobby a toujours traité Clive comme de la merde.

— Bobby traite tout le monde comme de la merde.

— Comment ça se fait que personne ne moufte ?

Karl renifla.

— Il doit les menacer de leur briser les jambes. Tu sais, si Bobby Mackenzie n'était pas une telle ordure nombriliste, je crois qu'il aurait pu se faire un nom dans notre secteur d'activité.

— Impossible. Il n'a pas nos scrupules, K.

— T'as raison. Il raconte quoi, ce fichu dossier ?

Karl reprit son verre. Le napperon sur lequel il l'avait posé resta collé au fond. Il était imprimé de coraux sur un fond bleu turquoise.

— Pour ce que j'en pige, répondit Candy en tournant une page, la défenderesse – Cindy Sella – est accusée de « rupture de contrat et d'accord impli… cite ? »

— Implicite. C'est un truc qu'on comprend sans que ça ait été dit.

— OK. « D'accord implicite sur l'irrévocabilité de la clause d'agence… »

— Merde ! Qu'est-ce que c'est que cette connerie, encore ?

Candy leva les mains, faisant mine de se rendre.

— Ne me demande pas ça à moi !

— C'est quoi, le fond de l'affaire ?

— Je n'en vois aucun.

— C'est forcément une question de fric, ou de sexe. Il lui réclame combien ?

— Je ne trouve ça nulle part, avoua Candy en

feuilletant frénétiquement la liasse de feuilles. Ce torchon est imbitable. Je te parie que même ses avocats ne l'ont pas lu jusqu'au bout, et qu'ils ont chargé David Copperfield de l'écrire. C'est un numéro d'escamotage géant, ce truc !

Excédé, il se leva, s'approcha de l'aquarium et balança une poignée de quelque chose dans l'eau – des truffes râpées, sans doute, pensa Karl, les yeux au plafond.

Le silence s'étira pendant quelques minutes. Candy envisagea à nouveau de rebaptiser son poisson.

— Tu sais quoi ? dit enfin Karl.

— Quoi ?

Malcolm, peut-être. Ou Oscar.

— L'adresse de la fille est dans le dossier ?

— Ouais. Grove Street, dans West Village. Pourquoi ?

— Je crois qu'on ferait bien de rendre visite à notre copine Cindy.

« Notre copine »…

Cindy Sella l'ignorait encore, mais elle était la plus chanceuse des femmes.

7

Cindy regardait par sa fenêtre le peu du centre de Manhattan qu'elle pouvait apercevoir. Elle regretta qu'il ne fasse pas nuit, car alors, l'Empire State Building s'illuminait et, en étirant le cou, elle pouvait le voir en partie. Pour le reste, le panorama se résumait à la tour d'en face et au café Ray's, au coin de la rue, où elle passait le plus clair de son temps. Une banquette lui était même réservée au fond de la salle, plus ou moins. En d'autres termes, si quelqu'un s'y installait avant qu'elle n'arrive, le patron ne s'y opposait pas. La vie à New York, avait-elle rapidement découvert, était faite d'une multitude de petites trahisons quotidiennes.

Elle se disait souvent qu'elle se serait bien entendue avec Samuel Johnson, Addison et Steele, et les autres (quels « autres », Cindy ?), en raison non de son talent (comme si elle avait besoin de le préciser !), mais de son amour des cafés. Quand elle tentait d'imaginer Londres au XVIIIe siècle, elle n'avait aucun mal à se glisser dans un fauteuil du White's, du Saint James ou du Turk's Head, une pipe à la main… Les femmes fumaient-elles la pipe à l'époque ? Elle espérait que oui.

Ça faisait presque sept ans qu'elle habitait cet immeuble, et elle se réjouissait de savoir qu'il ne risquait pas d'être reconverti un jour en copropriété. Dans le cas contraire, elle aurait dû acheter son appartement ou déménager. Elle avait écrit trois de ses livres dans ce deux-pièces ; elle aurait eu des scrupules à l'abandonner comme une vieille chaussette.

Seigneur ! Il ne lui suffisait pas d'attribuer des sentiments au moindre chien, chat, souris, cafard qui croisait son chemin ; son anthropomorphisme s'appliquait même aux objets inanimés.

Elle pressa une touche sur le clavier de sa vieille Selectric IBM. Elle sourit en repensant aux diatribes de Mlle Duckworth, la secrétaire de son père, contre « cette maudite machine » qui, à l'entendre, ne pouvait en rien se comparer à son antique Royal ou Remington. Cindy n'aurait su dire pourquoi Mlle Duckworth avait pris pour confidente une gamine de quatre ou cinq ans. Pourtant, étrangement, elle semblait le savoir à l'époque. Toujours est-il qu'elle avait arraché à son père la promesse que la machine IBM lui reviendrait un jour.

Quand elle évoquait ce bref chapitre de son existence, les gens lui disaient immanquablement (d'un ton obséquieux : comment aurait-il pu en être autrement ?) : « Bien sûr ! Tu savais déjà que tu deviendrais écrivain ! » A quoi elle répliquait à tous les coups : « Cette idée ne m'avait jamais traversé l'esprit avant l'âge de trente ans. »

Un endroit où se cacher : voilà ce dont elle avait besoin. Sans ça, elle n'arriverait jamais à rien. Elle songea à George Gissing. Il lui avait fallu seulement deux mois – deux mois ! – pour écrire *New Grub*

Street. Plus de cinq cents pages, réparties en trois volumes. Et elle, elle avait péniblement pondu deux cents pages en deux ans… A peine la moitié de George Gissing, du moins en quantité. Quant à la qualité… Mieux valait ne rien en dire.

Sans ce ridicule procès intenté par son ex-agent, elle aurait pu consacrer plus de temps à son livre. Histoire de se sentir encore plus mal, elle se répéta que rien ne l'obligeait à décrocher quand Wally Hale l'appelait : « Juste pour savoir comment vous allez, Cindy…
– J'irais mieux si vous ne m'aviez pas déjà facturé cinquante dollars rien que pour prendre de mes nouvelles, répondait-elle. Le compteur tourne. On va friser les soixante-dix dollars si je ne raccroche pas. Au revoir. »

Elle n'était pas technophobe ; elle possédait une imprimante HP et un ordinateur Apple. Simplement, elle détestait être agressée le matin par le *gong !* que produisait ce dernier quand elle l'allumait. Le clapotis de la Selectric avait quelque chose de rassurant. Il semblait à Cindy que la boule d'impression tournait et pivotait au rythme de sa pensée. L'ordinateur, lui, accueillait son texte en silence, comme s'il provenait d'une dimension parallèle. Il ne rejetait rien, acceptait sans broncher les pires tournures de phrases, il ne paraissait pas disposé à faire le moindre effort.

Elle devait se ressaisir, cesser de traîner la moitié de la journée en peignoir et en pantoufles. Ce matin-là, elle s'était levée tôt pour acheter de quoi décorer le bocal des poissons. A son retour, elle s'était de nouveau glissée dans son peignoir et ses pantoufles, comme dans un uniforme. Les poissons semblaient particulièrement apprécier les deux feuilles en plastique vert qui leur servaient de hamacs.

Cindy regarda autour d'elle et caressa, pour la millième fois au moins, l'idée de déménager. Si elle pouvait s'offrir les services d'un avocat new-yorkais, elle pouvait certainement louer une petite maison new-yorkaise.

Il était déjà midi, et elle n'avait encore rien écrit. Elle jeta un coup d'œil à la feuille passée dans la machine, relut la dizaine de mots qu'elle avait tapés la nuit précédente :

Helena était prête à payer le prix, quel qu'il soit.

Seigneur ! Elle en était au moins à sa deuxième bouteille de vin quand elle avait pondu ça. Helena paierait le prix fort, parce qu'elle n'était qu'une idiote. Elle tenta de se rappeler les raisons d'une telle détermination chez Helena, survola les dernières pages de son manuscrit, sans y trouver de réponse. Comme si elle avait écrit : *Plus jamais je n'aurai faim !* et s'étonnait ensuite de voir Scarlett O'Hara déterrer une carotte au sommet d'une colline.

Elle n'écrivait pas un roman, mais une nouvelle. Comment peut-on oublier les motivations d'un personnage de nouvelle ?

Elle se rendit à la cuisine afin de préparer du café.

Après avoir branché la cafetière, elle s'appuya au plan de travail et pensa à son roman. Elle regagna ensuite son bureau et contempla son manuscrit. Cent quatre-vingt-seize pages en deux ans… Elle redoutait de devenir semblable à Lulu, l'héroïne de ce roman qui n'allait nulle part.

C'était peut-être bien ça, le problème : Lulu elle-même n'allait nulle part, engluée qu'elle était dans la tragédie du quotidien.

Après avoir éteint le moteur, Lulu resta assise dans la voiture, dans le noir. Ses pensées étaient incohérentes. Les lampadaires étaient éteints, ou pas encore allumés. Elle avait perdu la notion du temps.

A une époque, les gens écrivaient de vraies lettres qu'ils glissaient dans des enveloppes timbrées. A présent, ils confiaient à des morceaux de carton (cartes de vœux, d'anniversaire ou autres) la responsabilité d'exprimer leurs sentiments. Un texte prémâché, associé à une image qui assurait le reste du travail. Même sans illustration, le message le plus sommaire pouvait faire illusion. Les dernières lettres que Lulu avait vues, c'était elle-même qui les avait écrites, pour contribuer à préserver cette minuscule niche et retarder le moment de leur disparition totale. Un jour, quelqu'un aurait l'idée malvenue de regrouper au sein d'une association les dernières personnes à écrire des lettres. Les unes comme les autres seraient devenues si rares qu'on ne leur ficherait plus jamais la paix. Plus question de laisser traîner une lettre solitaire sur un paillasson. On voudrait à tout prix la réunir avec une autre, ramassée sur un autre paillasson.

Cindy se leva et alla chercher le café. Elle n'avait pas la moindre idée de ce qui retenait Lulu dans sa voiture depuis une vingtaine de pages. Combien de temps pourrait-elle encore abuser de la patience de ses lecteurs ? Au lieu de sortir Lulu de son véhicule, elle but une gorgée de café, ferma les yeux et promena son regard intérieur le long d'une rue, de maison en maison. Sur chaque paillasson reposait une enveloppe scellée. Le propriétaire – une mère de famille en chemise de nuit, un homme en costume cravate – ouvrait la porte et poussait un cri étonné : Une lettre ? Oui, une lettre ! Puis il ou elle se penchait, et…

Lulu se prit la tête dans les mains

On frappa à la porte. Cindy sursauta. Qui pouvait lui rendre visite à cette heure ? Il était midi et demi, et elle traînait encore en peignoir !

Oubliant, comme d'habitude, de jeter un coup d'œil par le judas, elle ouvrit la porte et se trouva face à deux hommes. Ses yeux s'arrondirent, sa mâchoire se décrocha – le genre de réaction qu'affectionnait Helena, qui n'en était pas à un cliché près.

— Y a un truc qui cloche ? demanda le plus petit. Une tache sur ma cravate, peut-être ?

— Mademoiselle Sella ? s'enquit le plus grand.

Cindy retrouva l'usage de la parole :

— Vous étiez au Clownfish Café. Avec des armes à feu !

Elle recula et resserra le nœud de sa ceinture, comme si elle ajustait sa cotte de mailles.

Le petit écarta les bras avec un sourire malicieux.

— C'est pas nous qui avons lancé les hostilités, si vous vous rappelez.

— Très juste. Je vous demande pardon. Entrez.

Le sourire de Cindy n'avait rien de malicieux, lui. Il rayonnait et vous réchauffait comme un feu de cheminée.

Karl et Candy entrèrent et se sentirent aussitôt chez eux, grâce au sourire pour l'un, au bocal pour l'autre.

— Vous avez toujours votre poisson ! s'exclama Candy. Vous en avez même un deuxième !

Il se rua vers l'étagère. Assis sous celle-ci, Gus lui jeta un regard soupçonneux.

— Surtout, ne le lancez pas sur le sujet, dit Karl. Mais on ne s'est pas encore présentés… Moi, c'est Karl, et lui, Candy.

— Enchantée. Cindy.

— On sait qui vous êtes.

— Je vous en prie, asseyez-vous.

Elle leur indiqua le canapé et les fauteuils assortis, comme s'ils avaient l'embarras du choix.

Karl la remercia et prit place sur le canapé. Candy resta piqué devant le bocal. Le chat à ses côtés.

— Hé ! C., ramène-toi, bon sang ! Lui aussi a rapporté son poisson à la maison, précisa Karl à l'intention de Cindy. Depuis, il n'y en a plus que pour cette bestiole.

Il passa la main sur le pli de son pantalon et reprit :

— Si on est là, c'est à cause de votre agent, Hess.

Cindy tressaillit. Cette saleté de Hess… Juste comme elle commençait à l'oublier, voilà que son nom surgissait à nouveau, telle une bulle de gaz remontant à la surface d'un puits de goudron.

— C'est lui qui vous envoie ?

— Vous nous prenez pour qui ? protesta Karl, un bras étendu sur le dossier du canapé.

— Nous, travailler pour lui ? ajouta Candy, qui avait pris la boîte de nourriture pour poissons sur l'étagère. Vous rigolez ?

Il versa quelques flocons dans le bocal, sous l'œil attentif de Gus.

— Non, non. On est là pour vous, et à titre purement gracieux. Mettons que ce soit notre contribution annuelle au budget de la culture…

Karl eut un rire sec.

— Vous travaillez pour *moi* ? interrogea Cindy, posée au bord du fauteuil face à Karl. C'était quoi, au fait, cette histoire, au restaurant ? Vous étiez armés…

— Les autres aussi, lui rappela Karl.

— On a toujours nos flingues sur nous, précisa Candy par-dessus son épaule.

— Bon Dieu, C. ! Oublie un peu ces bestioles et viens t'asseoir !

— L'autre poisson, celui qui est un peu transparent… c'est quoi ?

— Un poisson-clown fantôme, indiqua Cindy.

— J'aime bien les feuilles que vous avez collées dans leur bocal. Ils ne nagent pas beaucoup, hein ?

Cindy sourit et secoua la tête.

— Je croyais que celui que j'ai sauvé était aussi un poisson-clown, poursuivit Candy. Seulement…

Karl pivota vers lui.

— Putain, Candy ! Oh, pardon, Cindy.

Candy regarda autour de lui avec une expression froissée. Le chat en fit autant.

— On est là pour le boulot, je te rappelle, reprit Karl.

Avec un soupir, Candy se laissa tomber sur le canapé. Karl ôta son bras du dossier.

Candy enchaîna, comme s'il n'avait jamais cessé de parler de l'incident du Clownfish Café :

— On a trouvé ça gonflé, qu'ils tirent dans l'aquarium, en mettant tous les poissons en danger…

— C'est vrai, approuva Karl. S'ils voulaient descendre quelqu'un en particulier…

Cindy frissonna.

— Qui ça ?

— Hess.
— Hess ?! Il a tenté de me tuer ?
— Lui ? Pas de danger ! Il n'a pas les couilles pour ça.
— Je ne dis pas qu'il aurait pressé lui-même la détente. Mais il aurait pu engager quelqu'un pour le faire à sa place…
— Cindy, vous regardez trop la télé. Ce que voulait dire Karl, c'est que ces types étaient là pour buter Hess.
— *Quoi ?!*
— Vous savez, vous n'êtes probablement pas la seule qu'il ait essayé de broyer. Cet après-midi, Candy et moi, on a eu une petite conversation avec lui dans son bureau…
— Et vous l'avez tué ? demanda Cindy, pleine d'espoir.
Les deux hommes éclatèrent de rire. Celle-ci, c'était la meilleure !
— Non, la détrompa Karl. Mais ce type est un vrai sac à merde. Pardonnez mon langage. Même si, en tant qu'écrivain, il en faut sûrement plus que ça pour vous effaroucher.
— Il n'existe pas de mots assez grossiers pour dépeindre L. Bass Hess. Je crois qu'il est fou, de toute façon.
— Ça, ça ne fait aucun doute, acquiesça Karl en montrant la chemise qu'ils avaient apportée. Les pièces du dossier…
— C'est le titre d'un roman de Dorothy L. Sayers. Hess a dit à mon avocat qu'il possédait des éléments susceptibles de ruiner à jamais ma carrière, poursuivit Cindy, le regard rivé à la chemise.

Karl haussa les épaules.

— Vous êtes écrivain. C'est comme s'il clamait sur tous les toits que Hemingway planquait une caisse de scotch dans sa cave…

— Ou Scott F. Fitzgerald, glissa Candy, qui ne voulait pas paraître moins bien informé des penchants néfastes de certains auteurs.

— F. Scott Fitzgerald, le corrigea Karl.

Cindy repensa à la cafetière qui attendait dans la cuisine.

— Vous voulez un café ? demanda-t-elle. Ou autre chose ? Je peux vous offrir du bourbon, de la vodka…

— Un café sera parfait, merci, répondit Karl.

Elle se leva et se dirigea vers la cuisine, s'efforçant d'intégrer le fait que les hommes qu'elle avait vus répliquer aux tirs des deux malfrats au beau milieu du Clownfish Café se trouvaient à présent dans son salon et discutaient de L. Bass Hess avec elle.

— Lait ? Sucre ? lança-t-elle depuis la cuisine.

— Noir pour moi !

— Noir avec quatre sucres, s'il vous plaît !

C'était Candy qui venait de parler.

Cindy revint avec deux tasses pleines, posa celle de Karl sur la table basse à côté du canapé et tendit la sienne à Candy, qui était retourné devant le bocal à poissons.

— C'est joli, ce que vous avez fait là, remarqua-t-il. Il y a des fougères, des coraux, des algues…

— La ferme, Candy.

— Ce que j'en disais, c'était histoire de causer.

Cindy se rassit avec sa propre tasse de café noir.

— Alors, il y a quoi, là-dedans ? interrogea-t-elle

en désignant la chemise près de Karl. Et comment se fait-il que Hess vous ait donné ce dossier ?

— Un malentendu, répondit Karl.

Cindy ne lui rendit pas son sourire.

— Un malentendu ?

— Il nous a pris pour d'autres types.

Cindy attendit qu'il développe. Il n'en fit rien. Pour entretenir le suspense, sans doute.

— Quels autres types ?

— Des avocats. Hale et… Candy, tu te rappelles le nom du deuxième ?

— Richard Gere.

— Non, sérieusement.

— Reed. Non…

— Reeves ? suggéra Cindy. Vous vous êtes fait passer pour Wally Hale et Roderick Reeves ?! Ce sont mes avocats !

— Les vôtres ? Qu'est-ce qu'ils fichaient dans le bureau de Hess, dans ce cas ?

— Je n'en sais rien. Hess tente de me convaincre d'accepter un compromis. Sans doute voulaient-ils en discuter avec lui.

— Je croyais que ces types-là ne discutaient qu'entre eux ? Hale et Reeves pouvaient faire leurs affaires avec l'avocat de Hess, au lieu d'aller le trouver. Ça sent le coup fourré.

— Hess a besoin de tout contrôler. C'est une obsession, chez lui. Alors, ce dossier ? Vous permettez que j'y jette un œil ?

Au lieu de lui tendre la chemise, Karl ouvrit celle-ci.

— Hess dit qu'il vous a acceptée comme cliente, « en dépit du fait » – je le cite – « qu'aucun autre agent ne voulait la représenter ».

— Quoi ?!

— Je cite toujours : « Il était évident qu'elle avait besoin de mon aide »…

— *Son aide ?*

Karl dessina des guillemets dans l'air.

— « Pas seulement à titre d'agent : ses manuscrits nécessitaient un gros travail éditorial, dont je me suis chargé. » Ici, il a inséré un chapitre de votre dernier livre, *L'Heure sournoise*, avec plein de commentaires au crayon.

Cindy tendit la main. Karl lui donna la liasse de feuilles.

— Ce n'est pas vrai ! soupira-t-elle en la compulsant. Si je l'ai laissé faire, c'était uniquement pour le ménager. Il m'avait demandé s'il pouvait jeter un coup d'œil à mon manuscrit. J'avais celui-ci avec moi – je m'apprêtais à le déposer chez mon éditeur. Je me suis dit : Pourquoi pas ? Après l'avoir rapidement feuilleté, il s'est arrêté sur une page. « Il faudrait un point-virgule ici, a-t-il dit. Vous permettez ? » J'ai répondu : « Je vous en prie. » Très vite, c'est parti en vrille, et il s'est mis à remplir les marges de corrections inutiles, comme s'il s'agissait d'un contrat.

— Vous n'avez pas essayé de l'arrêter ?

— Il avait l'air de tellement s'amuser ! Je me suis dit que j'indiquerais à mon éditeur de ne pas tenir compte de ses annotations, ce que j'ai fait.

Karl secoua la tête et se replongea dans le dossier.

— Ensuite, on trouve un paquet de lettres d'éditeurs avec qui vous vous êtes embrouillée…

— Lesquels ?

— Adeline Larch, Maurice Dobbs, d'autres encore.

— Ils voulaient apporter des changements à mes

manuscrits. Je leur ai dit ce qu'ils pouvaient faire de leurs modifications, et ça ne leur a pas plu.

— Vous leur avez dit quoi, au juste ?

— Qu'ils pouvaient se les enfoncer quelque part.

— Ça, c'est envoyé ! approuva Candy.

— Puis il est question de votre alcoolisme, des drogues que vous…

— La seule drogue que j'aie jamais prise, c'était du naproxène, pour soulager des douleurs !

Frank dessina de nouveau des guillemets.

— « Des témoins dignes de foi attestent l'usage de marijuana, de cocaïne et d'autres substances illicites. »

— D'où sort-il ça ?! Et quel rapport avec le motif de sa plainte ? « La confiance mutuelle », quelle vaste blague ! Il n'a jamais existé la moindre confiance entre nous. Et nous n'avons jamais travaillé ensemble sur aucun de mes livres.

Karl agita une liasse de feuilles – le chapitre inclus dans le dossier.

— Je suppose que vous êtes équipée, côté avocats ?

— Bien sûr. J'ai fait appel à Snelling & Snelling. Une grosse firme.

— Vous avez lu ce bouquin écrit par un avocat ? *La Firme*.

— De John Grisham ? Oui.

— Ça vous montre de quoi ces types sont capables.

Cindy sourit.

— Je ne pense pas que ce soit à ce point-là.

— Ah ouais ? Eh bien, vous avez tort. On connaît des tas d'avocats.

— Spécialisés dans le droit de la propriété intellectuelle ?

— Non, dans d'autres domaines. Mais croyez-moi, ils se valent tous.

— Ils traitent quel type d'affaires ?

— Meurtre, extorsion de fonds, ce genre de trucs.

— Oh ! Je vois. Au fait, vous ne m'avez pas dit ce que vous faites dans la vie, tous les deux.

— On est consultants, indiqua Candy.

— Exact, acquiesça Karl. Notre boulot, c'est de donner des conseils.

— A qui ?

— Aux gens qui ont des problèmes.

Cindy s'entêta.

— Quel genre de problèmes ?

— Eh bien, prenez le type qui était visé, l'autre soir, au restaurant. On peut dire qu'il a un problème sur les bras.

Devant l'expression perplexe de Cindy, Karl se leva subitement.

— On reparlera de tout ça une autre fois. Il faut qu'on y aille, là.

— Et mon dossier ? Vous ne comptez pas l'emporter, quand même !

— Si ça ne vous fait rien, on va le garder encore un peu.

— Après avoir viré ce salaud de Hess, vous avez pris un nouvel agent, non ? dit Candy.

Cindy hocha la tête.

— Oui, Jimmy McKinney.

— Il travaille pour quelle agence ? s'enquit Karl.

Il n'était pas peu fier de l'aisance qu'il manifestait dans cette conversation roulant autour de l'écriture et de l'édition.

— Aucune. Il est sa propre agence.

— Ça vous embête si on lui rend une petite visite ?

— Non. Mais pourquoi voulez-vous le voir ?

— On voudrait vérifier quelques points avec lui.

Karl tira un calepin de la poche de sa chemise et un minuscule bout de crayon de l'intérieur de sa veste.

— Son adresse, je vous prie ?

Cindy la lui indiqua.

— Il habite une vieille maison de grès brun, très jolie, précisa-t-elle.

— Et qu'est-ce qu'il pense de tout ça ? demanda Karl en montrant la chemise.

Cindy eut un sourire triste.

— Il n'y peut pas grand-chose. Mais une fois, il m'a proposé de tuer Hess pour moi.

— C'était gentil de sa part, apprécia Karl.

— Ouais, renchérit Candy. Voilà un type comme on les aime !

Sur un dernier sourire, ils se retirèrent.

8

Assis à son bureau, Jimmy McKinney progressait péniblement dans la lecture du manuscrit d'un aspirant écrivain. Il y était question d'un élan qui, à la tête d'une harde de congénères, s'emparait de Moosehart, Indiana – allusion à peine voilée à la ville natale de l'auteur, Elkhart. Du wapiti (*elk*) à l'élan (*moose*), il n'y avait qu'un pas que l'apprenti plumitif aurait pu – dû ? – s'abstenir de franchir.

N'en déplaise à Coleridge, Jimmy avait le plus grand mal à appliquer le concept de « suspension consentie de l'incrédulité » à ce texte. Les caractères anthropomorphiques des personnages ne suscitaient guère l'empathie, en dépit des qualités propres aux élans, comme leur taille immense et leur aptitude à piétiner les indésirables, à commencer par leur créateur. De guerre lasse, il jeta le manuscrit sur la pile au pied de son fauteuil. Il détestait rédiger des lettres de refus. Une autre pile accueillait les manuscrits qu'il jugeait mauvais, quoique à un degré moindre que l'*Iliade* version élans. Celui-ci avait atterri sur son bureau parce que son auteur avait profité de la conférence annuelle de Bread Loaf, ou d'un autre raout entre écrivains,

pour extorquer un rendez-vous à un respo
rial qui lui avait suggéré de le prendre com

Jimmy avait la réputation, s'agissant des au
de privilégier une carrière à long terme par rappor
à un profit à court terme. Cette attitude démodée le rendait très populaire auprès des éditeurs. Il aurait pu obtenir des avances plus conséquentes pour certains de ses clients (un ou deux débutants dont les premiers romans promettaient de faire un carton, par exemple) mais il réprouvait ce système.

La plupart des agents cherchaient à impressionner les écrivains en leur obtenant des avances royales. Mais celles-ci pouvaient se révéler un piège. Quand un premier livre rapportait moins que son à-valoir, l'éditeur renvoyait son auteur au néant dont il l'avait tiré. Les grosses avances étaient une fausse bonne idée, sauf pour les auteurs de best-sellers reconnus, tels Paul Giverney, Stephen King ou John Grisham.

Jimmy mettait un soin scrupuleux à expliquer ces subtilités aux auteurs novices. Certains exigeaient d'emblée des avances à six chiffres, moins pour la somme elle-même que pour flatter leur ego. Il avait affiché au mur derrière son bureau un dessin de Margaret Drabble accompagné d'une citation : *L'écriture et l'argent n'ont rien à faire ensemble.*

Les auteurs avec lesquels il aimait collaborer le comprenaient instinctivement.

Mort Durban, l'ex-patron de Jimmy, trouvait cette idée risible. De son point de vue, le fric était la seule justification de l'écriture, et les éditeurs n'existaient que pour batailler avec lui à ce sujet. Quand l'un d'eux lui disait : « Ne soyez pas ridicule ! Il est hors de question que je verse cette somme pour un premier oman ! », Mort lui rétorquait : « Ah ! Je suis ridicule ? On va voir ce qu'en pensent vos concurrents. Au revoir ! » avant de raccrocher brutalement. (Mort affectionnait les répliques cinglantes pour le plaisir de raccrocher aussitôt au nez de ses interlocuteurs.)

Trente secondes plus tard, le téléphone sonnait de nouveau, avec des trépidations si intenses qu'il manquait tomber du bureau. Mort ne bronchait pas. Un gros cigare coincé entre les lèvres, il comptait les sonneries. Au moment où l'autre était sur le point de renoncer, il décrochait. « Mort Durban », disait-il d'un ton neutre, comme s'il ignorait qui l'appelait, repentant et résigné à accepter son offre.

Mort avait du culot – Jimmy devait lui reconnaître cette qualité –, et il n'aimait rien tant que marchander. Il prétendait agir dans l'intérêt de ses clients, mais il n'en pensait pas un mot.

Tous les auteurs supposent (non sans raison) que l'agent auquel ils reversent quinze pour cent de leurs royalties a tout avantage à veiller sur leur carrière et à prendre les décisions les plus à même de la servir. Aucun n'irait imaginer qu'un agent puisse faire passer ses intérêts avant les leurs.

Sur la demi-douzaine de clients de Jimmy, seuls deux rencontraient un succès suffisant pour vivre de leur plume. Les autres avaient des boulots alimentaires et écrivaient sur leur temps libre. Jimmy savait parfaitement ce qu'ils ressentaient. Pendant des années, il avait lui-même concilié son travail à l'Agence Durban avec sa poésie.

Jusqu'au jour où Paul Giverney lui avait presque sauvé la vie en le convainquant de séjourner dans une colonie d'écrivains. Pendant tout un week-end,

Jimmy avait ainsi pu échapper à sa femme, qui était rarement satisfaite, et à son fils adolescent, qui ne l'était jamais.

La colonie se composait de bungalows disséminés dans la forêt. Le cadre était censé permettre aux pensionnaires d'accorder toute leur attention à leur œuvre. A l'intérieur comme à l'extérieur, le silence était si pur qu'il semblait le produit d'une distillation, comme un château-lafite-rothschild. Pourtant, ironiquement, Jimmy y avait subi les assauts répétés d'une bande de pseudo-écrivains avinés qui voulaient l'entraîner dans leur débauche. S'il n'avait guère goûté au silence grand cru, la magie du lieu avait néanmoins opéré. Son énervement devant ces interruptions permanentes, son désir de solitude lui avaient autant appris sur lui-même que si personne n'avait frappé à sa porte. Il en était revenu résolu à quitter femme et enfant pour habiter seul.

De toute manière, ça faisait longtemps que son mariage avec Lilith battait de l'aile. Durant les quelques mois qui s'étaient écoulés depuis leur séparation, il avait achevé la deuxième moitié de son second recueil de poèmes, alors qu'il lui avait fallu quinze ans de vie conjugale pour écrire la première.

Jimmy tira son manuscrit d'un tiroir et jeta un coup d'œil au dernier poème. Ne lui avait-il pas déjà consacré trop d'efforts ? En même temps, il s'agissait d'une sextine… Difficile de faire moins.

Il venait de barrer un vers quand la sonnette de la porte d'entrée fit entendre son carillon plaintif. Avec un soupir, Jimmy se leva et alla ouvrir. Deux hommes, des inconnus, se tenaient sur le seuil.

— Jimmy McKenzie ?

Une erreur fréquente.

— McKinney. Que puis-je pour vous ?

Le plus grand tenait une chemise sous le bras. Un peu trop mince pour contenir un manuscrit, du moins Jimmy l'espérait-il. Et les auteurs n'avaient pas pour habitude de débarquer à l'improviste ; ils téléphonaient pour s'annoncer.

— On vient de parler à Cindy Sella, dit le grand en agitant la chemise.

Cindy lui envoyait un client potentiel ? Non, ça ne lui ressemblait pas.

— Entrez, je vous en prie. A qui ai-je l'honneur ?

— Karl.

— Et Candy, ajouta le plus petit en regardant autour de lui.

Son visage s'éclaira à la vue du dauphin en bronze que Mort Durban avait offert à Jimmy le jour où celui-ci lui avait ramené l'épouvantable Myra Byington, auteur prolifique de thrillers sentimentaux. Myra avait suivi Jimmy quand il avait repris son indépendance. « Bon débarras », avait dit Mort, comme s'il n'était pas malade de devoir renoncer à une commission à six chiffres. Myra était une des deux clientes de Jimmy à vivre de l'écriture.

— Passons dans mon bureau.

Le grand, Karl, tendit le cou pour admirer le lustre (inclus dans la location) et les moulures du plafond.

— Vous êtes bien logé, dites donc, remarqua-t-il. C'est rupin, Chelsea, et vous avez une maison rien que pour vous…

— Une toute petite maison, précisa Jimmy.

Il les introduisit dans la pièce suivante. Les deux hommes semblaient enregistrer le moindre détail, comme s'ils avaient l'intention de revenir le cambrioler plus tard. Malgré leurs costumes haute couture, leur présence donnait à Jimmy la sensation que le taux de criminalité du quartier venait de grimper en flèche. Il leur indiqua une paire de fauteuils club dont la tapisserie partait en lambeaux.

Karl attaqua :

— Je suppose que vous êtes au courant de la procédure que L. Bass Hess a engagée contre Cindy ?

— Oui. Il lui réclame une commission sur son dernier livre, alors qu'il ne la représentait plus au moment de sa publication. Il y a eu des précédents, mais soit l'auteur payait, soit l'agent renonçait. Les choses ne sont jamais allées aussi loin pour la simple raison qu'il s'agit d'une revendication absurde.

— Alors comment expliquez-vous son acharnement ?

— Le désir de vengeance.

— Un auteur n'a pas le droit de virer un agent dont la tête ne lui revient pas ?!

— Bien sûr que si. Ça arrive tout le temps. Mais Hess a un ego tellement démesuré qu'il ne supporte aucun affront. Il me fait penser à un parrain de la mafia, si vous voyez ce que je veux dire.

Les deux hommes acquiescèrent.

— On voit très bien, dit Karl.

— Dans le même ordre d'idées, il considère que Cindy lui est redevable d'avoir sauvé sa carrière, et d'autres conneries du même genre. Ce salopard est complètement aveuglé par son orgueil.

— A titre personnel, qu'est-ce que vous pensez de lui ? demanda Candy.

— Il aurait pu faire un bon agent. Peut-être même l'a-t-il été à une époque. C'est un chicaneur de première. Il épluche les contrats comme un singe cherche des poux. Ça explique qu'il croit pouvoir faire jouer la clause d'option en sa faveur. Si elle figure dans les contrats, c'est au bénéfice exclusif de l'éditeur, pour lui laisser la possibilité de refuser un manuscrit. L'ironie de la situation, c'est que l'auteur n'en retire aucun avantage. Un agent vraiment soucieux de l'intérêt de son client se bat pour la faire supprimer de son contrat. C'est ce qu'aurait dû faire Hess.

Jimmy désigna la chemise.

— Il y a quoi, là-dedans ?

— Les pièces du dossier.

— C'est le titre d'un roman de Dorothy L. Sayers.

— Tout le monde l'a lu à part nous, on dirait, remarqua Karl. Voici le point de vue de Hess sur cette affaire, ajouta-t-il en tendant la chemise à Jimmy. On est passés à son bureau aujourd'hui. Il prétend détenir des infos compromettantes sur Mlle Sella : drogues, alcool, etc. Il dit aussi qu'elle l'a viré du jour au lendemain et a embobiné son éditeur pour qu'il le prive de l'argent qui lui revenait. Selon lui, elle aurait mis ses agents pour l'étranger dans le coup.

— Pas le genre de Cindy, affirma Jimmy, plongé dans le dossier. Je ne connais personne d'aussi réglo. Elle passe ses journées à écrire dans son petit appartement de Grub Street…

— Grub Street ? fit Candy, perplexe. Elle habite *Grove* Street.

Jimmy releva la tête.

— C'est un clin d'œil au roman de George Gissing, *New Grub Street*. Le livre parle d'une rue, à Londres, où vivent des journalistes et des écrivains sans talent, qui ne pensent qu'à faire fortune. C'était le début du mercantilisme dans l'art. Cindy gagne de l'argent et ne dépense presque rien. Pourquoi est-ce que je vous raconte tout ça ?

Karl lui décocha un sourire digne d'une publicité pour un dentifrice.

— Parce que vous nous trouvez sympathiques, sans doute.

Jimmy plissa les yeux d'un air soupçonneux.

— Vous êtes là pour quoi, au juste ? Vous n'êtes pas écrivains…

Craignant de paraître snob et méprisant, il se reprit aussitôt :

— Je me trompe ?

— Il est possible qu'on écrive un bouquin, un de ces quatre, répondit Candy d'une voix grumeleuse.

Il venait de glisser une tablette de chewing-gum à la menthe extra-forte dans sa bouche.

— Comme si on avait le temps ! protesta Karl.

Du temps, ils donnaient pourtant l'impression d'en avoir à revendre.

— Qu'est-ce que vous alliez faire chez Hess ? s'enquit Jimmy.

— Un de nos clients – un écrivain – se posait des questions. On voulait que Hess nous fasse part de son avis.

Les deux hommes fixaient Jimmy, qui soutint leur regard.

— Un client ? Pourtant, vous ne travaillez pas dans l'édition… Si ?

Ils éclatèrent de rire.

— Parfois, on se le demande, dit Candy, son chewing-gum à présent sous contrôle.

— Comment se fait-il que Hess vous ait confié ce dossier ?

Candy se pencha en avant et souleva le presse-papiers en bronze posé sur un manuscrit.

— C'était une méprise, expliqua-t-il. Il a cru qu'on était Hale et Reeves.

— Il n'a pas vérifié vos identités ?

— Il pensait qu'on était son rendez-vous de 15 heures, intervint Karl.

— Quel con ! gloussa Candy. Vous l'avez dit vous-même : ce type a un ego tellement surdensi… énorme, qu'il n'imagine pas que les choses puissent se dérouler autrement que selon ses plans.

Jimmy considéra Candy, le menton appuyé sur son poing. Son analyse ne manquait pas de bon sens.

Karl reprit :

— Je parie qu'il croit dur comme fer à toutes les conneries qu'il a inventées. Je préfère mille fois avoir affaire à un arnaqueur de bonne foi. Ou à une paire d'arnaqueurs de l'ancienne école, comme Michael Caine et Steve Martin dans *Le Plus Escroc des deux*. Le genre à faucher les chaussettes de leur grand-mère pendant son sommeil, et qui ne s'en cachent pas. C'est comme moi : s'il me prenait l'envie de braquer un type, un flingue à la main, jamais je ne lui dirais : « Je ne fais que prendre ce que tu me dois, salopard ! »

Jimmy rit.

— Je peux garder ceci ? demanda-t-il en montrant le dossier.

— Bien sûr. On en a fait des photocopies. La question que je me pose, c'est pourquoi Cindy n'attaque-t-elle pas Hess pour diffamation ?

Jimmy haussa les épaules.

— Il lui a coupé l'herbe sous le pied en portant plainte le premier.

— Donc, ce sale porc peut la débiner sans qu'elle lève le petit doigt ?

— J'en ai peur.

— Ça, c'est un peu fort !

— Et ça risque de durer. C'est ce qu'il veut, l'obliger à dépenser une fortune en honoraires d'avocats. Mais Cindy prétend qu'elle aime encore mieux ça que de lui verser le moindre centime.

— Il ne se rend pas compte que cette histoire pourrait lui causer du tort ? Quel écrivain prendrait pour agent un type qui traîne ses propres clients en justice ?

Jimmy écarta les bras.

— Il estime être dans son bon droit. Dans son délire, il s'imagine que tout le monde le considère comme il se voit lui-même. Peut-être espère-t-il passer pour un héros : un agent prêt à monter sur le ring et à combattre jusqu'à la mort pour…

— Hé ! Il me semble qu'il se trompe d'adversaire. C'est sa cliente qu'il essaie d'envoyer au tapis, là !

— Très juste.

— Je crois qu'on devrait avoir une conversation avec les avocats de Cindy, laissa tomber Karl.

— Je ne suis pas sûr qu'il en ressorte grand-chose, mais faites à votre guise. Le nom du cabinet, c'est Snelling. Ou pour être précis, Snelling, Snelling, Borax & Snelling.

— On se demande comment Borax a réussi à se faufiler dans l'affaire, ironisa Candy.

— Duke Borax ? fit Karl.

— Vous le connaissez ?

— Seulement de nom, répondit Karl en se levant. C'est quoi, leur adresse ? On va y faire un saut tout de suite.

— Le Spurling Building, sur la 23e Rue. Presque au niveau de la Cinquième Avenue, en face de Madison Square Park… Une seconde !

Jimmy chercha la fiche dans son Rolodex et leur indiqua l'adresse exacte.

Candy se leva à son tour et promena un regard grave autour de lui.

— Vous cherchez quelque chose ? s'enquit Jimmy.

— Vous n'avez pas d'aquarium ?

9

Le Spurling Building était un monolithe en marbre noir qui réfléchissait une clarté bleue ombreuse.

Candy et Karl passèrent la porte-tambour et émergèrent dans un hall extérieur entièrement vide, sans autre utilité que de signaler un immeuble de luxe new-yorkais. Puis ils franchirent une double porte en verre épais et pénétrèrent dans un hall intérieur de cinq mètres sur cinq, tout aussi minimaliste. Des agents de sécurité en costumes sombres se tenaient au garde-à-vous, les mains croisées devant eux. Tous étaient équipés d'oreillettes Bluetooth et de micro-casques, pour le cas où on ne les aurait pas immédiatement identifiés pour ce qu'ils étaient. Il y avait même deux « vigilettes », comme les appelait Candy, en tailleurs Tory Burch surchargés de dorures, boucles de ceintures et rabats de poches.

— Non mais, c'est quoi cet endroit ? Même le Pentagone n'est pas aussi bien gardé !

Une rangée d'ascenseurs s'étirait devant eux. Karl avait repéré le nom de Wallace Hall sur une plaque rivetée au mur en marbre noir.

— Quinzième étage, annonça-t-il.

— Le secteur des bas loyers. L'immeuble compte au moins cinquante étages.

Ils ressortirent de l'ascenseur à peine cinq secondes plus tard, avec la sensation déplaisante d'avoir été compactés puis décompactés.

— J'ai l'impression que mon estomac est rentré en lui-même, se plaignit Candy.

Le nom de la firme s'étalait en lettres d'or sur une double porte vitrée : *Snelling, Snelling, Borax & Snelling.*

Les deux réceptionnistes auraient pu défiler pour Karl Lagerfeld. Elles se ressemblaient comme des jumelles : maquillage Bobbi Brown, aussi naturel que de l'écorce de bouleau, cheveux longs et raides pour l'une, courts et raides pour l'autre, coupe au rasoir de Sweeney Todd pour les deux.

Celle aux cheveux longs leur sourit comme si elle était sincèrement heureuse de les voir.

— Bonjour, messieurs. Que puis-je pour vous ?

— On vient voir maître Hale, répondit Candy. On n'a pas rendez-vous, mais…

Karl lui flanqua un coup de pied dans le tibia :

— On nous l'a très chaudement recommandé, intervint-il.

Son sourire ne pouvait rivaliser avec celui de la réceptionniste.

Celle-ci leur indiqua une rangée de sièges signés par Philippe Starck, Mies van der Rohe ou les frères Eames, dans une salle d'attente qui avait certainement remporté le prix annuel d'*Architectural Digest*.

— Si vous voulez bien patienter…

— Merde ! souffla Candy. Et moi qui trouvais que c'était cosy, chez nous…

— Ça l'est, C. Ici, c'est rempli d'avocats qui gagnent

trois ou quatre fois plus que nous. Mais n'oublie pas : on est beaucoup plus sélectifs qu'eux.

Candy prit sur la table un magazine dans une langue inconnue de lui et le feuilleta jusqu'à tomber sur la photo d'une magnifique plage de sable blanc bordée de palmiers, peuplée de types musclés et de filles vêtues de bikinis (ou demi-vêtues, la plupart ayant les seins nus).

Il montra la page à Karl.

— C'est où, à ton avis ?

— Dans le sud de la France.

Karl se fourra un chewing-gum dans la bouche et tendit le paquet à Candy, qui en tira une tablette.

— T'as dit ça au pif, ou t'en es sûr ?

— Un bordel pareil, ça peut être que le sud de la France.

Une brune superbement carrossée, moulée dans une robe d'un rouge presque aussi sombre que sa chevelure, traversa le tapis telle une traînée de sang. Elle se présenta à eux comme l'assistante de maître Hale et leur dit que ce dernier pouvait leur accorder un quart d'heure. A l'entendre, c'était un peu Noël avant l'heure.

Ils la suivirent jusqu'à une porte qui se confondait presque avec les boiseries.

— Maître Hale est en ligne. Il vous recevra dans une minute, leur annonça-t-elle avant de se retirer.

Wally Hale tripotait sa cravate bleue et riait très fort dans le combiné du téléphone. Candy et Karl reconnurent un des deux types qu'ils avaient vus sortir de l'ascenseur chez Hess.

— Tu crois qu'il va nous remettre ? murmura Karl.

Wally raccrocha et se leva.

— Bonjour, messieurs, leur lança-t-il avec un grand sourire. Asseyez-vous, je vous en prie.

— On dirait que non, marmonna Candy entre ses dents.

— Monsieur… Karl, monsieur Candy… En quoi puis-je vous être utile ?

Ils s'assirent avec des visages inexpressifs. Leur profession leur avait appris à maîtriser leurs émotions mieux que le citoyen lambda.

Karl glissa le dossier de Cindy entre lui et l'accoudoir de son fauteuil, puis il s'éclaircit la gorge.

— Un de nos clients…

Candy attendit que son collègue poursuive. Karl était doué pour les bobards. Encore plus que lui.

— … se trouve dans un sale pétrin, si vous me passez l'expression.

Wally acquiesça sans cesser de sourire, alléché par cette introduction.

— Incidemment, c'est une de vos clientes qui vous a recommandé à nous… Cindy Sella.

Le sourire de Wally se durcit comme de la cire.

— Ah ! Cindy.

Karl reprit :

— Juste une précision : vous êtes spécialisés dans le droit de la propriété intellectuelle ?

— Non. Notre domaine, c'est le droit des contrats, les fusions et acquisitions…

— Je vois. Nous aussi, notre truc, c'est les contrats.

Wally les dévisagea tour à tour.

— Vous êtes avocats ? demanda-t-il avec une pointe de scepticisme.

Karl se nicha dans son fauteuil.

— Je parlais des contrats d'édition, en fait.

— C’est comme ça qu’on a rencontré Cindy, glissa Candy en mastiquant discrètement son chewing-gum. Je ne vous apprendrai rien en vous disant que son ex-agent lui cause des tas d’ennuis.

L’expression de Wally se teinta d’appréhension.

— Vous le connaissez ?

Candy et Karl échangèrent un regard.

— Nous ? Non. Mais Cindy nous a parlé de lui. Dites, comment ça se fait qu’elle ait choisi un avocat spécialisé dans les fusions et acquisitions ?

— Mon champ d’action ne se limite pas à ça. Mais pour répondre à votre question, sachez que nos parents étaient amis.

Wally fit tourner son fauteuil, puis ses pouces.

Arrête tes salades, pensa Karl sans cesser de sourire. La limite des quinze minutes concédées par la pimbêche en rouge semblait s’être évanouie en même temps que celle-ci. Wally attendait quelque chose d’eux, mais quoi ?

— Vous agissez pour le compte de Cindy Sella à quel titre ?

— En tant que simples consultants, répondit Karl. Vous voyez le genre.

Non, il ne voyait pas.

Wally rajusta son sourire et dit :

— Parlez-moi un peu de votre client, celui qui est « dans un sale pétrin », selon votre expression…

Cela afin de leur prouver qu’il ne dormait pas.

Karl chercha parmi ses connaissances qui pouvait se trouver « dans le pétrin ». Les exemples ne manquaient pas. Malheureusement, Wally n’était pas spécialisé dans le droit pénal.

— Pour être franc, il n’a rien d’une lumière, dit-il en se tournant vers Candy.

Tous deux ricanèrent. Pas plus Karl que Candy n’avaient le début d’une idée de ce qu’il entendait par là, mais il en sortirait bien quelque chose.

Wally sourit, dévoilant une rangée de dents incroyablement blanches.

— Vous n’êtes pas en train de me dire qu’il travaillait pour… Enron ?!… Je croyais qu’ils avaient fait la culbute…

« La culbute »… Quelle tache, ce type !

— Notre client est dans l’import-export.

— Et qu’est-ce qu’il importe ?

Rien de bon, sans doute, insinuait le ton de sa voix.

Karl ouvrait la bouche, mais Candy le devança :

— Des poissons.

— Des poissons exotiques ?

— Exact.

Candy croisa les jambes et baissa les yeux vers ses mocassins italiens au vernis impeccable.

Wally Hale haussa imperceptiblement les sourcils.

— Dois-je comprendre que la nature de son négoce l’a placé dans une situation délicate vis-à-vis du FWS, voire de la CITES ?

Karl jeta un coup d’œil à Candy. Au lieu de répondre directement, celui-ci forma un cercle avec son pouce et son index et adressa un clin d’œil à Wally.

— Ces poissons, d’où proviennent-ils ?

— Principalement d’Indonésie et des Philippines, lâcha Candy. D’Europe, aussi.

Karl garda le silence, impavide.

— Les Philippines, c’est là qu’on trouve les plus importants récifs de coraux…

Emporté par son sujet, Candy vint s'accouder au bureau de l'avocat.

— … lesquels récifs, comme tout le monde le sait, sont une espèce en danger.

Karl regretta brusquement de ne pas avoir mieux écouté quand Candy lui lisait le *National Geographic* à voix haute.

— Une esp…

— Je sais ce que vous allez dire, enchaîna Candy. Pourquoi l'avoir accepté comme client ?

Karl lissa sa cravate de la main.

— A toi de nous le dire, C. Après tout, c'est *ton* client…

— Il fait partie de la famille. Un cousin au premier degré, pour ainsi dire.

L'intérêt – ou la perplexité – de Wally semblait croître de seconde en seconde.

— La protection de la nature n'est pas vraiment notre tasse de thé, dit-il. Pour être honnête, nous ne travaillons pas main dans la main avec l'EPA…

Il lâcha un rire, histoire de tâter le terrain.

Karl enchaîna son rire au sien.

— Notre client non plus, dit-il.

— Tss tss, fit Candy, agitant l'index comme l'aiguille d'un métronome. Wally, vous oubliez cette affaire de déboisement illégal, au Kentucky…

Wally retrouva instantanément son sourire.

— Ce n'est pas moi qui… Hé, Rod !

Richard Gere venait d'entrer par une porte latérale. Le rendez-vous de 15 heures était à présent au complet.

Wally fit les présentations. Richard, tout sourire,

leur serra la main. Son autre nom, Rod Reeves, sentait encore plus le pseudonyme que Richard Gere.

Rod se coula dans un fauteuil blanc (une création des frères Eames, structure en acier et bois croisé, évoquant un peu les montres molles de Dalí) qui semblait avoir été fabriqué autour de lui.

— Alors ? lança-t-il à la cantonade, comme si le règlement intérieur exigeait qu'il soit mis au courant de tout ce qui se passait entre les murs du cabinet.

— Ces messieurs sont des amis de Cindy Sella, lui dit Wally.

Une précision qui, selon Karl et Candy, aurait dû l'alerter sur le véritable motif de leur visite.

Rod se dressa instantanément – un vrai tour de force, dans sa position – et échangea un regard avec Wally.

Ce dernier résuma ensuite leur conversation à son associé.

— Les Philippines ? réagit Rod. (A son ton, on aurait pu croire qu'il connaissait celles-ci mieux que sa poche.) Leurs récifs coralliens figurent parmi les plus beaux sites de plongée au monde.

— Les pillards les attaquent avec des barres à mine, glissa Karl.

Candy parut étonné de découvrir qu'il avait retenu ce détail.

— Des barres à mine ? Pour quoi faire ? interrogea Wally.

— Pour en déloger les poissons, répondit Candy. Après les avoir étourdis avec du cyanure.

— Du *cyanure* ?

Trois paires d'yeux convergèrent vers Candy. Puis

Karl hocha la tête, comme si le cyanure lui était brièvement sorti de l'esprit.

— Vous n'êtes pas au courant ? On pulvérise du cyanure dans l'eau. Les poissons sont étourdis et il n'y a plus qu'à les prendre au filet.

— Le cyanure ne les tue pas ?

— Je doute qu'il y ait une grosse demande pour les poissons morts, répliqua Candy.

— Qui sont les acteurs du marché ? demanda Rod.

— Des gens haut placés. Vous avez entendu parler de la fusillade au Clownfish Café, près de Lexington Avenue ? On a tiré sur l'aquarium. Le proprio, Frankie, possédait une fortune en poissons…

Rod gloussa.

— Les tireurs n'en avaient pas après les poissons, objecta-t-il. Ils étaient là pour quelqu'un.

Il gloussa de nouveau.

— Vous avez à moitié raison, lui concéda Candy. Et vous savez qui était leur cible ?

Rod et Wally le fixèrent d'un regard inexpressif.

— Votre cliente, Cindy Sella, se trouvait au Clownfish Café, ce soir-là. Vous n'étiez pas au courant ?

Les deux avocats se penchèrent en avant du même mouvement.

— Quoi ?! lâcha Rod. Qu'est-ce que Cindy Sella vient faire là ?

— Vous ne saviez pas qu'elle écrivait un livre sur le cartel des poissons ? Elle ne vous a jamais dit à quel point elle détestait qu'on fasse du mal à ces petites bêtes ? Vous êtes déjà allés chez elle ? Vous avez vu son aquarium ?

A l'évidence, la réponse à cette salve de questions était non. Les avocats ouvraient des yeux comme des soucoupes, ce qui la fichait mal pour des as du barreau new-yorkais.

— Les tireurs appartenaient très probablement à l'Alliance de l'Espadon. C'était un simple avertissement. On risque gros à s'en prendre à ces types. Il y a beaucoup, beaucoup de fric en jeu. Ils ne pèsent peut-être pas autant que les cartels mexicains – pas encore, du moins…

— Voyons, C., glissa Karl. Comment veux-tu que ces messieurs soient au courant ? C'est le secret le mieux gardé de la ville.

Il lança un regard limite dédaigneux à Wally et Rod.

— Vous pouvez demander à vos confrères. Je vous parie qu'ils n'en ont jamais entendu parler, eux non plus.

Candy en rajouta une couche :

— Wally, Rod… Quand même ! Vous êtes les avocats de Cindy Sella, et vous ignoriez le sujet de son prochain livre ?!

Karl se demanda comment ils allaient pouvoir ramener la conversation sur la clause d'option. Ils en étaient aussi éloignés que s'ils s'étaient trouvés sur la Lune, ou en train de pêcher au large des côtes indonésiennes.

Wally sortit de son silence :

— Ce genre de poissons, ça va chercher dans les combien ?

— Je vous conseille de vous renseigner avant d'aborder le sujet avec Cindy. Prenez l'arowana platine, par exemple. Son prix peut atteindre les cent mille dollars… à condition de mettre la main sur un spécimen certifié.

Les deux avocats en restèrent bouche bée. Leur expression rappela à Candy le black-bass naturalisé dans le bureau de Hess.

— A votre place, j'essaierais de la convaincre de renoncer.

— Renoncer à quoi ?

Purée ! pensa Candy. Son poisson-clown, Oscar, avait une capacité de concentration supérieure à celle de ces deux-là.

— A son projet, bien sûr.

Wally leva les mains, les paumes tournées vers l'extérieur, comme s'il tentait de repousser le vide.

— Une minute ! Si ce cartel des poissons, comme vous dites, a réussi à échapper à tous les radars jusqu'ici, d'où Cindy tire-t-elle ses informations ?

Candy haussa les épaules.

— Qu'est-ce que j'en sais ? C'est vous, ses avocats.

— A aucun moment Hess n'a mentionné…

Rod referma la bouche si brutalement que Candy et Karl entendirent ses dents s'entrechoquer. Ce bruit sonna comme une douce musique à leurs oreilles.

— L. Bass Hess ? s'enquit Karl. L'ex-agent foireux de Cindy ? Il vous a dit quelque chose ?

— Rien du tout, répondit Wally d'un ton coupant. Il n'a laissé filtrer aucune information lors de la communication des pièces…

— Quoi ?! Ce procès absurde en est déjà à ce stade ?!

Wally remuait des papiers. Rod s'était adossé aux lambris derrière le bureau, les bras croisés, comme s'il quêtait à la fois le soutien du mur et celui de son confrère.

— On ne s'est pas déjà vus quelque part ? demanda-t-il soudain.

Son regard allait de Karl à Candy, et retour.

— C'est probable, répondit Karl sans se démonter.

Peut-être en mars dernier, à la fiesta du médiateur de New York. Tous les avocats de la ville étaient là.

Candy se mordit discrètement la lèvre pour ne pas éclater de rire. Woody Allen avait raison : quatre-vingts pour cent de la réussite étaient dans le premier pas. Et les vingt pour cent restants, dans une vigilance jamais prise en défaut.

Wally et Rod échangèrent un coup d'œil. Puis Wally attira un bloc-notes vers lui et prit son stylo Montblanc.

— J'ai besoin du nom de votre client, si vous voulez qu'on se charge de lui.

On s'en chargera tout seuls, pensa Candy.

— Il faut d'abord qu'on lui parle, dit-il. On vous rappellera.

A l'évidence, Wally et Rod comptaient les tenir à l'œil. Quand ils se levèrent, le premier fit le tour du bureau avec une nonchalance feinte tandis que le second se détachait du mur, puis tous deux les raccompagnèrent à la porte.

— On reste en contact.

Candy tendit la main à Wally, qui la serra. Karl et Rod en firent autant, puis ils échangèrent. On aurait dit des gosses qui tentaient de construire une tour en mettant leurs poings les uns sur les autres. Candy sourit intérieurement. Dans le fond, c'était exactement ça.

Un souffle d'air frais les accueillit sur le seuil de la réception.

— Je vais passer un coup de fil à Cindy, annonça Wally. Histoire de la conseiller.

La conseiller ? Il y a cinq minutes, tu ne savais même pas de quoi on parlait !

Candy garda ses réflexions pour lui.

— Comme vous voulez, dit-il. A mon avis, elle

fera l'innocente. Ça m'étonnerait qu'elle vous dise quoi que ce soit.

— Elle s'est bien confiée à vous ! répliqua Wally, l'air froissé.

Il ne pige toujours rien, ce connard !

— C'est à cause de notre client, celui qui importe des poissons. Et aussi parce qu'on se trouvait au Clownfish Café au moment de la fusillade. Et aussi…

Wally le coupa d'un geste impatient.

— C'est bon, c'est bon. Mais je pense que Rod et moi ferions bien d'intervenir avant que cette affaire n'échappe à tout contrôle.

Candy et Karl se regardèrent.

— Vous avez parfaitement raison, Wally, approuva le second.

Après avoir retraversé le no man's land du hall extérieur, ils retrouvèrent le bruit et l'agitation de la rue new-yorkaise, où les passants vous frôlent tous d'assez près pour vous piquer votre portefeuille.

Sitôt à l'air libre, le masque impassible qui leur avait permis d'abuser avocats, réceptionnistes et vigiles se craquela comme une croûte de givre, et ils éclatèrent de rire.

— Comment tu les as bluffés, mon vieux C. ! Où est-ce que tu es allé chercher tout ça ?

— Dans le *National Geographic*. Tu sais, l'article que je t'ai lu.

— Je me souvenais du cyanure, mais c'est tout. A part ça, il y avait quelque chose de vrai dans ton histoire ?

— Tout ! C'est ça qui est pratique avec la vérité. Il n'y a pas besoin d'inventer.

Karl s'approcha du bord du trottoir et tenta d'apercevoir un taxi libre. Autant chercher une étoile éteinte dans la Voie lactée, surtout à 6 heures du soir.

— Toi aussi, tu as été bon, lui dit Candy. Faut voir comment tu leur as cloué le bec avec la fiesta du médiateur. Un trait de génie !

— D'accord, mais tout ça pour quoi ?

— Pour mettre un pied dans la porte. Et on a si bien réussi que même si on le retire, la porte ne se refermera pas. T'as vu comme ils étaient curieux, et nerveux ? Bon sang, ils sont passés où, les taxis ?

— A Jersey. Viens, on va marcher, dit Karl, joignant le geste à l'intention.

Candy lui emboîta le pas.

— Oscar n'a rien mangé depuis ce matin, remarqua-t-il en pianotant sur son téléphone portable.

— Au moins, personne ne lui a filé du cyanure. Attends d'être chez Balducci's pour l'appeler et lui demander ce qui lui ferait plaisir pour dîner.

— Très drôle ! J'essaie d'avoir Cindy…

Il y eut une longue pause. Puis Candy referma son portable d'un coup sec et ils poursuivirent d'une démarche assurée, leurs manteaux Façonnable flottant dans leur sillage.

10

Cindy avait quitté son peignoir en chenille pour un jean déchiré au genou (l'œuvre de Gus, et non celle d'un styliste), un pull à col boule gris et un caban de couleur sombre.

Elle avait également quitté son appartement pour se rendre chez Jimmy McKinney – l'endroit qu'elle préférait à Manhattan, après le café Ray's. Quoique identique à toutes celles de la rue, la vieille maison de grès brun lui semblait exceptionnelle. Elle adorait ses marches en pierre, si usées qu'on distinguait l'empreinte d'un pied au centre, la porte en cerisier du bureau de Jimmy, le mince tapis d'Orient aux teintes pâles, les livres qui recouvraient les murs du sol au plafond, ainsi que chaque élément du mobilier : la grande table de travail, le fauteuil à roulettes que Jimmy promenait à travers la pièce… Surtout, elle l'adorait, lui, Jimmy McKinney.

Jimmy parlait de choses et d'autres mais elle ne l'écoutait pas vraiment. Elle l'observait, la tête penchée de côté. Il lui rappelait quelqu'un, mais qui ?

— Je t'ai demandé si tu voulais que je tue ce salaud, mais tu as décliné mon offre…

— Tuer qui ?

Jimmy sourit.

— Combien de fois t'ai-je proposé de buter quelqu'un ?

Cindy regarda autour d'elle sans répondre.

— C'est ton portable ? s'enquit Jimmy.

Cindy avait gardé la sonnerie d'origine de l'appareil, bien qu'elle fût à peine audible. Jimmy avait l'habitude d'écouter parler ses clients. Mais avec Cindy, c'était surtout lui qui alimentait la conversation.

Le fourre-tout qu'elle avait jeté sur le fauteuil près d'elle avait à peu près la contenance d'un sac d'épicerie en papier brun. Elle se mit à fourrager dedans, sans enthousiasme. Elle préférait prêter l'oreille à Jimmy qu'à son téléphone, mais elle devait au moins faire semblant de chercher. Elle sortit successivement plusieurs carnets et stylos, une édition de poche fatiguée des *Papiers d'Aspern*, un tube de rouge à lèvres, avant d'annoncer d'un ton joyeux :

— Je ne le trouve pas !

— Tu te promènes avec combien de carnets ? demanda Jimmy, désignant la pile.

— Un certain nombre, répondit Cindy, occupée à remettre dans le sac les affaires qu'elle venait d'en sortir.

— Mais tu n'as toujours pas d'ordinateur portable.

Cindy se rembrunit. Cet échange prenait un tour ennuyeux.

— Non. Qu'est-ce que j'en ferais ?

Jimmy se carra dans son fauteuil, les mains croisées sur la nuque, et sourit.

— Ça pourrait te servir, tu sais.

— Je ne crois pas, non.

Il lui avait déjà relaté la visite de Karl et Candy. Il

ramena le sujet sur le tapis, guère satisfait de l'explication qu'elle lui avait fournie.

— Donc, tes deux… Qu'est-ce qu'ils font, au juste ?

Elle soupira.

— Qu'est-ce que j'en sais ? Je les ai vus avec des armes à feu au Clownfish Café. Ce sont peut-être des agents fédéraux, ou un truc dans ce genre. Ils sont restés très évasifs…

Le portable recommença à bêler.

— Ça doit être important, dit Jimmy en désignant le sac que Cindy avait laissé tomber à ses pieds.

Elle reprit ses explorations tandis que le téléphone égrenait sa mélodie geignarde, la suppliant de décrocher.

— Jamais je ne le retrouverai, dit-elle.

Comme si ce n'était pas le cadet de ses soucis !

Jimmy apprécia le numéro autant que la première fois.

— Pourquoi te balades-tu avec un portable, si tu ne réponds jamais quand on t'appelle ? la taquina-t-il.

— Je ne l'emporte que quand j'ai un rendez-vous, au cas où j'aurais du retard et où je voudrais en avertir quelqu'un… Toi, par exemple.

Le regard qu'elle lui lança alors exprimait une tristesse si intense qu'il détourna les yeux. Parfois, Cindy Sella lui apparaissait comme un gouffre qui menaçait de l'engloutir. Il songea à sa femme – bientôt son ex-femme –, Lilith… « Pas seulement Lilith, avec sa fameuse chevelure. » Edwin Arlington Robinson… Il existait un poème pour toutes les circonstances de l'existence. C'était pourquoi il aimait tant la poésie, pourquoi il en écrivait. Il y avait toujours un poème qui attendait quelque part le moment de jeter la lumière sur une situation. « Lilith était le diable, je l'ai lu quelque part… »

— Ça ne sonne plus, remarqua Cindy en rangeant son barda.

— Qu'est-ce que tu attends pour virer Wally Hale ? Tu ne peux pas le blairer, et ce n'est pas un spécialiste du droit de la propriété intellectuelle. Va plutôt consulter le type dont je t'ai parlé, Sam Walsh. Est-ce que tu l'as appelé, au moins ?

Il fixait le sommet de sa tête en lui parlant. Sa blondeur était cent pour cent naturelle. Aucune racine plus foncée ne pointait.

— Au fait, tu l'as connu comment, Hale ?

— A une réception, répondit Cindy, les yeux baissés vers ses pieds. J'ai engagé la conversation avec lui. Enfin, avec eux.

Elle releva brusquement la tête, comme si elle venait de rejoindre la terre ferme.

— Il était avec cet autre avocat, Rod Reeves. Ils m'ont dit qu'ils travaillaient ensemble. Il ressemble à Richard Gere. Tu as vu *Chicago* ?

— Non. Mais je sais reconnaître un escroc quand j'en vois un.

— Ça m'étonnerait.

Jimmy dut s'avouer qu'elle avait raison.

— Et ensuite ? Tu les as engagés sur leur bonne mine ? Après avoir échangé deux mots avec eux lors d'un cocktail ?!

Pour une raison mystérieuse, cette idée le rendait fou de rage.

— D'habitude, tu fuis ce genre de soirée !

Comme si c'était là le fond du problème !

— Les deux types qui sont venus me voir, ajouta-t-il. Candy et Karl…

Cindy sourit.

— Ils sont tordants, non ?

— Tordants ou pas, ils travaillent pour toi à quel titre ?

— Ils ne travaillent pas pour moi ! Jamais je ne les ai engagés. Mais mon affaire semblait tellement les passionner que je ne les ai pas découragés non plus… On parlait de quoi, avant tout ça ? Et où est le thé que tu m'avais promis ?

Cette fois, ce fut le fixe de Jimmy qui sonna. Il décrocha.

— McKinney…

Son visage ne trahit aucune émotion quand il posa son regard sur Cindy.

— Elle est là, oui.

Il tendit le combiné à la jeune femme.

— Quand on parle du loup… Tes copains.

— Allô ? dit-elle dans le micro, intriguée.

Elle se pencha en arrière, écoutant attentivement.

— Oh ! fit-elle au bout d'un moment. Merci. Merci beaucoup.

Elle rendit le combiné à Jimmy, qui raccrocha.

— Eh bien ?

— C'était Candy. Son ami Karl et lui sont allés voir Wally Hale, sans lui dévoiler le véritable motif de leur visite.

— Et ils lui ont raconté quoi ?

— Ils lui ont monté une histoire autour d'une Alliance de… l'Estragon… ?

— *Quoi ?*

— Ou de l'Espadon, peut-être bien…

— C'est beaucoup plus clair comme ça, c'est sûr !

— Si Wally ou Rod m'interrogent à ce sujet, je dois leur répondre que je n'ai pas la moindre idée de ce dont ils parlent. Ce ne sera pas difficile ! D'après Karl, je serais bien inspirée de les virer sur-le-champ. C'est ce que j'avais l'intention de faire, de toute manière, acheva-t-elle avec un sourire.

— J'appelle Sam Walsh, déclara Jimmy en décrochant de nouveau le combiné.

— Il va me dire de lâcher les autres avant de m'accorder un rendez-vous, non ?

Cindy ramassa son sac tandis que Jimmy composait le numéro.

— Je ne crois pas que Sam s'embarrasse de ce genre d'arguties…

Quand Jimmy releva la tête, il la trouva debout devant lui, son sac à l'épaule, une expression mélancolique sur le visage.

Elle resta quelques secondes sans parler, puis :

— Ça veut dire quoi, « arguties » ?

11

Candy versa un soupçon de nourriture dans l'aquarium d'Oscar, qui se rua dessus à la vitesse d'un missile.

— Tu devrais lui offrir une croisière, suggéra Karl. Comme ça, il pourrait profiter du buffet à volonté.

Insensible au sarcasme, Candy regagna le canapé en cuir blanc pour seconder Karl dans leur quête de justice.

— On a qu'à buter Hess, proposa-t-il. Ça réglerait le problème.

Karl posa son verre afin d'allumer un Montecristo.

— Dis pas d'âneries, C. ! Son cadavre tomberait pile aux pieds de Cindy. A ton avis, qui a le plus à gagner à la disparition de ce fumier ?

Il tira sur son cigare et souffla un ruban de fumée.

— Il y a sans doute des tas de gens qui auraient un bon mobile pour vouloir sa mort, lui objecta Candy. Il suffit d'assurer un alibi en béton à Cindy.

— Ça ne marchera pas, tu le sais. Les flics diront qu'elle a engagé quelqu'un pour faire le boulot.

— Avec tous les gens qu'on connaît, on devrait pouvoir trouver un type pour lui rendre ce service…

— Allô ? fit Karl en agitant la main devant le visage de son collègue. D'habitude, c'est à nous qu'on fait appel pour ce genre de « service », je te rappelle !

Candy se releva et alla se planter devant l'aquarium, comme s'il espérait qu'Oscar aurait une idée lumineuse. Puis il fit une nouvelle visite au chariot-bar et au shaker rétro – Art déco, comme la lampe de table. La silhouette féminine portant la lune qui coiffait celle-ci à l'origine avait cédé la place à un poisson bondissant sur un cercle de verre dépoli qui servait d'abat-jour.

Candy remplit son verre et retourna s'asseoir.

Karl cessa brusquement de faire des ronds de fumée.

— Rappelle-toi qu'il nous faut un client, dit-il.

— Le trafiquant de poissons exotiques ? Je ne l'ai pas oublié.

— Même si, à vrai dire, je ne sais pas trop ce qu'on va faire de lui…

Karl secoua son cigare au-dessus d'un immense cendrier en verre de Murano.

— Si on y réfléchit, K., on ne connaît pas tant de gens que ça. Ou plutôt, la plupart sont morts.

— Les risques du métier, C. Hé ! Et Danny Zito ? C'est lui qui nous a branchés sur cette ordure de Mackenzie…

— Danny Zito ? Il est témoin protégé, même si ça ne se voit pas. Il se pavane en ville comme si de rien n'était, à donner des conseils à qui veut bien l'écouter…

— Il nous faut un type doué pour tirer les vers du nez aux autres.

— Ça, Danny sait le faire.

— Les gros bras de la CIA aussi. Je pensais à une approche plus subtile.

— Un privé, tu veux dire ? Je ne suis pas fan de cette idée.

Candy se leva de nouveau, et ses pas le menèrent tout naturellement devant l'aquarium. Oscar faisait des allers et retours, perdu dans ses réflexions.

— Hé, j'ai une idée ! s'exclama Candy. Tu te souviens de Paul Giverney ?

— Il faudrait que je sois mort pour l'avoir oublié ! On lui a dit d'arrêter de foutre le bordel dans la vie des gens.

— Il a une dette envers Ned Isaly.

— Qu'est-ce que Ned vient fiche dans cette histoire ?

— Rien. Ce que je voulais dire, c'est que Paul a une dette envers les écrivains comme Ned… ou Cindy.

— Enfin, qu'est-ce que tu racontes ? Ce poisson est en train de te bouffer le cerveau, C. !

— Tais-toi, et écoute : primo, on a besoin d'introduire quelqu'un chez Ducon & Ducon, avocats au barreau de mes deux. Et deuzio, ajouta Candy en comptant sur ses doigts, il nous faut quelqu'un qui ait ses entrées à l'Agence Hess.

Il frappa légèrement la vitre de l'aquarium, provoquant des vaguelettes. Apeuré, Oscar plongea vers son palace.

— Où est-ce que tu veux en venir ? demanda Karl.

Candy lui décocha un sourire radieux.

— Où je veux en venir ? A Paul Giverney.

— A la réflexion, elle me plaît bien, ton idée, glousa Karl.

12

Paul Giverney envisageait sérieusement la possibilité de ne plus jamais écrire un mot de sa vie quand l'interphone émit son bourdonnement exaspérant.

— C'est qui ? lança-t-il à sa femme, Molly, depuis son bureau.

— Désolée, mais je n'ai pas le regard assez perçant pour voir la réception à travers trois étages.

Elle avait commencé sa phrase dans la cuisine pour l'achever sur le seuil du bureau de Paul.

L'interphone bourdonna de nouveau.

— Tu as l'intention de répondre ou non ?

Molly s'éloigna et fut aussitôt remplacée par Hannah, leur fille. Celle-ci tenait à la main un nouveau chapitre de son roman, *Les Jardins chantés*. Les jardins en question étant infestés de dragons, Hannah avait convoqué un dragonnier pour les combattre. Lorsque Paul avait émis des doutes sur la pertinence de ce dernier développement, l'expression de Hannah avait trahi une bonne dose d'incertitude.

— Pourquoi on ne va pas vivre dans le Dakota ? demanda-t-elle.

— Pourquoi ferait-on une chose pareille ?

Paul entendit Molly parler dans l'interphone, sans doute avec Clarence, le concierge. Il pria intérieurement pour que les gêneurs dégagent.

— Eh bien, parce qu'on habite un appartement à loyer contrôlé. On devrait le laisser à un pauvre.

Depuis quand les gamines de sept ans se souciaient-elles de la justice sociale ?

— Cet appartement n'est pas si bon marché, et nous ne sommes pas si riches que tu le crois.

— Si, on l'est ! James, à l'école, m'a dit que tu étais milliardaire et qu'on avait les moyens de vivre dans le Dakota.

James n'était pas loin de la vérité, même si « multimillionnaire » aurait été plus juste.

— Le Dakota du Nord ou celui du Sud ? demanda Paul avec un sourire malicieux.

Débrouille-toi avec ça, ma chérie !

Hannah le regarda d'un air soupçonneux.

— En plus, c'est tellement loin que tu ne verrais plus ton éditeur, répondit-elle.

Paul applaudit vigoureusement.

— Quelle bonne idée ! J'envoie un préavis au propriétaire dès demain !

Il fit mine de s'essuyer le front et reprit, plus sérieusement :

— Cet appartement ne te plaît pas ?

En réalité, il n'avait rien pour plaire ni pour déplaire. Un trois-pièces-plus-bureau ordinaire, avec une grande cuisine et une petite salle à manger qui servait rarement. Paul l'adorait justement à cause de sa banalité, et Molly appréciait le traiteur Dean & DeLuca juste en face.

— Si tu veux, je peux me renseigner sur le Dakota

Building ou le Carlyle. Les deux proposent des appartements très haut de gamme. Bien sûr, ça nous obligerait à quitter l'East Village pour Central Park. Tu devrais changer d'école…

Cette menace aurait dû la refroidir tout net. Il n'en fut rien.

— On serait plus près du zoo, remarqua-t-elle après quelques secondes de réflexion. Ça me plairait bien.

Molly se matérialisa soudain derrière Hannah.

— L'avenir t'appelle… Paulie, annonça-t-elle avec un grand sourire.

Paulie ?

— Qu'est-ce que…

Elle se retourna vers le couloir et s'adressa au visiteur (ou aux visiteurs ? Paul crut entendre plusieurs voix). Puis Candy et Karl apparurent derrière Hannah.

— 'soir !

— Salut, Paulie !

— Bonsoir, dit Hannah.

Si elle tournait le dos aux nouveaux venus, elle ne manifestait aucune intention de s'en aller. Avec ses cheveux châtain clair, fins et bouclés, et sa robe rose, elle semblait sortir du catalogue de Bloomingdale's. Hannah raffolait des robes.

— Salut, poupée, dit Karl. T'es drôlement mignonne de dos. Je me demande si tu l'es autant de face ?

Hannah pouffa. Paul en fut soufflé. Sa fille n'était pas du genre à pouffer. Ces deux malfrats savaient y faire avec les gosses.

Hannah se tourna vers eux et prit la pose.

Candy se frotta le menton, feignant de réfléchir.

— Hum ! fit-il. Eh bien…

— Alors ? demanda Hannah avec une pointe d'inquiétude. Je ne suis pas jolie ou quoi ?

— Si, beaucoup, répondit Karl en décochant une bourrade à son ami. Tu mérites dix sur dix !

Satisfaite, elle s'éloigna d'un pas aérien, tel un pétale emporté par le vent.

— Quoi de neuf, Paulie ? reprit Candy.

— C'est quoi, ce surnom idiot ? Et d'abord, qu'est-ce que vous fichez ici ? J'ai encore fait quelque chose qui vous a déplu ?

Paul n'apercevait aucun renflement suspect sous leurs vestes, mais ils pouvaient très bien porter un holster sous le bras.

— Vous permettez qu'on s'assoie ? demanda Karl.

Sans attendre sa réponse, ils prirent place dans des fauteuils. La pièce en comportait deux autres, en plus du vieux fauteuil grinçant de Paul.

— Beaux costumes, remarqua ce dernier, sachant que ses visiteurs ne lui laisseraient pas l'occasion de placer d'autres futilités. Bruno Magli, je suppose ?

— Vous supposez mal. Mais on apprécie vos efforts pour être aimable, surtout alors que vous ne nous attendiez pas…

— Vous avez raison au moins sur ce point.

Paul croisa les mains derrière sa nuque pour faire croire qu'il était parfaitement détendu.

— Qu'est-ce que vous me voulez, les gars ?

Candy sourit et fourra dans sa bouche une tablette de chewing-gum presque friable.

— On a une faveur à vous demander.

Paul haussa les sourcils.

— Une faveur ? Vous ne croyez quand même pas que je vous dois quelque chose ?

Karl sortit de sa poche un étui à cigarettes en argent un peu cabossé.

— Joli, commenta Paul. Il est très ancien ?

— Non, il a juste intercepté une balle.

Karl offrit une cigarette à Paul, qui refusa :

— J'ai arrêté.

— Respect !

Candy lui tendit alors son paquet de chewing-gums.

Paul secoua la tête.

— Vous avez raison, dit Candy. J'ai l'impression de mastiquer de l'amadou.

— Alors, cette faveur ? demanda Paul, même s'il n'avait aucune envie d'entendre la réponse.

— On a pensé que ça vous ferait plaisir de rendre service à une consœur.

— Je ne vois pas pourquoi, mais poursuivez.

— Vous connaissez Cindy Sella ?

Paul examina le plafond pendant quelques secondes. Puis :

— Oui. C'est-à-dire, on a le même agent.

— Jimmy McKinney. On est au courant. Vous saviez que son ex-agent la traînait en justice ?

— J'en ai entendu parler. C'est qui, cet agent ?

— L. Bass Hess. Il lui réclame une commission sur son dernier livre, alors qu'il n'a jamais bossé dessus. Elle l'avait viré deux ans plus tôt.

— C'est absurde ! Mais quel rôle jouez-vous dans cette affaire, tous les deux ?

— Disons qu'on s'y est retrouvés mêlés par hasard.

Karl lui raconta comment Hess les avait pris pour Hale et Reeves, et Candy enchaîna sur leur visite au Spurling Building.

Paul ne put s'empêcher de rire quand il évoqua la pêche au cyanure.

— Si j'ai bien suivi, dit-il, vous cherchez quelqu'un pour jouer un importateur de poissons exotiques auprès de ces deux avocats ?

Il paraissait aussi fasciné qu'un cerf pris dans les phares d'un 4 × 4.

— C'est ça. On voudrait comprendre pourquoi ces salopards font ami ami avec Bass Hess.

— Où est-ce que j'interviens ?

— Cindy et vous, vous avez le même éditeur : Mackenzie-Haack.

— Ah ?

Karl et Candy opinèrent du chef.

— Tout ce bazar – l'agent qui se ligue avec des avocats pour tenter de démolir Cindy Sella –, ça rappelle un peu ce que vous avez fait à Ned Isaly…

— Ça n'a rien à voir ! répliqua Paul, furieux. Je n'ai jamais eu l'intention de détruire l'existence d'Isaly !

— Mais vous avez failli le faire.

— Pas moi, Bobby Mackenzie. C'est lui qui a eu l'idée brillante d'engager deux… types comme vous.

Il avait manqué dire « voyous ».

— Vous n'envisagez pas de me faire jouer l'importateur de poissons, si ? ajouta-t-il, pris d'une crainte subite.

— Naaan. Vous êtes trop connu. Votre photo s'étale au dos de tous vos livres.

Paul soupira. Son soulagement fut de courte durée.

— Ce qu'on attend de vous, c'est que vous preniez Bass Hess comme agent.

— Une minute ! protesta Paul. J'ai déjà un agent. Vous savez, Jimmy McKinney…

— On ne vous demande pas de le virer. Ce serait temporaire. Je suis sûr que Jimmy comprendra.

— « Temporaire » ? Pour combien de temps ?

Et surtout, pourquoi ?

Candy fit la moue.

— Ça, on ne le sait pas encore. Le temps d'atteindre notre objectif.

— Quel objectif ?

— A vrai dire, ça non plus, ce n'est pas encore très clair.

Paul avait l'impression d'être confronté à deux de ses personnages et de devoir décrypter leur comportement pour le moins erratique.

— Notre seule certitude, expliqua Karl, c'est qu'il nous faut un type capable d'obtenir de Hess qu'il fasse ce qu'on attend de lui, quand on saura ce que c'est. Et vous êtes le plus qualifié pour ça, Paul.

Paul regarda tour à tour les deux hommes. Il savait à présent ce que ressentait le dragonnier, condamné à errer dans les jardins chantés jusqu'à ce que sa créatrice, Hannah, décide de son sort.

13

— Un python sur le point d'avaler un cochon se montrerait plus coopératif que votre éditeur dans cette affaire…

Sam Walsh, l'avocat recommandé par Jimmy, feuilletait le dossier que Cindy lui avait apporté.

— Votre avocat a réclamé des notes d'honoraires détaillées. Le représentant légal de Mackenzie-Haack lui a répondu qu'il tiendrait compte de sa requête. Depuis, rien. Ni factures ni explications. Ils s'abritent derrière le devoir de confidentialité.

Cindy se frappa le front.

— J'ai le droit de savoir de quoi il retourne ! protesta-t-elle. C'est moi qui paie.

— Mais la procédure vise aussi Mackenzie-Haack…

— Ils ont engagé des frais sans me laisser aucune chance de trouver un règlement à l'amiable ! Au début, ils ne voulaient même pas m'indiquer le nom de leur avocat, ni le montant de ses honoraires ! Maintenant, ils refusent de me dire à quoi correspondent les heures qu'il a facturées. Je ne sais même pas pourquoi je paie. Au revoir, Sam.

Sam ôta les pieds de son bureau et se leva précipitamment.

— Ne soyez pas aussi désespérée, mon petit !

— Je dois rentrer nourrir mon chat. Puis j'irai chercher un peu de réconfort chez Kafka, Sartre ou Céline. Dommage que David Foster Wallace ne soit plus en vie. Il aurait exprimé mieux que moi ce que je ressens.

Son éditeur se montrait moins compréhensif avec elle que Gus avec les deux poissons. (Son cerveau était tellement émietté qu'elle ne leur avait pas encore trouvé de noms.)

Elle versa dans le bocal un peu de nourriture, qui se mit à flotter sur l'eau. Le clown resta étendu sur sa feuille tandis que le fantôme se propulsait lentement vers la surface pour gober un flocon. Leur petit univers avait l'air si parfait, si cohérent, qu'elle regretta de ne pouvoir y plonger. Debout devant le bocal, elle vida son esprit et laissa venir les images : des vagues, une lumière, des feuilles… Dès qu'une pensée se présentait, elle y apposait une étiquette. Cette méthode l'aidait à prendre de la distance. Dans la cuisine, Gus donnait des petits coups impatients à sa gamelle.

Elle tenta de réciter son mantra, mais il se dérobait et laissait la réalité s'infiltrer. Ce n'était pas à proprement parler « son » mantra : elle l'avait acheté vingt dollars à un ami, Benny Bennet. C'était le prix que Benny avait déboursé pour un cours de méditation transcendantale. Durant la petite cérémonie qui avait suivi celui-ci, après l'offrande des fleurs et du mouchoir, il s'était vu assigner un mantra. « Il est strictement personnel, avait-il précisé en empochant le billet qu'elle venait de lui donner. Personne d'autre n'a le même. » Il avait renoncé à la méditation, disait-il, parce qu'il s'était aperçu qu'il préférait passer son temps à boire, fumer et sniffer de la coke. Toutefois, l'idée qu'il connaisse « son » mantra gênait un peu Cindy. S'il décidait un jour de se remettre à méditer, il risquait de tout fiche en l'air, même si elle ignorait ce que recouvrait au juste ce « tout ». Corps astral, MO, c'était du charabia pour elle. Tout ce qu'elle savait de la méditation transcendantale, c'était que David Lynch était à fond dedans. Une discipline capable de susciter une telle passion chez l'homme qui avait imaginé *Mulholland Drive* méritait forcément qu'on s'y intéresse.

Elle acheva sa méditation avec l'impression de n'avoir pas médité du tout. Elle s'était contentée de ressasser, comme elle aurait très bien pu le faire couchée ou en marchant dans la rue. Assis à ses pieds, Gus la regardait fixement, essayant de la déconcentrer. Elle finit par céder et le suivit à la cuisine, après l'avoir légèrement poussé du pied. Il s'accorda quelques secondes de bouderie avant de la précéder du pas d'un propriétaire résolu à réaménager son appartement afin de se faciliter l'accès au garde-manger.

Cindy passa en revue les conserves alignées dans le placard. Fallait-il qu'elle soit naïve pour croire qu'elle parviendrait un jour à imposer à Gus une autre marque que Milky Empire, dont la plus petite boîte coûtait un peu moins cher qu'un voyage dans l'espace ! Un jour, elle en avait rempli une vide avec de la pâtée de régime. Devant le chat, elle avait fait mine de l'ouvrir et avait versé une partie de son contenu dans sa gamelle. Après avoir reniflé celle-ci, Gus lui avait jeté un regard lourd de reproche. C'est du moins ce qu'elle avait cru déceler dans ses iris aux reflets de citrine (ou de topaze) : « Tu oses me faire ça, à *moi* ! » (Ce n'était pas une question.)

Elle prit sur l'étagère une boîte de Milky Empire, tira le couvercle et en transféra la moitié dans la gamelle à l'aide d'une cuillère. Gus se mit à manger, sans plus s'intéresser à elle.

Cindy regagna ensuite le salon pour écrire.

Lulu se prit la tête dans les mains

Cette histoire attristait Cindy au point de l'empêcher d'avancer. Elle avait laissé Lulu dans sa voiture, en train de penser à Johnny (comme il était précisé vingt pages plus haut). Johnny, qu'elle venait de déposer à la gare, dans la ville non identifiée où elle vivait.

Cette incapacité à mesurer la place qu'une personne occupait dans sa vie avant que celle-ci ne la quitte – pour rentrer chez elle, se rendre à l'autre bout du pays, à l'étranger, ou mourir – était ce qui caractérisait le mieux Lulu. Ç'avait été pareil avec Johnny. Lulu s'était aveuglée sur la nature de ses sentiments pour lui jusqu'au moment où il était parti, sans espoir de retour. Même sur le quai, tandis que le train s'éloignait, elle n'avait rien vu. Elle aurait pu crier : *Johnny ! Je t'en supplie, reviens !* Mais non. Ce n'était que plus tard, dans sa voiture, qu'elle avait compris qu'elle l'aimait.

C'était pourquoi, réalisa Cindy, Lulu était assise derrière son volant depuis presque vingt pages.

Pourquoi aussi le livre s'intitulait *La Lumière des adieux*.

Cindy se prit la tête dans les mains.

14

Après s'être servi une rasade généreuse de Talisker, Bobby Mackenzie, le président de Mackenzie-Haack, s'assit pour examiner une jaquette de livre.

— Ce vieux Bobby ! s'écrièrent Candy et Karl d'une seule voix.

Les deux hommes avaient ignoré les protestations de l'assistante de Bobby pour se forcer un passage jusqu'à son bureau.

Bobby garda le silence le temps d'une gorgée, puis il leva son verre et demanda :

— Scotch ?

— Tu ne manques pas de cran, remarqua Candy avec une pointe d'admiration. On t'a viré du pays pour six mois, et tout ce que tu as à nous dire, c'est : « Scotch ? »… ?

La question demeura en suspens pendant qu'ils s'asseyaient face au bureau immense, apparemment taillé dans un bloc de séquoia. C'était peut-être le cas : la préservation de l'environnement était le moindre des soucis de Bobby Mackenzie.

Karl et Candy jetèrent un regard envieux à son costume, confectionné sur mesure par un tailleur sûrement rabougri et portant un mètre souple autour du cou. Rien à voir avec ceux de Façonnable ou de Saks. Bobby en avait une dizaine, tous faits suivant le même patron, mais dans des matières et des coloris différents. L'étoffe de celui-ci donnait une impression de légèreté presque immatérielle. Laine de mérinos, ailes de colibris, qui pouvait le dire ? Bobby était considéré comme l'homme le mieux habillé du monde de l'édition. Cette réputation d'élégance en faisait sourire plus d'un, tant elle détonnait avec son caractère.

Le téléphone sonna, et Bobby décrocha. Il possédait un smartphone Bluetooth, bien sûr. Mais il affectionnait les téléphones à l'ancienne, avec un combiné qu'on pouvait raccrocher au nez de son interlocuteur. Dans ce domaine, il n'avait rien à envier à cette pourriture de Mort Durban, l'agent le plus détesté de Manhattan.

Il écouta pendant cinq secondes, puis il laissa tomber :

— La jaquette ? Je l'ai vue, oui. Le livre parle d'un troll, ou quoi ?... Non ? Dans ce cas, pourquoi y a-t-il un troll sur la couverture ?... Oh ! C'est un enfant ? Une petite fille ? Vous m'en direz tant !... Je ne veux plus jamais voir une merde pareille sur mon bureau, vous entendez ? Plus jamais !

Il raccrocha violemment, puis il regarda les deux hommes.

— Je suis impatient.

— De quoi ?

— D'entendre vos exigences. Vous allez me forcer la main pour placer qui dans la liste des best-sellers du *Times*, cette fois ? Et pendant combien de temps ? Deux mois, ça ira ?

— On a du mal à te suivre, Bobby, dit Karl d'un

air pensif. Ned Isaly est ton auteur. Tu dis qu'on t'a « forcé la main » pour le faire entrer dans cette fameuse liste. Il y est resté deux mois, et ça lui a rapporté un paquet de fric… Mais à toi aussi. Alors, pourquoi tu ne l'as pas fait plus tôt ?

Il donnait l'impression d'avoir énoncé une évidence. Bobby semblait d'un autre avis. Il émit un son guttural, comme s'il s'efforçait de ravaler une remarque cinglante, sans succès.

— Vous ne comprenez pas ? Normal : vous avez la tête tellement farcie de merde que d'ici une seconde il va se mettre à pleuvoir des étrons sur Madison Avenue !

— Tss, tss. Inutile d'être désagréable, Bobby.

— « Inutile d'être désagréable, Bobby », répéta Mackenzie en imitant la voix nasillarde de Karl.

Il se leva pour une visite au bar surchargé de bouteilles avant de poursuivre :

— Comme Ned Isaly s'est retrouvé en tête des ventes, vous croyez avoir tout pigé à l'édition. A ce compte-là, vous n'avez qu'à monter votre propre boîte et buter tous les auteurs dont le premier roman se vendra à moins d'un million d'exemplaires. Certains écrivains, comme Isaly, sont tellement doués qu'ils réussiront même sans pour autant gagner un fourgon blindé rempli de billets – ce qui n'a rien à voir avec la réussite, soit dit en passant. Ned réussirait en dépit de son éditeur !

Candy et Karl furent étonnés : Bobby faisait une distinction entre la réussite et la richesse ?

Karl leva la main, comme pour donner le départ d'une course.

— Une seconde, Bobby. Ned ne verrait pas ses

bouquins imprimés, et il n'en vendrait pas des tonnes, sans son éditeur – c'est-à-dire, toi.

Bobby tourna vers lui un regard incandescent. On aurait dit de la lave en fusion.

— Les livres de Ned ne devraient pas se vendre à la tonne, dit-il. Ils sont trop bons pour ça ! Le succès va lui monter à la tête. Il va quitter son petit deux-pièces pour un appartement de cent cinquante mètres carrés à Chelsea, ou un loft avec quinze cheminées à Tribeca, courir les cocktails et les soirées mondaines, se constituer une garde-robe…

— Pardon, mais la personne que tu décris ne ressemble pas du tout à Ned Isaly.

Bobby repoussa son fauteuil et se mit à parcourir le bureau comme s'il cherchait quelque chose, s'arrêtant parfois devant une gravure de l'école expressionniste allemande, ou donnant un coup de pied dans une pile de livres aux couvertures criardes.

— Ça viendra. Tout allait bien pour Ned. Mais, un jour (là, Bobby plaqua une main sur l'épaule de chacun des deux hommes), *vous* avez décidé de faire de lui un auteur de best-sellers. Bien sûr, vous saviez mieux que personne ce qui était bon pour lui…

— Hé ! protesta Karl. Tout ce qu'on a décidé, c'est qu'il méritait de vivre encore un peu. C'est toi qui nous as engagés pour le flinguer, je te rappelle. On t'a dit quelles étaient nos conditions. Tu devrais nous être reconnaissant d'avoir refusé de le faire.

Bobby se laissa tomber dans son fauteuil.

— Décidément, vous ne pigez rien à rien… soupira-t-il. Qu'est-ce que vous me voulez, d'abord ?

— Tu connais Cindy Sella ? demanda Karl.

La méfiance se peignit sur le visage de Bobby.

— Pourquoi, je devrais ?

— Un peu, oui ! C'est toi qui publies ses livres.

— Pas moi, Harbor Books. Une marque de Mackenzie-Haack.

— Une *marque* ?

— Une parmi beaucoup d'autres, oui. Celle-ci est dirigée par Bella Bond.

— Mais vous faites partie du même bazar ?

— On dit plutôt « groupe d'édition », mais oui.

— Et tu connais un agent appelé L. Bass Hess ?

— Bien sûr. Un sociopathe. Enfin, c'est mon avis, ajouta Bobby d'un ton magnanime.

S'étant levé, il attrapa deux verres trapus, versa deux doigts de Talisker dans chacun et les tendit à ses visiteurs.

— A ce que vous voulez !

C'était sa manière de porter un toast.

Il posa la bouteille en évidence sur son bureau – pour mieux la contrôler, sans doute.

— Qu'est-ce que Bass Hess vient faire dans cette histoire ?

— Tu n'es pas au courant, pour lui et Cindy Sella ?

Bobby leva les yeux au plafond et reboucha la bouteille.

— C'est vrai, j'ai entendu des bruits de couloir. Et je sais que nos avocats ont été pas mal occupés ces derniers temps – enfin, pour des avocats. Je m'efforce de rester en dehors de ces chicaneries.

— Tu devrais te tenir mieux informé, Bobby.

— Pardon, mais j'ai un peu perdu le fil pendant les six mois que je viens de passer en Australie. Les arnaques et les coups tordus sont monnaie courante dans ce milieu. Pour pouvoir tout suivre, il faudrait être la CIA et la NSA réunies !

Candy le mit au courant des détails de l'affaire.

Bobby laissa échapper un rire mouillé de single malt.

— Bon Dieu ! J'imagine bien Hess avec un jeu de cartes truqué et un pistolet planqué sous la table, pour descendre tous les types qui franchissent la porte du saloon. Mais en quoi est-ce que cette histoire me concerne ?

— On a découvert que Hess était aussi l'agent de Dwight Staines.

— Vous ne m'apprenez rien. Il essaie toujours de me soutirer davantage de fric. Les deux millions que Staines empoche pour chacun de ses bouquins parapsychotiques ne lui suffisent pas. Quel con, ce Staines, entre parenthèses.

— En effet, acquiesça Karl. On l'a rencontré à Pittsburgh. Ce qu'il faut que tu saches, c'est que Hess…

Bobby lui coupa la parole :

— Hess tentera de persuader Staines de signer avec un autre éditeur si on ne lâche pas Cindy Sella.

— Ça craint ! commenta Candy. En même temps, ça me rappelle quelque chose… Pas toi, Karl ?

— C'est du chantage, oui ! C'est comme ça que fonctionnent les auteurs ? Ils font tout ce que leur dit leur connard d'agent ?

— Pas tous. Mais les connards d'auteurs comme Staines, oui. Cela dit, je l'attends au tournant. Il a signé pour deux autres livres, les informa Bobby.

— Tu connais toutes les clauses du contrat par cœur ?

— Ça fait partie de mon boulot.

Bobby ouvrit un tiroir et en sortit une liasse de feuilles qu'il brandit.

— Tenez, dit-il. Le contrat de Cindy Sella.

— Donc, reprit Karl, tout ce qu'on t'a dit, tu le savais déjà. Pourquoi avoir prétendu le contraire, alors ?

— J'espérais que vous renonceriez et me laisseriez tranquille. Mais écoutez plutôt : « L'auteur devra garantir l'éditeur et l'indemniser en cas de perte, dommage, dépense résultant d'une rupture avérée ou présumée de ladite clause », blablabla. Et ça continue comme ça, points a, b, c, d, e, f… Vous saisissez le topo ? Cette clause standard figure dans tous les contrats. Mais à ma connaissance, c'est la première fois que quelqu'un l'invoque contre un auteur. Dites, vous travaillez vraiment pour Cindy Sella ?

— Tu demandes si elle nous a engagés ? Non. Disons qu'on l'aide à titre gracieux.

— Dans ce cas, pourquoi ne faites-vous pas ce pour quoi vous êtes les plus doués ?

Bobby mima un flingue avec ses doigts.

— Réfléchis un peu, Bobby : à ton avis, qui les flics soupçonneraient-ils en premier ?

Bobby se cala dans son fauteuil.

— Cindy Sella, sans doute. Quoique, avec Hess, les suspects ne manqueraient pas.

— Mais Cindy se retrouverait en haut de la liste.

— Je ne vois toujours pas en quoi cela me concerne.

— Ah ouais ?

Candy cessa de mastiquer et fixa Bobby d'un regard aussi glaçant qu'un pouce qui rabat lentement le chien d'un pistolet. Mais l'éditeur était décidé à leur tenir tête.

— Ouais, acquiesça-t-il en retournant son regard à Candy.

— Cindy est un de tes auteurs…

— Je vous le répète : c'est Harbor Books son éditeur.

Bobby jaillit de son fauteuil, saisit la bouteille de Talisker et en dévissa le bouchon avec l'index de la même main.

— Je vous écoute, dit-il, comme les deux autres le fusillaient du regard.

— Harbor Books appartient à Mackenzie-Haack. Mais là n'est pas la question. Tu nous dois une faveur, Bobby.

— Je ne vous dois rien du tout !

— Peut-être pas à nous. Mais à Cindy, à Ned et à leurs semblables, oui.

— Vous deux, en nobles défenseurs de la veuve, de l'orphelin et du droit d'auteur ? Ne me faites pas rigoler ! Vous croyez me tenir sous votre botte, pas vrai ? Que je vais faire tout ce que vous voulez ?

Candy et Karl levèrent les mains dans un ensemble parfait.

— Et tu le feras, Bobby, affirma Karl avec un sourire désarmant. Pas parce qu'on te le demande, mais parce que c'est ce que tu souhaites.

Bobby se laissa tomber de tout son poids dans son fauteuil, arrachant un soupir à celui-ci.

— En voilà des propos sibyllins ! Comment dois-je les interpréter ? Je suis invité à rejoindre la Famille ? A devenir un « homme d'honneur », un *capo* ?

Candy secoua la tête.

— Tu prends les films de Coppola trop au sérieux, Bobby. Et d'abord, tu n'es pas italien. Tu crois qu'on appartient à la mafia ? Tu as tout faux. On ne travaille qu'en free-lance. Tu vas faire ce qu'on te dit parce que tu aimes ça. Tu sais, l'adrénaline, le danger…

— Pas mon truc. C'est pour ça que je vous avais engagés, d'ailleurs.

— Arrête ton char, Bobby ! Cindy fait partie de tes auteurs. La plainte de Hess mentionne Mackenzie-Haack à longueur de page.

— Je me tue à vous le répéter : c'est Bella Bond qu'il faut convaincre, pas votre serviteur.

Le sourire de Bobby respirait la fausseté.

— Tu fais le mariolle alors que tu ne sais même pas ce qu'on veut, bordel ! s'emporta Karl.

— J'attends toujours que vous me le disiez.

— Cindy Sella…

Bobby fixa les yeux au plafond.

— Pas mon problème. Je ne possède pas Mackenzie-Haack. Vous cherchez à faire votre trou dans l'édition ? Alors, lisez la presse spécialisée, les gars.

— On est abonnés au *Publishers Weekly*.

Le regard de Bobby balaya le plafond comme s'il y cherchait des nuages.

— Vous lisez le *PW* ? Dans ce cas, vous devriez savoir que deux frères de Dubaï ont pris le contrôle de Mackenzie-Haack pendant mes vacances forcées en Australie.

— Dubaï ? Merde ! Je croyais qu'ils plaçaient leur fric dans les chevaux de course et les hôtels… Comment s'appelle leur conglomérat ?

— D & D.

— C'est les initiales de quoi ?

— Dubaï et Dodge.

— Dodge, comme les bagnoles ?

— Non, comme Dodge City, Kansas.

Candy et Karl éclatèrent de rire.

— Dodge City ! gloussa le premier en poussant le second du coude. Elle est bien bonne ! C'est qui, le président ? Wyatt Earp ?

— *Les* présidents, plutôt. Les frères Saad et Sahan bin Saeed.

— Des noms qui fleurent bon l'Ouest authentique…

— Vous ne croyez pas si bien dire ! Le plus jeune est à fond dans le western, ricana Bobby. Il porte des chapeaux de cow-boy, et la bride de son cheval est incrustée d'étuis de balle provenant d'une carabine Remington… Son frère et lui pensent avoir fait un geste amical envers les Etats-Unis en nommant leur société Dodge.

— Dans le temps, Dodge City était plus habituée aux échanges de coups de feu qu'aux gestes amicaux. Cet arrangement avec les frangins, ça te convient ?

— Bien sûr, tant qu'ils ne viennent pas fourrer leur nez dans mes affaires. Et comme ils ne sont presque jamais là… Je les vois toujours entre deux avions. Je les ai surnommés les frères Goodbye… Dubaï, Goodbye, pigé ?

Candy et Karl gloussèrent.

— Donc, résuma Karl, c'est toujours toi le boss.

Bobby prit un air faussement modeste.

— Jusqu'à une certaine limite, oui.

— Et la limite se situe où ?

— Probablement ici, répondit Bobby en brandissant la page du contrat comprenant la clause litigieuse.

Il mit son oreillette Bluetooth en place et dit :

— Dolly ? Envoyez-moi Jackson Sprague, du service juridique. Quoi ? Juridique, juriste… Servez-vous de vos méninges. Sprague est le principal avocat de Mackenzie-Haack. Dites-lui de descendre !

S'il avait eu un combiné à la main, il l'aurait certainement raccroché d'un geste rageur, mais la technologie Bluetooth le privait de ce plaisir. Si au moins il avait pu s'enfoncer l'oreillette jusqu'au tympan pour étouffer la voix de cette cruche…

— Dolly ! brailla-t-il.

La bien nommée Dolly était blonde, avec des lèvres botoxées et une silhouette avenante. Elle apparut dans l'embrasure de la porte, une main sur la poignée pour le cas où elle aurait dû la refermer précipitamment, et demanda à son patron ce qu'il voulait.

— Trouvez-moi Bella Bond.

— Impossible. Elle est à Block Island.

— Qu'est-ce qu'elle fiche à… Peu importe. Trouvez-moi son assistante, alors. Sandy quelque chose…

— Susie Archer. Elle n'est pas là non plus. Partie pour Martha's Vineyard.

La poignée de la porte passait un sale quart d'heure.

— Sa deuxième assistante, alors, reprit Bobby avec un soupir peiné. Elle en a combien, au juste ? Une centaine ?

— May Spinner ? Elle vient de partir pour Boston.

— Bon Dieu, on est à peine mardi ! J'ignorais qu'on expérimentait la semaine de deux jours, dans cette boîte.

Appuyée contre la porte, Dolly tripotait nerveusement la poignée. Le Code du travail n'était pas son point fort.

— Je ne sais pas, dit-elle. On ne m'a pas mise au courant.

— Trouvez-moi Sprague, dit Bobby en faisant le geste de la chasser. Ce sera tout.

Dolly battit en retraite. Bobby prit la bouteille sur son bureau et resservit ses visiteurs.

Deux minutes et une gorgée de Talisker plus tard, Dolly réapparut.

— Jackson Sprague vous fait dire qu'il ne peut pas venir. Il a rendez-vous au bar de l'hôtel Algonquin avec un éditeur de… Des Moines, je crois.

— Ce ne serait pas plutôt Dubaï ? Je ne connais aucun éditeur à Des Moines. Dites-lui de rappliquer fissa, s'il ne veut pas finir les fesses vissées à une chaise autour de la Table ronde à attendre le retour de Dorothy Parker, au Jugement dernier.

Dolly s'esquiva.

Jackson Sprague était grand et aussi mince qu'un roseau, avec une voix à l'avenant : quand il ouvrait la bouche, on aurait dit qu'il s'exerçait à la flûte de Pan. Son véritable prénom était Jack, mais sa prétention ne pouvait se satisfaire d'une telle banalité.

Il était une véritable gravure de mode, version Ralph Lauren : costume peau de requin, chemise à fines rayures avec un col officier blanc qui semblait travaillé par des velléités d'indépendance. Ses yeux devaient leur couleur verte à des lentilles teintées ; sa chevelure était un champ de blé argenté parcouru de reflets de maïs.

Jackson se prétendait anglais. Il possédait le genre de britannité que les Monty Python aimaient tourner en dérision – celle qu'on met plusieurs générations à cultiver, ou qu'on acquiert en une semaine à Wimbledon. En réalité, Jackson était né à King of Prussia, Pennsylvanie, ce qui constituait une forme d'hommage à la royauté.

— Je ne vous propose pas un verre, attaqua Bobby, puisque vous avez l'intention de vous torcher à l'Algonquin.

La bouche de Jackson frémit.

— J'y serais déjà, si vous ne m'aviez pas fait venir.

Bobby alla droit au but :

— C'est quoi, ce bordel, Jackson ?

— Je vous demande pardon ?

Bobby agita le contrat.

Jackson se pencha vers la page sur le dessus de la liasse.

— C'est une clause d'indemnité standard, remarqua-t-il.

— Merci, je le sais. Mais c'est la première fois que je la vois invoquée contre un auteur.

Jackson rit du bout des lèvres, comme s'il se réservait pour une occasion spéciale.

— Combien de fois avez-vous vu une situation semblable ?

Il se tourna vers Karl et Candy, sollicitant leur appui.

Peine perdue : les deux hommes restèrent de marbre.

Jackson demeura debout (Bobby ne l'avait pas invité à s'asseoir), une main dans la poche de sa veste, le pouce à l'extérieur.

— Laissez-moi vous expliquer quelque chose, Bobby… commença-t-il, les narines frémissantes.

Sa condescendance était une montagne dont ils auraient pu dévaler les pentes à ski.

Bobby le coupa dans son élan :

— J'aime mieux pas. Vous en auriez pour une heure, et vous enverriez la facture à Cindy Sella. Je vais vous donner ma version : Cindy Sella voulait que

Mackenzie-Haack continue à la publier. Le seul moyen de s'en assurer était de signer un contrat comportant cette clause d'indemnité. Elle pensait pouvoir le faire sans risque, n'imaginant pas une seconde que son ex-agent, avec qui elle n'était plus en contact depuis deux ans, exigerait une commission pour un livre sur lequel il n'avait pas travaillé. Mais cet enfoiré a eu ce culot. Dans ce pays, chacun est libre d'intenter un procès à n'importe qui pour n'importe quel motif, comme vous le savez… et l'approuvez sûrement. Constatant que Cindy n'a pas l'intention de lui donner ce qu'il veut, il se retourne alors contre son éditeur et lui réclame un argent qu'il n'a pas gagné. Ou qu'il a gagné et déjà obtenu, même s'il affirme le contraire…

Jackson Sprague rit de nouveau, mais à peine.

— Vous ne prétendez quand même pas…

Boum !

Bobby abattit le poing sur son bureau et jaillit hors de son fauteuil.

— Tout ce que je prétends, dit-il en se penchant vers Sprague, c'est que Cindy Sella s'est retrouvée cernée par trois bandes d'avocats – les siens, les vôtres et ceux auxquels vous avez sous-traité l'affaire. Sans oublier Hess, qui exige sans doute qu'elle paie aussi les siens. De quelque côté que la malheureuse se tourne, elle ne voit que des avocats. A gauche, à droite, devant, derrière… Même chez Dante, on ne trouve pas une vision de l'Enfer aussi terrifiante !

Tout en parlant, Bobby avait contourné le bureau pour venir se planter devant Jackson Sprague. Celui-ci campait sur ses positions, ou ce qu'il en restait, car il avait reculé d'un bon mètre devant l'avancée de Bobby. Une flamme, ou plutôt une étincelle de colère, à peine assez vive pour allumer une cigarette, vint troubler son impassibilité quand il déclara :

— Je n'ai aucun compte à vous rendre, Bobby. Seulement aux frères bin Saeed et à leur homme de confiance, Tom Nix…

— Tom Mix ? lâcha Candy.

— Pas Mix, Nix !

Ah ! Si seulement Candy avait pu ignorer l'existence de Tom Mix, comme celle de Hopalong Cassidy ou Gene Autry… Malheureusement, YouTube n'avait aucun secret pour lui.

— A cheval, cow-boy ! N'oublie pas ta Winchester !

Candy sourit devant l'expression interloquée de Jackson Sprague. Si ça n'avait tenu qu'à lui, il lui aurait collé une balle pile entre ses lentilles teintées.

Hélas ! Personne ne l'avait payé pour le faire.

15

Les Chelsea Piers avaient perdu leur atmosphère. Du moins Karl le pensait-il.

— Où est passée l'ambiance de film noir ? C'est quoi, là-haut, un jardin public ? Des arbres, une pelouse à l'emplacement des anciennes voies ferrées ? Un jardin au-dessus de nos têtes… C'est contraire aux lois de la gravité, sans parler de la nature ! Que sont devenus le brouillard, les cornes de brume, les miasmes putrides et les immondices ?

— Les quoi ?

— Immondices ?

— Non, avant.

— Putrides ?

— Laisse tomber. De toute façon, à cette heure-ci, on ne le voit pas, ton jardin. Alors, oublie-le.

En effet, il faisait nuit noire. Danny Zito leur avait fixé rendez-vous au quai 61, à 23 heures. C'était là qu'il donnait ses « audiences », avait-il précisé.

« Ses "audiences" ! » avait ricané Candy en raccrochant.

Sacré Danny !

— C'est normal, de se procurer aussi facilement le numéro d'un témoin protégé ? s'enquit Karl.

— C'est Clive qui me l'a filé. Il le tenait de Bobby Mackenzie. C'est naturel que Danny veuille garder le contact avec son éditeur.

— Ses « audiences », ricana Karl à son tour. Non mais, il se prend pour qui ? Le P-DG de Lehman Bordel ? L'administrateur de Fannie Mae Deux ? Le président de Goldman Sachs à Merde ?

— Au royaume des gangsters…

Karl secoua la tête d'un air catégorique.

— Les types de Wall Street n'ont rien à voir avec les gangsters à l'ancienne. Ce sont des OGM, des mutants ! Ils seraient incapables de braquer une banque, même si John Dillinger revenait d'entre les morts pour leur tenir la main !

Une corne de brume retentit dans le lointain, à croire que l'Hudson avait entendu les griefs de Karl.

— Tu voulais une corne de brume ? Eh bien, tu es servi !

Il en fallait davantage pour amadouer Karl.

— Elle sonnait faux. Regarde autour de toi : complexe sportif, practice de golf, salle de fitness, spa… Le seul élément positif, c'est que tout est fermé à cette heure-ci.

Il secoua la tête et ajouta :

— Il faut que Danny ait des couilles en acier pour être resté à New York après avoir balancé la moitié de la famille Bransoni, dont Papa B.

— Caché aux yeux de tous… Comme dans cette histoire de lettre volée.

— La nouvelle de Poe ?

— C'est ça.

Candy frappa ses mains gantées l'une contre l'autre. La nuit était fraîche, et un vent glacial soufflait du fleuve.

— Même si, au bout du compte, il y a tromperie.

— Comment ça ? demanda Karl, occupé à rallumer son cigare.

— La lettre en question… Elle n'est pas vraiment en évidence.

— Bien sûr que si ! Sur le bureau du voleur, parmi les cartes de visite…

— Mais on a modifié son aspect. Elle ne ressemble plus du tout à ce qu'elle était au départ. Je n'appelle pas ça laisser en évidence. Tiens !

Candy tira son portefeuille de son pardessus et en sortit un billet de cent dollars qu'il laissa tomber par terre.

— Ce billet, là… Il est en évidence, lui.

Pendant qu'ils s'affrontaient dans une discussion stérile sur la notion d'évidence, Danny Zito surgit du brouillard, tout de noir vêtu.

— C'est bien vous, les gars ? demanda-t-il avec un grand sourire. Quand vous m'avez appelé, j'ai cru à une blague. C'est un honneur, ajouta-t-il en leur serrant la main. Vous êtes des légendes ! « C'était du boulot correct, mais ça ne valait pas Candy et Karl. » C'était ce que Papa B. disait toujours quand un porte-flingue qu'il avait engagé pour un contrat venait lui réclamer son fric. « Ça ne valait pas Candy et Karl ! » Bien sûr, il ne le lui disait pas en face : ces types s'énervent facilement. Vous servez de modèles à toute la profession !

— Faut pas exagérer, protesta Karl. Disons qu'on se débrouille. Mais toi, tu as écrit un livre. Ni Candy ni moi, on ne peut en dire autant. *Le Bouc émissaire* est un bouquin génial !

Danny prit un air modeste.

— Merci. J'ai presque fini le prochain. Il faut que je voie Clive Esterhaus à ce sujet. Vous vous rappelez Clive ? Il vous a contactés de ma part, et il était à Pittsburgh en même temps que vous. Au fait, ça s'est terminé comment, cette histoire ?

— On a refusé le contrat.

— La cible était un écrivain, *n'est-ce pas* ?

« N'est-ce pas »… Non seulement Danny Zito écrivait, mais il parlait français. Décidément, le métier de tueur à gages menait à tout.

Danny alluma une cigarette, balança l'allumette, reprit :

— Clive a engagé quelqu'un d'autre ? Dans ce boulot, on a intérêt à toujours surveiller ses arrières…

— Non. Son patron et lui ont reconnu leur erreur.

— Oh ! Et qu'est-ce que je peux faire pour vous ?

— On sait que tu es témoin protégé, mais tu as toujours eu le bras long. J'imagine que tu as gardé tes relations, au moins en partie. Nous, on n'a pas l'habitude d'aller chercher les gens. En général, c'est eux qui viennent à nous. Mais là, on a besoin de quelqu'un.

— Pour exécuter un contrat ?

— Non. Ça, c'est notre partie. Il nous faut quelqu'un qui s'introduise dans un cabinet d'avocats et leur soutire des informations pour le compte de notre cliente.

Danny jeta sa cigarette et l'écrasa avec son talon.

— Des avocats ? Je connais des tas de types qui paieraient pour tirer les vers du nez à ces pourris.

Les trois hommes rirent en se poussant de l'épaule.

— Votre gars, ce serait quoi, son rôle ?

— Il devrait se faire passer pour un importateur de poissons exotiques, et aussi de coraux. Tu sais, les récifs…

— Merci, j'ai compris. Mais qui voudrait acheter un récif de corail ?

— Pas un récif entier. Des morceaux, pour fabriquer des bijoux ou les collectionner. Il y a des amateurs. Les coraux sont l'espèce aquatique la plus menacée au monde.

Danny, qui venait de fourrer une tablette de chewing-gum dans sa bouche, cessa de mastiquer pour demander :

— On parle de quel genre de poissons, là ?

Candy puisa dans ses souvenirs de lectures :

— Eh bien, le silure grenouille, par exemple…

— Tu te fous de moi ?

— Pas du tout ! C'est une variété de poisson-chat.

Danny recommença à mastiquer avec une détermination féroce. Puis il s'interrompit de nouveau, pour lâcher :

— C'est pas simple, ce que vous demandez là, les gars. Je ne vois qu'une personne : la femme au dragon.

— C'est qui, celle-ci ?

Danny jeta un coup d'œil alentour et baissa la voix :

— Lena bint Musah. Elle vient de Malaisie… de Koala Lombaire, ou un nom dans ce genre… Une seconde !

Danny tira de sa poche un calepin dans lequel il griffonna au stylo-bille avant d'arracher la page.

— Tenez !

— « Lena bint… » déchiffra Karl.

— Chut ! souffla Danny. La nuit a des oreilles, mon vieux.

— C’est pas plutôt les murs ?

— Aussi.

— Cette femme, elle fait quoi ?

Danny les regarda tour à tour avec une expression incrédule.

— Ce qu’elle fait ? Tout ce que vous lui demandez, à condition d’y mettre le prix.

— Elle s’y connaît en poissons ?

— Qu’est-ce que j’en sais ? Ce qui compte, c’est que vos pigeons le croient. Ça m’a fait plaisir de papoter avec vous, les gars.

Et Danny se fondit dans le brouillard.

16

L. Bass Hess ne tenait plus en place.

Paul Giverney lui avait annoncé sa visite pour midi, et il était presque l'heure fatidique. Ça ne pouvait signifier qu'une chose : Giverney envisageait de prendre un nouvel agent. Chacun de ses livres lui rapportait plus d'un million de dollars, soit pour son agent une commission d'environ deux cent vingt-cinq mille. Pris de vertige, Bass Hess s'enfonça dans son fauteuil presque jusqu'à disparaître.

Il allait être en retard à son déjeuner avec Madeline Crow, éditrice chez Quagmire, à qui il tentait de refourguer le manuscrit d'un de ses clients : « Un roman de boxe existentialiste », selon ses propres termes, narrant l'histoire d'amour de deux boxeurs gays contraints de s'affronter sur le ring.

Ce résumé avait suscité chez Madeline Crow un rire aussi incontrôlable qu'impitoyable.

« Sans déconner, Bass, c'est le pitch le plus débile que j'aie jamais entendu ! »

L. Bass Hess avait serré les dents. Il n'avait jamais pu souffrir la grossièreté chez une femme.

« J'admets que ça semble improbable. Mais c'est

précisément ce qui donne sa dimension existentialiste au roman…

— Vous m'en direz tant ! Votre poulain est déjà publié chez Quagmire. Quel est le problème avec Melody LaRue ? »

L'éditrice actuelle du « poulain ». Le problème avec elle ? Son nom, pour commencer. Dès qu'il l'entendait prononcer, Bass l'imaginait en train de s'effeuiller sur la scène d'un club privé.

« Pour être franc, Madeline, elle n'est pas à la hauteur d'un livre aussi profond. »

Pour être tout à fait franc, Madeline, l'auteur te trouve canon.

« "A la hauteur" ? Depuis quand doit-on être "à la hauteur" dans ce boulot ? On n'est plus à l'époque de Proust, de Flaubert, ni de Xing Ho Shit. Soyez réaliste : je ne peux pas me pointer, la gueule enfarinée, et piquer ses auteurs à Melody ! »

Xing Ho *quoi* ?

« Tout ce que je veux dire, avait repris Bass, c'est que vous avez l'intelligence nécessaire pour appréhender les multiples facettes de cette œuvre. »

Madeline Crow avait poussé un soupir déchirant.

« Où et à quelle heure voulez-vous qu'on se retrouve ? »

Bass avait esquissé un sourire. Son pouvoir de persuasion était toujours aussi fort.

« La Gramercy Tavern, 13 h 30 ?

— Ça marche. Leurs martinis mériteraient d'être un peu plus chargés en gin, mais la bouffe est correcte. »

Comment ces gens faisaient-ils pour travailler avec tout l'alcool qu'ils siphonnaient pendant leur pause déjeuner ?

Midi et quart, et Paul Giverney n'était toujours pas là. Bass arpentait son bureau comme un lion en cage. Il fit une halte pour ranger les magazines sur la table basse, une autre pour redresser le black-bass empaillé. Il penchait de quarante millimètres vers la droite. Bass ne supportait pas ce qui était mal aligné.

Son père, Louis Hess, était un grand pêcheur devant l'Eternel. Bass avait accroché le poisson dans son bureau pour honorer sa mémoire. Lui-même taquinait parfois la gaule, dans les Everglades. Il détestait la pêche, détestait les Everglades, mais les deux constituaient un passage obligé de sa visite annuelle à sa tante Simone, qui lui faisait encore plus horreur que Melody LaRue.

L'interphone bourdonna. Bass se figea.

— M. Giverney est arrivé, annonça Stephanie d'un ton enjoué.

Il se rua vers la porte, se ressaisit et se composa une expression de curiosité modérée.

— Paul ! Quelle bonne surprise !

— Salut, Bass.

Les deux hommes échangèrent une poignée de main sur le seuil.

— Entrez donc, proposa Bass.

— Vous avez déjà pris le thé, je suppose ?

— Pardon ?

— C'est comme ça qu'on accueille les visiteurs à Glasgow : « Entrez, vous avez déjà pris le thé, je suppose ? »

Il y eut un bref silence.

— Vous revenez de Glasgow ? demanda enfin Bass.

Paul s'abîma dans un des fauteuils en cuir sombre disposés de part et d'autre de la table basse.

— Vous n'avez pas saisi ?

Apparemment, c'était censé être drôle. Bass laissa échapper un rire aussi mince qu'un parchemin.

Pas dupe, Paul Giverney se fendit d'une explication :

— Les habitants de Glasgow sont réputés pour leur radinerie.

Bass passa une main sur sa nuque, où ses cheveux roux commençaient à se clairsemer.

— Je vois… En quoi puis-je vous être utile, Paul ?

— J'envisage de changer d'agent.

L. Bass Hess eut le plus grand mal à se contrôler. Il brûlait de faire des bonds de joie dans son fauteuil. Pour se donner une contenance, il déplaça un cendrier – vierge de toute trace de cendres – et toussa derrière son poing.

— Si vous me permettez un avis, il vous faut un agent qui vous décharge de toutes contraintes, pour que vous puissiez consacrer votre temps à l'écriture de vos merveilleux romans.

Il souligna ses propos d'un sourire qui se voulait charmeur.

Paul trouva que le sourire faisait toc, et ce « vos merveilleux romans » plus encore.

— Il me semble que votre agent actuel est Jimmy McKinney, enchaîna Bass. Vous n'en êtes pas satisfait ?

— Jimmy est un excellent agent. Simplement, il n'a pas de temps pour moi.

Pas de temps pour Paul Giverney ? McKinney était bon à enfermer ou quoi ?

— Je ne comprends pas. Comment peut-il vous négliger ?

— Ce qui intéresse Jimmy, c'est de représenter des écrivains de talent qui n'ont pas encore percé, ou qui ont besoin d'être guidés par quelqu'un qui ait du flair…

Du flair ? Si quelqu'un en possédait dans l'industrie éditoriale, c'était assurément Bobby Mackenzie. Malheureusement, c'était aussi un parfait salaud.

— Des auteurs comme Joe Moss, ou…

Paul avait failli ajouter « Cindy Sella », mais il s'était ravisé, de peur de mettre la puce à l'oreille de Hess. Même si le cerveau de celui-ci semblait tourner au ralenti.

— C'est très noble de sa part…

Pour éviter de donner lieu à une comparaison entre les motivations de Jimmy McKinney et les siennes, Bass s'empressa d'ajouter :

— Je choisis mes clients avec le plus grand soin. C'est pourquoi je n'en ai pas plus de huit ou neuf.

Six ou sept, en réalité, et il était urgent qu'il s'en trouve de nouveaux, choisis avec soin ou pas.

Paul tourna son regard vers la porte comme s'il songeait à prendre la fuite, refroidi par l'apparente impopularité de Hess.

— C'est peu, remarqua-t-il.

— Ça me permet d'accorder toute mon attention à chacun.

— Et s'ils étaient vingt, vous accorderiez à chacun la moitié de votre attention ?

— Ce n'est pas ce que j'ai…

— Quels sont vos critères ?

— Mes critères ?

— Vous venez de dire que vous choisissiez vos clients avec soin.

— Oh ! Mettons que je recherche des auteurs qui partagent ma philologie.

Sans doute voulait-il dire « philosophie ». Mieux vaut éviter les mots trop savants quand on ignore leur sens, à plus forte raison en présence d'un écrivain.

— Qu'est-ce que vous entendez par là, au juste ? Vous recherchez la concordance des âmes ?

— Je ne l'aurais pas mieux dit !

Seigneur… Cet imbécile allait finir à plat ventre sur le tapis, à lui lécher les bottes.

Hess poursuivit dans la flatterie, sans toutefois s'attaquer aux bottes de son interlocuteur :

— Vous avez tout compris. J'aspire à un esprit de concorde, à l'harmonie des humeurs…

Comme il continuait à pérorer, Paul se leva et fit mine d'examiner le dos des livres sur les rayonnages de la bibliothèque. Deux romans de Don DeLillo encadraient une photo de Hess, nonchalamment appuyé sur une Ford Mustang. (Pas du tout son style de voiture, soit dit en passant.) Le panneau latéral arrière de la voiture était enfoncé.

— … pour résumer, j'évite les tempéraments volatiles, prompts aux emballements…

Paul détacha à regret son regard des livres.

— Bass, lâcha-t-il avec toute la condescendance dont il était capable, nous parlons de l'édition. Les « tempéraments volatiles », comme vous dites, constituent la norme chez les écrivains, et plus largement dans la société. Pour trouver des gens raisonnables, qui aient la tête sur les épaules, il faut chercher chez les astronautes, Obi-Wan Kenobi, ou encore…

Il se tut, lassé de ce petit jeu. Hess avait l'œil presque vitreux.

— C'est votre voiture ? reprit Paul, désignant la photo. Jolie.

Tout ce qui touchait aux bagnoles l'ennuyait à mourir.

— Modèle 1964, précisa Hess. Elle a eu un accrochage. Il faudrait changer le panneau latéral arrière, mais vous savez combien il est difficile de trouver des pièces de rechange pour ces vieilles voitures. Naturellement, elle n'est pas à New York, mais dans un garage, dans le Connecticut…

Naturellement. La mienne est garée en permanence devant le GE Building, sur la Sixième Avenue.

Paul se rassit et renversa la tête en arrière pour fixer le plafond.

— Je pourrais sans doute négocier moi-même mes contrats…

La réaction de Bass ne se fit pas attendre. Il se pencha en avant avec une expression quasi désespérée.

— Paul, croyez-moi, vous iriez droit à la catastrophe ! Il faut veiller à trop de choses. Il y a la question des droits subsidiaires, qui devient de plus en plus complexe, mais aussi les droits étrangers et dérivés… Adaptations pour le cinéma, la télé, sans parler des formats numériques…

Il continua à empiler les exemples, s'aventurant toujours plus loin sur un terrain réputé instable et infesté de sables mouvants. Si seulement le chien des Baskerville avait pu surgir et lui sauter à la gorge ! L'imagination de Paul galopait à travers la lande de Dartmoor quand il se décida à interrompre la litanie de Hess :

— Comment est formulée la clause d'agence qui figure dans vos contrats ?

— Eh bien, c'est la clause habituelle qui…

— Montrez-la-moi.

— Quoi, maintenant ?

— Oui, maintenant.

L. Bass se leva sans hâte et s'approcha de son bureau. Après avoir ouvert et refermé plusieurs tiroirs, il revint vers Paul et lui tendit un contrat.

Paul sauta directement à la dernière page et lut à voix haute :

— « L'Agent se réserve un droit de regard sur le manuscrit suivant de l'Auteur »…

— Ça ? Oh, c'est juste une formule standard, sans signification particulière…

— Si elle ne signifie rien, alors qu'est-ce qu'elle fait là ? Vous savez aussi bien que moi que ce genre d'argument n'a aucune valeur devant un tribunal. Hors de question que je signe ça, déclara Paul en se levant d'un air décidé.

Bass se dressa tel un ressort, les yeux exorbités, comme s'il venait de voir le chien des Baskerville apparaître au sommet d'une colline.

— Paul, il y a sûrement moyen de reformuler cette clause à votre convenance…

— Dans ce cas, rappelez-moi quand vous l'aurez reformulée.

Paul se dirigea vers la sortie, saluant Stephanie au passage. Il aurait franchi la porte sur sa lancée s'il n'avait aperçu les photos des clients de Hess sur leurs présentoirs.

Cindy Sella… Non content de la traîner en justice, ce salaud l'utilisait pour faire sa pub !

17

La femme qui leur ouvrit ne venait ni du Bronx ni du South Jersey.

Ils s'attendaient à une petite vieille aussi ridée qu'une pomme. Ils furent accueillis par une grande femme aux yeux d'onyx, aux cheveux noirs tirés si étroitement en arrière qu'elle semblait coiffée d'un casque en acajou poli, vêtue d'une robe vert jade en soie damassée avec de petits boutons jusqu'au cou.

Très asiatique, pensa Karl. Normal, pour une Malaisienne.

Candy lui tendit la main avant de se raviser. Elle ne parut pas davantage remarquer son hésitation que s'inquiéter de la visite impromptue de deux inconnus qui n'avaient l'air d'appartenir ni à la CIA ni au FBI.

— Mademoiselle… commença Candy.

— Madame ben Musah… enchaîna Karl.

— Pour une femme, on dit *bint*, le corrigea-t-elle. *Ben* est réservé aux hommes.

— Comme dans « ben Laden », lâcha Candy avant que Karl ait eu le temps de lui écraser le pied.

Le sourire de la femme se teinta d'ironie.

— Un exemple malheureux… mais correct. A qui

ai-je l'honneur ? demanda-t-elle en les englobant dans un geste gracieux de la main.

Karl fut étonné par la politesse outrancière de ses paroles comme de ses manières.

Ils se présentèrent.

— C'est Danny Zito qui vous a… recommandée à nous, précisa Candy.

— Ah ! M. Zito.

C'était la première fois qu'ils entendaient quelqu'un donner du « monsieur » à Danny.

D'un geste tout aussi gracieux mais plus appuyé, elle les invita à entrer. Elle avait de longs doigts minces, des ongles effilés enduits de vernis incolore.

— Dois-je en conclure que vous travaillez dans la même branche que lui ?

— On peut dire ça, oui.

Le sourire de la femme s'accentua. Ils entrèrent. Ce cérémonial donnait à Karl l'impression de marcher sur des échasses.

Ils passèrent d'un vestibule faiblement éclairé à un salon qui ne l'était pas davantage et qui aurait pu servir de décor à *Miss Saigon* (du moins Karl se plaisait-il à le croire : il n'avait jamais vu la comédie musicale). Toute une palette de rouges sombres et de bruns dorés chatoyait dans la clarté des lampes tamisées par des abat-jour soyeux et d'un feu de cheminée encore plus soyeux.

— Je vous en prie, asseyez-vous. Voulez-vous un espresso ? Je venais de m'en servir un.

Ils acquiescèrent. Candy se fit la réflexion qu'ils auraient montré le même empressement si elle leur avait proposé une coupe de poison. Quelle femme ! Tandis qu'elle remplissait deux minuscules tasses qui avaient surgi comme par magie d'un tiroir inséré dans la table basse, sa mémoire buta sur un nom exotique, celui d'un lieu mentionné par Danny.

— Vous êtes de… Singapour, je crois ?

— Pas tout à fait. Sans doute voulez-vous parler de Kuala Lumpur ? Beaucoup de gens font la confusion, en raison de la proximité de Singapour avec la frontière malaisienne.

Une réponse très diplomatique, songea Karl. Lui-même aurait été parfaitement incapable de situer la Malaisie sur un atlas.

Une mince cigarette brune au parfum âcre mais agréable se consumait dans un cendrier en bronze, à côté d'un petit bouddha en stéatite. La femme la cueillit délicatement entre ses doigts et leur tendit un coffret en métal argenté.

— Vous fumez ? Ces cigarettes sont excellentes, beaucoup plus intéressantes que celles qu'on trouve ici.

Les deux hommes se servirent.

— En quoi puis-je vous être utile, messieurs ? demanda la femme en reposant le coffret.

— On a besoin que quelqu'un se fasse passer pour un importateur de poissons exotiques, répondit Karl.

Il tira sur sa cigarette et se cala dans son fauteuil. La tête lui tournait un peu.

— De manière illégale, précisa Candy.

— Qu'est-ce qui est illégal ? L'importation de poissons, ou votre démarche ?

— Non, attendez ! intervint Karl. Tout ce qu'on veut, c'est soutirer des informations à une paire d'avocats. L'importation de poissons est juste une couverture pour vous introduire dans leur cabinet.

— Ou leurs bonnes grâces… Intéressant. C'est quoi, le fond de l'affaire ?

Candy et Karl s'empressèrent de l'éclairer.

— Comme c'est banal ! soupira-t-elle en soufflant un filet de fumée.

Ce commentaire jetait un jour nouveau sur la situation. Candy se prit à méditer sur la notion de banalité. L'effet de la cigarette commençait à se répandre dans son organisme, et c'était plutôt plaisant. Il avait la sensation de se liquéfier. Son regard tomba alors sur le bouddha, et il se demanda s'il était parti pour ne plus faire qu'un avec l'univers. Pour sa part, il préférait faire deux. Woody Allen avait dit un truc dans ce style, non ?

Heureusement, Karl n'avait pas encore franchi la frontière entre SoHo et le Nirvana.

— Banal ? protesta-t-il. Cet agent est cinglé, oui ! Il veut ruiner Mlle Sella pour se venger d'elle.

— Je n'en doute pas une seconde, répondit Lena bint Musah. Les avocats, l'éditeur, l'agent… Ils m'ont tous l'air d'une belle bande d'incapables. Quoique, à la réflexion, les avocats se conduisent ni plus ni moins comme des avocats. C'est à se demander si le monde de l'édition est uniquement formé d'idiots. Vous avez dit que vous vouliez des informations. Quel genre ?

Elle tira une longue bouffée de sa cigarette sans pour autant donner l'impression d'être sur le point de se dissiper dans l'éther.

Candy reprit ses esprits.

— Eh bien, on cherche la preuve que ces deux têtes de nœud… Pardonnez l'expression…

Il agita vaguement sa cigarette afin d'expliquer cet écart de langage.

Lena sourit avec indulgence.

— Ne vous excusez pas. Je l'ai pris au sens strictement littéral.

Candy pouffa, tenta de répéter « strictement littéral » et faillit avaler sa langue.

— On cherche la preuve que ces types jouent un double jeu, et que Hess leur a fourni des infos sur Cindy Sella, dit Karl, volant à son secours.

— Mais pour le moment, on ignore qui sont les coupables dans cette histoire, remarqua Lena. C'est peut-être l'agent, peut-être les avocats, ou les deux. Qu'y avait-il, dans le dossier que l'agent vous a confié par erreur ?

— Des trucs sur la personnalité de Cindy. Mais on n'a aucune preuve qu'il y ait eu entente entre lui et ces deux avocats, Hale et Reeves. Le nom de leur firme – Snelling, Snelling, Borax & Snelling – ne figure nulle part dans ces documents. Et maintenant qu'on a inventé cette histoire de trafic de poissons, on est obligés de s'y tenir.

Un vieux chien entra dans la pièce d'un pas nonchalant, flaira les pantalons des visiteurs et alla paisiblement s'asseoir aux pieds de Lena.

On dirait bien qu'il a fumé les mêmes cigarettes que sa maîtresse, songea Candy en secouant à regret la cendre de la sienne.

— A ce sujet, dit Lena, je dois vous avouer mon ignorance. Je sais juste qu'on pratique la pêche au cyanure en Malaisie, et qu'il est illégal d'importer des coraux.

Elle marqua une pause, le temps d'écraser son mégot.

— Je sais également qu'on trouve en Malaisie et en Indochine un poisson très apprécié des aquariophiles, le scléropage d'Asie. J'ai entendu dire que son prix pouvait atteindre dix mille dollars.

Karl poussa un sifflement admiratif tandis que Candy prenait une nouvelle cigarette.

— L'arowana platine vaut dix fois plus cher, dit-il.

Il rit en soufflant la fumée par le nez.

— Vraiment ? fit Lena. C'est fascinant. Je suggère que nous trouvions deux ou trois exemples de valeur analogue.

— Anallllogues dans l'illlllégallllité… ajouta Candy.

Lena acquiesça et affecta de ne pas voir la cigarette qu'il avait glissée derrière son oreille.

— Moyennant quelques recherches complémentaires, reprit-elle, je devrais pouvoir passer pour une experte.

— Candy se chargera des recherches. Il est à fond dans les poissons.

Lena se leva, mettant un terme à l'entretien.

— Je devrais être au point d'ici quelques jours, dit-elle.

— Quoi, déjà ?

— Oui.

— Merci pour le café et les cigarettes, dit Candy.

— Minute ! s'exclama Karl pendant qu'elle les raccompagnait jusqu'à la porte. On ne vous a pas demandé combien vous preniez pour ce genre de boulot.

— C'est la première fois que j'accepte ce genre de « boulot », comme vous dites. En général, mes honoraires s'élèvent à cinq mille. Si le client est satisfait de mon travail, bien sûr. Dans le cas contraire, il ne me verse rien.

Cette réponse impressionna très favorablement Karl. Son associé et lui partageaient la même éthique.

— Mais dans votre cas, poursuivit-elle, un simple défraiement suffira.

Karl en resta bouche bée.

Candy vérifia que la cigarette était toujours en place derrière son oreille avant de demander :

— C'est une blague ?

— Je suis on ne peut plus sérieuse. Je trouve cette affaire passionnante. Voilà une jeune femme qui n'a rien à se reprocher. Pourtant, elle est cernée par des vautours – avocats, agent, éditeur – qui lui réclament des sommes astronomiques. Et qui se dresse pour la défendre ? Un couple de tueurs à gages.

Elle sourit et ajouta :

— Ça me plaît. J'attends votre coup de fil.

18

Paul Giverney ne pouvait s'empêcher d'éprouver de la peine pour les moules qu'il cueillait dans leur coquille avant de les gober. Peut-être avait-il trop souvent lu *De l'autre côté du miroir* à Hannah.

— « L'heure est venue, dit le Morse, de discuter de tout… »

Il laissa un silence, que Bobby Mackenzie s'empressa de combler :

— « Parlons souliers, bateaux, bougies, parlons rois, parlons choux… »

Paul sourit.

— « Demandons-nous si les porcs volent et pourquoi la mer bout… »

— C'est la raison de ce rendez-vous ? Vous m'en bouchez un coin, là !

Pendant que Paul mangeait ses moules, Bobby éclusait un single malt et ignorait sa salade César.

— Pourquoi cet endroit, d'abord ?

Ils déjeunaient au Clownfish Café. Bobby était déjà attablé quand Paul était apparu et avait interrompu une énième engueulade par oreillette interposée au sujet d'une énième jaquette de livre.

— Une amie me l'a conseillé, répondit Paul. Il a été le théâtre d'un accrochage, la semaine dernière.

— Ah ! Quel genre d'accrochage ?

— Apparemment, deux tueurs ont fait irruption et ont ouvert le feu sur l'aquarium.

Bobby jeta un coup d'œil vers celui-ci, au fond de la salle.

— Un épisode à la Hemingway, laissa-t-il tomber. Pourquoi ?

— A ce qu'on m'a raconté, Bass Hess se trouvait de l'autre côté.

— Ça me suffit, comme explication.

Bobby reposa bruyamment son verre, s'attirant les regards de quelques-uns des autres clients. A travers l'aquarium, ils distinguaient les silhouettes troubles d'un couple attablé.

— Pourquoi vouliez-vous me voir, Paul ? Notez que je ne m'en plains pas. Mais vous n'avez pas l'habitude de me donner rendez-vous pour déjeuner.

— Je voulais juste bavarder.

— Ça non plus, ce n'est pas dans vos habitudes.

— Cindy Sella.

Bobby but une longue gorgée de scotch en fixant Paul par-dessus son verre.

— Quoi, encore ? Récemment, j'ai reçu la visite de deux malfrats qui voulaient que je fasse quelque chose pour elle.

— Deux malfrats qui ne vous étaient pas inconnus, Bobby.

Mackenzie lui décocha un sourire crispé.

— J'ai eu un mal de chien à leur faire comprendre que je n'étais pas l'éditeur de Mlle Sella, et que par conséquent je n'avais aucun moyen d'intervenir en sa faveur.

— Que voilà une belle pirouette !

— Pardon ?

Paul repoussa son saladier de moules et se pencha au-dessus de la table.

— Vous ne me ferez pas croire que vous n'avez aucun pouvoir chez Harbor Books. Avant votre rachat par les frères de Dubaï, Bella vous mangeait dans la main, comme tout le monde dans votre boîte pourrie…

— Hé ! Vous êtes bien content que ma boîte pourrie publie vos livres !…

— En fait, non. Mais là n'est pas la question. Vous pourriez au moins obtenir que Harbor fasse bloc derrière Cindy. Jusqu'ici, personne ne lui a manifesté le moindre soutien. C'est silence radio !

— Evidemment ! Ils font tous dans leur froc. Tous les jours, des entreprises ferment, des gens perdent leur boulot…

— Mais vous, vous n'avez pas peur ?

— Moi ? Ne me faites pas rigoler ! Je suis trop précieux pour qu'on se passe de moi. Les temps ont changé, Paul. Vous vous rappelez l'époque où les éditeurs les plus prestigieux étaient tous à Boston ? Ils occupaient de vieilles maisons de grès brun, avec des escaliers en bois dont les marches craquaient et des tapis d'Orient fins comme de la gaze sur…

— Vous allez me faire pleurer, Bobby. Vous êtes un grand professionnel, mais aussi le type le plus cynique que je connaisse. Vous ne reculez pas devant l'usage de la force, vous l'avez prouvé.

— A votre instigation, je vous rappelle.

Paul secoua la tête.

— Je vous ai posé un problème. Vous aviez le choix de la méthode pour le résoudre.

— Un problème qui appelait une décision impitoyable.

— Je l'admets. Est-ce à dire que nous faisons la paire, vous et moi ? Certainement pas. Vous faites une paire à vous seul, Bobby.

Bobby eut un rire alcoolisé.

— Quel sens de la repartie ! Pas étonnant que vos livres se vendent aussi bien.

— Vraiment, vous prétendez ne pas pouvoir obtenir de Bella Bond qu'elle intercède pour Cindy Sella ?

— Je vous le répète, Bella travaille pour Harbor Books. Je ne m'immisce pas dans leurs affaires internes.

Il faillit ajouter que Bella Bond se trouvait sur Block Island. Peut-être l'aurait-il fait si Paul lui en avait laissé le temps.

— Dans ce cas, je vais vous expliquer la raison de ce rendez-vous, Bobby. Il s'agit d'un déjeuner d'adieu.

— Voyons, vous n'êtes pas sérieux !

— Mon contrat mentionne un seul livre. Après, je serai libre.

Rares étaient ceux qui pouvaient se vanter d'avoir battu Bobby Mackenzie à son propre jeu. Paul Giverney venait d'intégrer ce club très privé.

Bobby avait les clichés en horreur. Pourtant, mis le dos au mur, une seule réponse lui vint :

— C'est du chantage !

— Que ce soit vous ou un autre qui publiiez mes bouquins, ça ne change rien pour moi.

— C'est absurde !

Ayant fini son scotch, Bobby mordilla un glaçon.

Paul reprit :

— La façon même dont je vous ai choisi indique à quel point tout ça m'est égal.

Bobby montra son verre vide au serveur.

— Mes, pardon, *nos* amis Candy et Karl ont employé des arguments similaires, dit-il en regardant d'un air indécis la feuille de romaine piquée au bout de sa fourchette. Ces rendez-vous secrets, ces visites nocturnes…

— Ils vous ont tiré du lit ?

— Bien sûr que non. Mais ça m'a donné des idées. Il faudrait quelque chose dans cet esprit pour votre prochain roman. Le titre actuel, *Au ralenti*, n'est pas assez… excitant. Après tout, vous écrivez des thrillers !

— Après tout, non.

— Je sais. Jimmy McKinney a insisté pour que le livre soit classé en littérature générale.

— Ce n'était pas à lui mais à vous de l'imposer au marketing. C'est pourquoi je disais plus tôt que je n'étais pas content de votre boulot.

— Vous avez raison. Mais je ne suis pas un magicien… Enfin, pas à temps plein.

— Refermons cette parenthèse. Vous disiez ?

— Je n'ai encore rien dit, mais je m'apprêtais à vous proposer qu'on se retrouve tous dans mon bureau, demain après-midi, pour définir une stratégie. J'ai une réunion commerciale à 17 heures. Mettons, vers 18 heures ? Vous, moi, Clive Esterhaus et les deux malfrats.

Bobby prit le verre que le serveur venait d'apporter et le leva avec un sourire mielleux.

Paul lui retourna un sourire qui ne lui cédait rien en hypocrisie.

— Pas *deux* malfrats, Bobby. A nous tous, ça en fera cinq.

19

Cindy Sella observait ses poissons, se demandant s'ils ressentaient les limites de leurs existences ou s'ils étaient satisfaits de nager en rond dans leur bocal. Elle avait l'intention d'en acheter un plus grand. En attendant, elle avait complété la décoration de celui-ci avec des fougères miniatures et un rocher percé de trous dans lesquels ils pouvaient se glisser. Mais ils passaient toujours le plus clair de leur temps à se prélasser sur les deux feuilles qui leur servaient de hamacs.

Gus avait supervisé avec soin l'installation des différents éléments, s'imaginant peut-être qu'ils lui faciliteraient l'accès au bocal et à ses hôtes, mais il avait rapidement perdu ses illusions et rejoint Cindy sur le canapé.

Ce brusque souci des limites de l'existence avait surgi chez Cindy d'une réflexion sur sa propre vie, marquée par le sombre sceau de l'amertume et de la frilosité. Et que faisait-elle pour l'améliorer ? Rien, à part empiler les adjectifs, le plus souvent à mauvais escient.

A part Jimmy McKinney, elle n'avait que très peu d'amis – au rang desquels ne comptait pas son directeur éditorial, qu'elle voyait rarement. Elle n'était même pas certaine qu'il la reconnaîtrait s'il la croisait dans la rue. Ses seuls autres amis étaient Sammy Tooley, Rosa Parchment et, dans une moindre mesure, Benny Bennet. Elle n'avait pas revu ce dernier depuis qu'il lui avait vendu son mantra avant de replonger dans la drogue. Elle craignait qu'il n'ait également replongé dans la méditation, au risque de diluer le pouvoir du mantra.

Cindy avait besoin de documentation. Un des personnages de son roman menaçait de devenir accro, et elle ignorait tout de l'héroïne, du crack ou de la cocaïne. Contrairement à Benny, Sammy ne consommait aucune drogue. Encore heureux : il était tellement excité au naturel que s'il avait pris quoi que ce soit il se serait envolé par-dessus les toits.

Rosa, elle, avait déjà suivi deux cures de désintoxication, la première après s'être fait arrêter à Washington Square en train de revendre de la drogue. Rosa n'était pas une dealeuse régulière, mais elle fréquentait Benny, qui lui l'était – du moins Cindy le soupçonnait-elle. Rosa possédait une boutique dans le Village, Nevermore, où elle vendait des vêtements « vintage » provenant pour la plupart de l'Armée du salut. Quand elle voyait Cindy regarder à la dérobée les traces de piqûres sur ses avant-bras, Rosa prétendait toujours avoir été griffée par sa chatte, Renée. Si elle avait replongé, il était évident qu'elle ne souhaitait pas en parler. Cindy ne pouvait pas compter sur elle pour la renseigner.

Cindy vivait à Manhattan depuis sept ans, et elle ne s'était toujours pas constitué un cercle de connaissances avec qui aller au cinéma, au théâtre, au musée, ou se promener dans Central Park. Le plus souvent, elle ne sortait de chez elle que pour se rendre au café

Ray's, où elle écrivait. Voilà à quoi se résumait sa vie sociale.

Elle revit brusquement Monty et ses amis, baignant dans la fumée des pétards et des cigarettes comme des poissons dans l'eau. A eux quatre, ils semblaient ne former qu'un. Rien de tel que la défonce pour resserrer les liens, apparemment. Elle réfléchit quelques minutes. Peut-être pourrait-elle leur acheter un autre poisson-clown ? Le téléphone sonna juste comme elle s'apprêtait à le décrocher.

Sammy.

— Salut, Cindy. Ça te dirait qu'on se retrouve quelque part pour casser la graine ?

Pour un écrivain, Sammy employait des expressions affreusement datées. Plus personne ne disait « casser la graine ». Cindy accepta sa proposition, puis elle demanda :

— Qu'est-ce que tu connais à la drogue ? A titre personnel, je veux dire.

— Eh bien, j'ai fumé de l'herbe, une fois, à quinze ans…

— Ça ne compte pas vraiment.

— Pardon, mais pour moi, si ! Les autres avaient menacé de me faire la tête au carré si je ne les suivais pas.

— Désolée. En fait, ce qui m'intéresse, c'est les drogues dures : héroïne, crack, coke…

— Cindy, tu ne parles pas sérieusement ! Tu vas foutre ta vie en l'air…

— Rassure-toi, je n'ai pas l'intention d'essayer. C'est pour mon roman…

— Ils disent tous la même chose.

— Qui ça, « ils » ?

— Les écrivains.

— Sammy, toi et moi, on est écrivains. « Ils », c'est nous.

— Dans ce cas, on dit tous la même chose. Si on fréquente les Alcooliques anonymes, si on va en cure de désintoxication, ce n'est pas notre faute, c'est celle de nos personnages.

Cindy soupira intérieurement. Il était impossible d'aborder certains sujets avec Sammy.

— Tu crois que Rosa a replongé ? Je me posais la question.

— Rosa ? fit Sammy. Oh, d'accord ! Tu t'inquiètes à cause des traces sur ses avant-bras ? Ce sont des marques de griffures, pas de piqûres. C'est sa chatte qui lui a fait ça.

Cindy s'apprêtait à sortir quand elle vit Edward Bishop surgir par l'issue de secours. Il préférait emprunter l'escalier plutôt que l'ascenseur.

— Cindy ! s'exclama-t-il d'un ton ravi.

Si Cindy appréciait Edward, c'était en grande partie parce qu'il lui donnait toujours l'impression qu'elle était un pur régal pour les yeux, une oasis dans le désert, un havre dans la tempête, une… Stop !

— Edward ! Entrez, je vous en prie. Vous avez un moment pour prendre un verre ?

Il s'approcha en souriant. Il portait son costume d'hiver. Il avait un front haut, des cheveux châtains clairsemés, des yeux noisette, une moustache, des lunettes à monture métallique, et pas un sou devant lui.

— Avec plaisir, dit-il. Mais vous alliez sortir ?

— Je suis en avance. Je dois retrouver Sammy au café Ray's. Vous voulez vous joindre à nous ?

Il l'avait déjà fait, à une ou deux reprises. Il avait tout naturellement trouvé sa place parmi eux. Ray, le patron, l'avait jugé comme « un type bien », même s'il semblait issu d'une autre décennie. Le costume, la moustache… Edward était un poète respecté – l'égal d'Edwin Arlington Robinson, à en croire Jimmy McKinney. Il avait publié deux recueils qui évoquaient aussi une époque révolue, où l'on attachait de la valeur à la forme et au rythme : terza rima, sestina, sonnets dans l'esprit de Pétrarque…

— Pas ce soir, répondit-il. Mais je serais ravi d'entrer et de bavarder un peu avec vous. Histoire de retarder le moment d'affronter la page blanche.

— Vous aussi, vous ressentez ça, parfois ?

Edward prit place dans un fauteuil.

— Pas parfois, tout le temps. C'est une véritable angoisse. Pardonnez-moi ce cliché…

Troublée de découvrir qu'Edward Bishop pouvait donner dans le cliché, Cindy lui servit davantage de Jack Daniel's qu'elle n'en avait eu l'intention. Il appréciait le bourbon, en petite quantité. C'est à peine s'il y trempait les lèvres.

— Merci. Vous permettez ?

Certain d'obtenir sa permission, il avait déjà tiré sa pipe de sa poche. Après l'avoir bourrée de tabac, il l'alluma.

Cindy lui tendit son verre.

— Si c'est tellement difficile, comment faites-vous pour écrire des heures d'affilée, Edward ?

— Je n'ai pas le choix. Je n'ai rien d'autre à faire de mes journées.

— C'est impossible ! Même Edwin Reardon – vous

savez, l'écrivain pauvre de *New Grub Street* – sortait de chez lui et marchait pendant des heures.

— Ah ! Mais ce pauvre Reardon portait le poids du monde sur ses épaules. Ou du moins, celui de sa femme et de son enfant. Une femme odieuse, en plus.

— Je la déteste. Je trouve injuste qu'Edwin meure et qu'elle, elle file le parfait amour avec cet arriviste de Milvain…

— Sans doute un dernier trait d'ironie de la part de Gissing.

Cindy réfléchit quelques secondes.

— Je ne porte pas le poids du monde sur mes épaules, dit-elle, et je perds mon temps à des bêtises.

— Vous voulez rire ? Je ne sais pas comment vous arrivez à vous concentrer sur votre roman avec cette canaille d'agent et son fichu procès. Pourtant, vous tenez le cap. C'est ce que vous avez écrit aujourd'hui ? demanda-t-il en désignant le carnet et le stylo sur la table basse.

— Oui. Mais je ne parviens pas à avancer. Il y a trop de choses que j'ignore.

— C'est notre cas à tous.

— Ça fait deux ans que je travaille sur ce roman, et je n'en suis qu'à la moitié, et encore. Vous saviez que George Gissing avait écrit *New Grub Street* en deux mois ?

— Il me semble qu'il a connu plusieurs faux départs et déchiré des centaines de pages.

— Peut-être, mais…

— Sans doute avait-il accompli le plus gros du travail avant de s'atteler à l'écriture du roman. A mon avis, ce dernier lui a pris non pas deux mois, mais deux ans de sa vie.

Pour une raison qu'elle ignorait elle-même, Cindy préférait s'en tenir à deux mois. Peut-être parce que cette croyance lui offrait mieux qu'un motif d'admiration : une raison d'espérer.

Edward avait dû sentir sa déception, car il ajouta :

— Peut-être avez-vous raison. Peut-être Gissing possédait-il une capacité de concentration hors du commun et écrivait-il dix à douze heures par jour.

— J'en suis persuadée.

Attiré par un mouvement à la périphérie de sa vision, Edward se tourna vers le bocal.

— Vous avez un poisson-clown ?

Il se leva et se dirigea vers l'étagère, son verre à la main.

Gus, qui semblait dormir d'un sommeil de plomb près de la cheminée, se déroula brusquement et sauta sur le canapé, comme s'il craignait de manquer un événement capital.

— Et aussi un albinos…

Edward se lança alors dans un exposé détaillé sur les différentes variétés de poissons-clowns.

Cindy le laissa parler cinq minutes, impressionnée par la somme de ses connaissances, puis elle demanda de but en blanc :

— Dites-moi, Edward, avez-vous déjà consommé de la drogue ?

20

Ils étaient cinq dans le bureau de Bobby Mackenzie : ledit Bobby, Paul Giverney, Candy et Karl, Clive Esterhaus. Clive avait occupé le poste envié de directeur par intérim de Mackenzie-Haack quand Bobby s'était envolé pour l'Australie (contre son gré), en faisant un crochet par Dubaï. Ce séjour de six mois à l'étranger semblait avoir complètement bouleversé sa vision du monde. « Pour paraphraser Red Sanders, répétait-il volontiers depuis son retour, "Mackenzie n'est pas tout, il est tout ce qui compte". Non, je plaisante ! » Pas du tout, en réalité.

Bobby, les pieds calés sur son bureau, tirait sur un cigare cubain. Paul était étendu sur le vaste canapé pelucheux contre le mur du fond, son verre posé en équilibre sur la poitrine. Candy et Karl, assis dans les fauteuils qu'ils avaient occupés lors de leur dernière visite, savouraient chacun un des cigares de Bobby. Clive était adossé à la baie vitrée donnant sur Madison Avenue et la moitié de Manhattan.

A son retour, Bobby avait récompensé Clive en lui accordant sa propre marque, un geste étonnamment généreux de sa part.

Un silence presque amical régnait dans la pièce, ce qui constituait un exploit pour un groupe formé d'un éditeur, d'un auteur, d'un directeur éditorial et de deux tueurs à gages.

Bobby s'était lancé dans un laïus sur l'autoédition, Amazon, les livres numériques, les manuscrits envoyés par la poste…

— Autrefois, c'étaient les assistants qui lisaient ceux-ci et rédigeaient les lettres de refus. Maintenant, c'est le lecteur qui décide quel livre sera un succès et quel autre finira aux oubliettes. N'importe quel âne capable d'aligner trois mots peut s'autoéditer, seul ou avec l'aide d'Amazon. L'avenir appartient aux auteurs ! Le monde entier leur sert de corbeille à papier.

— La ferme, Bobby, marmonna Clive.

— La ferme vous-même, lui rétorqua Bobby.

Aux trois autres :

— Au bout du couloir, il y a une petite pièce qui servait autrefois de bureau. Je l'ai transformée en bibliothèque des horreurs, on y trouve tous les manuscrits qu'on n'a jamais renvoyés à leurs auteurs. Ça fait des années que je les collectionne. Il y en a des centaines, peut-être des milliers ! J'ai même convaincu des amis travaillant dans d'autres maisons de me faire don des leurs. Chaque fois qu'un auteur se plaint de ne plus pouvoir écrire, d'avoir perdu la recette, je l'enferme dans cette pièce pendant une heure et je l'invite à feuilleter quelques-uns des manuscrits qui s'y trouvent. Croyez-moi, c'est très revigorant !

Bobby se carra dans son fauteuil et leva son verre comme pour porter un toast.

Ils étaient tous au Talisker, à part Clive, qui préférait la vodka. Clive travaillait dans l'édition depuis vingt-trois ans – assez longtemps pour se persuader qu'il n'avait aucun talent pour ça, alors qu'il était plutôt doué. Il connaissait bien L. Bass Hess, qu'il considérait comme un magouilleur doté d'un ego de la taille du Flatiron Building. Un pingre, en plus : si on l'avait chargé de placer des pièces d'or sur les paupières d'un défunt roi égyptien, personne n'en aurait jamais revu la couleur.

Candy rompit le silence qui s'était installé :

— On fait quoi, alors ?

Chasser Hess de la ville, avaient-ils décidé, aurait été un châtiment trop léger. Ils recherchaient une solution plus équitable et définitive.

— Si les types de Joey G-C le retrouvent, reprit Candy, ils feront dans le définitif, eux.

Karl médita un instant ses paroles.

— Joey se laissera peut-être convaincre d'annuler le contrat si on lui démontre qu'on réserve à Hess un traitement pire que la mort, dit-il enfin. Et si Clive accepte de jeter un coup d'œil au manuscrit de Fabio…

— Minute ! protesta Clive. Déjà, Danny Zito n'arrête pas de me harceler à propos de son prochain livre. Merci, mais j'ai eu ma dose de mafieux.

Karl haussa les épaules.

— Je disais ça comme ça.

— Ce n'est pas une mauvaise idée, intervint Paul, tapotant son stylo-bille contre le calepin posé sur sa poitrine, près de son verre. Confronté au danger, L. Bass pourrait considérer Fabio sous un jour neuf.

— C'est-à-dire ? demanda Clive.

— Je n'en sais rien. Je réfléchissais à voix haute. Récapitulons : que sait-on de Hess ? Quels sont ses centres d'intérêt ? Clive, vous disiez qu'il séjournait chaque année en Floride ?

— Dans les Everglades.

— Excellent ! commenta Paul en griffonnant dans son calepin.

— Il rend visite à son oncle. Je devrais plutôt dire, à sa tante…

Bobby s'ôta le cigare de la bouche.

— Son oncle ou sa tante ? Soyez plus clair, mon vieux !

Clive vida son verre d'un trait et alla le remplir.

— L'oncle de Bass a changé de sexe, au grand dégoût de son neveu.

— La tante de Hess est un travesti ? Vous nous faites marcher !

— Pas un travesti, Bobby, un transsexuel. Vous devriez lire *Le Transgenre pour les nases*. C'est vous qui l'avez publié, non ?

— Pas moi, mais une de nos marques, E-Z Books. Encore une prétendue brillante idée des frères de Dubaï…

— La question de son sexe mise à part, la tante est richissime, et elle n'a pas d'autre famille – en d'autres termes, pas d'autre héritier – que Bass. Mais son truc à elle, c'est les alligators. Elle menace régulièrement son neveu de léguer toute sa fortune aux Amis des Everglades, une association de protection de la nature. Alors, il redouble de cajoleries à son égard, même s'il ne peut pas la blairer.

Bobby reprit :

— Quelqu'un m'a dit – Bass lui-même, ou bien vous, Clive – que son père était un champion de la pêche au black-bass…

— Un tricheur, oui ! La veille des concours, il capturait plusieurs spécimens de bonne taille qu'il faisait semblant de ramener au bout de sa ligne le lendemain. Dans cette famille, on est pourri de père en fils.

— Et Bass ? Il pêche aussi ?

— Oui, dans les Everglades. Il prétend aimer ça. Sa tante adorait son frère, alors il s'efforce d'imiter celui-ci.

Paul se tourna vers Candy et Karl sans quitter sa position allongée.

— Vous l'avez traqué pendant combien de temps, les gars ?

— Trois semaines. Ce type a une vie aussi passionnante que celle d'un zombi. Chaque jour à 13 heures tapantes, il déjeune avec un client ou un éditeur à la Gramercy Tavern, au 21 ou à l'Arles, ce nouveau restaurant français. Il ne boit pas, ne fume pas et ne mange rien, à part du poisson, des petits pois et des patates à l'eau. On peut prédire son emploi du temps à la minute près. Une fois, on s'est pointés à Gramercy Park avec trois minutes d'avance, pour voir. On a vérifié l'heure sur nos montres. Le temps de dire « Le voilà ! », il est apparu au coin de la rue…

— Il habite où ? demanda Bobby.

— Dans l'Upper East Side. Enfin, en semaine. Il a une maison dans le Connecticut. C'est là que vivent sa femme et sa fille. Sa deuxième femme. Je crois que c'est sa fille à elle, pas celle de Hess. Elles sont à Darien… Non, à Wilton. C'est ça. Wilton, Connecticut.

Bobby siffla d'un air admiratif.

— On ne trouve pas une baraque à moins d'un million, dans ce patelin. Hess doit se faire des couilles en or avec ses commissions.

Clive secoua la tête.

— C'est sa femme qui a le fric. Je crois qu'elle a renfloué l'agence de son mari quand elle était sur le point de couler.

— Encore un truc, dit Karl en se resservant à boire. Chaque mercredi, avant de rentrer chez lui, il s'arrête à Saint Patrick.

Paul leva les yeux de son calepin.

— Il est catholique ? Ou il apprécie simplement l'endroit ?

— Je n'en sais rien.

— Mais vous l'avez suivi à l'intérieur…

— Evidemment ! Les trois fois. On a fait semblant d'être des touristes.

— Et alors ? Vous l'avez vu se signer, faire une génuflexion ?

— Non. Il s'assoit sur un banc et il reste là pendant dix minutes, sans bouger. Il doit imaginer de nouvelles crasses à faire à Cindy Sella.

— Les gars, vous êtes géniaux !

Karl dévisagea Paul à travers la fumée bleutée des cigares.

— Vous avez une idée ? Je ne crois pas qu'elle va me plaire.

Paul sourit, aussitôt imité par Clive.

— Ce qu'il nous faut, dit ce dernier, c'est un nouveau Pittsburgh.

Candy et Karl échangèrent un regard inquiet.

— Vous voulez dire, un foutoir tel que personne ne pige rien à ce qui se passe ?

— « Un groupe de passants armés », dit Paul. C'est comme ça que les journaux télé ont présenté l'incident. Pas des « malfaiteurs », des « passants ». Clive a raison. Il nous faut un nouveau Pittsburgh.

— Il est originaire du coin. De Sewickley, je crois.

— Qui ça, Hess ?

Clive fit oui de la tête.

— C'est quoi, cette histoire avec Pittsburgh ? demanda Bobby.

Il avait la sensation de perdre le contrôle de la situation, et il détestait ça.

— Rien d'important, répondit Karl.

— On pourrait se contenter de lui flanquer la trouille de sa vie… commença Clive.

— Mais comme on l'a déjà dit, il s'en remettrait vite, objecta Candy.

— Pas sûr. Il ne doit pas être difficile de lui faire peur.

— Pas très original, commenta Paul.

Il se leva, prit la bouteille de Talisker à présent presque vide et s'en servit une lichette.

— On s'en fiche, que ce ne soit pas original ! protesta Candy.

Paul l'ignora et se tourna vers la baie vitrée. Le jour déclinait rapidement.

— A moins que cette tactique d'intimidation ne vise qu'à l'attendrir.

— Qu'est-ce que vous voulez dire par là ?

Clive vint se placer près de Paul et admira la géométrie excentrique de la tour de la BoA, dont la flèche turquoise perçait le ciel qui virait au noir d'encre.

— Vous savez bien, reprit Paul. Après une bonne correction, il est plus facile d'amener quelqu'un à accepter ce que vous avez en tête.

Candy et Karl s'approchèrent à leur tour de la baie

vitrée. Se sentant exclu, Bobby finit par se lever à son tour.

— Qu'est-ce que vous avez en tête ? demanda-t-il sans desserrer les dents à cause de son cigare.

— Joe Blythe, laissa tomber Karl.

Candy lui lança un regard surpris.

— Joe ? Il est retiré des affaires !

— Ça dépend.

— C'est qui, ce Joe Blythe ? s'impatienta Bobby.

Karl cueillit un brin de tabac sur sa langue avant de répondre :

— Un type.

Les cinq hommes restèrent un moment à contempler les écailles argentées de la flèche du Chrysler Building, la pyramide dorée du New York Life Building, les bleus et les verts électriques de l'Empire State. Des lumières dorées, argentées et bleu saphir tournoyaient dans le ciel immense, avec la décontraction d'une bande de gangsters à l'ancienne résolus à dépouiller Manhattan de son éclat.

DES GANGSTERS
A L'ANCIENNE

21

— Je ne crois pas que vous vous souveniez de moi… Cindy Sella ?

Elle tenait d'une main le combiné du téléphone et de l'autre le morceau de papier sur lequel elle avait recopié le numéro trouvé sur Craigslist.

C'était Monty qui avait décroché.

— Cindy ? Bien sûr que je me souviens de vous ! Comment va le poisson ?

— Très bien, merci. Vous n'en auriez pas un autre, par hasard ? Un ami a perdu le sien l'autre soir, quand la vitre de son aquarium s'est brisée. (Pourquoi éprouvait-elle le besoin de s'expliquer ?) Je voulais lui offrir le même, aussi j'ai pensé…

— Un poisson-clown fantôme ?

— Oui. Ils sont difficiles à trouver ?

Peut-être en demandait-elle trop ?

Dans le silence qui suivit, Monty se détourna de l'appareil pour jeter un coup d'œil à son aquarium, ou plus vraisemblablement pour s'assurer que son copain d'Aquaria, Molloy, pouvait lui procurer la marchandise.

— Pas de problème, dit-il enfin.

— Bien ! Même prix ?
— Euh… Je suppose.
— Cent dollars ?
— Ça marche ! reprit Monty d'un ton plus enjoué.
— Quand puis-je passer le prendre ?
— Une seconde…
Il y eut une nouvelle conversation inaudible.
— Je peux vous avoir ça pour cet après-midi. Disons vers 15 heures ?
— D'accord. Je passerai entre 15 et 16 heures.
— Ça roule. Cette fois, vous resterez bien boire une bière ? Avec les copains, on vous a trouvée cool.

« Cool » ? Pourtant, elle n'avait rien fait de spécial, hormis répondre quand on lui adressait la parole.

Sans doute avait-elle pensé à voix haute, car Monty répéta :

— Ouais, cool. C'est pas tout le monde qui se farcirait la ligne N pour récupérer un poisson. Putain, non !

Cindy garda un moment le combiné à la main après que Monty eut raccroché. Elle ne s'était jamais sentie aussi cool de sa vie.

Au moment où Cindy raccrochait, à quelques rues de là, Paul Giverney suggérait :

— On ne devrait recourir à l'intimidation qu'en dernier ressort.

C'était le lendemain de leur conférence secrète avec Bobby et Clive. Paul avait invité Candy et Karl à déjeuner. Dean & DeLuca avaient fourni le menu, des sandwichs géants que Molly, tout sourire, leur avait apportés dans le bureau. Pour une raison mystérieuse, Molly était ravie que son mari fréquente des tueurs à gages. Paul avait un don pour sympathiser avec les gens de la pègre. Molly lui avait dit un jour qu'il avait raté sa vocation de « saute-en-l'air ».

« Monte-en-l'air, tu veux dire ?

— C'est ça ! Je t'imagine bien descendre le long d'une gouttière avec le butin.

— Toi, tu as encore lu les BD anglaises de Hannah ! »

Pendant quelque temps, Hannah les avait harcelés pour qu'ils prennent un chien. Elle comptait l'appeler Gnasher, comme le compagnon à quatre pattes de Dennis, la vedette de l'hebdomadaire *The Beano*. Ils avaient attendu qu'elle se lasse d'elle-même, ce qui avait fini par arriver. Un beau jour, elle leur avait déclaré qu'elle était trop occupée avec son roman pour promener Gnasher.

Karl cessa de mastiquer son sandwich au mahi-mahi.

— En dernier ressort ? répéta-t-il. On lui ferait quoi, avant ?

— C'est vrai, approuva Candy. On ferait quoi ?

L'imagination débordante de Paul leur inspirait une méfiance teintée de crainte.

— Tout ce qu'on jugera efficace pour le rendre fou, ou pour le chasser définitivement de nos existences – de celle de Cindy Sella, plutôt.

Candy prit une bouchée de croque-monsieur au prosciutto qu'il fit descendre avec une gorgée d'ale.

— Justement, dit-il. On n'a pas beaucoup avancé, hier soir.

— Au contraire ! Vous n'avez rien écouté ou quoi ?

— Si, protesta Candy. Je n'en ai pas perdu une miette.

Paul roula sa serviette en boule et la lança vers la corbeille à papier, qu'il manqua.

— Première étape, dit-il, la Floride. Je vais me renseigner pour savoir s'il compte y aller bientôt, et sinon, on fera en sorte que ce soit le cas. Vous avez eu un trait de génie en me suggérant de le prendre comme agent, les gars. Maintenant, on le tient au bout de notre viseur…

— Pas si vite, Paulie ! s'insurgea Candy. On n'a jamais dit qu'on allait le buter.

Paul éclata de rire.

— Pardon ! Ce que je voulais dire, c'est que L. Bass Hess ferait n'importe quoi pour m'avoir comme client.

22

Richard Gere et son pote se lancèrent dans un numéro de claquettes synchronisé pour offrir un siège, un café, une coupe de fruits et des biscuits à Lena bint Musah.

Tout chez cette cliente aussi exotique qu'un poisson de la mer de Chine respirait l'opulence. Pas uniquement sa bague, qui valait à elle seule autant que le PIB de la République du Congo. Quand ils posaient les yeux sur elle, ils la voyaient vêtue de billets de mille dollars dont ils brûlaient de la débarrasser avec des gestes langoureux.

— Ma licence, dit-elle sans s'embarrasser de préambules. Parfaitement à jour, comme vous le verrez.

D'une mallette noire qui était un modèle d'élégance et de bon goût, elle tira un document rédigé d'une écriture ornementée sur un papier aussi fripé et ancien que la Magna Carta.

Karl déchiffra la signature : Tim Tan Trucmuche, un prétendu fonctionnaire malaisien. Le nom n'était pas plus familier à Rod et Wally qu'à lui-même, toutefois tous hochèrent la tête comme s'ils avaient pris un verre avec Tim Tan pas plus tard que la veille au soir.

Wally, qui voulait donner l'impression d'avoir une

longueur d'avance sur tout le monde alors qu'il était complètement largué, commenta :

— Ce document vous autorise à importer des poissons, sauf les espèces protégées par le FWS, l'EPA ou le DOE.

Karl remarqua qu'il jetait un coup d'œil au poignet de sa chemise chaque fois qu'il citait un nouveau sigle, à croire qu'il y avait griffonné des antisèches.

Lena acquiesça :

— Le poisson dont il est question est le scléropage d'Asie. La Convention de Washington autorise l'exportation des spécimens issus de l'élevage, mais pas celle du scléropage sauvage.

Wally joignit les mains et appuya son menton dessus. Rod voulut en faire autant, mais comme il était debout, il n'avait nulle part où poser ses coudes. Il se borna donc à croiser les bras sur sa poitrine. Le mouvement le déséquilibra, et il s'assit précipitamment sur le rebord de la fenêtre. Candy se demanda comment il avait pu se faire engager pour jouer dans *Chicago*.

— Le scléropage d'Asie…

Lena et Wally avaient parlé en même temps, mais le second avait trébuché sur le nom.

— Je me suis rendue aux Chelsea Piers, reprit Lena. Au quai 61…

Décidément, pensa Candy, toute la ville se donnait rendez-vous là-bas.

— … pour y rencontrer un soi-disant collectionneur qui se faisait appeler Miles Mutton. Un faux nom, à l'évidence.

Candy devina que Wally brûlait de lui demander d'où lui venait cette certitude. Mais, pour une fois, l'avocat réussit à tenir sa langue.

Lena alluma une de ses cigarettes brunes au briquet qu'il lui tendait et enchaîna :

— Il avait tout fait pour qu'on ne puisse pas l'identifier, à part envoyer quelqu'un à sa place. Il avait choisi le quai le plus sombre, le 61. Il portait un imperméable Burberry noir et avait rabattu le bord de son chapeau sur son visage. Et il avait une arme. Un Uzi, m'a-t-il semblé.

— Le même modèle que les salopards qui ont ouvert le feu au…

Karl décocha à Candy un coup de pied assez fort pour lui briser le tibia, accompagné d'un regard aussi féroce que celui d'un hibou sur le point de gober un campagnol.

— Pardon, marmonna Candy en faisant mine de s'éponger le front avec son mouchoir. Deux de mes oncles se sont fait descendre en pleine rue par une de ces saloperies de flingues, aussi dès que j'entends…

Karl lui fila un nouveau coup de pied, tandis que Lena lui pressait le genou et murmurait des paroles apaisantes dans une langue étrangère – du malais, sans doute. Ils avaient tous oublié où ils se trouvaient et ce qu'ils faisaient là. Tous, sauf Lena.

— Sa collection, m'a-t-il expliqué, réunissait les poissons les plus rares de chaque pays d'Europe et d'Asie, dont le Centropyge boylei, ou poisson-ange peppermint. Honnêtement, j'en doute, car il n'en existe qu'un ou deux en captivité. Cette espèce vit en eaux profondes, comme vous le savez certainement.

Les avocats (du moins Wally, qui assurait à lui seul la quasi-totalité de l'activité cérébrale du duo) adoptèrent une expression concernée : oui, bien sûr qu'ils savaient.

— Toutefois, il manquait un poisson rare à sa collection : le scléropage d'Asie. A l'en croire, ça faisait des années qu'il tentait de s'en procurer un, en vain. J'ai trouvé ça étonnant, car il s'en échange toujours quelques spécimens sur le marché – noir certes, mais quand même. Il était prêt à payer le prix que j'exigerais, mais si je tentais de découvrir sa véritable identité… « Pourquoi ferais-je une chose pareille ? » lui ai-je demandé. Il a paru vexé. Il m'a alors menacée de ruiner ma réputation, à quoi je lui ai répondu qu'il n'avait de toute façon pas un tel pouvoir. Je lui ai dit ensuite que je le recontacterais par l'intermédiaire de M. Zito, et que le prix se situerait dans une fourchette de quinze à vingt mille dollars.

Rod cueillit une poire dans la coupe à fruits.

— Qu'attendez-vous de nous ? demanda Wally, perplexe.

Lena haussa imperceptiblement ses sourcils épilés avec art.

— Ce que j'attends de vous ? Je pensais que vous l'auriez deviné.

Avec un long soupir, elle écrasa sa cigarette dans le cendrier en verre de Murano.

— On m'a dit qu'une de vos clientes faisait autorité dans le domaine du trafic de poissons exotiques, ajouta-t-elle.

Wally lâcha un hoquet tandis que Rod mordait dans sa poire.

Lena haussa un peu plus les sourcils.

— Quoi, on m'aurait menti ? C'est pour cette unique raison que je, ou plutôt que nous vous avons choisis, acheva Lena avec un mouvement de la tête vers Karl et Candy.

Wally se ressaisit :

— Vous voulez parler de Cindy Sella, sans doute. En effet, nous avons le plaisir de la représenter.

— Parfait ! Ce serait bien de nous voir tous ensemble.

Rod faillit s'étrangler avec sa poire.

— Avec Mlle Sella ?

— Oui. Elle pourrait témoigner en tant qu'experte.

— Témoigner ? Contre qui ?

Candy soupira intérieurement. Avait-on jamais vu deux avocats plus stupides ?

— Contre le gouvernement américain, bien sûr, répondit Lena, feignant l'étonnement. L'EPA, le FWS… J'ai l'intention de porter plainte contre eux pour harcèlement, incitation à commettre un délit, bref, la litanie des motifs habituels.

D'un geste étudié, elle décrocha la broche en argent qui ornait son épaule et pressa un minuscule bouton. Une lame à peine plus grande qu'un cure-dents jaillit avec un déclic qui ravit Candy. Lena cueillit une pomme dans la coupe et découpa une lamelle aussi mince qu'une feuille de papier qu'elle offrit à Wally.

Rod recula vers la fenêtre en quelques entrechats.

— Où avez-vous trouvé cela ? s'enquit-il.

Lena sourit.

— Je l'ai fait fabriquer par un bijoutier. La sécurité laisse à désirer dans beaucoup d'endroits.

Elle regarda les deux avocats, la pomme à la main.

— Rassurez-moi, vous avez saisi que ce Miles Mutton était un agent fédéral ? Il est permis de porter plainte contre votre gouvernement, je suppose ? Tout le monde intente des procès à tout le monde, dans ce pays, non ?

Karl eut une toux sèche dans laquelle Candy reconnut un rire refoulé.

23

Cette fois, quand Cindy frappa à la porte, elle était armée d'un pack de six Amstel fraîches. Heureusement, dans cette ville, on pouvait acheter de l'alcool à tous les coins de rue.

Cette fois, Monty ouvrit la porte en grand, sans mettre la chaîne de sécurité ni la scruter par l'entrebâillement.

— Cindy ! s'exclama-t-il en lui faisant signe d'entrer. Putain, c'est un pack d'Amstel que j'aperçois ? Les gars, vous pouvez laisser tomber le Ouija ! La bière est arrivée…

Molloy et Graeme levèrent les yeux de la planche de Ouija et sourirent. Bub, vautré sur le canapé dans une couverture rayée, sourit également.

— Super ! commenta Molloy. Comme ça, on n'aura pas besoin de sortir.

Cet accueil digne d'une héroïne étourdit un peu Cindy. L'illusionniste David Copperfield devait ressentir la même griserie devant les applaudissements, à ses débuts. Monty lança les canettes à la ronde, et ses compagnons les rattrapèrent à la volée.

— Je n'en boirai que la moitié, dit Cindy quand il lui tendit la sienne.

Monty s'éloigna et revint bientôt avec un verre à la propreté douteuse qu'il essuya avec le bord de son tee-shirt. Il le remplit de bière et le tendit à Cindy, qui le remercia.

— Qui devait aller acheter la bière ? demanda-t-elle.

Graeme et Molloy, qui avaient pris place sur le deuxième canapé, se désignèrent mutuellement du doigt. Une fumée aussi dense que le smog londonien flottait dans la pièce.

— C'est sympa de votre part, dit Graeme en levant sa bière.

— Ouais, approuva Monty. Grâce à vous, la journée est sauvée.

Il renversa la tête en arrière et éclusa dans cette position la moitié de sa canette. Sa pomme d'Adam s'agitait frénétiquement à chaque gorgée. Puis il s'essuya la bouche du revers de la main et alluma une Camel. De toute évidence, les autres ne fumaient pas de Camel. Graeme se leva et approcha un vieux rocking-chair pour la visiteuse.

Cindy s'assit et s'adressa à Molloy (le seul qui avait un emploi, à sa connaissance) :

— Vous devrez bien sortir à un moment ou à un autre, pour travailler.

— C'est pas pareil.

Graeme frotta quelques gouttes de bière sur son tee-shirt – LA GRANDE ILLUSION – et annonça :

— Moi, je travaille à domicile.

— Hélas ! commenta Monty. Hier, il a failli déclencher un Tchernobyl bis.

— T'exagères ! C'était trois fois rien.

— Non, l'explosion a juste manqué me crever le tympan.

— Pauvre chou, va ! se moqua Molloy. Tu tiendrais pas un round contre un alligator.

— J'essaierais même pas. Fais tourner par ici, s'te plaît.

Monty écrasa sa Camel et prit le joint que lui tendait Molloy.

Soudain il parut environné de flammes.

— C'est quoi, ce bordel ? éructa-t-il en se donnant des claques sur les bras et la poitrine.

Les lumières zigzagantes s'éteignirent aussitôt.

— Connard, va ! marmonna-t-il.

Un sourire éclaira le visage fatigué de Graeme.

— Comment avez-vous fait ça ? demanda Cindy.

— Ça ? C'est juste un truc avec des fibres optiques, répondit Graeme en s'enfonçant dans le canapé.

— Il a bossé à Vegas, expliqua Molloy. Bluffant, non ?

— Vraiment ? s'écria Cindy, ravie.

— Il y avait un magicien – pardon, un « illusionniste » – qui faisait un spectacle minable au sous-sol du Mirage. Vous savez, le Mirage ? C'est là que Roy a failli se faire bouffer par un de ses tigres. Vous savez ce que c'était, leur secret ?

— A qui, aux tigres ?

— Non, à Siegfried & Roy. Presque tous leurs numéros reposaient sur des jeux de miroirs, disposés devant et sur les côtés de la scène. C'est dingue ce qu'on arrive à faire avec des miroirs.

Graeme but une gorgée de bière avant de poursuivre :

— Vous croyez qu'il se passe un truc sous vos yeux, mais c'est faux.

— Las Vegas, dit Cindy d'un ton rêveur. (Quand on a grandi dans le Kansas, Vegas vous paraît à jamais nimbé d'irréalité.) C'était quoi, votre spécialité ?

— Le feu. Mais comme je vous l'ai dit, c'était juste une illusion. Les gens seraient déçus s'ils savaient comment les tours sont réalisés. Les secrets eux-mêmes n'ont aucun intérêt.

Graeme décrocha une minuscule lampe torche, ou ce qui y ressemblait, de sa ceinture. Il l'alluma et la dirigea vers la chaussure de Monty, qui parut s'enflammer.

Monty se leva d'un bond et se mit à taper du pied, par pur réflexe.

— Graeme, merde !

— Les gens voient ce qu'on veut qu'ils voient, expliqua Graeme en éteignant la lampe.

Il se rassit et tira sur le joint.

Cindy repensa au Clownfish Café ; elle revit les bougies éclairant les verres dont chacun abritait un poisson aux couleurs vives. Une vision marquée du sceau de l'illusion, digne du pays des merveilles de Lewis Carroll.

Elle sursauta quand Molloy lui tendit le joint.

— Je ne… je n'ai jamais pris de drogue.

Molloy rit.

— Vous insultez ce bijou en le traitant de « drogue ». Ce que vous voyez là, c'est une herbe de premier choix, la mécanique quantique de la marijuana. Ce qu'elle peut vous faire de pire, c'est vous donner envie de dormir.

Elle était censée faire des recherches sur la drogue, pas vrai ? Elle avait rêvé de s'intégrer à une bande, et ils l'encourageaient tous du regard. Elle tira sur le joint et garda la fumée dans la bouche, se demandant ce qu'elle devait en faire. Elle avait un goût agréable, légèrement mentholé, avec une note de réglisse.

— Aspirez lentement, lui recommanda Molloy, par petites goulées.

Cindy suivit son conseil. Au début, elle ne ressentit

rien. Elle s'apprêtait à leur dire que leur truc ne lui faisait aucun effet quand elle eut l'impression bizarre qu'on la frottait sur tout le corps avec une pièce de cachemire ou une peau de chamois très fine. Elle était consciente – hyper-consciente, même – de tout ce qui l'entourait, mais d'une manière fluide. La carcasse du fauteuil semblait épouser parfaitement les contours de son dos.

— Elle est excellente, dit-elle, comme si elle avait des éléments de comparaison.

— C'est sûr ! acquiesça Monty. On l'achète directement au producteur. Rien à voir avec les saloperies que vous refilent les Mexicains.

— Waouh ! fit Cindy, qui ignorait à peu près tout des sources d'approvisionnement en marijuana, en particulier mexicaines.

— Waouh ! firent les autres en écho.

Puis Monty se leva d'un bond, comme s'il avait de nouveau les pieds en feu.

— Vous voulez voir votre poisson ? Je vais le chercher.

Pendant la minute où Monty s'absenta, un silence aussi convivial que le joint qu'ils partageaient s'installa.

Le poisson-clown arriva, tel un bébé enveloppé dans sa couverture liquide.

— Il est magnifique, dit Cindy. Merci.

— C'est pas moi qu'il faut remercier, mais Molloy, répondit Monty, tenant le poisson devant lui avec précaution.

Molloy porta deux doigts à un chapeau invisible.

— On en a plusieurs à Aquaria, précisa-t-il.

Cindy se retint de lui demander s'il avait sorti ce spécimen à son intention, et s'il comptait mettre les cent dollars dans la caisse de la boutique.

— Vous devez savoir plein de choses sur les poissons, dit-elle.

— Ça, c'est sûr ! On en a de toutes les espèces imaginables.

Cindy se tourna vers celui qu'ils appelaient Bub, et qui s'était cantonné jusque-là dans un silence béat.

— Et vous, Bub ? Vous faites quoi dans la vie ?

— Je suis dans les pièces pour autos. Je vis au milieu des épaves.

— Il bosse dans une casse, traduisit Monty.

— Le genre d'endroit où on compresse les vieilles voitures avant de les empiler ?

Bub acquiesça.

— C'est ça. Sinon, on les désosse pour récupérer les pièces.

— Comme dans un film d'horreur ?

Bub examina la comparaison avec grand sérieux.

— Plutôt de science-fiction, dit-il enfin. Le genre Philip K. Dick. J'imagine bien Dick dans une casse.

— Bub lit des tas de bouquins, glissa Monty.

— C'est vrai. J'avale un livre par jour, tant que c'est pas du Proust. On dirait pas, mais il n'y a pas d'environnement plus propice à la lecture et à l'écriture qu'une casse.

— Il écrit, aussi, souligna Monty.

Les deux autres, avachis sur le canapé, se passaient un nouveau joint en écoutant – ou pas – la conversation.

Bub repoussa la couverture et tendit la main vers sa bière.

— Dans un roman que j'ai écrit, il y a des pièces métalliques – pare-chocs, grilles de radiateur, portières – qui s'envolent…

Le plafond s'envolait…

— … et s'assemblent sous une nouvelle forme. Le titre, c'est *Robot rattrapé*, mais je vais peut-être en changer. Ça rappelle trop Updike, vous ne trouvez pas ?

— Bub a eu une maîtrise de sciences avec Crankton U, ajouta Monty, poursuivant son travail de biographe.

— Crankton U ?

— Une université en ligne. Ça m'a permis de décrocher mon diplôme sans quitter la casse.

— Et quelle est votre spécialité ? s'enquit Cindy, intriguée.

— La physique, répondit Bub en remontant la couverture sur lui.

— Ah oui ?

— Ouais. Mon boulot a beaucoup à voir avec la physique quantique. C'est ce qui m'a donné l'idée de *Robot rattrapé*.

— Vous avez vraiment écrit un roman ?

— Ouais. Même qu'il fait cinq cent vingt-trois pages.

— Et ça vous a pris combien de temps ?

— Oh ! Longtemps. Plus d'un an. Il faut dire que je ne pouvais pas y travailler à plein temps.

Monty ouvrit la dernière canette et la fit tourner. Chacun en but une gorgée, hormis Cindy, qui n'avait pas terminé son verre. La canette repassa de main en main.

— Bub est à fond dans la théorie des cordes, ce genre de conneries, précisa Monty.

Bub prit ombrage de sa remarque, sans excès :

— C'est pas des conneries ! C'est l'explication à tout ce qui se passe dans l'univers, celle qu'Einstein a cherchée toute sa vie sans jamais la trouver.

— Si ce putain de truc est aussi petit que tu le dis, en quoi est-ce qu'il nous concerne ?

Molloy souligna sa question d'un rot sonore.

— Il parle des cordes, glissa Bub à Cindy. Elles sont encore plus petites que les neutrons. C'est sur elles que s'appuie la théorie des dimensions multiples. Parce qu'il en existe plus de trois, vous savez. Seulement, on ne les voit pas. Elles vibrent. Les cordes, je veux dire. Elles vibrent dans tous les sens.

Au tour suivant, Cindy prit le joint et aspira la fumée à pleins poumons.

Molloy revint à la charge :

— Qu'est-ce que ça change pour moi quand je me bats contre un alligator ?

Cindy crut à une hallucination auditive due à la marijuana.

— Rien, bien sûr !

— Pour moi, peut-être. Mais pour l'alligator ?

— Tu prends tout au pied de la lettre. On ne parle pas de cordes pour attacher, ou faire de l'escalade. Celles-ci sont invisibles, mec !

— Je ne pige pas. Si elles sont invisibles et n'ont aucune influence sur nos vies, alors pourquoi s'emmerder avec une théorie ?

Cindy trouvait qu'ils tournaient en rond. Ou était-ce elle ?

— Vous avez vraiment combattu des alligators ? demanda-t-elle.

Molloy hocha la tête en inhalant la fumée.

— En Floride, oui. C'est comme ça que je gagne ma vie en hiver.

Cindy aurait ouvert des yeux comme des soucoupes si ses paupières n'avaient pas été aussi lourdes.

— Ça n'a rien d'exceptionnel, vous savez, ajouta Molloy. Moi, je bosse dans un petit parc d'attractions le long de la Tamiami Trail, pas loin d'Everglades City.

Le Jardin des alligators, ça s'appelle. Les proprios – un couple – le présentent comme un refuge animalier et une « expérience pédagogique » pour les gosses, les conneries habituelles. Il y a un alligator dans un bassin. Je rentre dans l'eau et je fais semblant de le combattre, juste pour rire.

— Pour rire ? Comment pouvez-vous être sûr que l'alligator fait semblant, lui aussi ?

Molloy écarta les bras et les jambes.

— Vous voyez ? Je suis toujours entier.

— Peut-être êtes-vous plus doué que lui.

Molloy prit un air satisfait, aussitôt contredit par l'humilité de sa réponse :

— Non, je ne crois pas. Mais moi, les alligators, je les traite bien. Pas comme les proprios et leurs saletés de mômes, qui arrêtent pas de les asticoter et de leur balancer des trucs…

— Ce genre de spectacle, c'est légal ?

— Sans doute. Mais si ça ne tenait qu'à moi, ce serait interdit.

— Molloy a un don avec les alligators, précisa Monty. Un jour, il m'a emmené les voir.

— Vous aussi, vous avez…

— Lutté contre eux ? Non, j'étais juste en visite. On a descendu la rivière en kayak. Je suis plutôt habile, avec une pagaie dans les mains.

— Habile : c'est le mot, approuva Molloy.

— Les alligators qu'on croisait, ils avaient vraiment tous l'air de bien aimer mon pote.

Cindy se demanda ce qui lui permettait de l'affirmer.

— Molloy, reprit Monty, c'est un peu l'homme qui murmurait à l'oreille des crocos.

Ils éclatèrent tous d'un rire qui fleurait la bière et la fumée.

24

Paul Giverney était parfaitement conscient du caractère mensonger, artificiel, manipulateur, des livres qu'il écrivait. Tout ce que Raymond Chandler avait dit de l'âge d'or du roman policier et de ses prolongements pouvait s'appliquer à eux.

Sa méthode consistait à assembler des morceaux de ciel d'origines diverses pour former une nouvelle voûte céleste. Pour ça, il suffisait d'un peu d'imagination.

Dans le cas présent, il disposait des éléments suivants :

1) pêche
2) Floride
3) oncle/tante
4) cathédrale
5) Joe Blight/Blythe ?

Il considéra l'élément numéro 3. Un type aussi coincé que L. Bass Hess n'avait certainement aucune envie que le changement de sexe de son oncle/sa tante s'ébruite. Mais la peur du scandale suffirait-elle à le chasser de Manhattan ? Sans doute pas.

Numéro 5 : Paul ignorait qui il était, mais son nom seul évoquait le danger et la violence.

Paul se cala dans son fauteuil. Un accident fatal était toujours envisageable. Une chute sur les voies du métro depuis le quai de la 138e Rue, par exemple. Dans les films, ça paraissait tellement simple. Une main jaillit de la foule au moment où la rame entre dans la station… Paul avait adoré la version originale de *L'Attaque du métro 123*, *Pirates du métro*. Il nota quelque chose sur son carnet. Pousser L. Bass sous les roues d'un taxi risquait d'attirer des ennuis au chauffeur, pour homicide involontaire ou conduite dangereuse – comme si les chauffeurs de taxi new-yorkais conduisaient jamais autrement !

Non : la mort, même violente, ne serait qu'un mauvais moment à passer pour L. Bass Hess. Et lui disparu, rien ne disait que ses avocats, ou sa veuve (même si celle-ci ne semblait pas une fervente supportrice de son mari), renonceraient à poursuivre Cindy Sella.

L. Bass Hess devait payer pour les soucis qu'il avait causés à Cindy, sans parler des frais qu'elle avait dû engager par sa faute. Finir éparpillé sur les voies du métro n'était pas une compensation suffisante.

Numéro 1 : une infraction au code de la pêche ? Il aurait été drôle d'envoyer Hess derrière les barreaux, mais il écoperait probablement d'une simple amende, d'un travail d'intérêt général ou d'une assignation à domicile.

— Qu'est-ce que tu fabriques ?

Il étudiait le point numéro 4 (la cathédrale) quand la voix de Molly le tira de ses réflexions. Debout sur le seuil, la taille ceinte d'un tablier, elle tenait une cuillère en bois à la main. Un rayon de soleil tardif illuminait sa chevelure.

Paul secoua la tête pour en chasser des images de visitation céleste.

— Je faisais une liste, c'est tout.

— La dernière ne t'a pas suffi ?

— La dernière quoi ?

— Liste.

— Ça n'a rien à voir ! L'autre fois, il s'agissait de choisir mon futur éditeur. Qu'est-ce qu'on mange, ce soir ?

— J'hésitais entre le coq au vin et le canard à l'orange.

Deux spécialités de Dean & DeLuca. Molly ne faisait presque jamais à manger, hormis des salades – excellentes, d'ailleurs.

— Je veux des crêpes Suzanne, fit la voix cristalline de Hannah.

— Suzette, la corrigea Paul.

— C'est bien Suzanne, affirma Molly.

— Qu'est-ce qu'elles ont de différent ?

— Eh bien, on ne les noie pas dans le Cointreau avant de les flamber.

— C'est quoi, le Cointreau ? s'enquit Hannah.

— Un truc très fort, qui arrache les oreilles.

Hannah plaqua les mains sur ses tempes.

— Et toi, qu'est-ce qui te ferait envie ? demanda Molly à Paul.

— Du canard et des crêpes Suzanne noyées dans le Cointreau.

— Bien, monsieur.

Molly ôta son tablier et décrocha le manteau de Hannah de la patère.

— Tu peux m'accompagner, si ça te dit.

— C'est peut-être ce qui est arrivé à Vango, commenta Hannah en boutonnant son manteau sur le seuil du bureau.

— A qui ? l'interrogea Paul.

— Vango. Tu sais, celui qui a perdu une oreille.

— Ah oui ! Le peintre. Un grand artiste.

Hannah haussa les épaules. L'art ne l'intéressait pas, seulement l'oreille perdue.

Resté seul, Paul se repencha sur le point numéro 4, la cathédrale.

Hess se rendait à Saint-Patrick tous les mercredis. Il n'y faisait rien de particulier, à part s'asseoir sur un banc. Sans doute ce rituel obéissait-il à la même logique que l'habitude de déjeuner chaque jour à 13 heures et de rentrer chez lui à 17 heures pile. Ce comportement expliquait bien des choses : les personnes atteintes de troubles obsessionnels compulsifs étaient plus susceptibles de craquer que celles qui vivent au gré du vent, sans règles ni attaches.

Paul fourra son crayon dans sa bouche et se mit à arpenter son bureau de long en large. Le crayon était tout mâchouillé car il passait beaucoup de temps à faire les cent pas quand il écrivait.

L. Bass Hess s'imaginait tout contrôler : son emploi du temps, ses visites à son oncle (ou sa tante), ses clients… En réalité, il ne contrôlait rien car il était incapable de s'adapter au changement. Aussi, quand un de ses clients quittait le navire, son départ prenait pour lui les proportions du naufrage du *Titanic*, et il n'avait de cesse de vouloir renflouer une épave qui craquait de toutes parts. Son premier réflexe était alors de harponner le ou la responsable de la catastrophe – dans ce cas précis, Cindy Sella.

A ses yeux, Cindy était la cause de tous ses malheurs.

La cathédrale Saint-Patrick rappela à Paul un ancien camarade de lycée qu'il n'avait pas vu depuis des années, Johnny. Celui-ci, lui avait-on raconté, avait trouvé la foi en prison. Depuis sa libération anticipée pour conduite exemplaire, il avait renoncé à l'alcool et aux femmes pour s'asseoir à la table du Seigneur – ou à une table de poker ? Paul pouffa.

Il retourna à son ordinateur et se connecta à Facebook. Sur sa photo de profil, Johnny del Santos avait l'air plus roublard que jamais. Il dirigeait à présent une sorte de monastère, l'Abbaye, à Sewickley, dans la banlieue de Pittsburgh. Selon Clive, L. Bass Hess avait une maison à Sewickley. Paul lui-même était né à Pittsburgh, mais il y retournait rarement depuis la mort de ses parents et de sa sœur. Il ferma les yeux et pensa à cette dernière, Jenny.

Johnny aussi était originaire de Pittsburgh. Paul et lui avaient fréquenté le même lycée, à Shadyside. Il n'avait pas changé depuis l'époque où il terrifiait les caissiers des supérettes locales.

Paul se déconnecta et étudia de nouveau sa liste. Y avait-il un rapport entre la cathédrale Saint-Patrick et l'Abbaye ? Il reporta son attention sur les points précédents : pêche, Floride, oncle/tante. A l'évidence, les trois étaient liés. Un accident de pêche, peut-être ? Oui, mais avec quel poisson ? Un requin ? Mauvaise idée : une attaque de requin ne durerait que quelques secondes. Hess n'aurait pas le temps de se repentir.

Tandis que s'il se retrouvait dans une situation désespérée, en danger de finir noyé, harponné, ou

Dieu sait quoi encore… Floride. Lac d'Okeechobee. Marais de Big Cypress. Alligators. Serpents. Hélas, il n'avait aucun charmeur de serpents dans ses relations.

A moins que…

Paul se leva d'un bond et enfila son Burberry tout en griffonnant un billet à l'intention de Molly, pour l'informer qu'il serait de retour dans une heure.

Quand Paul entra dans le bureau de Jimmy McKinney sans s'être annoncé, il trouva l'agent en conversation avec une femme blonde qui lui parut vaguement familière.

— Paul ! Quelle surprise ! Comment allez-vous ?

— Bien. Mais je vous dérange, on dirait.

— Non, non, protesta Jimmy.

— Pas du tout, ajouta la femme.

Jimmy se chargea des présentations.

— Paul Giverney, Cindy Sella.

Paul se figea.

— C'est vous, Cindy Sella ? On m'a beaucoup parlé de vous.

Cindy rougit.

— En bien, j'espère…

La fin de sa phrase fut couverte par la question de Paul :

— Jimmy, comment s'appelle l'auteur de cette série de bouquins qui se passent dans les marais ? C'est un de vos clients.

— Vous voulez parler de Colin Whitt ? *Cœur de marais*…

A la réflexion, Paul trouva bizarre que Jimmy s'occupe d'un auteur dans le genre de Whitt.

— C'est ça, acquiesça-t-il. Comment puis-je le joindre ?

— Je peux vous donner ses coordonnées, mais en ce moment il se trouve en Afrique du Sud.

— Zut !

— Qu'est-ce que vous lui vouliez ?

— J'ai besoin de quelqu'un qui s'y connaisse en alligators. Ou plutôt, qui soit capable de maîtriser un de ces animaux.

Jimmy eut un rire surpris.

— Pour votre prochain roman ? Où se déroule-t-il ?

— Dans les Everglades. Je n'ai pas encore de titre, mais…

Cindy leva timidement le doigt, comme une élève demandant l'autorisation de parler.

— Moi, je connais quelqu'un, dit-elle.

25

— Sérieusement ? Vous avez pris la ligne N jusqu'à Sunset Park, risqué de vous tordre la cheville en marchant dans un nid-de-poule, entamé des transactions avec quatre camés que vous ne connaissiez ni d'Eve ni d'Adam…

— Je ne dirais pas que ce sont des…

— … tout ça pour acheter un poisson ?

— Un poisson-clown fantôme. Frankie a perdu le sien quand ces malfrats ont criblé son aquarium de balles.

Après avoir quitté le bureau de Jimmy, Cindy et Paul s'étaient rendus au Ray's, où ils avaient commandé respectivement un Pepsi light et un café. Paul avait fait remarquer qu'il habitait tout près, dans l'East Village. Cindy avait failli lui répondre qu'ils étaient presque voisins, mais elle s'était abstenue, par discrétion.

— Et donc, un de ces types s'y connaît en alligators ?

— Oui, très bien. Il est saisonnier dans un genre de parc d'attractions, en Floride. Un endroit sordide, à l'entendre. Les animaux n'y sont pas très bien traités.

— Et il y fait quoi, exactement ?

— Il combat des alligators.

Le sourire de Paul s'élargit.

— J'ai hâte de le rencontrer. Vous avez son numéro ?

— Seulement celui de la maison où j'avais rendez-vous. C'est là que ses amis et lui se retrouvent.

— Parlez-moi des autres.

Cindy réfléchit en buvant une gorgée de Pepsi.

— D'abord, il y a Monty, celui qui a posté l'annonce sur Craigslist. Sa passion, ce sont les bateaux. Lui aussi descend parfois en Floride. Ensuite, Bub. Il travaille dans une casse, et je crois qu'il y vit aussi. Il a écrit un roman dans la même veine que Philip K. Dick, *Robot rattrapé*. Il y est question de pièces métalliques qui s'envolent…

— … pour former un robot.

Paul sourit de plus belle.

— Il a fait des études de physique. Sa spécialité, c'est la théorie des cordes. Je ne sais pas si vous y comprenez quelque chose…

— Assez pour savoir que je n'y comprends rien.

— Puis il y a Graeme. Il a fait partie d'un numéro de magie au Mirage.

— A Vegas ? Quel genre de numéro ?

Cindy aspira bruyamment la mousse de son Pepsi avec sa paille.

— Pour commencer, il fait surgir la lumière à distance.

— N'en dites pas plus. Votre petite bande m'impressionne.

« Votre petite bande »… Rien n'aurait pu faire davantage plaisir à Cindy.

— Je me demandais…

Cindy attendit que Paul développe, mais comme il

restait muet devant sa tasse vide, elle se pencha vers lui à travers la table.

— Vous vous demandiez… ?

— A part le type de la casse…

— Bub.

— A part Bub, qui d'autre occupe un véritable emploi ?

— Molloy travaille dans un endroit appelé Aquaria, mais je ne crois pas qu'il y soit à temps plein.

— Il vend des aquariums ?

— Je suppose. J'ignore si Monty travaille. En tout cas, il n'en donne pas l'impression. Pourquoi toutes ces questions ? Et pourquoi tenez-vous tant à rencontrer un spécialiste des alligators ?

— Je fais des recherches pour mon prochain livre.

Cindy le regarda d'un air dubitatif en remuant sa paille dans son verre vide.

— Celui dont vous avez parlé à Jimmy ? Il ne ressemble pas du tout à vos précédents.

— Qu'est-ce que vous en savez ? Vous les avez lus ?

— Bien sûr ! Comme la moitié de la population mondiale.

— Merci. Pensez-vous pouvoir m'obtenir un rendez-vous avec vos amis ?

Cindy sourit. L'idée de jouer les entremetteuses l'enchantait au-delà de toute expression.

— Quand ça ?

— Disons, demain ?

— Je vais appeler Monty. Je ne crois pas qu'ils soient débordés.

26

Un tueur à gages qui donne ses rendez-vous dans une crêperie, ça ne fait pas sérieux, sauf quand le tueur en question s'appelle Arthur Mordred. Candy et Karl avaient demandé à voir celui-ci non pour discuter d'un contrat, mais pour lui proposer un rôle dans l'histoire imaginée par Lena bint Musah.

Il le trouvèrent attablé devant une crêpe à la lavande et au citron Meyer.

— La spécialité de la maison, leur précisa-t-il.

— Tu m'en diras tant !

Karl jeta un coup d'œil au panneau *DEFENSE DE FUMER* et fit néanmoins apparaître un mince cigare.

Leur dernière rencontre datait de leur séjour commun à Pittsburgh. Paul Giverney avait engagé Arthur afin de veiller sur Ned Isaly, qu'il avait lui-même mis en danger avec son plan stupide. Encore heureux que Candy et Karl aient eu des scrupules ! Sinon, Ned n'aurait pas été en train d'achever un nouveau livre.

— Qu'est-ce qui vous amène, les gars ? demanda Arthur. Quelqu'un a besoin qu'on le protège des vauriens de votre espèce ?

— Très drôle ! En fait, on aimerait te confier un boulot.

— Un dont vous ne pouvez pas vous charger vous-mêmes ? Quel honneur ! J'ai l'impression d'être Elvis, avec vous deux comme public.

Arthur essuya son assiette avec un morceau de crêpe piqué au bout de sa fourchette.

— Vraiment, vous ne voulez rien ? Leur crêpe au champagne et au thé chai est à mourir.

— Merci, mais on est pas pressés de passer l'arme à gauche. Pour en revenir à notre proposition, il n'est pas question d'un contrat classique.

— J'espère qu'il ne s'agit pas encore de jouer les anges gardiens ? C'est d'un ennui !

— Si tu la bouclais une seconde, on pourrait t'expliquer, lui balança Karl. Tu t'y connais en poissons ?

— A peu près autant qu'en jardinage et en décoration intérieure.

— Plus précisément en poissons exotiques ou menacés d'extinction, intervint Candy. Comme Astroblepus, le suceur à nez court, ou…

Karl coupa court à la démonstration :

— Si on te rencarde sur le sujet, es-tu capable de mémoriser les infos pour les recracher plus tard ? demanda-t-il à Arthur.

— Le suceur à nez court ? C'est le titre d'un film porno, non ?

— Tu te fiches de nous ? Si c'est comme ça, au revoir !

Karl fut privé d'une sortie mélodramatique par le fait qu'il était assis au fond du box, coincé entre Candy et le mur.

— Ne sois pas si susceptible, soupira Arthur. J'attends

toujours que vous me précisiez ce que vous attendez de moi, et qu'on aborde le volet nerf de la guerre, si vous voyez ce que je veux dire.

Candy considéra Arthur d'un air circonspect.

— T'es défoncé ? T'as pris quoi ?

— Moi ? Juste une crêpe au citron. Mais je pense en commander une seconde, à la crème fraîche et au sirop d'érable, comme dessert. Je n'ai pas bu une goutte d'alcool depuis Pittsburgh. Je suis même retourné aux Alcooliques anonymes. Mon parrain interprète ce voyage comme une tentative de guérison géographique.

— N'importe quoi ! Si t'es allé à Pittsburgh, c'est parce que Paul t'avait engagé pour protéger Ned Isaly…

— Evidemment ! Mais ça, je ne pouvais pas le dire à mon parrain.

— Tu n'as qu'à lui dire que Pittsburgh n'a jamais guéri quoi que ce soit, à part l'ennui.

Les trois hommes éclatèrent de rire.

— Pour les besoins de notre affaire, on a invoqué une organisation top secret, l'Alliance de l'Espadon, spécialisée dans le trafic de poissons exotiques. Tout ce que nos pigeons savent à son sujet, c'est qu'elle est aussi dangereuse que les cartels mexicains.

— Comment le savent-ils ?

— Parce que c'est nous qui le leur avons dit.

— Je n'ai jamais entendu parler d'une Alliance de l'Espadon.

— Normal. On l'a inventée.

— Et les pigeons en question sont… ?

— Une paire d'avocats.

Arthur Mordred reposa brusquement sa fourchette.

— Vous attendez quoi d'eux ?

— Pas qu'ils nous défendent, plaisanta Karl, mais qu'ils crachent ce qu'ils savent sur Cindy Sella.

Après avoir mis Arthur au courant de l'histoire, Karl reprit :

— Ces documents sont tombés en notre possession par erreur. Malheureusement, ils ne contiennent aucune preuve que Snelling & Snelling aient trempé dans le complot.

— Donc, je suis censé me pointer chez ces fumiers et les obliger à me remettre leurs dossiers sous la menace d'un flingue ?

— Pas vraiment. Même si je trouve ton idée géniale, ou en tout cas très originale.

— Je devine une pointe de sarcasme. C'est quoi, le plan, alors ?

Karl griffonna quelques mots sur un sous-verre et le poussa vers Arthur.

— Tu te rendras à cette adresse quand on te le dira. Elle ne nous a pas encore fixé de rendez-vous.

— « Elle » ?

— Lena bint Musah. Elle va te plaire. Son espresso est à tomber, et ses cigarettes aussi.

— Je ne fume pas.

— Crois-moi, tu vas t'y mettre.

27

Paul Giverney avait conçu un plan, du moins dans les grandes lignes, car son exécution dépendait des talents qu'il parviendrait à recruter.

Il y avait consacré la matinée, au lieu d'écrire un nouveau chapitre de *L'Homme noyé* (un titre qu'il détestait, mais moins que celui suggéré par Hannah, *Comme un rat noyé*. Elle n'avait pas voulu en démordre, malgré l'absence de rat dans l'intrigue). Il n'avait pas encore signé de contrat pour ce futur livre et n'avait aucune intention de le faire tant que L. Bass Hess n'aurait pas disparu de l'horizon. Ne se doutant de rien, Hess avait entamé des négociations avec Bobby Mackenzie, lequel, conformément à la tactique qu'ils avaient imaginée, tentait de lui inventer des conditions d'une complexité byzantine ou moralement inacceptables, ou les deux.

L. Bass n'avait pas encore suggéré à Paul de proposer son manuscrit ailleurs, mais ça ne tarderait pas.

« N'importe quel éditeur new-yorkais tuerait pour publier un de vos livres, lui avait-il dit. C'est à se demander si Mackenzie n'est pas devenu fou…

— C'est maintenant que vous le remarquez ?

— Eh bien, j'ai parfois du mal à suivre son raisonnement, je l'avoue. Mais il a des coups de génie.

— Libre à vous de tenter votre chance ailleurs. »

Mais Hess tenait absolument à poursuivre les discussions avec Mackenzie-Haack, alléché par la (folle) promesse d'un à-valoir de trois millions de dollars – pour un seul livre ! –, soit une commission de quatre cent cinquante mille pour lui !!!! N'importe quel agent aurait sauté dans le vide du haut du Seagram Building si une somme pareille l'avait attendu en bas.

Le portable de Paul se mit à vibrer sur le bureau. Il le saisit et décrocha.

— Oui ?

— Bass à l'appareil. Vous ne devinerez jamais quelle est la nouvelle lubie de Mackenzie. Cette fois, il exige un règlement de l'avance par douzièmes. Vous avez entendu ? PAR DOUZIEMES !

— Dans ce cas, vous mettez un *s* à douzième ou pas ?

Paul devina que Hess fulminait à l'autre bout du fil.

— Paul – ha, ha ! –, je ne crois pas que vous réalisiez… Il veut vous verser vos trois millions *en douze fois* !

— C'est ce qu'on fait pour les joueurs de base-ball, non ? répondit Paul en étudiant son esquisse de plan.

Son regard tomba sur le mot « magicien », inscrit sur son carnet. Un exemplaire de *La Montagne magique* était posé sur son bureau. Il l'ouvrit au hasard. Le livre n'avait rien à voir avec la magie, du moins pas consciemment. Il raya *magicien* et nota *marais* à côté. Le plan se comportait comme un organisme vivant. Bientôt, il atteindrait sa maturité. C'était la même chose quand Paul écrivait. A un moment du processus, une vue d'ensemble se dégageait, lui donnant le sentiment d'avoir créé un univers miniature. Wallace Stevens avait raison : Dieu et l'imagination sont un.

Paul pensa aux jeux imprimés sur les sets en papier destinés aux enfants dans certains restaurants. En reliant les points, on finissait par voir apparaître un dessin.

— Un douzième à la signature du contrat, un douzième à la remise du manuscrit, un douzième à la fin du travail éditorial, un douzième…

Paul écoutait d'une oreille distraite en feuilletant le livre de Thomas Mann et en songeant à la notion de sanctuaire.

— Je vais lui demander de réduire le nombre d'échéances à six.

— Bonne idée.

— Et s'il refuse ?

— Débrouillez-vous pour qu'il accepte, Bass. C'est pour ça que je vous verse quinze pour cent de mes droits d'auteur, non ? Il faut que je vous laisse, mon vieux. (« Mon vieux »… Si quelqu'un décourageait la familiarité, c'était bien L. Bass Hess !) On sonne à la porte. Au revoir.

Cindy observait ses poissons et repensait à sa conversation avec Paul, au café.

Peut-être avait-il l'intention de payer Monty et ses amis pour qu'ils attirent Hess dans une impasse et le passent à tabac. Ou alors, les quatre hommes attendraient qu'il prenne la route du Connecticut, un week-end, pour lui faire signe de s'arrêter, le traîner hors de sa voiture et l'abandonner dans un champ de blé (Hess était allergique au gluten). Cindy imagina l'agent le visage violacé, secoué d'éternuements, titubant et écartant les bras comme un épouvantail…

Elle se repassa la séquence, l'enrichissant à chaque fois de nouveaux détails déplaisants, et pria pour que Paul Giverney trouve le domicile de Monty à partir des maigres indications qu'elle lui avait fournies.

Comme l'avait dit Cindy, le bâtiment ressemblait à un entrepôt, sans doute parce que c'en était un. Paul éteignit le moteur, descendit de voiture et alla chercher la bière dans le coffre.

Il se dirigea vers la porte, qui s'ouvrit immédiatement, à croire que Monty passait ses journées à attendre derrière.

Graeme et Molloy bondirent du canapé. Bub fut à deux doigts de les imiter.

— Waouh ! Qu'est-ce que vous nous apportez là ?

— Comme vous voyez : Beck's, Sam Adams… Je ne connaissais pas vos goûts, alors j'ai pris un assortiment.

— On aime tout ! Entrez, entrez !

Monty se chargea des présentations.

— Paul Giverney ? dit Bub. L'écrivain ? Merde alors ! Permettez que je vous en serre cinq. J'ai tous vos bouquins dans ma piaule, à la casse.

— Vous devez vous demander ce que je fais là… commença Paul.

— Pas besoin de vous expliquer, vieux.

— Je vais quand même le faire. Dans un premier temps, je voulais voir comment chacun de vous pouvait s'insérer dans mon plan.

— Un plan ? Quel plan ?

Les quatre hommes s'étaient assis, une bière à la main.

— Celui qui débarrassera Cindy Sella de son cinglé d'ex-agent, répondit Paul. Je vous rassure, il n'est pas question de le buter. Je connais deux types qui s'en chargeraient très bien. Non, il s'agit de le faire tourner en bourrique et de le chasser de New York.

— Je ne savais pas que Cindy avait un agent, dit Molloy. Elle n'est pas du genre à parler d'elle.

Paul leur dressa le portrait de L. Bass Hess.

— La vache ! s'exclama Bub. Si c'est ça, le monde de l'édition, je ferais mieux d'oublier mon bouquin.

— En effet, Cindy m'a dit que vous aviez écrit un roman.

— Ouais, *Robot rattrapé*. Ça parle des choses qui tombent en pièces. Je travaille dans une casse auto.

— Pour en revenir au plan… Je n'entrerai pas dans les détails, car je ne les connais pas moi-même. Vous vous rappelez Scrooge ?

— Celui de Dickens ?

— Oui, ce Scrooge-là.

— Il est hanté par des morts. Vous voulez qu'on joue les fantômes ?

— Non. Ça, c'est à la portée de n'importe qui. J'attends que vous vous serviez de vos talents respectifs. Et en échange de votre précieux temps, je vous offre une grosse somme d'argent. Dans les cinq mille dollars… chacun.

De saisissement, Monty laissa tomber sa canette de bière. Bub faillit avaler son pétard. Les deux autres regardèrent Paul avec des yeux ronds.

— Commençons par les Everglades… Monty, il paraît que vous vous y connaissez en bateaux… Et vous, Molloy, en alligators…

28

— L'idée, expliqua Paul, c'est de l'entraîner dans les marais des Everglades.

— Pourquoi ? Et pourquoi moi ?

— Parce que vous êtes l'ami de Hess.

— Certainement pas ! Je ne le connais qu'à travers les livres qu'il a agentés…

— *Agentés ?*

— Toute action donne lieu à un verbe, de nos jours. Nous vivons au siècle du mouvement perpétuel. C'est quoi, le topo ?

— Vous êtes responsable des acquisitions dans un groupe éditorial, et vous avez pensé à lui/elle pour écrire un livre témoignage, répondit Paul, pris d'une illumination (jusque-là, le rôle de Clive était resté flou dans son esprit). Tout ce que vous avez à faire, c'est attirer Hess dans les Everglades. Vous pouvez vous montrer très persuasif.

— Je déteste la Floride…

— Voyons, Clive ! Tout le monde aime la Floride.

— Ah oui ? Eh bien, allez-y vous-même ! C'est votre idée, après tout.

— Un peu de patience. Je travaille sur un plan.

— C’est bien ce qui m’inquiète. Je repense sans cesse à votre plan pour Ned Isaly.

Paul soupira.

— Ce n’était pas mon plan, mais celui de Bobby. Je ne suis pas responsable de ses choix.

— Il n’aurait jamais pris cette décision si vous ne l’aviez pas mis au défi de se débarrasser de Ned en échange de votre signature au bas d’un contrat. Donc, ça revient au même.

— Clive, seul Bobby Mackenzie est assez cinglé pour engager un tueur à gages.

— Et vous seul êtes assez cinglé pour lui en fournir l’occasion. C’est bon, je vais me procurer l’adresse de l’oncle/tante, à Everglades City. Je serai votre homme de paille. En route pour la Floride !

29

— Le Holacanthus limbaughi, ou poisson-ange de Clipperton, annonça Lena bint Musah. Il n'est pas interdit de l'importer, mais il faut une autorisation spéciale. Un trafiquant en a introduit une cinquantaine aux Etats-Unis, en les faisant passer pour des demoiselles bleues. Celles-ci ressemblent au poisson-ange de Clipperton, mais pas au point de tromper un connaisseur, ni le FWS.

— Il vaut combien ? demanda Karl.

— Son prix peut monter à dix mille dollars.

— Ça veut dire que ce type avait pour un demi-million de marchandise ?!

Assis dans salon de Lena, Karl, Candy et Arthur Mordred faisaient honneur au café et surtout aux cigarettes de leur hôtesse. Le chien était sagement couché, cette fois aux pieds d'Arthur.

— Cette clope, c'est de la dynamite, déclara celui-ci. Elle me fait le même effet que deux shots de Glenfiddich.

Il inhala la fumée, expira lentement.

— Pas deux, trois !

— Je croyais que tu étais aux Alcooliques anonymes ? s'étonna Candy.

— En partie, oui.

— Tu ne peux pas y être à temps partiel !

— Il y a aussi le poisson-ange peppermint, poursuivit Lena. On n'en connaît que deux spécimens en captivité. Il vous en coûterait vingt mille dollars pour en acquérir un.

— C'est dingue !

Arthur se pencha et gratta le cou du vieux chien, qui ne réagit pas.

— En plus de leur prix, ils sont très difficiles à conserver. Ils refusent toute nourriture.

— Quoi ? s'exclama Arthur. S'ils ne bouffent rien, ils meurent. Qui débourserait vingt mille dollars pour un poisson qui va lui claquer entre les doigts ?

— Les collectionneurs sont souvent des obsédés et des égoïstes, dotés d'un puissant esprit de compétition. Ils n'hésiteront pas à dépenser cette somme uniquement pour faire savoir qu'ils possèdent un spécimen rare. Et nous, qu'allons-nous faire de ces ravissants poissons ?

Le regard de Lena alla de Candy à Karl. Ce dernier, enfoncé dans un fauteuil, les jambes étendues devant lui, répondit :

— C'est à cause d'eux que le gouvernement des Etats-Unis vous fait des misères. Du moins, c'est ce que vous allez raconter.

— Mais s'il n'en existe que deux dans le monde…

— Pas dans le monde, Arthur, en captivité. Et je doute que ces idiots d'avocats connaissent seulement leur nom, acheva Lena avec un rire très féminin.

— Très juste, approuva Arthur en prenant une nouvelle cigarette. Mais je me demandais, que va-t-il arriver à Cindy Sella après la publication de son livre ? Elle va se retrouver en tête de la liste noire de l'Alliance de l'Espadon, non ?

Candy et Karl marquèrent un silence affligé.

— Arthur, expliqua ensuite le premier, l'Alliance de l'Espadon *n'existe pas*. C'est une invention, une fiction, pigé ?

— Une fiction dans la fiction, pouffa Arthur à travers la fumée.

— Si tu veux. Comme ce fichu livre.

— Mlle Sella est-elle au courant ? s'enquit Lena.

— De quoi ?

— Qu'elle n'est pas en train d'écrire « ce fichu livre ».

— Pourquoi voudriez-vous qu'elle soit au courant d'un livre qu'elle n'écrit pas ?

— Il n'est pas impossible – ou plutôt, il n'est pas improbable – que ses avocats l'appellent pour la questionner à ce sujet.

Etourdi par cette avalanche de négations, Candy dut prendre quelques secondes pour traduire. Puis :

— Vous suggérez que Richard Gere et son pote seraient foutus de l'appeler pour l'interroger sur son bouquin ?

Lena acquiesça.

— Revenons-en à nos poissons, intervint Arthur. Mettons que Herbie Fosdick, une huile dans…

— *Herbie Fosdick ?* C'est qui, encore, ce type ?

— Personne. Je viens de l'inventer.

— Tu ne pouvais pas l'appeler John Smith ?!

— Qu'est-ce que ça peut faire, puisqu'il n'existe pas ?

Candy souffla la fumée par les narines avant de répondre :

— Tu m'as lancé sur une fausse piste, c'est tout. Si tu l'avais appelé John Smith, j'aurais tout de suite compris que tu l'avais inventé. *Capice ?*

— Arrête tes conneries, tu veux ? Et d'abord, tu ne connais pas plus l'italien que moi !

— Messieurs, nous nous égarons… soupira Lena. Reprenez, Arthur.

— J'ai perdu le fil.

Candy et Karl inhalèrent simultanément une bouffée d'oubli total et gloussèrent.

Lena les ignora pour s'adresser à Arthur :

— Vous disiez que M. Fosdick était une huile quand on vous a interrompu…

Elle lança à Candy et Karl un regard derrière lequel pointaient des poignards.

Arthur réfléchit quelques secondes.

— Ça me revient. Je disais, Fosdick est une huile parmi les collectionneurs de poissons. S'il apprend que Cindy Sella enquête sur le trafic d'espèces exotiques, il va se sentir menacé et peut-être s'en prendre à elle. Peu importe que le livre existe ou non ; la rumeur suffit.

Il se renfonça dans son fauteuil, fier de son exposé.

— Je vois ce que tu veux dire, affirma Candy. Gere et Cie pourraient se montrer un peu trop bavards…

Karl se frappa le front.

— Bon sang, arrêtez de dire n'importe quoi ! Fosdick n'est pas un mafieux. Il n'a rien à voir avec les tordus qui ont arrosé le Clownfish Café à la sulfateuse. Il est question de poissons, les gars – et les filles… De POISSONS !

— Minute ! protesta Candy. C'est toi qui as commencé, avec l'Alliance de l'Esturgeon…

— L'Espadon.

— Tu disais que ces types étaient aussi dangereux que la mafia !

Arthur les interrompit :

— Ce qu'il nous faudrait, ce sont des espèces totalement interdites à l'importation, et non soumises à une simple autorisation…

— Dans ce cas, nous avons l'arowana et certains coraux, répondit Lena.

Elle tira quelques photos glacées d'un classeur et les étala devant elle.

— Je précise qu'on ne trouve le poisson-ange de Clipperton que dans un seul endroit du globe : un atoll proche de Hawaï.

— Alors, on devrait interdire d'en importer. Pareil pour le peppermint. D'après ce que vous disiez, ils n'ont presque aucune chance de survivre en captivité, et le gouvernement de ce pays ne fait rien pour les protéger ? Je m'excuse, mais merde !

Lena prit la cafetière sur la table basse et remplit leurs tasses.

— Il y a une question à laquelle nous n'avons pas encore répondu, dit-elle. Que vais-je raconter à ces avocats pour qu'ils me communiquent le dossier de Cindy Sella ? Ils savent que les documents que leur destinait son agent sont tombés dans de mauvaises mains. Si vous deviez témoigner, vous diriez que M. Hess vous les a remis en supposant que vous étiez Wally Hale et Rod Reeves…

— Ça ne prouverait pas que Wally et Rod étaient de mèche avec Hess, ou l'inverse.

— Une seconde ! Et la secrétaire ? Elle pourrait attester qu'ils avaient rendez-vous avec Hess.

— Ouais, mais après ? Ils prétendraient qu'ils voulaient discuter d'un compromis avec lui.

— De quoi avez-vous besoin, au juste ? s'enquit Arthur.

— D'un mémo, d'une lettre, de n'importe quoi indiquant une… collusion entre les avocats de Cindy et Hess.

— Et il n'y a rien de tel dans les documents que vous avez récupérés ?

Karl secoua la tête.

— Que dalle ! Même pas une lettre avec l'en-tête de Snelling & Botox.

— Borax, rectifia Candy.

— Je ne pige pas. Si ces types sont les avocats de Cindy Sella, en quoi les informations contenues dans son dossier représentent-elles un danger pour elle ?

— Ils pourraient la menacer de les divulguer si elle ne fait pas ce qu'ils lui demandent. Verser à Hess la commission qu'il réclame, par exemple.

— On se fiche du contenu du dossier, ajouta Karl. Tout ce qui importe, c'est qu'il y a eu collusion entre Bass, Wally et Ross. Ces merdeux bossaient pour les deux parties.

— Malheureusement, jusqu'ici, on n'en a trouvé aucune preuve.

Le silence s'installa.

— Le chantage, lâcha soudain Lena, comme si ces mots lui brûlaient les lèvres depuis le début de la réunion.

Elle s'apprêtait à allumer une cigarette avec son briquet Lalique quand trois mains se tendirent vers elle, tenant des allumettes enflammées.

— Merci, messieurs.

Une longue expiration, assez puissante pour souffler une bougie, puis elle répéta :

— Le chantage.

Ces deux mots brillaient telles des étoiles dans la nuit, attendant d'éclairer leurs esprits.

— Nous savons ce que nous voulons, reprit-elle.

Maintenant, qu'avons-nous d'intéressant pour ces deux avocats ?

— Rien, répondit Candy.

— Alors, que pourrions-nous avoir qui serait susceptible de les intéresser ? Réfléchissez.

Ils s'immergèrent dans leurs pensées et dans la fumée de leurs cigarettes. Soudain le regard de Karl tomba sur la photo du poisson-ange peppermint. Il la cueillit sur la table, l'examina et dit :

— Ils ont un aquarium.

Un constat pour le moins énigmatique, qu'il s'empressa de développer :

— Ça m'étonnerait qu'ils aient une autorisation. Pour un de ces poissons, je veux dire.

Il fit flotter la photo devant leurs yeux et se tourna vers Candy, qui commença à secouer la tête avant même qu'il ajoute :

— Candy en a un pareil.

— N'importe quoi ! Oscar ne ressemble pas à ça.

— Si. Il a des bandes rouges et blanches.

— Des bandes ? répéta Candy, subitement dégrisé. L'autre jour, tu prétendais que c'étaient des « gribouillis ». N'y pense même pas !

— Allons, C. ! Il ne lui arrivera rien. C'est l'affaire de quelques heures. J'ai vu une photo d'un poisson comme celui de Candy, poursuivit Karl à l'adresse de Lena. Je ne me rappelle plus le nom, mais il avait des rayures en zigzag, et…

— Ça pourrait être un poisson-ange, le coupa Lena. Ou un discus de Heckel. Quoique ce dernier soit carnivore. Que lui donnez-vous à manger ?

— Des trucs pour poissons, répondit Candy d'un ton maussade.

— Vous devriez vous renseigner. Peut-être n'aurons-nous pas besoin de recourir au chantage, finalement. Il suffira qu'ils s'absentent assez longtemps pour nous laisser accéder à leurs dossiers.

— Exact.

— Ils n'ont jamais vu Arthur ?

— Non, répondit celui-ci.

Lena laissa planer un silence, puis elle demanda :

— Connaissez-vous quelqu'un d'autre que nous pourrions recruter ?

— Blaze Pascal ? suggéra Karl.

Lena manifesta un peu d'étonnement :

— Le philosophe ?

Karl gloussa.

— Pas lui, l'enquêtrice privée.

— Une femme ?

— Ouais.

— Je crois qu'un homme conviendrait mieux pour cette mission particulière. La femme pourrait se révéler utile plus tard.

— Danny Zito ? proposa Candy.

— Il est témoin protégé, lui objecta Arthur.

— Ça ne l'empêche pas de traîner dans les galeries, les librairies, et de dédicacer son bouquin à tour de bras.

— Bien. Je préférerais qu'ils soient deux.

— Pour quoi faire ?

Elle le leur expliqua. Ils rirent tous, sauf Candy.

— Regarde Oscar : il ne se doute pas de ce qui l'attend, le pauvre, soupira Candy en saupoudrant un peu de nourriture pour poissons à la surface de l'eau.

— S'il est vraiment carnivore, file-lui plutôt un

steak, dit Karl en froissant son exemplaire du *Publishers Weekly*.

Le problème des magazines, c'est qu'ils ne se froissent pas aussi facilement (ni aussi bruyamment) qu'un journal.

Candy parut réfléchir.

— Les autres poissons, dans l'aquarium de Frankie… Oscar les connaissait. Il était habitué à eux.

— N'en rajoute pas, lui rétorqua Karl d'un ton où perçait l'agacement. Ils ne formaient pas non plus une confrérie… L'Amicale des anciens du Clownfish Café. Tu appelles qui ?

— Le Clownfish, répondit Candy en pianotant sur son portable. Je voudrais vérifier un truc avec Frankie. Ça te dirait qu'on dîne là-bas ce soir ?

Karl n'aurait su dire pourquoi, mais il aimait le Clownfish Café. La nourriture y était pourtant tout juste correcte. Sans doute était-ce une question d'« atmosphère », comme disent les snobs et les pédants. Karl avait horreur de ce mot – de la pure poudre aux yeux, selon lui. Mais il devait admettre que le voisinage des poissons et l'ambiance de grotte sous-marine avaient un effet apaisant.

— C'est bon, soupira-t-il, surjouant l'exaspération. Mais ne compte pas sur moi pour t'écouter gâtifier avec Frankie toute la nuit.

— T'inquiète. J'attends juste de lui qu'il me file quelques tuyaux. Je te parie qu'il dira qu'Oscar n'a rien à voir avec un poisson-ange pepperoni.

— Pas pepperoni, peppermint, répliqua Karl en froissant consciencieusement le *Publishers Weekly*.

30

N'étant pas homme à remettre les corvées à plus tard, Clive avait pris un vol pour Miami dès le lendemain de sa conversation avec Paul Giverney.

Résigné à boire le calice jusqu'à la lie, il avait glissé dans son sac de cabine le premier manuscrit qui lui était tombé sous la main.

Celui-ci, dû à une certaine Shirley Murphy (pardon, Shir-*lee* Mur-*phee*) était intitulé *Nous (n')avons (jamais) été (vraiment) heureux*. La mode était aux titres à rallonge. Clive tenta de se rappeler quel best-seller était à l'origine de cette tendance.

Dans le style ampoulé, le titre de Shirlee était aussi horripilant que ceux, en forme de calembours d'inspiration littéraire (*Des pourris et des hommes*), sportive (*Jeu, Set et Crash*) ou culinaire (*Conflit de canards*) qui fleurissaient sur les couvertures des romans policiers. Comment pouvait-on se prétendre créateur et exploiter sans vergogne un filon aussi usé ?

Le regard de Clive tomba sur la Page Une. En feuilletant rapidement le manuscrit, il découvrit que chaque page était numérotée en toutes lettres, dans un caractère pseudo-médiéval aussi difficile à déchiffrer qu'un formulaire fiscal. Shirlee Murphee devait s'imaginer que ce procédé donnait de la profondeur à sa prose.

En réalité, un simple coup d'œil à la présentation du manuscrit – mise en pages, police d'écriture, usage abusif des points d'exclamation et des passages en italique – trahissait sa nullité absolue.

Clive se demanda ce qu'il fabriquait, penché vers l'allée centrale pour surveiller la progression paresseuse du chariot des boissons, accaparé pour l'heure par un passager extrêmement bruyant, se rendant à un congrès des Alcooliques anonymes ou en revenant.

S'il perdait son temps avec *Nous (n')avons (jamais),* etc., c'était à cause de Tom Kidd. Cette bouse infâme avait atterri un beau matin sur le bureau du plus exigeant des directeurs littéraires de Mackenzie-Haack. Coincé par un vague lien de parenté avec l'auteur, Tom avait promis d'y « jeter un coup d'œil ». L'aide que lui avait alors proposée Clive n'avait rien de désintéressé : il voulait faire de Tom son obligé.

Dieu sait pourquoi, le roman s'ouvrait sur une tirade de Shakespeare, le passage où Hamlet donne ses instructions aux comédiens. Encore une histoire sans vrai début. Malheureusement, Shirlee n'était pas Shakespeare. Clive survola le manuscrit et tomba sur d'autres citations de Hamlet, débitées – ou plutôt detournées – par divers personnages : *« Le reste est (presque) silence »*... Clive mit *presque* entre parenthèses, pour coller au style de Mlle Murphee.

Il fourra le manuscrit dans son sac afin de se concentrer sur la tâche pénible qui l'attendait. Il allait passer la nuit dans un motel qui empesterait le désodorisant, et où il s'attendait à trouver au moins deux bombes de Raid sous l'évier. Ils se ressemblaient tous, mais il avait choisi le Sawgrass en raison des multiples avantages qu'il promettait : *WI-FI GRATUIT !!! KITCHENETTE EQUIPEE !!! LES MARAIS A VOTRE PORTE !!!* Quand le chariot arriva enfin à sa hauteur, tandis qu'il commandait (« Vodka glaçons, s'il vous plaît ») (*Voilà* comment on utilise les parenthèses !), il se demanda si Shirlee Murphee ne gagnait pas sa vie en rédigeant des publicités pour le motel Sawgrass. Il arracha le verre de vodka à l'hôtesse et le vida à moitié d'une seule gorgée.

« Les marais à votre porte »… Qui avait envie de trouver un alligator, un crocodile, une ou deux espèces invasives de serpents – boa, python ? – ou une des dernières panthères de Floride sur le seuil de son bungalow ? Même si, à la réflexion, Clive préférait mille fois avoir les Everglades à sa porte que découvrir un manuscrit de Shirlee Murphee sur son paillasson.

Il sirotait les dernières gouttes de sa vodka quand l'avion commença à perdre de l'altitude. Soit il s'apprêtait à atterrir, soit il allait s'écraser. Tout ce qu'espérait Clive, c'était que le chariot aurait le temps de repasser devant lui, et que le manuscrit de Shirlee Murphee ne survivrait pas au crash.

Le seul véhicule disponible à l'agence de location était un 4 × 4 qui siphonnait le carburant aussi vite que Clive la vodka. Le réservoir était plus qu'à moitié vide avant qu'il n'atteigne Everglades City. Il fit halte à une station-service fascinante, qui paraissait tout droit sortie d'un film d'avant-guerre et vendait l'essence quelques *cents* de moins que ses concurrentes. Sinon, personne ne s'y serait jamais arrêté – à part Clive, qui avait une passion pour les années 1930 et 1940.

Aucune des deux pompes n'était équipée d'un système de règlement par carte bancaire. Les instructions à la clientèle – *Servez-vous et payez à l'intérieur* – témoignaient d'une confiance inhabituelle dans cette région de la Floride. Clive remplit le réservoir, le regard tourné vers la boutique. A travers la vitre constellée de poussière et d'insectes morts, on distinguait une silhouette penchée sur un livre de comptes, ou ce qui y ressemblait.

Après avoir raccroché le pistolet, il se dirigea vers la boutique. L'homme qu'il avait aperçu de l'extérieur scrutait des photos à l'aide d'une loupe. Il ne releva même pas la tête à son entrée. La plaque posée sur le bureau indiquait *Donny Lugz, propriétaire*. Un fusil (Winchester ou Remington) était appuyé contre le mur derrière lui. Il y avait sur le comptoir un présentoir avec des paquets de chips et de bretzels, et dans la vitrine au-dessous, des barres chocolatées alignées dans des boîtes en carton : Mars, Milky Way, Almond Joy, Hershey… Curieusement, ces produits avaient traversé plusieurs décennies dans les mêmes habits, quand tout le reste – gens, voitures, réfrigérateurs, boissons rafraîchissantes – en avait changé à plusieurs reprises.

Clive toussa pour attirer l'attention de l'homme – Donny Lugz, sans doute. Plus costaud que corpulent, celui-ci était coiffé d'une casquette en toile d'où s'échappaient des mèches grises.

— Ouais ! fit le supposé Lugz.

Il semblait s'adresser à la photo qu'il examinait plutôt qu'au client de passage. Puis il donna une tape sur la table et ajouta :

— Je l'ai eu, le salopard !

Interloqué, Clive sortit son portefeuille.

— Je suis venu payer l'essence, annonça-t-il.

— Regardez !

Donny Lugz, qui avait l'air de se soucier de son essence comme d'une guigne, lui tendit la photo.

Clive s'approcha et vit une vaste étendue couverte de blé ou de marisques. Etant largement sorti du Kansas, il opta pour ces dernières. On distinguait une tache sombre au milieu de la végétation.

Se sentant obligé de dire quelque chose, il demanda :

— C'est quoi ?

— Le singe skonke. Sûr que c'est lui, le fumier ! exulta Donny en agitant la photo devant le visage de Clive. Ça crève les yeux comme le soleil d'hiver sur la Kissimmee !

Clive cilla. Il détestait qu'on le bombarde de noms d'origine indienne.

— Quand Dave verra ça, ajouta Donny, il va être dingue !

Grâce à Dante et à Shirlee Murphee, Clive avait l'habitude des récits sans véritables débuts. Mais contrairement à *La Divine Comédie*, qui offrait des repères au lecteur, l'histoire du singe skonke le laissait complètement perdu.

— C'est lui qui dirige le Centre d'études sur le singe skonke, expliqua Donny.

Clive supposa qu'il parlait du dénommé Dave. Quant à la nature exacte de ses recherches, il préférait continuer à l'ignorer.

— Lui, ce qui l'intéresse, c'est les faits et rien que les faits. Moi qui ne suis pas un expert, j'ai une approche plus fictionnelle.

Et donc, complètement irréfléchie.

— Si vous voulez bien encaisser…

Mais Donny était à mille lieues de la station-service.

— Vous verrez mieux avec ça, dit-il en tendant la loupe à Clive.

Celui-ci regarda et vit une tache plus grosse. Il aurait pu s'agir d'un élan, d'un singe ou d'un être humain.

— Ah ! C'est lui, votre fameux singe skonke.

— Ouais.

— On ne le distingue pas très bien.

— Mais si ! Vous connaissez son histoire, pas vrai ?

— Bien sûr, prétendit Clive, désireux d'éviter à tout prix un exposé sur le singe skonke, ses mœurs, son habitat. C'est un genre de Bigfoot ou de Sasquatch.

Donny écarta la comparaison de la main.

— Mais est-ce qu'ils sont vrais ? C'est la question !

Comme pour presque tout en ce monde.

— Beaucoup de gens le pensent, en tout cas.

— Ceci est la preuve que *lui* existe, reprit Donny en brandissant la photo. Dave a même une vidéo, vous entendez ? Une *vidéo* ! Ils sont à peine six ou sept dans les Everglades, mais…

Donny était lancé, et Clive comprit qu'il n'avait aucune chance de l'arrêter, à moins d'empoigner le fusil derrière le comptoir et de lui mettre une balle entre les yeux (ou entre les siens, au choix). Sur une inspiration, il tira une carte de visite de son portefeuille.

— Tenez ! Si vous comptez écrire un livre sur vos recherches, faites-moi signe.

L'étonnement se peignit sur le visage de Donny, aussitôt remplacé par une expression extatique. Il n'aurait pas été plus heureux si le singe skonke avait franchi le seuil de sa boutique pour lui acheter une barre de Milky Way.

— Vous publiez des bouquins ?

— Pas moi, mais Mackenzie-Haack, mon employeur. Je suis un simple directeur éditorial.

Donny ôta sa casquette et gratta sa tignasse grise.

— Bon sang ! marmonna-t-il. Dave va faire une de ces têtes quand je vais lui raconter ça…

Holà ! On se calme ! pensa Clive. Je n'ai aucune envie de voir atterrir deux biographies du singe skonke sur mon bureau, une factuelle et l'autre romancée…

Au moins, il avait réussi à capter l'attention de Donny Lugz. C'était le moment de tenter une sortie.

— Pour l'essence… dit-il en lui tendant un billet de cinquante.

Donny déchiffrait la carte de visite.

— Clive Ester…

— Esterhaus. Vous voulez bien me rendre la monnaie ? Il faut que je reprenne la route. J'ai un rendez-vous…

— Bon Dieu de bois ! New York… Ah oui ! L'essence. Vous me paierez quand vous repasserez dans le coin. J'ai pas la monnaie sur cinquante.

— Je n'y manquerai pas. Heureux d'avoir fait votre connaissance, monsieur Lugz.

Clive sortit en claquant la porte derrière lui et s'engouffra dans son 4 × 4 momentanément rassasié.

Le Sawgrass Motel était tel qu'il l'avait imaginé : identique à tous ceux qui poussaient le long de la Tamiami Trail ou de la Route 29.

Il laissa tomber son sac de voyage sur le lit double (une espèce en voie de disparition) et alluma le ventilateur. Les pales en forme de feuilles de palmier grinçaient doucement. Puis il alla jeter un coup d'œil à la minuscule cuisine (quelques tasses et mugs dépareillés, des poêles et des casseroles qui remontaient aux origines de la révolution industrielle) et à la salle de bains, juste assez profonde pour lui permettre d'atteindre les toilettes depuis le seuil.

Il regarda sa montre. Il était presque l'heure d'appeler Simone Simmons. Comme il ressortait, il constata avec soulagement que le marais ne l'attendait pas, tapi derrière la porte avec des grognements bestiaux.

31

Clive actionna la sonnette au son rauque et attendit en observant un grand arbre enlacé (certains – pas lui – auraient dit plutôt « embrassé ») par un autre, plus petit et aussi sinueux qu'une liane. Une vision étrange, comme tout dans cet endroit. Mieux valait s'y habituer.

Quoique prévenu, Clive aurait été bien en peine de distinguer la moindre trace d'oncle Simon chez tante Simone. Chaussée par Louboutin (Ah, ces semelles rouges !), enveloppée d'un nuage d'Heure Bleue de Guerlain (un parfum qui évoquait immanquablement à Clive une ex-maîtresse), coiffée d'un casque de cheveux noirs à la Louise Brooks, Simone avait un visage aux pommettes hautes d'une pâleur presque surnaturelle. Clive la jugea très séduisante, malgré sa ressemblance avec Morticia Addams.

— Monsieur Esterhaus ? Entrez, je vous prie. Je suis ravie de vous rencontrer.

— Moi de même, madame Simmons.

La maison était vaste, sans luxe ostentatoire, et meublée dans le style local – bambou et rotin blanc – avec une parcimonie qui frisait la témérité. Le plus surprenant était l'abondance de couleurs, y compris sur Simone. Celle-ci, drapée dans une pièce de soie où s'affrontaient des tourbillons jaunes et bleu nuit, avait l'épaule barrée d'un flot de tulle qui rappelait une traîne d'étoiles. Même si Van Gogh aurait pu signer cette robe, l'éclat tapageur des rideaux et des coussins évoquait plutôt Pollock. Dans le salon, un énorme perroquet à la Mark Rothko (cramoisi et noir d'encre) était juché sur un perchoir dans une immense cage dorée.

— Je vous présente Jasper, dit Simone. Que puis-je vous offrir ? Je fais d'excellents martinis.

— Et moi, je les bois.

D'un pas aérien, elle se dirigea vers un buffet en bambou chargé de bouteilles. Clive prit place dans un fauteuil en rotin qui avait un peu l'aspect d'une hutte. A l'abri de son dossier haut et incurvé, il savoura le silence ponctué par les tintements des glaçons et les cris brefs de Jasper.

Simone revint avec deux grands verres évasés. Des martinis triples (au moins), frappés et décorés d'un copeau de citron.

— Je mets un point d'honneur à servir les cocktails dans des verres glacés et les plats dans des assiettes chauffées, expliqua-t-elle. On ne transige pas avec le chaud et le froid.

Clive réfléchit quelques secondes et décida que ni Sartre ni Santayana n'auraient pu émettre la moindre objection morale à ce principe. Puis il leva son verre et but une gorgée.

— Vous vouliez me voir au sujet de mon neveu ? Au téléphone, vous m'avez dit que vous travailliez dans l'édition.

— En effet. Je suis directeur littéraire chez Mackenzie-Haack.

Il décida de passer sous silence le fait qu'il possédait sa propre marque. Si celle-ci revêtait une importance cruciale à ses yeux, les néophytes n'avaient aucune idée de ce que signifiait « un livre de Clive Esterhaus ».

— Je connais Bass depuis longtemps, reprit-il. Et je sais qu'il vient vous voir de temps en temps.

— Chaque année en novembre, pour Thanksgiving. Il reste une semaine. Il n'aime pas la Floride. Pire que ça : il l'a en horreur.

Clive feignit l'étonnement.

— Vraiment ?

— Si j'insiste pour qu'il vienne, c'est parce qu'il est la seule famille qu'il me reste. Il prétend prendre du bon temps, mais je ne suis pas dupe. Ce n'est pas New York qui l'a rendu ainsi. Bass a toujours été un pisse-froid.

Clive faillit s'étrangler avec son martini.

— Ah oui ?

— Allons ! Vous le connaissez presque aussi bien que moi.

Clive fut tenté de feinter, mais il y renonça.

— C'est vrai qu'il a du mal à se lâcher, concéda-t-il. Il faut toujours qu'il contrôle tout. Ça explique peut-être son comportement ces derniers temps…

— Sans blague ? Il serait encore plus bizarre qu'avant ?

Clive avait l'impression d'avancer en terrain miné. En même temps, il était peu probable que Hess ait informé sa tante de l'affaire Cindy Sella.

— Je crains qu'il ne traverse une crise existentielle, finit-il par lâcher.

Simone éclata d'un rire qu'elle brisa net, comme une flûte de cristal.

— Bass ? Pour ça, il faudrait encore qu'il ait une existence !

Une vraie tata gâteau, cette Simone.

Clive reprit :

— En ce moment, il est enferré dans un procès interminable…

— Ça ne m'étonne pas de lui, soupira Simone en examinant ses ongles d'un rouge ardent. Je ne connais personne d'aussi procédurier.

— Je pense qu'un changement d'air lui ferait du bien. Si vous pouviez le persuader de venir quelques jours…

— S'il est vraiment au bord du gouffre, la Floride risque de l'y précipiter.

— Pour ne rien vous cacher, il a de mauvaises fréquentations.

Les yeux lourdement fardés de Simone s'agrandirent.

— Ah bon ? dit-elle, d'un ton plus gourmand qu'inquiet.

— Il y a eu une fusillade dans un restaurant, à Manhattan. Les tireurs – des professionnels, selon la police – semblaient viser votre neveu…

— Quelqu'un aurait mis un contrat sur la tête de Bass ? Voilà qui est intrigant ! Qu'est-ce qu'il a bien pu faire pour s'attirer de tels ennuis ?

Simone prit son verre sur la table basse et but une gorgée. Ses yeux bruns pétillaient de curiosité.

Clive jugea que la vérité ne lui tiendrait pas rigueur

de l'avoir quelque peu travestie, notamment en passant sous silence le rejet du manuscrit de Fabio.

— Il a insulté un capo.

Cette fois, Simone ne put contenir son hilarité.

— Mon neveu, cette larve, a osé défier la mafia ? C'est la meilleure !

Ayant sifflé le reste de son martini, elle se leva et récupéra le verre de son invité, encore à moitié plein, afin de le resservir. Clive s'abstint de la détromper en lui révélant que Hess ignorait qui était le père de Fabio avant de le rembarrer.

— Mais ça, dit-elle en se dirigeant vers le buffet, il ne m'en parlera jamais, bien sûr.

Un bruit de glaçons dans un shaker… Quelle douce musique !

Simone ajouta sans se retourner :

— De même, je doute qu'il se laisse persuader de venir se réfugier ici. Il trouvera un prétexte pour refuser.

Elle revint et posa un verre plein devant Clive.

Celui-ci était déjà pompette. S'il vidait son verre, il aurait bu l'équivalent de quatre martinis. Pas mal !

— Je sais comment le convaincre, dit-il, encouragé par l'alcool. Dites-lui que vous avez l'intention de modifier votre testament.

Simone parut doublement surprise.

— Il vous a dit qu'il était mon unique héritier ?

Clive se contenta de sourire et but une gorgée de martini.

Simone en fit autant, puis elle croisa les jambes dans un bruissement soyeux.

— Le problème, monsieur Esterhaus…

— Clive.

— Voyez-vous, Clive, Bass aura moins que ce qu'il imagine. La moitié au moins de mon argent ira aux Everglades. J'aime cette région, et j'enrage de la voir ainsi saccagée depuis deux siècles. Je m'apprêtais précisément à modifier mon testament, toujours en faveur des Amis des Everglades. Bass sera furieux quand il le découvrira.

Elle pouffa et but une autre gorgée.

— Vous lui en avez parlé ?

— Non. Pourquoi voudriez-vous que je le fasse ?

— Pour l'inciter à venir au plus vite. Vous pourriez aussi lui dire que vous êtes mourante et que vous souhaitez discuter certaines dispositions avec lui, sans attendre novembre... Vous l'avez désigné comme exécuteur testamentaire ?

— Merci, je ne suis pas cinglée ! J'ai désigné ma banque, ainsi que mon employé de maison.

Comme Clive jetait un regard circonspect autour de lui, Simone ajouta :

— Il n'est pas là ce soir. C'est déjà lui qui veille sur mes affaires quand je dois m'absenter. Un garçon très intelligent.

Un domestique comme exécuteur testamentaire ?

— Vous avez confiance en lui ?

— Pas particulièrement, mais il continuera à percevoir un salaire après ma mort, en tant que gestionnaire. Ça devrait le dissuader de tripatouiller les comptes du fonds fiduciaire. J'ai l'intention de léguer la plus grande partie de mes biens à une autre association, la Fondation pour les Everglades. Mon employé touchera sa part, et le reste ira à Bass. Ça ne va pas lui plaire, mais il aura du mal à contester mon testament.

— Vous croyez qu'il le fera ?

— Evidemment ! Bon sang, mon verre est vide… Le vôtre aussi, on dirait.

Elle se leva, prit le verre de Clive et s'éloigna en direction du buffet.

Dépité d'être tenu à l'écart de la conversation, le perroquet façon Rothko se mit à agiter furieusement les ailes.

— Où avez-vous trouvé Jasper ? demanda Clive.

Il espérait qu'elle répondrait : « Au Musée d'art moderne. »

— Dans une bourse aux animaux exotiques – un bon moyen d'empêcher les gens de relâcher leur python en pleine nature.

Elle tendit à Clive son troisième (son septième, en fait) martini avant de se rasseoir.

— Que deviendra-t-il après votre disparition ?

— Un ami a accepté de s'en charger. Ça aussi, ça figure dans mon testament. Vous-même, Clive, avez-vous de « mauvaises fréquentations » ?

— Pardon ?

Simone soupira.

— C'est le problème avec les menteurs novices : ils ont tendance à oublier les détails de leurs bobards. Vous prétendez vouloir soustraire Bass à un danger. Je n'en crois pas un mot. Et nous avons déjà écarté l'hypothèse d'une « crise existentielle ». Alors, quelle est la véritable raison de votre visite ? Notez que je suis ravie de vous recevoir…

Clive étira ses jambes et s'accorda quelques secondes de réflexion. Ne trouvant aucune explication suffisamment inventive, il décida d'avouer la vérité, au moins en partie :

— Eh bien, nous souhaitons éloigner votre neveu

pour qu'il fiche la paix à quelqu'un. Pardonnez-moi, mais je ne peux pas en dire davantage.

— Cette réponse me convient, dit Simone en glissant une cigarette dans un fume-cigarette interminable. Et comment comptez-vous atteindre votre objectif en une semaine ? Croyez-moi, sitôt rentré à New York, Bass fondra de nouveau sur sa proie, qui qu'elle soit. A moins que vous ne me demandiez de le tuer ?

Elle se pencha vers son visiteur pour qu'il allume sa cigarette.

Clive rit et prit le briquet tarabiscoté sur la table devant lui.

— Nous profiterons de son séjour dans les Everglades pour mettre notre plan à exécution.

— « Nous » ?

— Moi et quelques… connaissances.

— Donc, Bass s'est mis tout un groupe à dos… Sa femme en fait-elle partie ?

— Non, répondit Clive, surpris.

— La malheureuse non plus ne peut pas le souffrir. Elle s'appelle Helen. Une sainte. Et si nous allions dîner ? Je connais un petit restaurant fabuleux à Naples. Ce n'est pas tout près, mais croyez-moi, il en vaut la peine.

— Avec plaisir ! répondit Clive, soulagé de laisser son verre presque intact.

Malgré ses craintes, il parvint à s'extraire de son fauteuil dès la première tentative.

Simone surprit le regard qu'il jetait à une vaste serre d'intérieur pleine d'orchidées et de plantes grasses.

— Mon jardin d'hiver, dit-elle. Voulez-vous le visiter ?

Clive n'en avait aucune envie, pourtant il acquiesça.

Simone le guida à travers un dédale de tables surchargées de broméliacées et de strélitzias. Les plantes « succulentes », comme on les appelait, mettaient Clive mal à l'aise. Leur nom même lui évoquait des petits êtres voraces dévorant leurs proies avec des bruits de succion. Il ne s'était jamais remis de la lecture du *Jour des Triffides*.

— Vous aimez les orchidées ? demanda son hôtesse.

Ils venaient de s'arrêter devant une table sur laquelle paradaient des orchidées aux couleurs théâtrales.

Clive préféra botter en touche :

— Elles réclament beaucoup de soins, me semble-t-il ?

— Pas tant que ça. C'est surtout une affaire de température. Il en existe une très rare que j'ai toujours désiré voir : l'orchidée fantôme. Elle pousse dans les Everglades. Je suis même partie à sa recherche avec un guide, mais je déteste patauger dans la boue, pas vous ? Bien sûr, je ne l'aurais pas cueillie. C'est interdit. Je voulais juste la voir.

— Vous pourriez envoyer votre neveu, Bass, la chercher pour vous, suggéra Clive après quelques secondes de réflexion.

Simone battit des mains.

— Quelle idée magnifique ! Il sera fou de rage. Mais pas question qu'il m'en rapporte une !

— Aucun danger. Même s'il prétend le contraire, ça m'étonnerait qu'il se donne beaucoup de mal pour la trouver, surtout si elle est aussi rare que vous le dites. Mais là n'est pas la question. Tout ce que nous voulons, c'est l'attirer dans les marais.

— J'ignore ce que vous avez en tête, mais ça paraît affreusement drôle.

— Peut-être sommes-nous trop durs avec lui…

— Certainement pas ! On va dîner, maintenant ?

— Je vous suis. Je meurs de faim.

Ils regagnèrent le salon, où Simone enfila un manteau arachnéen imprimé de fleurs roses, blanches et jaunes sur un fond bleu azur.

Manet ?

Jasper poussa un cri strident.

A l'extérieur, Clive interrogea son hôtesse sur l'arbre au tronc pâle qui en enlaçait un autre de ses bras sinueux.

— Ça ? C'est un figuier étrangleur.

— Un figuier *étrangleur* ? répéta Clive, incrédule.

Cet endroit allait l'avaler tout cru s'ils ne se mettaient pas rapidement en route. Il prit Simone par le bras et l'entraîna d'un pas vif le long de l'allée.

32

A peu près au moment où Clive s'apprêtait à regagner New York, L. Bass Hess évoquait son départ imminent pour la Floride.

Paul Giverney feignit l'étonnement :

— La Floride ? Que diable allez-vous faire là-bas ?

La réponse était évidente : Hess se rendait en Floride sur la requête de sa tante, Simone – un sacré personnage, à en juger par le portrait qu'en avait fait Clive quand il avait appelé Paul depuis l'aéroport international de Miami.

Assis de part et d'autre de la table basse du bureau de l'agent, les deux hommes sirotaient un espresso. La secrétaire de Hess en avait elle-même moulu les grains.

— J'y vais tous les ans à l'époque de Thanksgiving, pour voir ma tante, expliqua Hess. Elle est très attachée à ce rituel. Hélas ! Elle est gravement malade. Les médecins ne lui donnent plus que quelques semaines à vivre.

— Oh ! Je suis désolé. Vous êtes très proche d'elle, j'imagine ?

Jusqu'ici, tout se déroulait selon le plan de Paul.

Très fier de lui, l'écrivain laissa tomber un sucre supplémentaire dans son café amer comme la mort. Les cubes de sucre étaient aussi minuscules que sa tasse. On aurait dit qu'ils jouaient à la dînette.

— Très, acquiesça gravement Hess. Elle et moi, on était comme les deux doigts de la main. Elle me manquera beaucoup.

Le sourire de Hess indiquait que ses regrets s'étaient déjà envolés pour la Floride, où il les rejoindrait le lendemain.

Paul but une gorgée de café boueux et maintenant trop sucré.

— Vous prenez l'avion pour… ?

— Miami. De là, je louerai une voiture pour rejoindre Everglades City.

Everglades City… Bass aurait volontiers planté un pieu dans la carte de Floride à l'emplacement de cette ville maudite. Mais si son oncle, ou plutôt sa tante, était sur le point de mourir (et il n'avait aucune raison de ne pas le croire), Everglades City appartiendrait bientôt à son passé.

Une fois riche, il dirait adieu à l'immense baraque pleine de courants d'air de Wilton ainsi qu'à sa femme, Helen, et à son insupportable belle-fille, Esme. Il rendrait à Helen l'argent qu'il l'avait suppliée d'investir dans son agence, ne subirait plus les caprices d'écrivains uniquement préoccupés de leur précieuse personne. Bizarrement, en dépit de sa fortune et de son succès phénoménal, Paul Giverney ne possédait pas un ego aussi démesuré que la plupart de ses confrères. En revanche, il s'était montré intraitable sur son contrat, un contrat sur lequel Bass avait pourtant sué sang et eau. Giverney et Mackenzie faisaient la paire, avec leurs exigences impossibles.

— Qu'est-ce que vous voulez au juste, Paul ? On a obtenu une avance de trois millions, des droits identiques sur les ventes de livres numériques, un bonus si le livre reste au moins douze semaines sur la liste des meilleures ventes, un bonus supplémentaire s'il y reste au moins cinq mois, un droit de regard sur la couverture – arraché de haute lutte, vous pouvez me croire ! Qu'est-ce qu'il vous faut de plus ?

— Un droit de regard sur la maquette intérieure.

— *Quoi ?!* Vous voulez donner votre avis sur la typographie et la disposition des mots ?

— C'est la définition de la maquette intérieure, oui.

— Mais personne ne demande une chose pareille !

— Si, moi.

— Et vous l'avez déjà obtenue ?

— Non, à mon grand regret. Vous n'avez pas idée comme ces sagouins peuvent vous saboter un bouquin.

— C'est bon, c'est bon. J'en parlerai à Mackenzie.

Paul ôta ses pieds de la table basse.

— Je ne me contenterai pas d'un accord verbal. Mackenzie est un voleur et un menteur.

C'était mot pour mot ce que Bobby Mackenzie avait dit de Paul.

— Si ce n'est pas écrit noir sur blanc dans le contrat, il m'entubera rien que pour prouver qu'il peut le faire.

— Dans ce cas, pourquoi tenez-vous tant à ce qu'il vous publie ? Vous pourriez changer d'éditeur.

Paul eut un grognement méprisant.

— Ne dites pas de bêtises ! L'industrie n'est pas

un monde de nuances. Il vaut mieux prier le diable que ses suppôts.

Un monde de nuances ? Il vaut mieux prier le diable ? Cet homme avait la manie de parler par énigmes. Mais un seul de ses livres rapporterait à Bass une commission de quatre cent cinquante mille dollars, et comme il en produisait un par an… A supposer qu'il laisse tomber tous ses autres clients pour se consacrer à Paul, il engrangerait quatre à cinq fois ce qu'il gagnait actuellement, sans devoir quitter le sud de la France ! Et plus jamais il n'aurait affaire à Simon/Simone.

Dans un cas comme dans l'autre, il était assuré de décrocher le jackpot.

— La Floride ? répéta Bobby Mackenzie.

— Il part demain, précisa Paul.

C'était la fin de la journée. Les pieds calés sur son bureau, Bobby tenait un verre de scotch d'une main et un cigare cubain de l'autre.

Assis de l'autre côté du bureau, Paul lui renvoyait son image en miroir.

— Un homme ordinaire en reviendrait transformé. Hess, lui, en reviendra au minimum chamboulé.

— Qu'est-ce que vous avez encore manigancé ?

— Rien de pire que ce que *vous* avez manigancé la dernière fois.

— Allons donc ! C'était vous le machiniste. Je n'ai fait que suivre les rails que vous m'aviez tracés.

— Comme le petit train bleu : *Je sais que je peux*. C'est ça votre moteur, Bobby. Vous n'avez pas besoin de motif pour agir. Vous faites les choses parce que vous le pouvez.

Bobby souffla un rond de fumée, puis un second qui traversa lentement le premier. Avec un sourire rusé, il pressa le bouton de l'interphone.

— Bunny ? Vous pourriez venir une seconde ?

Une femme glissa la tête dans l'embrasure de la porte. Paul nota qu'elle avait des cheveux magnifiques, d'un blond si pâle qu'ils paraissaient blancs. Blancs avec des reflets plus sombres. Puis le reste de sa personne suivit et l'admiration de Paul redoubla, moins à cause de sa silhouette parfaite que de ses vêtements d'un blanc immaculé.

— Apportez ceci à la direction artistique, je vous prie, dit Bobby en brandissant un projet de jaquette. Demandez-leur si l'un d'eux a jamais vu Venise, ne serait-ce qu'en photo. A moins qu'ils n'aient voulu représenter l'hôtel Venetian, à Las Vegas ?

Bunny se dirigea vers le bureau, prit la jaquette et sourit à Paul avant de ressortir.

— Qui est-ce ? demanda l'écrivain.

— Bunny Fogg, la meilleure sténo de la maison. Une sorte d'électron libre.

Paul imagina Bunny Fogg flottant librement dans le vide quantique, et un sourire rêveur se peignit sur ses lèvres.

33

Bass Hess annotait dans les marges le document posé sur la tablette devant lui. Avant son départ, il avait réexaminé avec son avocat les motifs de sa plainte contre Cindy Sella.

La sale petite ingrate… Bass ne comprenait pas qu'elle n'ait pas cédé dès le début de la procédure. Certes, il n'avait joué aucun rôle dans la vente de son dernier roman. Toutefois, la clause d'option incluse dans le contrat qu'elle avait signé avec lui pour ses précédents livres l'obligeait à lui verser une commission sur celui-ci. Du moins s'en était-il persuadé…

Il n'y avait rien de neuf dans le document qu'il annotait, sa réponse à la réponse que leur avait transmise le nouvel avocat de Cindy Sella. Il se contentait de reformuler les soixante-neuf causes d'action mentionnées par la plainte originale, avec un luxe de détails qui confinait au baroque. Bass et son avocat, Phil Ffizz, avaient passé des heures à affiner cette énième mouture avant de la laisser reposer. Ffizz n'était pas le genre d'avocat à traiter une affaire aussi banale que, mettons, un divorce. Le chaos était son élément naturel. Sa tactique consistait à entretenir la confusion pour mieux pointer les incohérences d'une procédure et laisser la partie adverse négocier les obstacles dans le torrent. Oui, Ffizz savait naviguer. Hess n'aimait rien tant que s'immerger dans un texte profus. Il était d'une école qui exige une vingtaine de mots là où dix (voire même cinq) suffisent à exposer une idée. Pour parvenir à ses fins, il noyait l'ennemi sous un déluge de phrases entortillées jusqu'à ce qu'il capitule et sorte de sa tranchée les mains levées.

La seule chose qui lui procurait encore plus de plaisir qu'un document juridique interminable, c'étaient les contrats d'édition. Rebutés par la complexité de ceux-ci, la plupart des auteurs renonçaient à les lire après avoir jeté un coup d'œil aux clauses financières. Mais les mentions en petits caractères qui auraient rendu fou n'importe quel néophyte faisaient les délices de L. Bass Hess. Avec une minutie digne d'un chirurgien, il taillait dans les différentes couches de tissus jusqu'à rendre la structure sous-jacente méconnaissable. Dans son esprit tordu, le scalpel qui lui servait à disséquer les contrats revêtait l'apparence d'Excalibur. Lui-même était le roi Arthur du milieu littéraire, une véritable légende dont le nom remplissait les éditeurs d'effroi. C'était grisant d'exercer un tel contrôle.

Le contrôle… Tel était le but ultime de Bass. Dans ses fantasmes, le monde de l'édition devenait une flotte de U-Boot ennemis, et lui Alan Turing décryptant les messages d'Enigma à travers les touches d'un clavier. Ah, cette sensation de toute-puissance jusqu'au bout des doigts…

S'il détestait tant Simone (en dehors de son odieuse transformation), c'était parce qu'elle le contrôlait, lui, L. Bass Hess. L'apoplexie le guettait dès qu'il pensait à elle. Comment avait-il pu tomber sous la coupe d'un être aussi grotesque ? Simone, nouvelle incarnation de Simon…

Un frisson d'horreur parcourut Bass.

Sitôt débarqué de son vol d'American Airlines dans cet Etat miniature qu'est l'aéroport international de Miami, il se glissa au volant d'une Chevrolet Impala, voiture de location typique, au comportement immédiatement reconnaissable. D'abord pris dans un entrelacs de routes qui ne semblaient aller nulle part, il finit par émerger sur la Tamiami Trail en direction de l'ouest et se cala sur une vitesse de croisière de cent kilomètres à l'heure afin de rejoindre au plus vite Everglades City.

34

Soudain *elle* fut devant lui, tante Simone et oncle Simon imbriqués telles les feuilles d'un cigare qui semait des brins de tabac sur la langue de Bass. Après sa métamorphose, elle avait épousé un certain Simmons. Simone Simmons… Quel nom improbable !

— Bass chéri, quel plaisir de te voir ! Merci d'être venu aussi vite.

Comme s'il avait eu le choix ! Un tourbillon de soie multicolore l'enveloppa subitement tandis que l'horrible perroquet rouge sang et noir d'encre déversait sur lui un flot d'obscénités (du moins le supposa-t-il).

— Simone ! Tu as une mine superbe.

Malheureusement, c'était vrai. La tête couronnée de cheveux noirs lustrés, le teint nacré, Simone était d'une beauté resplendissante – pour un homme.

— Tu n'as pas l'air malade, ajouta Bass, contrarié.

— Bah ! J'ai mes bons et mes mauvais jours. Tu veux boire quelque chose, mon cœur ?

D'un pas nonchalant, elle se dirigea vers le buffet et son vaste assortiment de bouteilles.

Bass éleva la voix (celle-ci était trop grêle pour porter très loin) :

— Au téléphone, tu m'as dit de venir sans tarder, que les médecins redoutaient une issue fatale…

— La même chose que d'habitude ?

Sans attendre sa réponse, elle versa une généreuse rasade de whiskey dans un grand verre et cueillit des glaçons dans un seau en argent.

— Enfin, tu peux me dire ce qui se passe ? demanda-t-il sans prendre la peine de dissimuler son agacement.

— Tu parais déçu de ne pas m'avoir trouvée raide morte…

Bass se força à rire.

— Tu n'es pas sérieuse ! J'ai accouru dès que j'ai su. Je me fais beaucoup de souci pour toi.

En approchant, il remarqua une liasse de feuilles près du pichet dans lequel Simone remuait un mélange de vodka et de vermouth. Après avoir rempli son verre, elle reposa le pichet et brandit la liasse avec un sourire éclatant de santé.

— Mon testament !

Bass se composa un visage de marbre.

— Tu l'as encore modifié ?

Au lieu de répondre, elle retourna au salon avec les deux verres (et le testament) et s'assit à sa place habituelle, dans le canapé.

— Comme tu le sais, dit-elle, je lègue quelque chose à Bolly, mon employé de maison. En fait, j'ai décidé de doubler sa part.

Bass blêmit et se laissa tomber dans un fauteuil en rotin. Ce sale larbin allait toucher une petite fortune. Quels arguments pouvait-il opposer à sa tante ?

— Tu crois que c'est raisonnable, Simone ?

— Qu'est-ce que la raison vient faire là-dedans ? J'ai une grande affection pour Bolly.

Bass croisa les jambes dans son fauteuil inconfortable et but une gorgée de whiskey.

— S'il est trop à l'aise, il ne fera plus aucun effort pour gagner sa vie… tenta-t-il.

— Je ne vois pas comment il pourrait en faire moins ! Je ne connais personne d'aussi indolent. Mais il m'amuse, et il veille bec et ongles sur la maison en mon absence. Ensuite, ajouta Simone d'un air réjoui, j'ai décidé d'arrondir le montant de ma donation à la Fondation pour les Everglades à un million et demi.

— *Un... million et demi ?!* s'étrangla Bass, horrifié. Enfin, Simone, les Everglades sont là depuis une éternité ! Elles ne vont pas tomber en ruine du jour au lendemain…

— Tomber en ruine ? Il ne s'agit pas d'une ville, même si beaucoup rêvent d'y voir pousser les lotissements comme des champignons. Cette remarque trahit ton ignorance du contexte écologique, pour ne pas dire politique, de la Floride. Les promoteurs, les constructeurs n'attendent qu'une autorisation du gouverneur pour faire surgir de terre des grappes de motels et de maisons de style pseudo-méditerranéen. Tu imagines ?

Bass n'imaginait que trop, et il applaudissait en son for intérieur. Il n'avait jamais compris qu'on veuille préserver ce cloaque infesté de moustiques, grouillant de serpents et d'alligators, où les mangroves succédaient aux marécages jusqu'à l'écœurement.

A présent qu'elle était lancée, rien n'aurait pu arrêter Simone. Bass s'enfonça dans son fauteuil et l'écouta d'une oreille distraite.

— As-tu la moindre idée de ce qu'était cette région au XIXe siècle, avant que ces imbéciles de millionnaires ne décident d'assécher les marais ? Un paradis pour les oiseaux !

Jasper approuva bruyamment.

— Spatules rosées, hérons verts, aigrettes par milliers – oui, par milliers !

Pendant qu'elle pérorait, Bass songeait à son héritage qui se réduisait comme peau de chagrin. Combien cette folle possédait-elle au juste ? Tout ce qu'il savait, c'était que le père de Simone/Simon (son grand-père, donc) pesait plusieurs millions, à une époque où l'argent était encore de l'argent, et un millionnaire une personne réelle. Le vieux Hess était un de ces entrepreneurs pour lesquels Simone affichait un souverain mépris. Il avait accumulé les terres, en bordure et jusqu'à l'intérieur des Everglades, et en aurait probablement converti une partie en jungle de gratte-ciel si une attaque malencontreuse ne l'avait terrassé avant.

— Quant à ta part…

Bass se redressa instinctivement et tendit l'oreille.

— Ressers-moi donc à boire. J'ai la bouche comme de l'étoupe.

La barbe ! Juste comme ça commençait à devenir intéressant. Bass bondit de son fauteuil, rafla le verre vide sur la table et courut presque jusqu'au buffet. Après avoir rempli le verre au pichet, il s'en retourna dare-dare.

— Merci, mon chou. Voyons, où en étais-je ?

Bass plissa le front, faisant mine de réfléchir.

— Tu… tu parlais de ma part, je crois.

— Ah oui ! Pour commencer, bien sûr, tu hériteras de cette maison. Je sais que tu l'as toujours aimée.

La maison ? Vendue au premier pigeon qui tombera du ciel !

— Je te laisse également la collection de fossiles de

papa, ainsi que ses antiquités. Tu as remarqué le buffet, à côté ? Il est fabriqué dans un bambou très rare.

Un quart bambou et trois quarts vodka, oui ! Elle aurait mieux fait de léguer la part de Bolly à Smirnoff. La Russie avait fait plus pour elle que ce bon à rien.

— Cette pièce, enchaîna-t-elle, est presque entièrement meublée en Tommy Bahama.

Bon sang ! Tout le mobilier allait y passer.

— Quant au reste, je lègue le service et les chandeliers en argent à Bolly.

Bass dressa une antenne frémissante.

— Toute l'argenterie ? Ça représente une sacrée somme !

— Il m'a toujours dit qu'il rêvait d'avoir un service comme celui-ci.

— Avec ce que tu lui laisseras – ah ! ah ! –, il aura les moyens de s'en acheter.

— Désolée, j'ignorais que tu étais tellement attaché au service à thé et à l'argenterie…

Bass invoquait rarement les désirs de sa femme. Pour une fois, il décida de faire une exception :

— Pas moi, dit-il d'un ton suave, mais Helen les a toujours admirés.

— Cette chère Helen ! Comment va-t-elle ? Ça fait une éternité que je ne l'ai pas vue.

Bon Dieu, qu'est-ce qui lui avait pris d'amener Helen dans la conversation ? Simone avait toujours pensé qu'il la maltraitait. A présent, il allait devoir se justifier jusqu'au Jugement dernier.

— Elle va bien, affirma-t-il. Très bien, même.

— Pourquoi ne l'amènes-tu jamais ?

Ce n'était pas une question, mais une accusation.

C'est déjà assez pénible de venir ici, pensa-t-il.

— Tu sais ce que c'est, soupira-t-il. Les rendez-vous, les obligations… Sa famille insiste pour qu'elle passe toutes les fêtes avec eux…

— Quelle bande d'égoïstes ! s'esclaffa Simone.

Elle se pencha au-dessus de la table et lui fila une tape sur la cuisse avec le testament roulé.

Bass grimaça un sourire.

— Si tu entrais un peu dans les détails, avant de faire de la charpie de ce testament ?

Simone jeta un regard indifférent au document.

— Comme tu le sais, tu hérites de l'essentiel de mes biens.

L'essentiel… Apparemment, le million dont sa tante venait de le spolier au cours du dernier quart d'heure ne représentait que la partie émergée d'un iceberg d'une taille considérable.

— C'est très aimable à toi, Simone.

Elle trempa les lèvres dans son martini et leva son verre dans la lumière qui filtrait entre les lattes du store.

— A une ou deux conditions, reprit-elle.

Bass se redressa vivement.

— Quel genre de conditions ? demanda-t-il, inquiet.

Je te déshérite si tu divorces d'avec Helen, deviens mormon, vends la maison ou refuses de garder Bolly à ton service ?… La liste pouvait s'allonger à l'infini.

Le perroquet poussa alors un cri retentissant.

— Ah ! soupira Simone d'un air mélancolique. En voici une, justement.

Son verre à la main, elle s'approcha de la cage, aussi vaste qu'un canot de sauvetage, et glissa un doigt entre les barreaux. Le perroquet le tira avec son bec.

— La première condition, c'est que tu prennes soin de Jasper.

Grand Dieu ! Il aurait encore préféré prendre Bolly en pension complète plutôt que s'approcher à moins de cent kilomètres de ce monstre peinturluré.

— L'ennui, c'est que je ne connais rien aux oiseaux… tenta-t-il.

— Oh ! Il suffit de le nourrir, de nettoyer sa cage… et de lui donner son traitement. Tu te débrouilleras très bien, j'en suis sûre.

Surtout, il allait se débrouiller pour refourguer au plus vite Jasper à une volière.

— Il doit prendre un comprimé chaque jour, ainsi qu'un médicament qu'on lui injecte dans le bec à l'aide d'une seringue.

La seule idée d'administrer un traitement oral à un perroquet suscitait chez Bass un rire nerveux. Il pouvait toujours courir ! Toutefois, son rire se coinça dans sa gorge quand Simone ajouta :

— Bolly passera de temps en temps, pour s'assurer qu'il va bien.

— Qu… quoi ? Bolly se déplacera jusqu'à Wilton pour prendre des nouvelles de Jasper ?!

Au même moment, comme à un signal, Jasper poussa un cri strident, par dérision ou pour lancer un SOS.

Simone revint s'asseoir.

— Ne dis pas de bêtises, gronda-t-elle. Qu'est-ce que Bolly irait faire dans le Connecticut ? Je te rappelle que je te lègue cette maison… à condition que tu t'y installes.

Bass bondit si brusquement de son fauteuil qu'il renversa son verre. Heureusement, il l'avait vidé d'un trait quand Simone l'avait informé qu'il devrait jouer les infirmiers pour son perroquet. Les glaçons roulèrent sur le tapis.

— Pardon, marmonna-t-il en les ramassant. Mon agence est à New York, Simone. Je ne peux pas déménager comme ça !

— Tu n'auras qu'à exercer ton activité à distance. C'est ce que font les démarcheurs par téléphone, non ?

Bass se retint de hurler.

— C'est un peu plus compliqué que ça. Une seconde ! Bolly pourrait demeurer dans cette maison et s'occuper de Jasper…

— Bass, soupira Simone, tu n'arriveras jamais à rien si tu te crées tout le temps des obstacles. Tu n'auras plus besoin de travailler quand tu auras hérité de moi. Je suis très riche, tu sais.

Bass s'approcha d'elle et lui pressa le coude.

— Je vais y réfléchir, assura-t-il. En attendant, permets-moi de te resservir.

Il prit les deux verres vides et se dirigea vers la salle à manger. Qu'est-ce qui lui prenait de jouer les serviteurs indiens ? Il ne s'appelait pas Gunga Din ! Simone aurait dû prévoir un chariot sur rail entre le buffet et le canapé.

— Y a-t-il d'autres conditions ? lança-t-il pardessus son épaule.

Jasper émit un cri perçant.

Seigneur ! Comment sa tante faisait-elle pour vivre auprès de ce… de cette *chose* ?

— Oui, une dernière. Merci.

Simone prit le verre qu'il lui tendait.

— Laquelle ? s'enquit Bass, inquiet.

« Inquiet » ? Le mot était faible.

— Comme tu le sais, j'élève des orchidées…

— Tu voudras que je m'occupe d'elles ?

Et une corvée de plus, une !

— Sûrement pas ! J'ai décidé d'en faire don au musée des Everglades.

Bon débarras !

— Excellente idée, approuva-t-il avant de boire une gorgée.

— Ce que j'aimerais, c'est que tu me rapportes une orchidée fantôme.

— Pas de problème. Il y a un fleuriste spécialisé à Everglades City ? Sinon, je devrais pouvoir trouver ça sur Internet…

Simone jouait à merveille la condescendance.

— Ce ne sera pas aussi facile, Bass. Même si quelqu'un en vendait une, il ne passerait pas une annonce sur Craigslist, crois-moi. Tu ne la trouveras que dans son milieu naturel.

Bass se raidit, redoutant ce qui allait suivre.

— Quoi, je vais être obligé d'aller la chercher moi-même ?

Simone acquiesça.

— Elle pousse dans les marais de Corkscrew, de Big Cypress ou de Fakahatchee. C'est un épiphyte. En d'autres termes, elle s'accroche aux arbres tels que le cyprès chauve ou…

— Une minute ! Je vais devoir aller dans le… *marais* ?

— Ne fais pas cette tête ! Tu t'es déjà aventuré dans la réserve de Corkscrew, pour une partie de pêche.

— C'était différent.

Elle ignora l'objection.

— J'ai engagé un guide, un excellent canoéiste.

— Un *quoi* ? Je suis censé traverser le Fakahatchee en canoë, tout ça pour cueillir une satanée… Je veux dire : une orchidée ?

— En gros, oui, répondit Simone en lissant sa robe. C'est parfaitement illégal. Mais ton guide vit du marais. Il ne le mettra jamais en péril pour…

— En plus, tu me demandes d'enfreindre la loi ?! Imagine que je tombe sur un garde forestier !

— Il y a peu de chance que ça arrive. Monty connaît le marais comme sa poche.

— Monty ?

— Ton guide. Tu peux avoir toute confiance en lui.

— Tu ne parles pas sérieusement !

Simone soupira.

— Si tu ne veux pas t'en charger, Bolly acceptera certainement de le faire, en échange d'une plus grosse part de mon héritage. Bien sûr, ça obligera mon notaire à réécrire mon testament. C'est tellement complexe, ces histoires d'actions et de fonds de placement…

Elle prit une cigarette dans un petit pot en forme de perroquet qui ressemblait à Jasper comme un jumeau.

Bass se leva.

— Je dois passer un coup de fil, dit-il. Je te prie de m'excuser.

Il se dirigea vers la salle à manger et appela l'agence depuis son portable.

— Stephanie ? C'est moi. Est-ce que Mackenzie a renvoyé le contrat de Giverney ?

— Oui. Un coursier l'a déposé il y a un peu plus d'une heure.

— Dites-moi s'il a ratifié les clauses des pages 17 et 20.

Un silence, puis :

— Non. Il a barré plusieurs paragraphes.

Quelle poisse ! Si Bobby Mackenzie lui avait donné

son feu vert, Bass se serait fait une joie de dire à sa tante où elle pouvait se fourrer son orchidée.

Il raccrocha et regagna le salon d'un pas lent.

— Une mauvaise nouvelle, mon chou ? Tu as une mine sinistre.

— Pas plus que d'habitude. Tu n'as pas idée de la difficulté de ce boulot. Je passe mon temps à remonter le moral et tenir la main de mes auteurs. Quand ils ne sont pas en train de pleurer sur mon épaule, ils réclament des trucs impossibles. Parfois, j'ai l'impression d'être leur psy et non leur agent…

— Revenons à mon orchidée, tu veux bien ?

— Ma secrétaire vient de m'informer d'un développement qui appelle une réaction urgente de ma part. Je vais devoir repartir pour Manhattan demain.

Devant l'expression de Simone, Bass s'empressa d'ajouter :

— Je reviendrai dès que possible, dans une semaine ou deux.

— Tu avais dit que tu resterais plusieurs jours, répliqua-t-elle d'un ton glacial.

— Je sais. Je n'avais pas prévu que ça se passerait ainsi.

— Dans ce cas, je vais appeler Monty et lui demander s'il peut t'emmener là-bas ce soir.

Ignorant les protestations terrifiées de son neveu, elle saisit le combiné du téléphone sans fil.

— Monty ? Ici Simone Simmons… Oui, merci… Dites-moi, est-ce que vous pourriez emmener mon neveu en excursion dès ce soir ?… Oui ? Formidable !

Bass enfouit son visage dans ses mains.

— Le pauvre a besoin de se changer les idées. Une

balade en canoë lui fera le plus grand bien. Oui, j'ai compris que vous ne vouliez pas voir ça…

Bass releva vivement la tête. Voir quoi ?

Il attendit que Simone ait raccroché pour lui poser la question.

— Oh ! Monty ne veut pas être présent quand tu arracheras l'orchidée à son arbre. A ce sujet, il y a une procédure à respecter. Ces plantes sont fragiles…

— S'il ne veut pas voir ça, où sera-t-il pendant ce temps ?

Jasper poussa un cri qui imitait à la perfection la voix stridente de Bass.

Simone tira sur sa cigarette et aspira la fumée.

— Pas très loin, je suppose. En train de pagayer dans le coin.

Elle jeta un coup d'œil à ses ongles vernis, puis au testament.

Bass disparaissait presque dans son fauteuil Tommy Bahama.

— Il va me laisser tout seul en plein marais ?

— Plus probablement, il attendra que tu aies terminé pour revenir te chercher, répondit Simone en feuilletant le testament. Il ne veut pas risquer d'être accusé de complicité, acheva-t-elle d'un ton de conspirateur.

Bass vida son verre cul sec. Puis sa ruse naturelle lui souffla un subterfuge, et il se détendit.

Ce Monty, pensa-t-il, il y a sûrement moyen de l'acheter. Pour quelques centaines de dollars, il racontera qu'il m'a emmené dans le marais et qu'on est rentrés bredouilles. Il suffit d'y mettre le prix.

35

Bass se trompait lourdement.

Pendant que la voiture s'éloignait – debout sur le pas de sa porte, Simone agitait la main pour leur dire au revoir –, il proposa cinq cents dollars à Monty.

— Ça restera entre nous, ajouta-t-il, un doigt posé sur les lèvres.

Monty (un grand type dégingandé, aux longs cheveux bruns coiffés en queue-de-cheval, avec des Ray-Ban et une casquette de base-ball) lui répondit qu'il aurait été malhonnête de sa part d'accepter. Surtout que Simone lui avait déjà versé cinq fois cette somme pour le conduire dans le marais.

— M'est avis que vous aimeriez pas être pris la main dans le sac, pas vrai ?

Bass fulminait intérieurement.

— Vous non plus, il me semble, rétorqua-t-il.

Monty rétrograda. Sa vieille Ford Bronco bringuebalante tirait une remorque sur laquelle trônait un canoë qui naviguait déjà bien avant que les Séminoles ne s'installent en Floride.

— Bien vu, mon vieux !

Monty gara le 4 × 4 sur le parking désert d'un parc de loisirs minable fermé pour la nuit, le Captain Jerry's.

— C'est quoi, cet endroit ? demanda Bass.

La réponse était évidente. Le Captain Jerry's était un de ces innombrables attrape-touristes qui proposent des excursions en hydroglisseur pour observer les oiseaux et les alligators.

— C'est à un copain, expliqua Monty.

— Vous laissez le canoë ici ?

— On va pas prendre le canoë.

Bass poussa un soupir de soulagement.

— On va prendre le doris. Venez !

Deux hydroglisseurs, une demi-douzaine de canots à rames et plusieurs bateaux à moteur hors d'âge étaient amarrés le long d'un quai.

Le soulagement de Bass fut de courte durée. Le doris, pas plus grand qu'un canoë, comportait en tout et pour tout deux bancs de bois, une paire d'avirons et un moteur.

Monty monta à bord et lui fit signe de le rejoindre.

— Installez-vous. C'est pas le grand confort, mais ce mignon moteur Honda cinq chevaux nous conduira à destination en un rien de temps. Il fera bientôt nuit, observa-t-il en scrutant l'horizon. Putain, quel coucher de soleil !

Bass monta sans un mot et prit place sur l'un des bancs. Monty fit démarrer le moteur. Quelques secondes plus tard, le bateau fendait une vaste étendue d'eau de plus en plus sombre à mesure qu'ils s'éloignaient du quai.

On distinguait des lumières au loin, sur la rive.

— C'est quoi, là-bas ? hurla-t-il, le visage fouetté par les embruns glacés.

— Chokoloskee !

— Et on va où ?

— Par là !

Monty indiquait une zone de mangroves et d'îlots boisés, à l'écart des lumières de Chokoloskee.

Il aurait tout aussi bien pu répondre « Au bout du monde ».

Ils finirent par atteindre l'entrée d'une crique, et Monty coupa le moteur hors-bord.

— On va basculer sur le moteur électrique, expliqua-t-il. Pour ne pas faire de bruit.

La peur envahit Bass.

— Pourquoi ? Personne ne peut nous entendre, si ?

Monty ne prit pas la peine de répondre, mais il alluma un projecteur fixé au flanc du bateau. S'il n'éclairait pas grand-chose, le faible pinceau lumineux accentuait l'étrangeté du paysage qui les entourait.

Des rangées de cyprès pressés les uns contre les autres, un silence de mort parfois troublé par l'appel d'un oiseau… Les gogos qui sillonnaient les marais à longueur d'année, leurs jumelles et leurs appareils photo accrochés au cou, se seraient certainement extasiés devant cette ambiance poétique et mystérieuse. Bass Hess, lui, la trouvait angoissante. La nuit tombait sur les Everglades comme un arbre pourri s'abat sur le sol. Dans l'obscurité, les herbes des marais semblaient des lames de couteau surgissant de l'eau.

Bass crut apercevoir un mouvement du coin de l'œil, quelque chose qui se dressait le long de la berge avant de retomber. Soudain, il regretta qu'ils ne soient pas plus nombreux à bord du doris.

— Ça fait combien de temps que vous sillonnez ces marais ? demanda-t-il.

— Des années.

— Vous devez bien les connaître, alors.

— Comme ma poche.

— Vous savez s'il y a des alligators dans le coin ?

— Dans le coin !? Il y en a partout !

Avec un rire gras, Monty déplaça légèrement le faisceau du projecteur, même pas troublé par un cri d'oiseau qui ressemblait affreusement à celui de Jasper.

Monty avait recommandé à Bass de scruter l'obscurité droit devant lui. Ainsi, il serait seul à voir le signal. Comme le lit de la rivière se rétrécissait, il tourna son regard vers la gauche, et… Molloy ! Pile à l'heure, à l'endroit convenu. Une lumière clignota à travers le fouillis des branches. Molloy avait un projecteur puissant, équipé d'un obturateur.

— On est bientôt arrivés, annonça Monty. J'ai aperçu des dizaines d'orchidées fantômes dans le coin. Vous avez vu ce film ?

— Lequel ?

Bass observait un tronc couché en travers de la berge pour s'assurer qu'il s'agissait bien d'un tronc.

— Celui où Meryl Streep cherche des orchidées.

— A l'origine, c'était un livre. Vous voyez ce tronc, là-bas ?

Monty cligna les yeux et fit semblant de se concentrer. Il fut tenté de s'écrier « Il a bougé ! », juste pour voir la réaction de Bass. Il y renonça, pour ne pas compromettre le numéro de Molloy et de Sammy. Il n'était pas certain d'avoir tout pigé au plan, mais pour dix mille dollars il aurait monté un bobard à sa propre mère.

— Ouais, je le vois. Qu'est-ce qu'il a ?

— Il me semble qu'il a bougé, couina Bass.

Monty éclata de rire.

— Mais non ! Vous l'avez imaginé parce que vous avez les jetons.

Il approcha le bateau d'une forêt de racines aériennes et dit :

— C'est là, un peu plus loin à droite. Vous avez les cisailles ?

— Quoi, vous voulez que j'entre là-dedans ?! C'est hors de question ! Vous avez vu ces racines ?

Celles-ci, énormes et enchevêtrées, évoquaient la chevelure de serpents de la Méduse.

— Impossible de se frayer un chemin dans ce bazar, insista Bass.

— D'autres l'ont fait avant vous. Mais vous allez devoir y aller à quatre pattes, peut-être même ramper sur une dizaine de mètres, grand maximum. Passez devant, je vous suis.

— Vous serez juste derrière moi ?

— Bien sûr.

Dans tes rêves !

Bass descendit du bateau et trébucha sur un paquet de racines noueuses. Il poussa un juron, se releva, avança tant bien que mal.

Monty resta à bord. S'il n'avait pas été prévenu, jamais il n'aurait remarqué la silhouette tapie dans l'ombre de la mangrove, ni le frémissement du tronc buriné couché à ses pieds.

— Bass ! souffla-t-il.

— Qu'est-ce qu'il y a ?

Bass avait parlé d'une voix presque normale. Monty lui fit signe de baisser d'un ton.

— Ne faites pas un pas de plus, murmura-t-il.

— Pourquoi ?

Ce type n'était même pas capable de piger un ordre simple, et il prétendait apprendre aux gens à écrire ?

— Revenez lentement vers moi, dit Monty avec des gestes pressants des deux mains. Non, ne vous retournez pas ! Surtout, pas de mouvement brusque.

En entendant ces mots, Bass devint aussi pâle qu'un mort et se mit à courir, autant que le terrain le lui permettait.

Monty stabilisa le doris et l'aida à grimper à bord.

— Putain d'alligator, mec !

Le « tronc » se coula dans l'eau derrière eux. Monty donna quelques coups de rames, pas aussi énergiques qu'il l'aurait pu.

— Assis ! cria-t-il comme Bass faisait mine de se lever. Bordel, vous allez…

Puis tout se précipita.

Le doris pencha. Bass Hess tomba par-dessus bord, fut englouti, refit surface une seconde plus tard.

— Je ne sais pas nager ! hurla-t-il en agitant frénétiquement les bras et les jambes.

Monty lui tendit un aviron.

— Cramponnez-vous !

Bass voulut saisir l'aviron et le manqua. Sa tête disparut sous l'eau, réapparut, disparut de nouveau, plusieurs fois de suite !

Soudain le bateau donna de la gîte, et le « tronc » émergea, portant Bass sur son dos.

— Il va me bouffer ! hurla Bass, paniqué.

Au lieu d'attaquer son dîner, l'alligator nagea en

direction du doris, se rangea contre la coque et fit basculer Bass à l'intérieur.

Monty lança une serviette éponge à son passager pantelant qui recrachait l'eau, tassé au fond du bateau.

— C'est dingue ! dit-il. J'ai jamais vu un truc pareil. Ce foutu croco vous a sauvé la vie, mec !

Bass leva vers lui un visage hagard.

Monty ne cessa de parler de l'alligator providentiel pendant qu'ils regagnaient la rive, en criant pour couvrir le bruit du moteur. Il en parlait encore tandis qu'il aidait Bass à grimper dans le 4 × 4, puis pendant tout le trajet jusqu'à Everglades City.

— J'en reviens pas, mec ! Il a plongé, vous a soulevé sur son dos et balancé à bord du doris, comme un maître-nageur ! Comme miracle, ça vaut un triple A, au moins ! La seule explication, c'est que ce croco a entendu l'appel de Dieu.

Ou celui de Molloy, plus sûrement.

— Seigneur, qu'est-ce qui t'est arrivé ? s'exclama Simone en découvrant Bass trempé et couvert de boue.

Si Monty ne lui avait pas confirmé son récit, elle aurait douté (une fois de plus) de la santé mentale de son neveu.

— Je vais me coucher, annonça celui-ci après avoir résumé son aventure.

— Et mon orchidée ?

— Tu ne m'as pas écouté, ou quoi ? J'ai failli me faire tuer à cause de ta foutue orchidée ! Bonne nuit !

Une fois couché, il revécut plusieurs fois la scène en esprit, l'enjolivant jusqu'à se représenter sous les traits d'un dieu marin mineur (pas Neptune, quand même) surgissant des flots. Quand il finit par s'endormir, il rêva qu'il chevauchait un dauphin et brandissait un trident (non, deux, un dans chaque main).

Le lendemain, tandis qu'il buvait son café et mastiquait un toast dans la clarté froide du petit matin, en résistant aux efforts de Simone pour lui arracher de nouveaux détails, il descendit enfin de son nuage. S'il n'était pas le dieu du golfe du Mexique, celui-ci semblait néanmoins veiller sur lui.

Dans l'avion qui le ramenait à New York, il s'efforça de dépouiller l'incident de toute trace de surnaturel. Le comportement de l'alligator s'expliquait par une réaction instinctive, une bizarrerie de son cerveau stupide, à moins qu'il n'ait repéré une proie sous l'eau – autre que lui.

Bass étouffa un grognement. Il s'était toujours considéré comme un cynique. Cette histoire était ridicule. Pourtant, il aurait aimé connaître l'avis d'un expert en alligators.

A la réflexion, il se jura de ne jamais évoquer cet incident devant quiconque.

36

— Un expert en alligators ? Ça existe ?

Paul Giverney était assis dans un des deux fauteuils chromés noirs, les pieds sur la table basse afin de déconcentrer Bass. La dernière version du contrat inacceptable reposait sur son estomac.

— Il existe des experts pour tout, Paul.

— Un de vos clients écrit un livre où il y a des alligators ?

— Non, mais j'ai fait une expérience étrange dans les Everglades. Très étrange, même…

Bass ne se limita pas à un compte rendu succinct ; il conta son aventure à Paul dans les moindres détails. Il évoqua même sa quête de l'orchidée fantôme, jugeant qu'elle renforçait son image d'aventurier intrépide, même si les seules orchidées qu'il eût jamais approchées étaient celles de sa tante.

— Une orchidée fantôme ? Vous avez vu le film ?

— Ça n'a rien à voir.

— Au contraire. A la base, il s'inspire du *Voleur d'orchidées*, et…

— Rien à voir avec l'alligator, je veux dire.

— Vous pensez vraiment que cet alligator vous a sauvé la vie ?!

— Ça m'en a tout l'air, oui.

Le sourire de Paul s'épanouit dans un éclat de rire.

— Voyons, Bass ! Vous étiez paniqué et en train de vous noyer. L'hyperventilation agit sur l'activité cérébrale ; les projections de l'esprit prennent une forme concrète pouvant aller jusqu'au montage hallucinatoire…

Bon Dieu ! Il pétait la forme. Il ignorait d'où il sortait ce jargon pseudo-psy, mais il aurait pu continuer ainsi jusqu'au soir.

— Ce n'était pas une hallucination !

Paul réfléchit une seconde.

— C'était peut-être juste un tronc pris dans les racines, suggéra-t-il.

— Les troncs n'ont pas de dents !

En effet, mais Sammy n'en avait pas non plus. Molloy s'était porté garant de son caractère inoffensif. Le but de l'opération n'était pas que Hess se fasse dévorer tout cru, mais de le plonger dans l'état de confusion où il se trouvait à présent. Molloy et Monty avaient bien mérité un bonus de mille dollars – chacun.

Paul reprit :

— Vous êtes sûr qu'il ne s'agissait pas d'un type déguisé en alligator ?

L. Bass jaillit de son fauteuil et abattit son poing sur la table. Paul ne l'avait jamais vu aussi bouleversé.

— Vous ne me croyez pas capable de faire la différence entre un alligator et un costume de carnaval ?

Il tenta de se calmer en inspirant profondément.

— Et d'abord, ajouta-t-il, qui serait assez fou pour se baigner dans le marais en pleine nuit, déguisé en alligator ?

— Vous savez, il se passe des trucs bizarres, dans le sud de la Floride.

— D'accord, soupira Bass en se laissant tomber dans son fauteuil pivotant. Si on en revenait à votre contrat ?

Le fameux contrat, la raison officielle de la visite de Paul.

— Qu'est-ce que Mackenzie a encore inventé, cette fois ? s'enquit celui-ci.

— Page 17. Il a barré « douze semaines » et l'a remplacé par « six mois ».

— *Six mois* sur la liste des meilleures ventes du *New York Times* ? Ridicule ! Même *Harry Potter* n'y est pas resté aussi longtemps !

— Si, hélas. Vous voulez que je réécrive « douze semaines » ?

Paul secoua la tête.

— Je vais lui proposer un compromis. Disons, trois mois.

— Paul, trois mois égalent douze semaines. En outre, c'est ce qui figurait dans votre ancien contrat.

— Vous avez raison. Bon, mettons quatre mois, et à moi le bonus !

— C'est noté. Mais si je puis me permettre, il serait plus habile de concéder une petite victoire à Mackenzie…

— Mais encore ?

Bass vint s'asseoir en face de Paul. Celui-ci nota qu'il avait desserré le nœud de sa cravate.

— Pour être franc, dit-il sur le ton de la confidence, ou comme s'il s'apprêtait à dévoiler le secret de sa réussite, je préfère garder mes forces pour les batailles qui en valent la peine. Evitons de gaspiller notre énergie avec des broutilles.

— De quelles batailles parlez-vous, Bass ? L'à-valoir ? Trois millions, ce n'est pas une petite somme. Pourtant, je ne me rappelle pas que vous ayez dû beaucoup ferrailler pour l'obtenir. Pareil pour les droits dérivés et numériques.

— Rien de tout ça ne semblait poser problème à Mackenzie.

— Le seul point sur lequel vous vous êtes battu, c'était le planning des versements. Vous parlez d'un exploit !

Paul sourit intérieurement. Il n'était jamais à court de piques pour maintenir ce contrat dans les limbes.

— Je note que vous acceptez un compromis sur le temps où votre livre devra rester sur la liste des meilleures ventes. On dit quatre mois au lieu de trois ?

— Vendu !

Paul bâilla et jeta un coup d'œil à sa montre.

— Il est 19 heures passées, remarqua-t-il. Vous ne rentrez pas chez vous ? Il fera bientôt nuit.

— Si ça ne vous ennuie pas, j'aimerais qu'on règle d'abord ce point…

— Bah ! Laissez tomber. Vous habitez près de Central Park, je crois ?

Bass acquiesça.

— Dans l'East Seventies.

— Ecoutez, j'ai rendez-vous avec un ami au Boathouse. Ça vous dit de vous joindre à nous ?

— Je vous remercie, mais je mène une existence très réglée en semaine. Un dîner léger, et une courte promenade avant de rentrer me coucher.

— Dans ce cas, je vous propose de prendre un taxi et de marcher un moment dans le parc. J'ai toujours eu un faible pour le Ramble.

Le chemin que Hess empruntait chaque soir à la même heure, d'après Karl et Candy.

— On pourrait en profiter pour discuter de quelques détails, ajouta Paul en montrant le contrat.

Bass se leva, ajusta sa cravate et annonça :

— Je suis à vous dans une minute, le temps de donner des instructions à Stephanie.

— Parfait ! J'appelle mon ami pour le prévenir que je le rejoindrai vers 20 heures.

Paul attendit que Bass soit sorti pour passer son appel.

— Graeme ? C'est Paul. Vous avez besoin de combien de temps pour vous préparer ? Nous devrions quitter le bureau de Hess d'ici une dizaine de minutes. Après, comptez environ vingt minutes de trajet, selon l'humeur du chauffeur, puis un peu de marche. Ça suffira ?

— Pas de problème. Ça fait une heure qu'on est en place. Avec Monty et Molloy, on s'est dit qu'on attirerait moins l'attention en arrivant tôt. Au bout du Ramble, il y a un sentier vers la droite, avec une haie qui pourrait faire l'affaire…

— Non, Graeme. La haie n'enverrait pas le bon message. La route de Damas n'était pas bordée de haies.

— Qu'est-ce que vous en savez ?

— Rien du tout. C'est une intuition.

— Comme vous voulez, saint Paul ! ricana Graeme. Et un buisson ardent, ça vous branche ? Oui ? Ça roule !

Graeme donna ensuite quelques indications à Paul – banc, fontaine, statue, chêne – et lui demanda s'il avait bien tout compris. Quand Paul lui eut assuré que oui, il raccrocha.

37

Le chauffeur s'arrêta à l'entrée du parc, côté 72e Rue, et les vira presque de sa voiture. (Une pratique malheureusement courante des taxis new-yorkais, qui semblent animés d'une rancune personnelle envers chacun de leurs clients.)

— J'emprunte ce chemin chaque soir, indiqua Bass en tournant à droite. On va passer le pont et longer le lac jusqu'au Boathouse.

L'itinéraire était gravé dans l'esprit de Paul. Il en avait appris davantage sur Central Park au cours des trois derniers jours que durant toutes les années où il avait vécu à New York. La prochaine fois qu'il emmènerait Hannah au zoo, elle lui serait certainement reconnaissante de ne pas errer au hasard comme un aveugle.

— Laissez-moi vous guider, ajouta Bass.

Paul comprit qu'il ne parlait pas de leur promenade mais du contrat en suspens. Se perdre dans un dédale de clauses toutes plus rasoir les unes que les autres était bien la dernière chose dont il avait envie ce soir-là. En outre, l'attitude condescendante de Bass lui donnait envie de le précipiter dans le lac du haut de Bow Bridge. Pendant que l'agent énumérait les différents points de ce fichu contrat, il cochait mentalement les repères successifs : chêne massif ; banc de pierre ; fontaine ornementale ; deux chênes côte à côte ; statue ; buisson ardent (correction : ce n'était pas le bon) ; banc en bois et en fer forgé… L'obscurité lui compliquait la tâche.

— Cette clause est destinée à…

A rien du tout.

Bassin pour oiseaux ; érable ; banc…

Ils marchaient depuis environ un quart d'heure quand ils abordèrent un virage en demi-lune. Molloy et Monty, vêtus du gilet réfléchissant orange des agents des espaces verts de la ville de New York, les attendaient respectivement à l'entrée et à la sortie de la courbe. Chacun montait la garde à côté d'une barrière. Heureusement, le sentier habituel de Hess était moins fréquenté que celui qui menait au côté opposé du Boathouse.

Troisième banc, en bois et fer forgé…

— Quant aux mensualités, Mackenzie a accepté de réduire leur nombre à dix, ce qui est encore beaucoup trop à mon…

Molloy s'avança vers eux, portant sa barrière, et adressa un clin d'œil à Paul.

Sois plus discret, bon sang !

Hess avait-il remarqué quelque chose ? Non, évidemment. Molloy les dépassa et disparut derrière le virage. Monty se trouvait toujours à la sortie de celui-ci. Et Graeme ? Planqué quelque part, sûrement.

Enfin, le fameux buisson ! Et là… *pchhhh !*

Quoique prévenu, Paul eut du mal à se retenir de

sursauter. Hess poussa un grand cri et tomba à la renverse, sonné.

Paul se précipita vers lui.

— Bass, vous vous sentez bien ? Qu'est-ce qui vous arrive ?

— Ce qui m'arrive ? Ce buisson vient de prendre feu !

Le regard de Paul descendit le long du bras de Bass, jusqu'à l'index qu'il pointait devant lui.

— Quel buisson ?

Bass fixait le buisson d'un air hagard. Une grappe de baies se détacha d'une branche et s'écrasa au sol.

— Vous… vous n'avez rien vu ? bredouilla-t-il. C'est impossible !

Un couple de promeneurs s'approcha. Voyant Bass le bras tendu, ils se tournèrent vers le buisson qu'il désignait, puis vers les deux hommes, et échangèrent un regard perplexe.

— Dites-moi que vous l'avez vu ! leur cria Bass d'un ton larmoyant. Vous marchiez droit vers lui !

Le couple accéléra l'allure et s'éloigna.

Etrangement, à présent que les barrières et les pseudo-agents avaient disparu, on aurait dit que tous les habitants de Manhattan avaient choisi ce sentier plutôt discret pour leur promenade vespérale.

Un vieux appuyé sur deux cannes se traînait dans leur direction, lançant à la cantonade :

— C'est la fin des temps !

En voyant le teint blafard et l'air égaré de Hess, il parut juger qu'il était le plus apte à recevoir son message parmi les visiteurs du parc. Il se planta alors devant lui et lui hurla au visage :

— C'EST LA FIN DES TEMPS !!!

Paul s'apprêtait à intervenir quand deux jeunes

hommes qui se tenaient par la main, flanqués chacun d'un chien de la taille d'un poney, s'avancèrent vers eux en saluant tout le monde, comme s'ils évoluaient dans une fête privée.

— Vous l'avez vu ? leur cria Hess.

— Comme je te vois, mon chou !

Les deux types se tournèrent l'un vers l'autre, éclatèrent de rire et poursuivirent leur route.

Hess pressait un mouchoir sur son visage, aussi immobile qu'une statue.

Paul le tira doucement par le bras.

— Venez, lui dit-il. Nous sommes tout près du Boathouse.

En effet, on apercevait déjà les lumières du restaurant. Paul l'avait précisément choisi pour sa proximité.

Il guida Bass à l'intérieur du bar, le fit asseoir à une table et commanda deux whiskies.

— Doubles, précisa-t-il au serveur.

Il n'y avait pas une goutte de sueur sur le visage de Bass. Il persistait pourtant à l'éponger avec son mouchoir immaculé et soigneusement plié, répétant d'une voix à peine audible :

— Je ne comprends pas… Je ne comprends pas… Vous deviez lui tourner le dos…

— Au buisson ?

— C'est pour ça que vous n'avez rien vu.

— Je me trouvais plus ou moins de trois quarts par rapport à lui, mais s'il s'était… enflammé, comme vous le prétendez, je suppose que je l'aurais remarqué !

— Le vieux clochard ! Il a dû le voir, lui. C'est pour ça qu'il criait : « C'est la fin des temps ! »

— Une seconde, Bass. Vous dites qu'il est resté en feu deux ou trois secondes, puis que tout s'est arrêté. Les flammes auraient dû mettre plus longtemps à s'éteindre…

— Je sais ce que j'ai vu !

Le serveur apporta leurs verres.

Bass but la moitié du sien d'un trait sans que son visage retrouve ses couleurs. Il passa un doigt entre son col et son cou. Le premier semblait à présent flotter autour du second. De même, les manches de sa veste paraissaient trop longues pour ses bras, à croire qu'il avait brusquement rétréci. Henry James aurait fait des merveilles avec un tel sujet, plus encore que Jules Verne.

— Vous avez travaillé dur, ces derniers temps…

— Je travaille dur chaque jour de ma vie, et c'est un motif de fierté pour moi ! Franchement, j'en ai marre d'entendre les auteurs geindre et me dire combien il est difficile d'écrire.

Bass reposa son verre si brutalement que le couple à la table voisine se retourna.

— J'en ai marre des Cindy Sella ! cracha-t-il comme un chat en colère.

— J'imagine combien c'est stressant, approuva Paul d'un air compatissant. Sans parler des efforts que vous demande mon contrat. Négocier avec Mackenzie n'est pas une partie de plaisir. Vous devriez rentrer chez vous, maintenant. Vous avez besoin de repos. On reparlera de tout ça plus tard.

Bass empoigna son verre avec une ferveur telle que Paul craignit qu'il ne se mette à hurler : « C'est la fin des temps ! »

— D'abord l'alligator, maintenant ce buisson, marmonna-t-il après avoir sifflé le reste de son whisky. Ça fait beaucoup d'événements bizarres en peu de temps.

C'est l'idée, oui, reconnut Paul intérieurement.

— Il faudra que j'en parle à ma prochaine séance de spiritisme, poursuivit Bass.

Paul jeta un coup d'œil à son verre. Se pouvait-il qu'il soit déjà ivre ?

— Votre… séance ?

— De spiritisme, répéta Bass en adressant un signe au serveur. J'y vais deux fois par mois.

Paul tendit brusquement la jambe, manquant provoquer la chute du serveur. D'un geste circulaire de la main, il invita celui-ci à les resservir.

Il ignorait ce qui l'étonnait le plus, que Bass s'adonne au spiritisme ou qu'il le fasse avec une telle régularité. Sa propre expérience se limitait au *Rideau de brume*, avec Richard Attenborough. Dans le film, la femme du héros, une pseudo-médium, était folle à lier.

— C'est… intéressant. Et vous cherchez à… contacter quelqu'un en particulier ?

Il avait dû se faire violence pour poser la question.

Heureusement, au même moment, le serveur leur apporta des verres pleins.

Bass but une gorgée avant de répondre.

— Oui, mon père. Ça fait un moment que j'essaie d'entrer en relation avec lui. Jusqu'ici, je n'ai obtenu que des bruits.

Paul se mordit la lèvre. Bass aurait mieux fait de tenter sa chance avec un smartphone. A en croire leurs utilisateurs, ces appareils pouvaient tout faire. (Paul, pour sa part, n'était pas très fan de toute cette technologie.)

L. Bass enchaîna :

— Ma tante Simone, je vous ai parlé d'elle ? Ça fait des années qu'elle m'appâte en me parlant de mon père et de sa fortune. Dernièrement, elle a modifié son testament. Elle m'a fait venir chez elle pour l'écouter déblatérer sur les promoteurs et les politiciens qui détruisent les Everglades. Et blablabla, et blablabla… Elle et son satané perroquet, pas moyen de les arrêter !

Il baissa brusquement la voix.

— Mon père le… la détestait intensément. Il la haïssait, même ! Et je sais, JE SAIS, insista-t-il en abattant son poing sur la table, qu'il pourrait me dire quelque chose d'utile… quelque chose qu'elle ne voudrait pas voir s'ébruiter…

Tante Simone ne semblait pas du genre à craindre le scandale. Mais la conversation prenait une tournure intéressante.

— Tout ce que je souhaite, c'est lui rabattre son caquet et l'obliger à réviser son fichu testament en ma faveur.

Il arrivait à Paul de douter de sa santé mentale (une inquiétude partagée par Molly). D'un autre côté, il était écrivain… Et rien de ce qu'il avait inventé jusqu'ici – que ce soient les alligators, le buisson ardent, les futures facéties à la casse, les cavaliers (peut-être) – n'égalait ce nouvel accroc dans la trame du réel : L. Bass Hess faisant tourner les tables pour entrer en contact avec le fantôme de son père, non pour lui dire à quel point il lui manquait mais pour lui soutirer de quoi faire chanter sa tante.

L'exploitation des morts par les vivants…

Décidément, la vie était une source d'excitation inépuisable.

38

Assis à son bureau, Paul consultait de nouveau le profil Facebook de Johnny del Santos. Difficile de croire que le beau Johnny, l'as de l'arnaque, la terreur des gérants de supérettes, la coqueluche des centres de détention pour mineurs, avait élu domicile dans un monastère près de Sewickley, Pennsylvanie. Il fit pivoter son fauteuil, prit son exemplaire de *La Montagne magique* sur la table.

Un fauteuil défoncé et une bergère rococo complétaient le mobilier de la pièce. Avec son tissu vert et bleu cobalt, ses pieds et ses accoudoirs contournés, la bergère évoquait un peu un dragon. Paul n'aurait pas été étonné de la trouver un jour occupée par le dragonnier.

Il reposa le livre et survola sa liste plusieurs fois remaniée. Il sourit quand son regard tomba sur *Cathédrale*. *Everglades*… Fait ! *Buisson à Central Park*... Fait aussi ! Il s'apprêtait à rajouter un point numéro 7 (*Spiritisme*) quand la voix de Molly retentit près de lui :

— Encore une de tes listes ?

Il sursauta, surpris.

— Ça ? Ce ne sont que des notes. Une liste de notes, si tu veux.

— Qu'est-ce que tu manigances ?

— Rien du tout !

— Hier soir, tu es rentré dîner avec deux heures de retard.

— Je sais. Il fallait que je voie Hess au sujet de ce fichu contrat avec Mackenzie.

Molly poursuivit comme si elle n'avait pas entendu :

— Je n'aime pas quand tu fais des listes. La dernière concernait des éditeurs et des écrivains. On sait comment ça s'est terminé…

Paul jeta son crayon sur la table.

— Tu as l'intention de me le rappeler jusqu'à ma mort ?

— Oui.

— Oui !

Le second « oui » venait de Hannah, debout près sa mère. Ces deux-là faisaient la paire, quand il s'agissait de se liguer contre lui.

— Combien de fois devrai-je le répéter ? soupira Paul. L'idée d'engager des tueurs ne venait pas de moi, mais de Bobby Mackenzie.

Hannah leva un regard interrogateur vers Molly.

— Mais c'est toi qui as mis les choses sur les rails.

Ça aussi, Paul était fatigué de l'entendre.

— C'est vrai, acquiesça Hannah. Tu as mis les rails…

Elle chercha du soutien auprès de sa mère.

— Les choses… lui souffla celle-ci.

— Sur les rails !

Leur numéro était presque au point.

— La vie n'est pas un de tes livres, insista Molly. Les gens ne sont pas des personnages que tu peux manipuler à ta guise.

Décidément, elle était friande de cette analogie.

— Sauf *Les Jardins chantés*, glissa Hannah après quelques secondes de réflexion. Tout est vrai dedans.

Paul croisa les bras.

— Ah oui ? Même les dragons et le dragonnier ?

Déstabilisée, Hannah fit machine arrière.

— *Presque* tout, rectifia-t-elle.

— J'espère que ce n'est pas une de tes listes, donc, reprit Molly.

— Enfin, Molly ! Tiens, jettes-y un coup d'œil, si tu ne me crois pas…

Elle prit la feuille qu'il lui tendait, la survola du regard et la baissa vers Hannah pour qu'elle puisse lire à son tour.

— Les Everglades ? Je croyais que ton prochain livre se passait ici, à New York.

Molly indiquait le sol, comme si la ville s'étalait tout entière sous leurs pieds.

— C'est le cas, répondit Paul. Mais mes personnages voyagent. Regarde les points 2 et 3.

— « Cathédrale » et « Buisson à Central Park »…

— Tu vois ! Jusqu'à preuve du contraire, Central Park et la cathédrale Saint Patrick se trouvent toujours à New York.

— Et le buisson ?

— Un simple détail. Quelqu'un va se cacher derrière.

— Le dragonnier ? demanda Hannah d'un air soupçonneux.

— Grand Dieu, non !

Voyant que Hannah semblait considérer cette protestation comme une critique à l'encontre du dragonnier, Paul s'empressa d'ajouter :

— Le dragonnier est un héros, jeune, intelligent et courageux. Mon personnage est vieux. Il se déplace avec difficulté et souffre de démence avancée. Il n'arrête pas de hurler « C'est la fin des temps ! ».

— « La fin des temps » ?

— Une autre façon de désigner la fin du monde… L'Apocalypse, quoi.

Molly revint à la charge :

— A ce propos, qui sont les cavaliers ?

Merde !

— Pardon ?

— Le point numéro 6 de ta liste : « Cavaliers ».

Paul réfléchissait si fort qu'en tendant l'oreille on aurait pu entendre tourner les rouages de son cerveau.

— Tu as mal lu, prétendit-il. Ce n'est pas « cavaliers », mais « chameliers »…

— Des chameliers en plein New York ?!

— Ecoute, j'ai autre chose à faire que de rester là à te dévoiler toute l'intrigue de mon prochain…

— Et ce Joe Blight ?

— Blythe. C'est un personnage que je ne suis pas encore certain d'utiliser. D'où le point d'interrogation. Molly, tu sais que j'ai horreur de parler de…

— D'accord. Point suivant : « Casse auto ».

— C'est juste un décor, pour l'ambiance. Une casse automobile par une nuit de pleine lune…

Afin de gagner du temps, Paul traça un cercle dans le vide, au cas où elles auraient ignoré ce qu'était la pleine lune.

— Le propriétaire de la casse découvre un énorme diamant dans l'enjoliveur d'un pneu d'Alfa Romeo. Avant, ce diamant était incrusté dans une statue sacrée…

— On dirait *La Pierre de lune*.

— Tu m'accuses de plagier Wilkie Collins, maintenant ?

— Ça veut dire quoi, « plagier » ? interrogea Hannah.

— Ça signifie voler les idées d'un autre écrivain, expliqua Paul.

— Et « pierre de lune » ?

— C'est le titre d'un livre de Wilkie Collins. Sans doute le premier roman à suspense psychologique. Il a influencé de nombreux auteurs.

Hannah pressa le dernier chapitre des *Jardins chantés* sur sa poitrine, comme si le spectre du plagiat rôdait dans la pièce.

Molly rompit le silence :

— Je déteste que tu prennes un innocent pour cible d'une de tes… « expériences », dit-elle.

Paul la joua offensé :

— A t'entendre, on dirait que je suis le docteur Frankenstein ! Molly, c'est juste mon prochain livre. Maintenant, si vous avez terminé toutes les deux, je peux me remettre au travail ?

— C'est bon. Mais je reste persuadée que tu manigances quelque chose.

Sur ces paroles, Molly tourna les talons et s'éloigna vers la cuisine.

Hannah s'attarda sur le seuil.

— Tu me promets que tu n'as rien volé à ce Wilkie Collins ? demanda-t-elle.

— Chérie, je ne vole jamais les idées des autres écrivains.

Mais je pourrais, hé hé !

Rassurée, Hannah le laissa à son tour.

Resté seul, Paul nota :

8) la Femme en blanc

39

Jackson Sprague, le directeur juridique de Mackenzie-Haack, déjeunait sur le pouce avec Robson Jolt et Barry Weiss, les avocats qui représentaient l'éditeur dans la procédure visant Cindy Sella, et Bryce Reams, qui le secondait en tant que conseiller légal de D & D.

Jackson quitta la table où ils mangeaient leurs sandwichs et se dirigea vers l'aquarium.

— Qu'est-ce que ça peut vous faire ? insista Robson. C'est elle qui paie !

« Elle » désignant Cindy Sella. La conversation roulait sur le montant des honoraires – huit cents dollars de l'heure – des deux avocats. Bryce Reams trouvait ce tarif aussi excessif qu'il jugeait hors de propos la plainte contre Cindy Sella – une vaste connerie, selon lui. Toutefois, il garda ses pensées pour lui et se contenta d'écouter.

Jackson, voulant passer pour un type prévenant, laissa tomber un peu de nourriture pour poissons dans l'eau. Un chirurgien bleu et un discus se ruèrent simultanément dessus. Le deuxième, plus pugnace, l'emporta. L'aquarium avait été installé par des professionnels qui en assuraient l'entretien. La plupart du temps, Jackson ne lui accordait pas plus d'attention qu'aux tableaux qui décoraient les murs.

Il retourna vers la table et vers son panini. Le déjeuner provenait d'un traiteur, le Gourmet gourmand, où les avocats avaient l'habitude de se fournir. Si sa réputation était largement usurpée, il préparait d'excellents paninis. Celui de Jackson était à la mozzarella, au prosciutto et à l'avocat, le tout relevé de condiments variés. Robson Jolt et Barry Weiss mastiquaient consciencieusement les leurs (salade et poulet) tandis que Bryce Reams mangeait un esquimau.

Le tout avait été apporté par Bunny Fogg. La sténographe d'élite complétait la tablée, mais elle ne mangeait pas. Barry Weiss, l'associé de Jolt, n'avait pas prononcé un mot depuis le début de la réunion. Il passait son temps à resserrer son nœud de cravate et à prendre des notes dans un joli calepin relié en cuir.

Robson Jolt (personne ne se serait risqué à lui donner du « Rob » ou du « Robby ») finit son sandwich. Puis il aborda la question des droits présumés de L. Bass Hess sur la commission qu'il réclamait à Cindy Sella.

— Vous oubliez une chose, Robson… Pour qu'il puisse se prévaloir de l'engagement concomitant des deux parties, il faudrait encore que le contrat comporte une clause sur l'extension de tout accord à venir…

Le crayon de Bunny volait au-dessus de son bloc-notes. Elle se contentait d'écouter la musique des phrases, sans chercher à percer leur signification. Elle ne faisait jamais répéter un mot, sachant qu'il n'aurait pas davantage de sens la seconde fois. Elle écrivait ce qu'elle entendait, et elle avait l'oreille absolue.

— A moins qu'il n'invoque la préclusion promissoire, répliqua Robson.

— Sur quelle base ? Il ne peut même pas invoquer une promesse sans ambiguïté…

Bunny n'avait encore jamais entendu le terme « promissoire », pourtant elle ne commit aucune erreur en le notant. Ces types étaient de vrais aspirateurs à mots. A se demander si l'expression « mordre la poussière » ne tirait pas son origine d'un débat entre avocats.

Si Bunny avait eu l'occasion de rencontrer la pauvre Cindy Sella, elle lui aurait dit qu'il ne servait à rien de vouloir décrypter le jargon juridique. Celui-ci n'était pas destiné à être compris, mais à intimider. Ce torrent implacable balayait tout sur son passage, même des mots aussi ordinaires qu'« œuvres », « agence » ou « temps ».

Bunny pratiquait un peu le piano. Quand le flot de mots s'interrompait quelques secondes (pour donner à manger à des poissons, par exemple), elle transcrivait les expressions qui lui plaisaient particulièrement, telles que « contentement concomitant », à l'aide de notes.

Elle dessina sur une portée quatre croches, quelques blanches et une noire, fredonna la mélodie dans sa tête et sourit : le début de *Fascination*.

« Je t'ai rencontré sim-plemeeeent… »

En quelques coups de crayon, elle compléta la mesure et écrivit de nouvelles paroles dessous :

« Contentement con-co-mitaaaant… »

Le temps passait plus vite, et elle évitait ainsi d'être emportée par un torrent d'antimots.

Bunny n'était pas dans son bureau. Charmé, Paul resta un moment à contempler les objets alignés au-dessus du sous-main. Un oiseau en bois qui plongeait son long bec dans l'eau si on le caressait du doigt, un patineur qui tournait en rond sur un lac gelé quand on remontait un ressort, et une piste de ski (un reste de décoration de Noël ?) que dévalaient trois skieurs miniatures avant de tourner tout en bas et de disparaître.

Tout ce petit monde glissait, virevoltait et piquait du bec quand Bunny Fogg entra, les bras chargés de cahiers, de bloc-notes et de crayons. Paul se précipita pour l'aider. Il posa les cahiers à côté de l'oiseau, dont la tête replongea aussitôt vers le bureau.

— Dolly n'est pas là ? demanda Bunny en regardant autour d'elle.

— On dirait que non, répondit Paul en l'imitant.

La jeune femme tendit la main vers l'interphone.

— Je vais voir si M. Mackenzie peut vous recevoir…

— Il ne peut pas, dit précipitamment Paul. Du moins, je ne crois pas qu'il soit là. En plus, c'est vous que je cherchais. Je vous demande pardon d'avoir touché à vos affaires, ajouta-t-il comme Bunny venait de remarquer les jouets en mouvement sur le bureau. Je passais le temps en vous attendant.

— Vous m'attendiez ? dit-elle, surprise, en prenant place dans son fauteuil.

— Vous ne travaillez pas à plein temps pour Bobby, me semble-t-il ?

— En effet. C'est Dolly son assistante. Moi, je vais là où on a besoin de moi. A l'instant, je sors d'une réunion entre avocats, dans le bureau de M. Sprague.

Paul lui souriait, en apesanteur, quand il réalisa qu'il ne s'était pas présenté.

— Oh ! Pardon. Je suis Paul Giverney…

— Je sais qui vous êtes, monsieur Giverney, dit-elle en serrant la main qu'il lui tendait. Et je suis heureuse de vous rencontrer en personne. J'adore vos livres. Je les ai tous lus plusieurs fois. De quoi vouliez-vous me parler ?

Elle avait l'art de dire beaucoup en une seule respiration.

Paul s'assit dans un fauteuil en bois et en chrome aussi peu confortable qu'il en avait l'air.

— Merci. Je travaille sur un projet… Rien d'illégal, je vous rassure, crut-il bon d'ajouter, pour le cas où elle aurait eu des soupçons. Ça ne vous prendra pas beaucoup de temps, et ça vous rapportera cinq mille dollars.

Bunny cilla à peine. Paul se demanda si son impassibilité provenait de sa longue fréquentation des avocats.

— De quoi s'agit-il, au juste ? se borna-t-elle à demander.

— Vous connaissez l'œuvre de Wilkie Collins ? On le considère comme le père du suspense psychologique en littérature.

Bunny plissait le front sous sa chevelure d'un blond glacial qui avait tant impressionné Paul. Ce jour-là, elle était vêtue de bleu.

— Bien sûr, répondit-elle. *La Pierre de lune*, et tout le reste.

Quelques mois plus tôt, Mackenzie-Haack avait réédité une série de classiques. En plus de jouer du piano, Bunny était une grande lectrice.

— Eh bien, c'est « tout le reste » qui m'intéresse.

Bunny retourna son sourire à Paul. Ses dents blanches étaient un atout supplémentaire.

40

Ce soir-là, Paul arrêta sa Chevrolet de location devant le grillage qui entourait la casse auto Chez Gio. Il resta à l'intérieur, ne voulant pas risquer de se faire dévorer par les molosses – bergers allemands, lévriers irlandais et peut-être pitbulls – qu'il imaginait derrière la clôture.

Le portail s'ouvrit, comme actionné par des mains fantomatiques. Paul redémarra et s'avança en roulant au pas. C'était la première fois qu'il pénétrait dans une casse, et il était impressionné malgré lui. Des montagnes de carcasses, de voitures, de motos, de camions et des empilages de pièces détachées s'élevaient autour de lui dans la nuit. Il distinguait aussi des pyramides de pneus, étroits ou larges, de jantes arachnoïdes, de portières arrachées par un accident ou une tornade, de volants et de sièges en cuir.

L'endroit était immense et mal éclairé. Quelques antiques réverbères se dressaient de part et d'autre du chemin de terre qui menait à la casse. Il y avait aussi des spots le long de l'allée de fortune qu'il suivait, mais aucun n'était allumé.

Fasciné, Paul se projetait déjà dans son prochain livre (enfin, le prochain après celui qu'il était en train d'écrire) quand une cabane apparut devant lui, au bout de l'allée. Une silhouette se découpait dans la porte ouverte, éclairée par une ampoule nue. Paul reconnut Bub quand il agita le bras en signe de bienvenue.

Il se gara devant la cahute et éteignit le moteur. Un vieux chien pressa la truffe et les pattes avant contre la vitre côté conducteur. Autant pour l'image du molosse féroce… Paul descendit, donna quelques caresses au chien et se tourna vers la cabane et la silhouette sur le seuil.

— Bonsoir, Bub ! lança-t-il.

Bub avait l'air très excité d'accueillir Paul Giverney sur son lieu de travail.

— Salut ! Entrez.

Il n'y avait qu'une seule pièce, meublée d'une table bricolée à l'aide de cageots et d'une planche, d'une paire de chaises et d'un fauteuil damassé vaguement orange, tellement lacéré qu'il semblait avoir servi de griffoir à un tigre. Un des murs était entièrement recouvert de livres.

Paul se sentit aussitôt en terrain connu.

— Ça me rappelle mon bureau, dit-il.

— « Tu rigoles, ou quoi ? » s'esclaffa Bub dans une imitation parfaite de Ricky Gervais. Je peux pas croire que vous bossiez dans une piaule aussi merdique…

— Je vous défends de qualifier cet endroit de « merdique ». En le dénigrant ainsi, c'est mon propre bureau que vous insultez.

Paul prit place dans le fauteuil lacéré. Il était étrangement confortable.

— On dirait que nous avons beaucoup en commun, remarqua-t-il. Je possède un fauteuil qui pourrait être le petit frère de celui-ci. Juré !

— Une bière ? proposa Bub d'un air incrédule.

— Volontiers.

— Vous voulez un verre ?

Bub indiqua à Paul une collection de pots de confiture et de bocaux vides, alignés sur une étagère au-dessus d'un évier rouillé.

— Le troisième en partant de la gauche, dit Paul. Ma mère conservait des pêches au sirop dans des bocaux de ce genre.

Bub parut troublé de découvrir que Paul Giverney avait une mère, comme le commun des mortels. Il prit deux bocaux sur l'étagère, puis il sortit une grande bouteille de Budweiser du minuscule réfrigérateur et la décapsula. La mousse déborda des bocaux quand il la versa. Les deux hommes entrechoquèrent leurs verres de fortune et burent. Bub avait approché une chaise du fauteuil.

— Ce lieu est une mine de souvenirs, reprit Paul. Il doit bruire de gémissements quand personne ne l'écoute.

— Il y a toujours quelqu'un. Soit Gio, soit moi ou un des types qui bossent ici à temps partiel.

Cette distinction suggérait que travailler dans une casse relevait d'un choix de carrière de la part de Bub et du dénommé Gio.

— Vous avez trouvé l'environnement idéal pour écrire, Bub. Mieux qu'une hutte dans les bois, un chalet montagnard ou un cabanon fait de boue et de chaume…

— Yeats, « L'île du lac d'Innisfree », le coupa Bub, très fier d'avoir identifié le cabanon de boue et de chaume.

Son regard dériva vers la porte ouverte et un empilement de pare-brise qui reflétait la faible clarté des réverbères.

— Vous savez tout ce qu'il y a dehors ? interrogea Paul.

— Une partie seulement. Gio, lui, connaît chaque pièce, chaque épave. Il tient un registre à jour.

— Je comprends. Regardez ces voitures, là-bas. Des squelettes de Ford et de Chevrolet ; un cimetière de Cadillac et de Town Car…

— C'est une vision très sentimentale, Paul.

Bub but une gorgée de bière et essuya sa bouche sur sa manche.

— Vous ne voyez pas cet endroit pour ce qu'il est, ajouta-t-il, mais comme une métaphore.

— Vous croyez ? dit Paul, dépité. C'est peut-être juste que je m'exprime mal.

Il se leva, son bocal presque vide à la main, et se dirigea vers la porte. Des montagnes de métal, aussi immobiles que des glaciers…

— Comment pouvez-vous considérer tout ceci de façon littérale ? demanda-t-il.

— Parce que j'y travaille. Je vois les déchets entrer et sortir. Ça n'a rien de « littéral », vieux. C'est juste une casse.

Paul se rassit.

— Comment pouvez-vous parler ainsi, alors que vous avez intitulé votre livre *Robot rattrapé* ?

Bub eut l'air flatté.

— Sans blague, vous vous rappelez le titre de mon bouquin ?

— Il me semble que votre robot est composé de pièces détachées de voitures.

— Mais ce n'est pas une métaphore.

— Ah bon ?

— C'est juste un robot.

— Littéralement ?

— Des robots, les chercheurs, la NASA en fabriquent tous les jours.

— Mais pas dans une casse.

Bub fit apparaître une petite balle en caoutchouc rouge et la fit rouler le long de son avant-bras, jusqu'au coude.

— Prenez le monstre de Frankenstein et Dracula, enchaîna-t-il. Ce ne sont pas des symboles, mais des créatures de chair et de sang.

— Dracula n'est pas une machine. Il n'est pas fait de pièces automobiles.

— Je n'ai pas dit ça. Tout ce que je veux dire, c'est qu'il n'est pas un symbole, mais un vampire.

— J'ai du mal à vous suivre, avoua Paul. Voyez le monstre de Frankenstein, cette créature ignorante, assemblée avec des bouts de ficelle et de la cire à cacheter… Selon vos critères, il est réel ?

Bub acquiesça.

— En tant que monstre, oui. Pas en tant que personne.

— Et *rattrapé* ? Qu'est-ce que ça « implique », même si je déteste ce terme ? Une sorte de revanche du passé ?

— Si vous le dites, marmonna Bub, perplexe.

Paul fouilla parmi les pièces de rechange entassées dans un recoin de son esprit et en retira une évidence.

— Votre titre sonne comme une satire d'Updike, je me trompe ? Dans *Cœur de lièvre,* le héros, Rabbit, apparaît comme un adolescent inexpérimenté. Dans le suivant, *Rabbit rattrapé*, on le retrouve adulte – enfin, plus ou moins.

Bub se mordit l'intérieur de la joue.

— Vous croyez que je devrais écrire un prequel que j'appellerais *Cœur de Robot* ? C'est une idée, ça !

Paul s'empressa de le détromper :

— Non, non ! Ce n'était pas mon propos. Il reste de la bière dans cette bouteille ?

Bub se leva, remplit les deux bocaux de bière moussante et tendit le sien à Paul.

— Si ça ne vous ennuie pas… commença-t-il.

Par pitié, ne me demande pas de lire ton roman !

— … vous pourriez peut-être demander à votre agent d'y jeter un coup d'œil et de me conseiller un éditeur…

— Mon agent ?! C'est le type qui cherche à détruire la carrière et la santé mentale de Cindy Sella, L. Bass Hess.

Bub se prit la tête dans les mains.

— Putain de merde !

Paul ne put se retenir de sourire tout en s'admonestant : Ne cède pas à la tentation. Ne sacrifie pas Bub sur l'autel du ridicule. A moins que…

Et s'il recommandait *Robot rattrapé* à L. Bass en lui présentant son auteur comme le nouveau Thomas Pynchon ou le prochain Haruki Murakami ? Ce serait jouissif de voir l'agent se répandre en compliments hypocrites sur le manuscrit tout en alignant les excuses foireuses pour éviter de le soumettre à un éditeur…

Stop ! Arrête de foutre le bordel dans la vie des gens.

C'était mot pour mot ce que lui avaient dit Candy et Karl après l'affaire Ned Isaly.

— Sans blague, ce taré est votre agent ?

— Hum ? Oh ! Oui, oui, mais uniquement à titre officieux et temporaire. Je n'ai pas l'intention de signer le moindre contrat avec lui. En attendant, aveuglé par la promesse d'une commission colossale, il ne voit pas que je le mène en bateau.

Bub éclata de rire.

— En parlant de bateau, j'ai adoré votre petit numéro, dans les Everglades. Qu'est-ce que vous attendez de moi ?

— Hess recherche un panneau latéral arrière pour sa Ford Mustang 64.

— Il y a des tas de types qui nous supplient de leur dégoter des pièces pour ce modèle. C'est à croire que Ford ne l'a fabriquée qu'en dix exemplaires. Qu'est-ce qu'ils ont tous à s'exciter après cette bagnole ?

Paul haussa les épaules.

— C'est un mythe, un jouet pour grands gamins.

— Si je ne trouve pas ce qu'il cherche, le projet va tomber à l'eau ?

— Peu importe que vous trouviez ou non. Tout ce que je souhaite, c'est un prétexte pour attirer Hess ici. Mais Gio doit savoir si vous avez la pièce en question. Vous avez dit qu'il tenait un registre à jour.

— Ce Hess, vous voulez que je lui défonce le crâne avec un cric ? demanda Bub, que cette perspective semblait réjouir.

— J'apprécie votre enthousiasme, mais non. Il ne s'agit pas de le tuer ni de lui briser les jambes. Ce que nous voulons, c'est qu'il disparaisse de New York et n'y remette jamais les pieds.

— L'idée, c'est de lui flanquer la trouille de sa vie ?

— C'est un peu plus compliqué que ça, mais la peur est un ingrédient nécessaire à la réalisation de notre plan. Une amie viendra repérer les lieux demain. Elle s'appelle Bunny Fogg, et elle est sténo chez Mackenzie-Haack. Tout ce que vous aurez à faire, c'est vous occuper de l'éclairage. J'imagine qu'il y a moyen d'allumer et d'éteindre ces vieux réverbères à distance ?

— Le panneau de commande se trouve juste derrière vous.

— Parfait ! Bunny vous donnera les détails. Vous êtes de service demain soir ?

— De 21 heures à 5 heures du matin.

— Pas commode, comme horaire.

— Ça me va, répondit Bub en écrasant son mégot dans une petite flaque de bière. Au moins, ça me laisse du temps pour bosser. Ça va se passer comment, demain soir ? C'est vous qui allez amener la fille ?

— Non, moi j'amènerai Hess, l'agent. Il s'agit juste de le déstabiliser. Ce type est un monstre de contrôle.

— Même après l'alligator et le buisson ardent ?

— C'est vrai, il a perdu un peu d'assurance, mais il lutte en s'enfermant dans le déni. C'est le registre de votre patron que j'aperçois là-bas, sur cette étagère ? Vous pourriez regarder si vous avez la pièce en question ?

— C'est lui, acquiesça Bub en se dirigeant vers une rangée de classeurs bleus, alignés sur un rayonnage. Mais il ne nous sera pas très utile.

— Pourquoi ?

Bub prit un classeur et le tendit à Paul.

— Les articles ne sont pas classés par catégorie ou par marque, expliqua-t-il. Ils ne sont pas non plus rangés par ordre alphabétique, mais par date. Tel jour, on a rentré telle pièce ou tel véhicule. Par exemple, ajouta-t-il en montrant une page recouverte d'une écriture bien nette, « mois de janvier à juillet 2010 ». Vous voyez ? Si vous cherchez une pièce pour un modèle particulier, comme la bagnole de Hess, à moins d'un coup de bol, vous ne risquez pas de la trouver.

— Dans ce cas, je ne vois pas l'utilité de tenir un registre, sauf en cas de contrôle fiscal.

— Gio s'y retrouve très bien, lui. Il a une mémoire phénoménale. Si je lui signale que quelqu'un recherche une pièce pour, mettons, une Aston Martin, il me dira tout de suite si on a déjà rentré une voiture de cette marque. Si oui, il ne lui faudra que quelques secondes pour trouver le bon classeur et la bonne page.

Paul sortit sur le pas de la porte et se mit à feuilleter le classeur. Puis il considéra la pyramide de métal, de plastique et de caoutchouc et secoua la tête.

Bub poursuivit :

— Gio dit qu'il faut écrire les choses comme elles viennent, sans chercher à leur imposer un ordre artificiel.

— Des paroles dignes d'un écrivain…

41

— Redites-moi pourquoi on doit absolument y aller ce soir ? demanda Hess comme ils émergeaient du Holland Tunnel derrière un camion articulé.

Paul l'aurait cru plus reconnaissant de lui avoir dégoté un panneau de rechange pour sa précieuse Mustang 64 (même si, en réalité, les recherches de Bub s'étaient soldées par un échec).

— Parce que Bub est de service de neuf heures du soir au lendemain matin, et que lui seul sait où se trouve la pièce, expliqua-t-il de nouveau.

Hess changea de file. Il avait une conduite chaotique. Sa Mustang était d'une couleur, ou plutôt d'une anticouleur, qu'il avait appelée « beige chantilly » et qui semblait avoir été créée spécialement pour lui. Il avait insisté pour qu'elle soit du voyage, afin de s'assurer que le panneau de rechange était bien adapté. De l'avis de Paul, rien dans cette voiture ne paraissait adapté à quoi que ce soit, alors à quoi bon ?

Quand le compteur atteignit quatre-vingt-dix kilomètres à l'heure, la voiture se mit à vibrer. Comme personne à New York n'acceptait de rouler à moins de cent dix ni de se laisser ralentir par un traînard, la Mustang devait se cramponner à la route pour ne pas se faire éjecter sur le bas-côté. Une bétonneuse lancée à pleine vitesse aurait été plus confortable, et certainement plus sûre. Chaque fois que Hess pilait, Paul enfonçait instinctivement une pédale de frein imaginaire. Histoire de rendre l'expérience encore plus pénible, Hess lui avait imposé de rouler sans capote, « pour la sensation ». Paul estimait d'ailleurs avoir eu son compte de sensations depuis qu'il était monté à bord.

Hess s'était lancé dans un historique interminable de la Mustang, au grand désespoir de Paul.

— Et donc, c'est le directeur du bureau d'études de Ford qui a imposé le nom à la direction…

Il ralentit brusquement. Une voiture les dépassa. Le conducteur leur adressa un doigt d'honneur. Encore un.

— Nous ne sommes plus très loin, annonça Paul en s'efforçant de détendre son pied. Il faut prendre la sortie 41.

Bunny Fogg n'avait pas hésité une seconde à se lancer dans cette expédition hasardeuse. Sa voiture était équipée d'un GPS, avait-elle dit à Paul, ajoutant que pour cinq mille dollars elle aurait roulé jusqu'en enfer.

Bub avait pour instruction d'ouvrir le portail dès qu'il apercevrait leurs phares sur la route, ce qu'il fit. Rien de tel qu'une grille s'ouvrant lentement sans intervention humaine pour créer une ambiance de film d'horreur.

La Mustang s'avança au ralenti dans une obscurité quasi complète. Bunny avait dit à Bub d'éteindre réverbères et projecteurs pour ne laisser que l'intérieur de la cabane illuminé. Des piles d'épaves et de pièces détachées se dressaient de part et d'autre de l'allée, tels des tumulus funéraires. Dans la nuit, certaines offraient même l'aspect d'une pyramide presque parfaite.

— Ils pourraient quand même éclairer le chemin, maugréa Bass tandis que la voiture progressait en cahotant dans les ornières. Il fait noir comme dans un four…

— D'ici quelques secondes, vos yeux se seront adaptés, lui assura Paul.

Il jeta un coup d'œil à sa montre. L'« apparition » n'allait plus tarder, et il voulait être lancé sur un sujet ennuyeux, comme un contrat d'édition, quand elle surviendrait.

— Si Bobby Mackenzie s'imagine pouvoir…

— *Qu'est-ce que c'est ?* hurla Bass.

Une silhouette pâle avait franchi l'allée d'un bond pour disparaître aussitôt derrière la cabane. Sa blancheur était tellement choquante que Paul avait eu le plus grand mal à rester impassible.

— Quoi donc ? demanda-t-il.

— Vous n'avez pas vu ? Ça a traversé la route !

Paul se pencha en avant, tendit le cou, puis secoua la tête.

— Il n'y a rien.

— Plus maintenant, mais c'était là il y a quelques secondes… Bon sang, vous l'auriez vu déguerpir !

— Ça ressemblait à quoi ?

— A un éclair blanc.

— Un chien de garde, sans doute ?

— Ne dites pas de conneries ! Vous avez déjà vu un chien courir sur deux pattes ?

Bass sortit son mouchoir afin d'essuyer son front

trempé de sueur, mais, sans doute troublé par sa blancheur immaculée, il le remit aussitôt dans sa poche.

— Désolé, dit Paul. J'étais trop occupé à m'imaginer en train d'enfoncer un bouchon de radiateur sculpté dans le fondement de Bobby Mackenzie pour prêter attention à…

— *Le revoilà !*

A demi dressé sur son siège, Bass se cramponnait d'une main au tableau de bord. On aurait dit un capitaine manœuvrant son bateau face à un vent gargantuesque.

Paul descendit et alla se placer devant la voiture pour mieux jouir de l'effet produit. L'apparition s'était immobilisée dans le halo du projecteur que Bub venait de rallumer à seule fin de créer un brouillard spectral. Soudain elle tendit le bras devant elle et pointa l'index vers la Mustang. Puis le projecteur s'éteignit et elle s'évanouit dans la nuit.

— Où ça, Bass ? demanda Paul en se retournant. Où faut-il regarder ?

— Mais… Et la lumière ? Ne me dites pas que vous ne l'avez pas vue, la lumière !?

Paul remonta à bord.

— Je n'ai rien vu, je vous assure, affirma-t-il.

Tassé dans son siège, Bass ressortit le mouchoir de sa poche et s'épongea le visage.

— C'est sans doute cet endroit qui vous embrouille l'esprit, reprit Paul. Je dois vous avouer que lors de ma première visite il m'a semblé que les ombres étaient dotées de substance…

Paul rangea soigneusement cette image dans un coin de sa mémoire pour un usage futur. Toutefois, à la réflexion, il trouva qu'elle sentait l'artifice et l'effaça aussi sec.

Bass crispa sa main libre sur le volant.

— Vous ne comprenez donc rien ? murmura-t-il. C'est la troisième fois. A vous entendre, ce ne sont que des hallucinations. Vous croyez que je perds la tête ?

— L'alligator n'avait rien d'une hallucination. Il était bien tangible. Et maintenant, si on entrait pour discuter avec Bub ?

Bub venait d'apparaître sur le pas de la porte avec une hache. Enfin, pas vraiment une hache, mais un panneau latéral arrière de Mustang (ou d'une quelconque autre voiture).

Au moment de faire les présentations, Paul réalisa qu'il ne connaissait de Bub que son diminutif. Mais dans l'état d'esprit où il était, Hess n'aurait même pas tiqué s'il l'avait désigné par le titre de son roman, *Robot rattrapé*.

— Ça ne va pas ? demanda Bub, feignant d'englober les deux hommes dans sa question.

Il ne devait pas donner l'impression de considérer Hess comme barjo alors qu'il venait tout juste de le rencontrer.

— Ça va, répondit Paul. Mais mon ami Bass vient d'avoir une grosse frayeur. Il a cru voir quelque chose traverser la route devant la voiture.

Bub poussa une chaise du pied et invita Bass à s'y asseoir.

— C'est bien possible que vous ayez vu quelque chose, dit-il. Ça grouille de bestioles ici. Chiens, chats, lapins, loups…

Il posa sur la table deux bocaux vides et une bouteille d'un excellent whiskey, fourni par Bunny sur les instructions de Paul.

— … chacals, coyotes… Une fois, on a même aperçu un ours !

— Il ne s'agissait pas d'un animal, fit Bass d'une voix à peine audible, à croire que ses cordes vocales avaient tiré le rideau pour la nuit. Et c'était blanc. Entièrement blanc !

Bub accueillit la description de cette nouvelle espèce invasive avec équanimité. Il balaya une longue mèche de cheveux de son front.

— Il traînait un drap, sans doute… Chips ? demanda-t-il en montrant le paquet.

— Un drap ? couina Bass. Qu'est-ce qu'un animal fabriquerait avec un drap ? En plus, j'ai reconnu une silhouette humaine. Je suis sûr – presque sûr – que c'était une femme.

— Oh ! Pourquoi vous ne l'avez pas dit plus tôt ?

— Je l'ai dit ! Enfin, il me semble. Une femme, oui. *Une femme en blanc*, acheva Bass dans un murmure, les mains plaquées sur son visage.

Paul savoura la note de terreur qui perçait dans sa voix. Il leva son bocal pour porter un toast muet à Wilkie Collins et à Bunny Fogg.

— Il faut de tout pour faire un monde, laissa tomber Bub, philosophe. Tenez, voici le panneau pour votre Mustang.

42

— Bass, faites-moi le plaisir d'oublier ce contrat pendant quelque temps…

Bass leva une main avec un air de martyr. C'était moins un signe de protestation qu'une bénédiction. On aurait pu croire qu'il se sacrifiait pour la carrière de Paul, quand seule lui importait sa commission de quatre cent cinquante mille dollars.

Assis dans le bureau de l'Agence Hess, les deux hommes exploraient le même terrain mouvant que la veille au soir, au Libby's, un snack-bar ouvert toute la nuit. Ils y avaient passé deux heures à discuter de la santé mentale de Bass, en oubliant de boire leurs cafés.

« Mais non, vous n'êtes pas en train de perdre la tête ! » avait dit Paul, tentant de rassurer son compagnon.

Il avait ajouté après un silence pensif, comme s'il avait longuement soupesé la question :

« Vous êtes catholique, il me semble ? Croyez-vous que saint Paul était fou ? Et sainte Bernadette ? Et saint… Ah ! Je l'ai sur le bout de la langue… »

Ayant épuisé son catalogue de saints visionnaires, il avait préféré en rester là.

Bass Hess avait secoué la tête sans répondre.

Plus tard, pendant qu'ils traversaient le pont de Brooklyn, Paul le vit jeter des regards fréquents en direction de l'East River, comme s'il songeait à tester sa sainteté toute neuve en sautant à l'eau.

Puis ils avaient regagné leurs domiciles respectifs, où ils avaient passé le reste de la nuit à fixer le plafond sans pouvoir fermer l'œil (Bass) ou à dormir du sommeil du juste (Paul).

Le lendemain, Bass avait retrouvé une partie de son arrogance, même s'il continuait à ressasser les événements de la veille (et ceux de l'avant-veille, et aussi ceux qui avaient marqué son expédition dans les Everglades).

— Je n'ai jamais prétendu le contraire, dit Paul comme il lui affirmait n'avoir pas besoin de consulter un psychiatre.

Bass s'arracha à son fauteuil. Sa chemise était d'un blanc aussi vif que celui de la robe de Bunny la veille. Vêtu d'un costume trois pièces, il avait l'allure d'un homme qui n'a jamais mis les pieds dans une casse automobile de sa vie.

— Vous saviez qu'Oliver Sacks souffrait de problèmes visuels ? demanda-t-il soudain.

Oliver Sacks ? Qu'est-ce qu'il venait faire là ?

— J'ai rendez-vous chez l'ophtalmologiste cet après-midi.

— C'est peut-être une crise spirituelle, hasarda Paul, désireux d'éloigner la conversation d'Oliver Sacks.

Bass parut étudier cette hypothèse avec soin.

— Mmmhhh… fit-il d'un air songeur.

Paul avait prévu cette réaction. De même qu'il se croyait trop malin pour faire une dépression nerveuse,

L. Bass Hess était suffisamment orgueilleux pour endosser la défroque du mystique, et ce avec la même aisance que la veste à rayures qu'il lissait de la main tout en réfléchissant.

De fait, Hess se rassit, joignit les mains et répéta plusieurs fois « Mmmhhh », puis il gloussa.

— Je viens de réaliser que le buisson ardent évoquait la christophanie de saint Paul.

Paul réprima un soupir. Il n'y avait que Hess pour vous balancer le mot « christophanie » après avoir vu un buisson s'enflammer dans Central Park.

— Un peu, oui, lui concéda-t-il. Finalement, vous ne pensez plus que vous avez besoin de nouvelles lunettes ?

— Non.

Bass ramassa sur son bureau une liasse de feuilles écornées et couvertes d'auréoles de café.

— Pour en revenir au contrat, acceptez-vous que la première lettre de chaque chapitre soit imprimée dans la police Vijadera ?

Le regard fixé au plafond, Paul se demanda combien de temps L. Bass tiendrait face au dragonnier des jardins chantés.

43

En fait d'uniformes, ils n'avaient trouvé que des gilets orange fluo avec des bandes blanches et l'inscription BE INC. dans le dos. Dans la même friperie de la Septième Avenue, ils avaient également dégoté deux casquettes en toile avec un *B* sur le front.

Un déguisement sommaire, mais justement Candy et Arthur ne voulaient pas paraître déguisés. Les casquettes et les Ray-Ban masqueraient leurs traits. Arthur serait le seul à parler, pour éviter que quelqu'un reconnaisse la voix de Candy. Ils transporteraient des cordes, des câbles électriques et des caisses à outils.

Celle de Candy était doublée de plastique à l'intérieur.

Après avoir longtemps cherché à quoi pourraient correspondre les lettres *BE* sur leurs gilets, ils s'étaient décidés pour *Biosphere Electronics*, qui sonnait suffisamment « high-tech » et pro.

Vêtus de noir sous leurs gilets, coiffés de leurs casquettes gris anthracite, les yeux dissimulés derrière leurs Ray-Ban, ils se trouvaient eux-mêmes très professionnels.

Avec toute la minutie d'un chirurgien pratiquant

une opération à cœur ouvert, Candy plongea un pichet gradué dans son aquarium et en sortit Oscar. Puis il transféra le poisson et l'eau contenue dans le pichet à l'intérieur d'un sac plastique zippé qu'il fourra dans la caisse à outils doublée. Quand il émit l'idée de percer quelques trous d'aération dans le couvercle de la caisse, Arthur le traita de cinglé.

— Les poissons n'ont pas besoin d'air, commandant Cousteau. Ils respirent dans l'eau.

— N'importe quoi ! Ils ont besoin d'oxygène, comme nous.

— Justement, non. Pas comme nous.

— Qu'est-ce que t'en sais, d'abord ?

Candy referma la caisse à regret.

— Pauvre Oscar, soupira-t-il. Il fait tout noir, là-dedans.

— A ton avis, c'est comment, au fond de l'océan ? lui rétorqua Arthur en ajustant son gilet. Tu crois que c'est éclairé au néon ?

Après avoir échangé encore quelques piques, ils se mirent en route.

Il était 13 heures quand ils arrivèrent au Spurling Building. Arthur avait téléphoné un peu plus tôt et demandé à parler à Wally Hale ou à Rod Reeves. Ils étaient sortis déjeuner, lui avait-on dit. Il avait alors fait un numéro digne des Oscars, prétendant qu'il appelait de Hong Kong et suppliant qu'on lui indique le nom de leur restaurant, afin qu'il puisse les y joindre. La réceptionniste lui avait répondu qu'ils déjeunaient au Michael's. Elle avait poussé l'obligeance jusqu'à lui donner le numéro, ce dont il l'avait chaudement remerciée.

« Bon Dieu ! avait-il commenté après avoir raccroché.

Tu m'étonnes que ces tocards aient des problèmes avec leur système de sécurité ! »

Le Michael's se trouvait à environ un quart d'heure du Spurling Building, à condition qu'il pousse des ailes au taxi pour lui permettre de survoler les embouteillages. Du coup, Arthur doutait que Wally et Rod soient de retour avant au moins une heure : il leur faudrait un certain temps pour écluser leurs cocktails.

Quatre mannequins en robes de designer sillonnaient le hall de Snelling, Snelling, Borax & Snelling d'une démarche aérienne. La réceptionniste était immobile (du moins pour le moment) derrière son comptoir en forme de demi-lune.

— Biosphere Electronics, annonça Arthur en lui tendant une des cartes de visite qu'ils avaient fait imprimer pour l'occasion.

Celle-ci indiquait un certain Nicholas Ferrari comme directeur de l'entreprise. Le numéro de téléphone, au cas où quelqu'un aurait voulu vérifier, était celui de Karl.

La réceptionniste ouvrit de grands yeux.

— C'est à quel sujet ? demanda-t-elle.

— Une faille dans le système de sécurité de votre ligne téléphonique.

— Oh ! Je vois. On a appelé AT&T.

— Normal. Seulement, ils ne sont pas équipés pour ce genre de mission. C'est pourquoi ils ont fait appel à nous. Apparemment, la source du problème se situerait dans le bureau de M.… Hale ?

Arthur faisait semblant de lire dans le calepin où il notait les sommes qu'il pariait aux courses.

La réceptionniste (*Sang-Lu Wong*, indiquait la

plaque de laiton sur le comptoir) appela l'immense assistante brune en robe rouge, Sigourney. Si Arthur et Candy ne crurent pas une seconde à son prénom, elle offrait l'avantage (du moins à leurs yeux) d'appartenir à cette classe de gens qui ne veulent jamais donner l'impression d'être pris en défaut.

A peine si elle jeta un coup d'œil à la carte bidon.

— M. Hale m'a avertie de votre venue, affirma-t-elle avec aplomb. Par ici, je vous prie.

Ils la suivirent dans un silence que troublaient à peine le bruit sourd de leurs pas sur le tapis moelleux et le frottement soyeux de sa robe sur son collant.

Elle leur ouvrit la porte du bureau, et ils entrèrent. Malheureusement, elle en fit autant. Elle resta debout derrière eux, les bras croisés, tandis qu'ils déposaient leurs caisses à outils et regardaient autour de la pièce en concentrant leur attention sur le plafond.

Arthur feignit l'étonnement en la voyant encore là.

— C'est bon, m'dame, dit-il. Pas besoin de nous montrer l'installation. On se débrouillera tout seuls.

— Notre règlement prévoit que toute intervention extérieure dans les locaux ait lieu en présence d'un employé. Faites comme si je n'étais pas là.

Merde !

Candy prit soin de tourner le dos à Sigourney avant d'ôter ses Ray-Ban et de déplier son échelle.

— Comme vous voudrez, marmonna Arthur. Mais faites attention à respecter une distance d'un mètre cinquante.

Il tira deux masques blancs de sa poche arrière et en lança un à Candy, qui parvint à le rattraper sans se retourner.

Quand Sigourney les vit enfiler leurs masques, le doute se peignit sur ses traits.

— Pourquoi un mètre cinquante ? s'enquit-elle.

— A cause des particules radioactives. Désolé, on n'a pas de masque à vous offrir. Mais tout devrait bien se passer si vous restez éloignée.

Il eut rire bref, étouffé par son masque, et apostropha Candy :

— Hé ! Tu te rappelles quand une équipe de Dynamics est intervenue à la Trump Tower ? Une fille a franchi la barrière de sécurité et s'est retrouvée en soins intensifs au Presbyterian Hospital…

— C'est pas marrant, protesta Candy. La pauvre a failli y passer.

Quoique ébranlée, Sigourney contre-attaqua :

— Je ne peux pas croire que votre travail soit aussi dangereux. Si c'était le cas, vous devriez alerter les gens quand vous intervenez quelque part…

— On le fait. M. Ferrari y veille. Mais comme en général on nous laisse seuls, personne ne risque rien.

— A part nous, ajouta Candy.

Arthur se retourna vers elle, la main sur le boîtier de la caméra de vidéosurveillance, et lui lança du haut de son échelle :

— Si vous avez envie de prendre une bonne châtaigne, venez toucher un de ces joujoux…

Sigourney jeta un coup d'œil à sa montre, attachée à son poignet par un mince bracelet de métal étincelant, et s'exclama :

— Oh ! Ça m'était sorti de l'esprit, mais je dois appeler Londres ! Si vous voulez bien m'excuser…

Dès qu'elle fut sortie, Arthur descendit de son échelle et alla allumer l'ordinateur.

— Plus vite, plus vite, l'entendit murmurer Candy. Bon Dieu, quelle idée d'éteindre ces trucs en pleine journée !

— Peut-être qu'ils font juste semblant de travailler, suggéra Candy.

Il descendit à son tour de son échelle et alla coller son oreille contre la porte.

Arthur essaya deux mots de passe. Ni l'un ni l'autre ne fonctionna. Il s'apprêtait à faire une nouvelle tentative quand Candy lui souffla :

— Quelqu'un vient !

Ils se dépêchèrent de regagner leurs échelles.

La porte s'ouvrit, et Sigourney apparut.

— Vous avez terminé ? demanda-t-elle depuis le seuil.

— Presque, répondit Arthur en promenant le faisceau d'une minuscule lampe au plafond. Encore un ou deux trucs à vérifier.

Sigourney referma la porte avec une moue désapprobatrice.

Les deux hommes attendirent quelques secondes avant de retirer leurs masques.

— Merde ! gronda Arthur. Impossible d'accéder aux dossiers tant qu'elle rôdera dans les parages. La prochaine fois, elle est fichue d'envoyer quelqu'un d'autre à sa place. Oscar va devoir entrer en jeu…

— Se sacrifier, tu veux dire…

— Bon sang, C., on n'a pas le choix ! Tu le récupéreras plus tard.

Candy s'approcha de l'aquarium tandis qu'Arthur éteignait l'ordinateur.

— Pas si sûr, dit-il d'un ton sinistre. Tu as vu la taille des autres poissons ?

— N'exagère pas. Il n'y a rien de plus gros que mon pouce dans cet aquarium. Tu veux que je m'en charge ?

— Quoi ?! Non ! C'est à moi de le faire.

Candy ouvrit la caisse à outils et en sortit le sac zippé. Il trouva qu'Oscar avait l'air malheureux à l'intérieur.

— Attends ! lui dit Arthur. Je vais m'assurer que personne ne risque de rappliquer.

Il entrouvrit la porte, jeta un coup d'œil dans le couloir.

— C'est bon, tu peux y aller.

Candy plongea le sac dans l'eau, l'ouvrit et laissa son contenu (dont Oscar) se répandre dans l'aquarium. Un poisson bleu vif s'approcha d'Oscar en frétillant, et tous les deux repartirent en nageant côte à côte.

— Hé, regarde… Il s'est déjà fait un copain.

— Il sera bien ici. T'as vu la propreté de l'eau ? Aussi claire que du cristal ! Viens. Ramassons ce bazar et filons avant que Sigourney n'ait l'idée de rechercher Biosphere Electronics sur Google…

Ils replièrent leurs échelles, refermèrent leurs boîtes à outils et quittèrent les lieux, après avoir informé Sang-Lu qu'ils enverraient leur rapport à M. Hale.

— Arrête de geindre, dit Karl en aspirant une bouffée de fumée aussi puissante que l'haleine d'un volcan. Tu devrais être fier de lui…

— Fier de lui ? Putain, Karl ! Oscar n'a même pas conscience qu'on l'a livré à l'ennemi !

— Dans la vie, chacun fait avec ce qu'il reçoit, lâcha Arthur, les yeux clos.

— Depuis quand vous êtes aussi philosophes, tous les deux ? demanda Candy.

Karl leva une des cigarettes de Lena en guise de réponse.

Candy poussa un grognement dépité. Il en était à sa deuxième cigarette, et jusqu'ici, celles-ci n'avaient pas encore eu l'effet escompté.

Lena réapparut alors avec une bouteille de cognac.

— Un remontant vous fera du bien, affirma-t-elle en disposant des petits verres devant eux. Ce cognac est excellent. Très difficile à trouver.

— Ça donne quoi, mélangé à ceci ?

Karl désigna sa cigarette et sourit.

Lena lui retourna son sourire et entreprit de remplir les verres.

— Revenons à nos affaires, dit-elle. Demain, nous retournons voir Wally et Rod – quels noms ridicules ! Il nous faudrait une ou deux personnes de plus, vous ne croyez pas ? Vous êtes certain que l'assistante ne vous reconnaîtra pas ? Vous dites qu'elle est restée plusieurs minutes dans le bureau.

La dernière question s'adressait à Arthur.

— Les gens ne me reconnaissent jamais. C'est comme si j'étais fait de fumée ou de brouillard. En plus, on avait plein de trucs sur nous, ajouta Arthur en montrant le gilet qu'il portait toujours (Candy et lui s'étaient rendus directement chez Lena en quittant le Spurling Building). Et elle s'inquiétait trop de la radioactivité pour bien nous regarder.

Candy tira sur sa cigarette et enchaîna avec une gorgée de cognac.

— Waouh ! s'exclama-t-il. La vache !

— C'est dommage que vous ayez été obligés

d'utiliser ce pauvre Oscar, reprit Lena. Il s'est montré coopératif ?

Candy rit.

— Il serait flatté d'apprendre que vous vous souvenez de son nom, dit-il.

— Comment aurais-je pu l'oublier ? Oscar est un acteur majeur de cette pièce.

Après ça, ils burent leurs cognacs en silence. Au bout de quelques minutes, plus aucun d'eux n'aurait su dire ce qu'il faisait ici.

A part Lena, évidemment.

44

— Il cherche à tout rationaliser, dit Paul. Il tente de se convaincre qu'il souffre de problèmes visuels, ce genre de conneries.

— Des problèmes visuels ? répéta Clive Esterhaus. Il croit que c'est une illusion d'optique qui l'a soulevé à bord du bateau, dans les marais ?!

Paul secoua son havane au-dessus d'un cendrier aussi grand qu'un plat.

— Pas cette fois-là, non.

— Ce type a une étrange conception de la réalité, s'il parvient à rationaliser des événement aussi diablement bizarres… et inventifs, acheva Bobby en levant le pouce de la main qui tenait son cigare.

Paul reprit :

— Il m'a appelé tout à l'heure pour me dire que l'alligator était sans doute trop vieux, ou malade, pour s'apercevoir qu'il portait un homme sur son dos.

— C'est lui qui est malade, oui, marmonna Karl.

— Il a fait des recherches sur le comportement des alligators. Sur Internet…

— Il s'imagine quoi ? intervint Candy. Qu'il va trouver une explication en regardant Discovery Channel ?!

— Et le buisson ardent ? interrogea Karl. Qu'est-ce qu'il avance, comme raison ?

Il tenta de souffler un nouveau rond de fumée, mais celui-ci se dissipa devant son visage.

— Selon son ophtalmologiste, le Dr See – je n'invente pas[1], je le jure ! –, il arrive que des débris s'accumulent sur la rétine, ou sur une partie de celle-ci. Je n'ai pas tout retenu, mais il semble que ce phénomène soit à l'origine de la dégénérescence maculaire…

— N'importe quoi ! s'écria Bobby. Vous avez déjà vu quelqu'un se pointer chez l'ophtalmo et lui dire : « Docteur, je crois que je suis atteint de DMLA. J'ai vu un alligator ! » ?

— L'avantage, remarqua Candy, c'est que maintenant ce vieux Bass craint non seulement de perdre la tête, mais aussi la vue…

— En effet, acquiesça Clive. Soit il admet avoir eu une vision mystique, soit il est bon pour la canne blanche.

Il se resservit du café et y ajouta de la crème.

— Et le remake de *La Femme en blanc* ? demanda Bobby, qui avait un faible pour cet épisode. J'ai toujours su que Bunny avait l'étoffe d'une Sarah Bernhardt. Comme j'aurais voulu être là !

— C'est vrai, approuva Paul. Le spectacle valait le déplacement !

Comme inspiré par le mot « spectacle », il se leva soudain et s'approcha de l'immense baie vitrée.

— Si je comprends bien, dit Clive, votre plan consiste à le faire interner au Bellevue Hospital, mais il se rebiffe ?

1. *To see* signifie « voir » en anglais.

— Hess est déjà fou, Clive. Même enfermé dans une cellule capitonnée, il continuerait à arranger la réalité à sa manière. Ce qu'il lui faut, c'est un changement de vie radical. Dans sa tête, c'est comme à l'intérieur d'un flipper : la bille roule de ce côté-ci, retombe de ce côté-là ; tant qu'il aura le pouvoir d'en relancer une nouvelle, il s'imaginera contrôler la partie.

Karl parvint enfin à souffler un rond de fumée parfait.

— Le truc avec un flipper, dit-il, c'est d'arriver à le faire tilter sans que les lumières s'éteignent.

— En d'autres termes, reprit Bobby, il faut lui flanquer la trouille de sa vie.

— Enfin, qu'est-ce qu'il lui faut de plus ? Cette mise en scène, dans la décharge… J'aurais été là, je crois que toutes mes lampes auraient grillé !

Bobby prit sa tasse de café, la considéra comme si elle contenait un breuvage complètement inconnu puis la reposa.

— Cette fille gâche son talent à bosser pour cette boîte, dit-il. Elle mériterait une promotion. L'ennui, c'est que je n'ai aucun poste à lui proposer. Alors, elle gaspille un temps précieux à noter les âneries que Jack Sprague et consorts débitent au kilomètre. Autant vouloir retranscrire un concours de tricot ! C'est tout ce qu'ils font là-haut, croiser des aiguilles à longueur de journée, tic-tic-tic !

C'était tellement juste qu'ils rirent tous, surtout Paul. Ce dernier reprit :

— Bobby, il est rare que vous vous trompiez, mais dans le cas de Bunny…

— Je ne me trompe jamais ! le coupa Bobby.

C'était censé être une plaisanterie.

— … dans le cas de Bunny, vous avez tout faux.

Vous pensez qu'elle rêve de changement, qu'elle s'ennuie en écoutant le jargon indigeste de Jackson Sprague ? Au contraire, elle s'amuse ! Vous parliez de promotion… A quel poste pourriez-vous la nommer ? Assistante ? Vous parlez d'un plaisir ! Directrice éditoriale adjointe ? Demandez à Clive. Non, le seul poste intéressant dans cette maison, c'est le vôtre.

— Vous oubliez les frères Goodbye, lui rétorqua Bobby. A choisir, j'aimerais mieux être à leur place qu'à la mienne. Ils n'ont pas besoin d'être présents, eux.

45

Le lendemain matin, à 10 heures tapantes, Karl, Lena et Danny Zito pénétrèrent dans le hall tout en marbre et en verre du Spurling Building. Quelques secondes plus tard, l'ascenseur s'immobilisait au quinzième étage, ses portes s'ouvrant aussitôt devant eux dans un murmure feutré.

Danny était habillé tout en noir – veste en laine de mérinos, pull à col roulé Ralph Lauren, jean Hugo Boss. Il semblait parfaitement à l'aise malgré la chaleur qui régnait déjà en cette belle matinée d'automne.

Lena était vêtue d'une robe de soie à col montant, également noire.

Karl portait un costume à rayures, une chemise bleu pâle et une cravate à motifs abstraits.

A eux trois, ils offraient un spectacle impressionnant. Toutefois, le plus intimidant était Danny. Quand Sigourney, avec un sourire faux, les invita à « patienter un instant », il haussa les sourcils, indiquant que la notion même de patience lui était étrangère. Sigourney se faufila alors dans le bureau de maître Hale et en ressortit presque aussitôt.

Le matin même, certains membres de leur groupe

avaient exprimé la crainte qu'un des avocats n'identifie Danny comme l'auteur du *Bouc émissaire*, le livre de révélations sur la famille Bransoni qui lui avait valu le statut de témoin protégé. Quand Karl avait rappelé que la photo de Danny figurait au dos de cinquante mille bouquins, l'intéressé avait eu un rire moqueur.

« Tu ne crois quand même pas que ces connards lisent ? En plus, j'ai un physique banal… »

Une modestie qui aurait honoré Danny, s'il ne s'était ensuite comparé à tout un tas de types au physique « banal », dont Al Pacino, Robert de Niro, Joe Mantegna. Quand il avait cité Steve McQueen, Candy n'avait pu se retenir de l'interrompre. L'acteur était grand, blond, avec des yeux bleus ; Danny était petit, brun, avec des yeux comme des boules noires.

Danny ne s'était pas laissé démonter pour si peu.

« Je suis un caméléon, lui avait-il rétorqué. L'homme aux cent visages…

— Dont un de caméléon. »

Danny avait continué sur ce terrain durant tout le trajet en voiture jusqu'au centre de Manhattan, au milieu d'une marée de taxis jaunes qui donnaient l'impression de traverser un champ de jonquilles.

Wally et Rod se levèrent d'un bond à leur entrée, pour se rasseoir avant même que Sigourney ait fini d'écorcher le nom de Lena bint Musah.

— Monsieur Zeller, attaqua Wally, s'adressant à Danny. Si vous le permettez…

— Permission accordée.

Moulé dans le fauteuil blanc signé par Philippe Starck, Danny alluma une Marlboro et rangea son briquet dans la poche de sa veste.

— Puis-je savoir quel est votre rôle dans cette affaire ? s'enquit Wally avec un sourire plein de suffisance.

Danny souffla la fumée par les narines et laissa tomber :

— L'Alliance de l'Espadon.

Il souffla un peu plus de fumée, à croire qu'il en avait la tête remplie.

Wally et Rod échangèrent un regard qui, pour une fois, exprimait autre chose qu'une admiration mutuelle pour leurs costumes Armani. La peur se lisait sur leurs visages.

Rod s'éclaircit la gorge, puis il demanda :

— Vous parlez bien de l'organisation qui… supervise l'importation de poissons exotiques ?

Danny écrasa sa cigarette et sourit.

— Surtout ceux qui rendent le gouvernement nerveux.

Il fit apparaître un cure-dents qu'il coinça entre ses lèvres.

— Dans ce cas, puis-je…

— Nous veillons sur les intérêts de nos confrères… Surtout ceux de Mlle bint Musah.

— Mlle bint Musah estime être victime de harcèlement de la part du gouvernement américain, reprit Wally d'un air complice. Afin de la représenter, nous avons besoin de connaître son degré d'implication dans l'importation et le commerce illégal d'espèces protégées.

Danny enleva le cure-dents de sa bouche.

— Qui a dit que c'était illégal ?

— Vous-même. A moins que…

Soudain un vacarme éclata dans le couloir. Il y eut un brouhaha de voix, puis la porte du bureau s'ouvrit à la volée. Sigourney (c'était tout à son honneur) tenta de s'interposer, mais les intrus – un homme grand et blond, vêtu d'une gabardine qui n'avait jamais passé le seuil d'une boutique Façonnable, et une femme à la chevelure flamboyante, moulée dans un tailleur rose vif et perchée sur des talons si pointus qu'ils auraient pu transpercer un écureuil – la repoussèrent sans ménagement.

— Wallace Hale ?

— Roderick Reeves ?

Arthur Mordred et Blaze Pascal avaient parlé simultanément en dégainant leurs faux badges officiels.

— Service des pêches et de la faune sauvage, annonça Arthur d'une voix calme mais pleine d'assurance, en remontant ses lunettes à monture d'écaille.

Danny se tassa dans son fauteuil.

— Vous ! s'écria-t-il.

— Oui, nous, acquiesça Arthur avec un sourire qui n'avait rien d'amical. Comment allez-vous, monsieur Zeller ?

Danny ne répondit pas.

Wally et Rod se pressaient dans l'angle où la fenêtre et le classeur à tiroirs se rejoignaient.

— Qui vous a permis d'entrer ? demanda Wally, faisant preuve d'un cran inattendu.

Il chercha du soutien du côté de Rod, qui rassembla les miettes de son courage pour affirmer :

— Vous n'avez pas le droit de débarquer comme ça, sans mandat…

— Vous voulez savoir qui nous a permis d'entrer ? répliqua Arthur, brandissant son badge. Le gouvernement des Etats-Unis !

Karl s'arracha à son fauteuil.

— Maître Hale, appelez la sécurité ! dit-il.

Arthur fit volte-face et le toisa.

— Vous êtes en dehors du coup, mon vieux. Alors, un conseil : bouclez-la.

Cependant, Blaze Pascal avait sorti d'un sac volumineux une épuisette avec un manche télescopique ainsi qu'une boîte en plastique transparent.

— Vous êtes en possession d'un poisson-ange peppermint, semble-t-il, maître Hale, dit-elle. Mais vous avez sûrement ses papiers…

— Les papiers ? Quels papiers ? Quel poisson ? De quoi parlez-vous ? Je n'y connais rien, moi ! lâcha celui-ci en désignant l'aquarium. Quelqu'un s'en occupe à ma place…

— Dans ce cas, faites venir ce quelqu'un.

Rod pressa le bouton de l'interphone et ordonna à la réceptionniste de lui envoyer Sigourney, « et que ça saute ! ».

— C'est quoi, ce peppermint, d'abord ? reprit Wally.

— Poisson-ange peppermint. Les spécimens en captivité se comptent sur les doigts d'une main. Leur détention nécessite une autorisation du FWS. On nous a rapporté que vous en possédiez un. Nous avons autorité pour le saisir.

Sigourney, ou plutôt l'ombre de Sigourney, passa alors la porte. Il y avait du désordre dans sa chevelure, et son mascara avait coulé.

— Qui assure l'entretien de l'aquarium ? demanda Wally.

— L'aquarium ? Pourquoi ?

— Contentez-vous de répondre. Qui nous fournit les poissons ?

— Une entreprise extérieure. On a passé un contrat avec…

— Trouvez-moi leur nom.

Le regard de Sigourney fit le tour de l'assistance, puis elle s'éloigna en vacillant sur ses talons hauts.

Blaze captura Oscar dans son épuisette et le transféra dans la boîte transparente.

— Je l'ai, dit-elle à Arthur.

— Nous confisquons ce poisson, maître Hale. Nous reviendrons avec un mandat de perquisition.

— Mais… Je ne suis au courant de rien, protesta Wally d'une voix de soprano.

— Vous êtes assis en face de Lena bin Musah…

— *Bint*, rectifia Lena.

Elle avait cueilli une grappe de raisin dans la coupe à fruits posée devant elle et l'égrenait à l'aide de son couteau-broche.

— … de Mlle bint Musah et de Danny Zeller, et vous voudriez nous faire croire que vous êtes aussi innocent que l'agneau qui vient de naître ? A d'autres, mon vieux !

Karl soupira intérieurement. Qui était l'idiot qui avait écrit les dialogues d'Arthur ?

Les deux pseudo-agents firent une sortie aussi intempestive que l'avait été leur entrée, emmenant Oscar.

Wally et Rod semblaient abasourdis. Danny Zito se leva d'une détente et s'approcha de l'aquarium afin d'examiner son contenu.

— Bon Dieu, où avez-vous dégoté un poisson-ange peppermint ? Qui est votre fournisseur ? Pas l'Alliance, en tout cas…

Il lança un regard lourd de menaces aux deux avocats.

— Bordel, on n'a pas de fournisseur !

— Rassurez-moi, ce n'est pas elle ? ajouta Danny en désignant Lena.

Wally pressa l'interphone.

— Sigourney ? Ils sont partis ? Comment ont-ils pu passer la réception ?

— C'étaient des agents fédéraux, répliqua Sigourney d'une voix tremblante. On ne pouvait pas…

— Pourquoi n'avez-vous pas appelé la sécurité ? Ils n'avaient pas de mandat ! Ils ont saisi un bien qui nous appartient ! Au fait, vous avez retrouvé le nom de la société qui a installé ce foutu aquarium ?

— Je l'ai recherché, pleurnicha Sigourney. Seulement…

Wally lâcha une bordée de jurons, puis il interrompit la communication et se tourna vers Rod.

— Il faut porter plainte, déclara-t-il.

Avec un soupir, Lena sortit une cigarette de son étui en argent.

— Je vous avais prévenus, pas vrai ? Au moins, ajouta-t-elle en se penchant vers le briquet que lui tendait Karl, nous sommes en mesure de vous aider.

— Nous aider ? réagit Rod. Comment ?

Lena interrogea Karl du regard.

— En faisant disparaître la pièce à conviction ? suggéra celui-ci.

— Ou en les faisant disparaître, eux, intervint Danny, qui semblait fasciné par les poissons.

L'inquiétude se peignit sur les traits de Wally et Rod.

— Vous vous laissez emporter, monsieur Zeller, remarqua Lena en observant Danny à travers les volutes de sa cigarette.

— Leurs accusations, c'est du pipeau, dit Karl. Vous devriez vous en tirer avec une amende…

— Une GROSSE amende. Et une peine de prison.

Danny revint s'asseoir au bord de son fauteuil, apparemment très satisfait du sombre tableau qu'il venait de leur dépeindre.

— Vous n'avez aucune idée des règles de ce milieu, Wally, poursuivit-il. Ce petit poisson qu'ils ont emporté, le peppermint… Des clients seraient prêts à débourser quarante mille dollars pour l'avoir. Des clients qui ont des aquariums comme celui-ci dans leur salon, mais ce n'est qu'une façade. Les poissons qui ont vraiment de la valeur – arowanas, poissons-anges de Clipperton –, ils ne les montrent pas à tout le monde. Pas si fous ! On brasse des fortunes dans ce business. Si beaucoup de ces espèces exotiques proviennent des Philippines, c'est parce qu'il n'existe presque aucun contrôle là-bas. Les pêcheurs aspergent les coraux de cyanure en toute impunité. Les collectionneurs dont je vous parle, ils aménagent des pièces spéciales sous leurs maisons, comme des abris antiatomiques. Quand vous entrez là-dedans, vous avez l'impression d'être un plongeur dans l'océan Indien. Vous n'avez pas idée de ce qu'ils possèdent… en plus de notre protection, précisa Danny avec un sourire de requin. C'est là qu'intervient l'Alliance de l'Espadon. Non seulement on fournit à nos clients les poissons qu'ils nous demandent, mais on les protège. Vous n'imaginez pas tout ce qui se trame dans les sous-sols de la Ville lumière…

Rod parut tiquer.

— La Ville lumière, ce n'est pas plutôt Paris ?

Wally lui fit signe de se taire.

— Lena a dit vrai, intervint Karl. On a les moyens de faire lever toutes les charges qui pèsent sur vous. C'est une belle affaire que vous avez là, Wally… et vous, Rod.

Il ne pouvait s'empêcher de plaindre ce dernier.

— Dans ce cas, vous avez quartier libre, affirma Wally avec un grand sourire. Nous serons vos obligés, bien sûr.

— Ce ne sera pas nécessaire, reprit Karl.

Wally haussa les sourcils. Apparemment, il ne s'attendait pas à un tel désintéressement de leur part. Il ouvrit la bouche pour répondre, mais Karl le devança :

— Vous avez quelque chose qu'on veut, et vous allez nous le donner. Après ça, on sera quittes.

— Quoi ?

— Le dossier de Cindy Sella.

Rod fut le premier à revenir de son étonnement :

— A quoi pourrait-il vous servir ?

— L'Alliance s'intéresse de près au contenu de son bouquin, expliqua Danny.

— L'ennui, dit Wally, c'est qu'on n'a rien là-dessus. C'est vous qui nous avez appris l'existence de ce livre, ajouta-t-il en se tournant vers Karl. Jusque-là, nous ignorions totalement qu'elle voulait dénoncer le trafic des poissons exotiques. Si toutefois on parle bien de la même chose…

— Tout à fait, acquiesça Danny. Je voudrais y jeter un coup d'œil pour m'assurer qu'elle ne balance pas trop sur l'Alliance… et sur moi.

Wally se détendit, visiblement soulagé de ne rien savoir, tandis que Rod hésitait sur la conduite à tenir. Assis sur le coin du bureau, il croisait les bras et plissait le front.

— Le titre du livre est *Fish Connection*, indiqua Karl. Pour ce que j'en sais, il pourrait attirer beaucoup d'ennuis à certains trafiquants.

Il regretta que Candy ne soit pas là pour les éclairer sur l'étendue exacte des ennuis en question.

Danny glissa un nouveau cure-dents dans sa bouche et se mit à le mastiquer.

Lena entreprit de découper une prune.

Rod, qui s'était ressaisi, mordit dans une figue.

— Mais si vous n'avez rien sur le livre de Cindy Sella…

Wally parut soudain réaliser que s'il n'avait rien à leur offrir, ces gens n'avaient aucune raison de les débarrasser des agents fédéraux.

— Une seconde ! dit-il. Ce que vous me demandez là, c'est une violation du dossier d'une de mes clientes…

On aurait dit un mauvais acteur jouant un avocat dans une série télé minable.

Karl acquiesça, la mine grave.

— Vos scrupules vous honorent. Mais dans ce cas, nous n'avons plus rien à faire ici. Lena, Danny ?

Lena essuya son couteau sur une serviette en lin blanc, puis elle fit rentrer la lame dans la broche et sourit aux deux avocats avant de se lever.

Le cerveau de Wally frisait la surcharge électrique ; les pensées crépitaient le long de ses synapses. Il se rappela soudain qu'ils n'étaient pas les seuls à détenir des renseignements confidentiels sur Cindy Sella. Pas un mot de son dossier ne concernait l'Alliance de l'Espadon, mais merde ! Il n'en était pas moins une monnaie d'échange. Et si l'affaire s'ébruitait, ils pourraient toujours imputer la fuite aux deux types louches qui s'étaient fait passer pour eux auprès de Hess.

— Ce qu'il vous faut, dit-il d'un ton plus assuré, c'est un moyen de pression pour l'obliger à balancer son bouquin aux oubliettes, exact ?

Karl approuva de la tête.

— Exact.

— Rod, ordonna Wally, apporte-moi le dossier Sella.

Rod se dirigea vers le meuble classeur et ouvrit un tiroir. Ses doigts dansèrent le long de la file de dossiers suspendus, puis il sortit une épaisse chemise qu'il tendit à Karl.

Celui-ci l'ouvrit, feuilleta son contenu et tomba presque immédiatement sur ce qu'ils cherchaient : un mémo de L. Bass Hess adressé à Wallace Hale. *Rencontrons-nous au plus vite pour discuter de la plainte de l'Agence Hess contre votre cliente.*

Quand il leva les yeux du dossier, Wally se prélassait dans son fauteuil et Rod, une main glissée dans la poche de sa veste, s'appuyait contre le meuble classeur dans une publicité vivante pour Hugo Boss.

Espèces de fumiers…

— Ça devrait faire l'affaire, dit-il. On va vous laisser, maintenant. Lena ? Danny ?

Danny Zito était retourné devant l'aquarium. En entendant son nom, il se retourna, et ils échangèrent tous des sourires satisfaits.

— Donc, nous pouvons compter sur vous pour régler notre petit problème ? demanda Wally.

— C'est comme si c'était fait, répondit Karl.

Mais attends-toi à avoir bientôt de gros problèmes…

En effet, le « petit problème » fut aussitôt réglé.

Naturellement, Wally et Rod se persuadèrent que le FWS aurait de toute manière été impuissant contre eux. Rassurés, ils reprirent leurs numéros de claquettes synchronisés autour de leurs bureaux et prolongèrent encore plus leurs pauses déjeuner au Michael's.

Mais, une semaine plus tard, Sigourney fit irruption dans le bureau de Wally, apportant une enveloppe tout juste livrée par un coursier. Le courrier l'informait du dépôt d'une plainte visant Wallace Hale et Roderick Reeves, du cabinet Snelling, Snelling, Borax & Snelling, ainsi que L. Bass Hess, de l'Agence littéraire Hess, devant la Cour supérieure de l'Etat de New York, pour collusion et entente illégale au préjudice de Cindy Sella…

Et ainsi de suite, pendant dix-neuf pages.

Richard Gere et son acolyte échangèrent un regard affolé. Un gouffre venait de s'ouvrir sous leurs pieds.

46

C'était comme si sa vie se déroulait sur un autre plan, pensa Cindy. Ailleurs que dans son salon, face à sa vieille machine à écrire et à la feuille glissée dedans.

Lulu s'était enfin décidée à couper le moteur de sa voiture.

Puis elle était restée assise dans le noir.

Cindy se demanda ce qu'elle faisait là, à relire une fois de plus le paragraphe qu'elle avait écrit une semaine plus tôt. Pour être honnête, ça faisait plus d'une semaine qu'elle n'avait pas écrit un mot sur Lulu. Dix jours, peut-être quinze. Elle avait même tenté de tricher en contournant son héroïne. Si elle écrivait quelque chose, pensait-elle, n'importe quoi, peut-être Lulu allait-elle enfin sortir de sa torpeur et affronter l'avenir…

Malheureusement, Lulu n'avait pas d'avenir. Elle était enfermée dans sa douleur, ce qui était mille fois pire que d'être enfermé dans un placard, ou même emmuré vivant, comme Fortunato dans *La Barrique d'amontillado*. Cindy s'attarda quelques secondes sur le sort de ce dernier et décida finalement qu'il n'existait pas de mort plus atroce.

Par une tragique ironie, Lulu tenait précisément

l'instrument de sa libération entre ses mains : le volant de sa Honda.

Cindy temporisa une fois de plus en se rendant à la cuisine. Elle inséra une capsule dans la machine à espressos. Elle n'utilisait la cafetière traditionnelle que lorsqu'elle était sûre de boire trois tasses d'affilée, ou qu'elle avait des invités – les deux malfrats, ou Edward. Hormis eux, elle ne recevait presque jamais personne. Quand l'espresso fut prêt, elle l'emporta au salon et commença à le boire en chemin. Elle fit une halte devant le bocal et observa les deux poissons-clowns qui se prélassaient sur leurs feuilles comme dans des hamacs.

Par association d'idées, elle se rappela soudain qu'elle avait laissé son exemplaire de *Moby Dick* sur le canapé la veille au soir. Elle alla le ramasser et se mit à le feuilleter. Achab, le bleu profond de l'océan, la liberté à perte de vue… D'immenses nageoires émergeant des flots telles des pensées furtives, ou des images insaisissables. Dans la tête d'Achab (ou dans celle de Melville, plus vraisemblablement), les profondeurs marines se confondaient avec celles de l'âme.

Elle regarda de nouveau les poissons, qui sautillaient à présent autour de la fausse anémone.

Moby Dick était-elle une baleine fantôme ? Etait-ce là l'explication de sa blancheur ?

Après ces réflexions, elle se sentit prête à regagner sa machine à écrire et à guetter l'apparition d'une nageoire fendant les eaux opaques. Une idée s'agitait sous la surface ; elle ne parvenait pas à la saisir avec les mots. Ceux-ci gisaient au fond de son esprit, où elle ne pouvait les atteindre, sauf peut-être en rêve.

Cindy demeurait immobile, les mains au-dessus du clavier de la machine, telle Lulu serrant le volant de sa voiture.

47

Pour échapper à son appartement et à un début de dépression, Cindy avait apporté son carnet de notes au café Ray's, pensant que Paul Giverney y serait peut-être et qu'elle aurait alors quelqu'un avec qui parler.

Histoire de se réconforter, elle avait commandé un sandwich toasté au fromage. A présent, elle cherchait comment extraire Lulu de sa voiture, en regardant tour à tour son sandwich et son carnet. Dès qu'elle ouvrait celui-ci, elle s'obligeait à écrire une phrase, n'importe laquelle, pour éviter de se retrouver face à une page vierge.

C'est pourquoi elle fixait maintenant une phrase épouvantablement mauvaise, en se demandant ce qu'elle allait pouvoir en faire.

Il était presque 16 heures. Le coup de feu de midi était passé, et celui du dîner n'avait pas encore commencé. Quelques-uns des rares clients avaient des visages familiers, mais la plupart, non.

Parmi ces derniers, un homme assez jeune (Cindy lui donna entre vingt-cinq et quarante ans), assis au comptoir en demi-lune, dégustait un soda à la crème glacée – du chocolat, apparemment. Cindy ignorait qu'on servait des sodas glacés au Ray's.

Elle eut le plus grand mal à détacher son regard de lui. Il était tellement… Le seul qualificatif qui lui vint à l'esprit était « mignon ». Il avait l'allure d'un joueur de football ou de base-ball universitaire. Quoique assis sur un tabouret de bar, il paraissait grand, avec des cheveux blond-roux. Cindy ne pouvait voir ses yeux. Il lui donnait l'impression d'avoir remonté le temps jusqu'aux années 1950, ou de se trouver à l'intérieur d'un vieux film plein d'étudiants qui s'affrontaient sur les terrains de sport et faisaient la fête sur le campus – un film dont il était la vedette.

Il y avait un livre devant lui. De temps en temps, il semblait jeter un coup d'œil au miroir accroché au-dessus du bar. Pas par vanité, elle l'aurait juré. Mais que savait-elle de lui, après tout ?

La serveuse s'approcha de lui, pour lui poser une question ou le draguer. Elle lui montra la cafetière en pyrex qu'elle tenait à la main, et il secoua la tête. Un coin de sa bouche se releva dans un sourire, entraînant brièvement l'autre à sa suite.

S'il tournait légèrement la tête, il surprendrait Cindy en train de l'observer. Mais il ne prêtait attention qu'à son soda, à sa paille et à la longue cuillère plantée dans son verre. Cindy avait toujours trouvé ce genre de cuillère vaguement comique, elle n'aurait su dire pourquoi.

Il tournait le dos à la porte, qui s'ouvrait parfois pour laisser entrer ou sortir un client. Cindy réalisa soudain qu'il ne regardait le miroir que lorsque c'était le cas. Sans doute attendait-il quelqu'un.

Pourvu que ce ne soit pas une femme…

Quand la porte s'ouvrit, la fois suivante, il sourit et pivota sur son tabouret, son verre à la main.

Au grand étonnement de Cindy, les deux malfrats, Candy et Karl, entrèrent et se dirigèrent droit vers le séduisant inconnu. Celui-ci reposa son verre pour leur serrer la main. Les trois souriaient. Pour rire, Karl flanqua un coup de poing dans l'épaule de l'inconnu de sa main libre. Il tenait une bouteille de champagne dans l'autre, et Candy portait une boîte de gâteaux.

Qu'est-ce que le mystérieux inconnu fabriquait avec ces deux malfrats ? Cindy le vit enfiler la veste de sport sur laquelle il était assis jusque-là.

Pendant que les trois hommes se dirigeaient vers la porte, Cindy se fit la réflexion que cet endroit et les gens qui le fréquentaient faisaient partie de sa vie. Elle avait parfaitement le droit de se manifester. Mais comme elle se levait, la porte se rouvrit pour livrer passage à Paul Giverney. Devant le regard stupéfait de Cindy, l'inconnu blond échangea une poignée de main enthousiaste avec l'auteur de best-sellers. Puis il lui tendit le livre qu'il avait apporté ainsi qu'un stylo. Dans un éclat de rire, Paul prit le stylo et signa le livre.

Une bouteille de champagne, des gâteaux… C'était quoi, ce cirque ? Une séance de dédicaces sauvage ?

La présence de Paul fournissait à Cindy une raison supplémentaire de se montrer, ce qu'elle fit.

Ayant ajusté son sac sur son épaule, elle se dirigea vers leur petit groupe.

— Salut ! dit-elle en levant la main.

Si seulement elle s'était lavé les cheveux ce matin-là…

Ave un sourire en coin, le séduisant inconnu darda sur elle un regard aussi bleu que l'océan qui baigne la plage à Oahu (Cindy n'avait jamais mis les pieds à Hawaï), ou que la mer d'Achab (qu'elle connaissait parfaitement). Elle rougit et sentit la courroie de son sac glisser le long de sa manche, comme autrefois, en seconde, quand elle levait les yeux vers le plus beau garçon du lycée.

— Cindy ! s'exclama Karl.

— Cindy ! fit Candy en écho.

— Cindy, constata simplement Paul.

— Cindy, reprit Candy, voici Joe Blythe.

— Joe, ajouta Karl, voici Cindy Sella.

Joe Blythe la considéra avec intérêt, ce qui l'étonna davantage que tout ce qu'elle avait vu jusque-là.

— Sans blague ? Vous êtes Cindy Sella ?

— C'est moi, oui.

Elle lui adressa un sourire qu'elle espérait éblouissant. Se pouvait-il qu'il ait lu un de ses livres ?

— On va devoir vous laisser, dit Karl en jetant un coup d'œil à sa montre. On a un rendez-vous.

Ils sortirent après les salutations d'usage. A part Paul, qui ne semblait pas concerné par le rendez-vous en question.

Tant mieux ! pensa Cindy. Je vais pouvoir le questionner.

— Qui est Joe Blythe ? demanda-t-elle. Et qu'est-ce qu'il fait avec ces deux-là ?

— Joe ? Mystère ! C'est la première fois que je le vois. Je ne sais même pas d'où il sort ! Un café ?

48

Karl et Candy avaient dû beaucoup parlementer et faire jouer leur amitié pour convaincre Joe Blythe de quitter ses cochons afin de retourner à Manhattan.

Joe possédait vingt hectares de terre, une grande ferme et dix cochons qu'il élevait non pour la viande mais pour leur compagnie. Joe avait toujours aimé les cochons et la vie à la ferme. Ayant grandi dans les Grandes Plaines, il avait besoin d'espace.

Malgré son allure d'étudiant, Joe avait depuis longtemps passé l'âge de fréquenter la fac. Le look ingénu, le sourire craquant, le regard bleu qui vous faisait fondre étaient le fruit d'un long entraînement. Joe affectait d'être inoffensif pour mieux tromper son monde. Toux ceux qui avaient commis l'erreur de prendre son apparence débonnaire pour de la docilité s'en étaient mordu les doigts.

Si Joe connaissait Karl et Candy, c'était parce qu'il exerçait la même profession qu'eux : tueur à gages. Mais à cette différence près que lui, en presque vingt années d'exercice, n'avait tué qu'une seule personne, un voyou de peu d'envergure appelé Frank Blow, à la suite d'un étrange concours de circonstances. A la seconde où il lançait son couteau, une balle destinée à la même cible avait jailli d'une porte ouverte et malencontreusement heurté la lame, si bien que Frank avait succombé simultanément à une blessure par balle et à une autre par arme blanche.

Deux secondes plus tard, un deuxième couteau jailli de la main de Joe clouait la manche du tireur au chambranle. Le tueur inconnu (Joe n'avait même pas vu son visage) avait lâché son arme et s'était littéralement éjecté de son pardessus avant qu'un troisième couteau ne lui effleure l'oreille.

Joe n'avait aucune prévention morale contre le meurtre. Simplement, il estimait qu'un bon lanceur de couteau n'était pas obligé d'en venir à cette extrémité…

Il admirait beaucoup Candy et Karl, autant pour leur talent que pour leur insistance à ne tuer que ceux qui le méritaient, au moins de leur point de vue.

Joe menait une existence solitaire. Il ne s'était jamais marié. Il prétendait ignorer pourquoi. Sans doute n'avait-il pas rencontré de femme suffisamment éprise pour supporter la vie à laquelle il aspirait.

Quelques années plus tôt, durant une soirée à laquelle Candy et Karl étaient également invités, à Manhattan, un imbécile avait longuement commenté l'absence de femme dans la vie de Joe en laissant entendre qu'il était homosexuel, ou peut-être impuissant, « comme ce type, chez Hemingway, vous voyez qui je veux dire ? »… Vautré dans un fauteuil en acajou aussi imposant qu'un trône, il avait alors largement écarté les cuisses afin d'exhiber ses « bijoux de famille ».

« Il est temps de te caser, vieux ! »

Ce furent les dernières paroles que l'imbécile prononça en présence de Joe.

Un couteau avait surgi du néant. Avant que quelqu'un ait pu réagir, la lame s'était plantée dans le fauteuil entre les jambes du type, à quelques millimètres des fameux bijoux, où elle resta à vibrer pendant quelques secondes.

« C'est assez bien casé à ton goût ? » avait demandé Joe, avec un de ses fameux sourires en coin.

Candy et Karl détestaient le nord de l'Etat de New York autant que Joe détestait Manhattan. Il fallait qu'ils aient été vraiment dans le besoin pour avoir accepté de lui rendre visite chez lui.

— Je ne fais plus ce genre de trucs, les gars.

— La cible appuyée au mur de ta grange dit tout le contraire, rétorqua Karl. A moins que les marques n'aient été faites par les cornes d'un taureau ?

Joe rit.

Ils étaient assis – ou plutôt, ils se prélassaient – autour d'une magnifique table de cuisine en bois massif, dont Joe avait lui-même sculpté les pieds en acanthe. Les rayons du soleil s'étiraient sur le tapis en soie et doraient la pierre de la vaste cheminée qui réchauffait la pièce. Une odeur délicieuse s'échappait du four ou d'un plat tout juste sorti de celui-ci. On aurait pu se croire dans une cuisine de magazine de décoration… sans le porcelet qui les observait en bâillant, debout près de la cuisinière.

— Ici, Junior ! ordonna Joe.

Le cochonnet s'approcha docilement et s'assit comme un chien aux pieds de son maître, qui le gratta derrière les oreilles.

— J'ignorais que les cochons venaient quand on les appelait…

— Toutes les créatures vivantes le font, quand on sait s'y prendre.

— Ça ne marchera jamais avec mon poisson.

— Mais si ! Il suffit de lui envoyer le bon signal.

— C'est-à-dire ?

— J'en sais rien, moi ! Commence par du Jimi Hendrix.

Tandis que Candy réfléchissait à la pertinence du conseil, Joe jeta un coup d'œil à l'horloge de parquet décorée d'une lune et d'un soleil.

— C'est l'heure de nourrir les cochons, dit-il. Venez. Vous verrez, c'est très reposant.

Puis il regarda leurs pieds.

— Ces chaussures ont l'air de sortir du magasin. Il vous faut des bottes. Le sol est boueux dans la grange.

Il se dirigea vers le débarras, et les deux hommes l'entendirent remuer des choses à l'intérieur.

— Tu crois qu'on l'a convaincu ? murmura Candy.

— Convaincu de quoi ? Il ne nous a même pas laissés lui expliquer ce qu'on attendait de lui !

Ils passèrent la demi-heure suivante à patauger dans la boue et le lisier pendant que Joe remplissait l'auge des cochons. Ceux-ci attendirent patiemment qu'il ait terminé pour attaquer leur repas. Après avoir félicité Joe pour la bonne éducation qu'il avait donnée à ses pensionnaires, Candy et Karl lui retracèrent l'historique du conflit qui opposait Cindy Sella à L. Bass Hess, sans omettre aucune péripétie ni aucun des protagonistes.

A la fin du récit, Joe posa son seau et se laissa tomber sur une botte de paille.

— C'est complètement dingue ! dit-il, un grand sourire aux lèvres. J'adore !

— Alors, tu veux bien nous filer un coup de main ?

— Pour sûr ! Quand ça ?

— On peut te ramener à Manhattan avec nous.

Joe secoua la tête.

— Pas ce soir. J'ai un cochon malade, et le véto doit passer le voir. Mais demain, oui.

Candy et Karl approuvèrent, précisant qu'ils se chargeaient d'organiser une rencontre avec Paul Giverney pour le lendemain.

Pendant que Karl faisait chauffer le moteur, Joe passa la tête par la portière du conducteur.

— Vous croyez qu'il acceptera de me signer un de ses livres ? Je les ai tous !

— Tu rigoles ? Il en écrira un rien que pour toi, oui !

Souriant, Joe donna une grande claque sur le capot de la voiture et la suivit du regard tandis qu'elle s'éloignait en cahotant le long du chemin de terre et de gravier.

49

Les trois hommes firent irruption dans la salle d'attente de l'Agence littéraire Hess, boîte de cannoli et bouteille de champagne à la main, et saluèrent chaleureusement la réceptionniste.

— Je suis désolée, dit celle-ci en coulant un regard chargé de regret vers Joe Blythe, comme si elle souffrait par avance de devoir lui refuser quelque chose. Vous n'avez pas de rendez-vous…

— C'est l'idée… Stephanie, dit Joe avec un coup d'œil à la plaque en laiton gravée à son prénom.

Il sortit une mini-assiette en carton de la boîte, plaça un gâteau dessus et la posa sur le comptoir devant Stephanie.

— Oh, comme c'est gentil, minauda la réceptionniste.

— On voulait faire une surprise à M. Hess, expliqua Joe en lui tendant une fourchette en plastique. S'il n'est pas déjà en rendez-vous…

— Il est seul, affirma Stephanie en dévorant le gâteau des yeux. Je vais le prév…

Joe mit un doigt sur ses lèvres et sourit.

— Chut ! Rappelez-vous : c'est une surprise.

Stephanie semblait aussi désemparée qu'un enfant trop jeune pour nouer lui-même les lacets de ses chaussures.

— Dans ce cas… Vous pouvez y aller.

— On a un truc à fêter, ajouta Joe. Aussi, ne vous inquiétez pas si on fait un peu de bruit…

Il lui adressa un clin d'œil qui la fit fondre comme le cœur crémeux du cannoli sur l'assiette.

Les trois hommes ouvrirent la porte du sanctuaire de Hess et entrèrent en criant :

— Surpriiise !

L. Bass Hess leva les yeux du contrat qu'il était occupé à annoter et en resta bouche bée.

— Salut, Bass ! lança Candy en brandissant la bouteille.

Joe déposa le carton de cannoli sur le bureau et s'assit juste à côté.

Le visage de Bass vira au rose malsain.

— Qui… qui êtes-vous ?

— Joe Blythe.

Hess considéra la main qu'il lui tendait comme s'il s'agissait d'un cobra. Son expression reflétait le combat auquel la fureur et l'effroi se livraient en lui.

— Restez assis, dit Karl comme il faisait mine de se lever. On est juste venus pour discuter, boire un peu de champagne, manger un morceau…

Joe sortit du carton un gâteau, une assiette et une fourchette qu'il fit glisser sur le bureau. Hess esquissa un geste en direction du téléphone, mais la main de Joe se referma autour de son poignet avant qu'il puisse l'atteindre.

— Stephanie ! hurla-t-il.

Candy et Karl applaudirent et rirent aux éclats.

Bass répéta, plus fort :

— STEPHANIE !

— Oh ! Arrêtez votre cirque, soupira Candy en faisant sauter le bouchon du champagne. Comme vous l'a dit Joe, on est juste là pour discuter. Il y a des verres quelque part ?

La mousse déborda du goulot.

— Vous deux ! cracha Bass. C'est vous qui avez volé mes documents ! Comment osez-vous débarquer ici ?

De nouveau, il voulut saisir le téléphone, mais Joe le balaya de la main et il tomba du bureau.

Ayant fini par dénicher des verres en plastique sur une étagère, Candy entreprit de les remplir. Quand il lui tendit le sien, Joe vint s'adosser à la bibliothèque près de lui.

— Merci.

Joe trempa les lèvres dans le champagne et posa le verre sur un rayonnage.

Karl prit place dans un des fauteuils en cuir et alluma une cigarette.

— On ne vous a rien volé, dit-il, serrant l'allumette enflammée entre deux doigts. C'est vous qui nous avez donné ces documents, je vous rappelle. A aucun moment vous n'avez vérifié qu'on était bien Hale et Reeves. Mais peu importe. Ce que je vois, moi, c'est que vous avez refilé des informations aux avocats de Cindy Sella. Pas très réglo, tout ça.

Il souffla l'allumette.

— C'est grotesque ! protesta Hess. En tant que plaignant, j'avais parfaitement le droit de rencontrer les avocats de la partie adverse pour discuter d'un compromis…

Satisfait de sa réponse, il se fendit d'un sourire en lame de couteau émoussée.

— En tout état de cause, ajouta-t-il, c'est avec ses avocats, pas avec moi, qu'il faut voir ça.

Pensant avoir marqué un point décisif, il croisa les bras et son sourire se teinta d'ironie.

— C'est fait.

Karl tira de sa poche une feuille de papier qu'il déplia.

— « Nous nous réservons le droit d'utiliser à notre convenance les renseignements que vous nous avez fournis concernant Mlle Sella », lut-il. On a récupéré l'intégralité du dossier. Votre relation avec Wally Hale ne me paraît pas très déontologique…

D'une autre poche, il sortit deux photos.

— Cindy Sella et Cindy Sella, commenta-t-il en les désignant tour à tour. En compagnie d'une certaine Rosa Parchment, arrêtée à une ou deux reprises pour avoir vendu de la drogue, et d'un dealer occasionnel, Benny Bennet…

Bass Hess secoua catégoriquement la tête.

— Je n'ai rien à voir avec ça, affirma-t-il. Ce sont Hale et Reeves les responsables.

— C'est marrant, ils prétendent l'inverse…

— Mensonge ! rugit Bass en abattant le poing sur le bureau.

Karl poursuivit, comme s'il n'avait rien entendu :

— Si on avait photographié n'importe lequel d'entre nous (il eut un geste de la main qui englobait Candy, Joe et lui-même) chaque fois qu'il s'était trouvé en compagnie d'un vaurien et qu'on avait mis les photos bout à bout, on aurait obtenu un film plus long qu'*Autant en emporte le vent*. Quoi qu'il en soit, n'importe quel juge vous rirait au nez si vous tentiez de lui vendre ces *trucs* comme preuves.

Karl agita les deux photos devant le visage de Bass avant de les ranger.

— Qu'est-ce que vous croyez ? demanda Bass, qui avait retrouvé en partie son assurance. Je connais la loi. Pour pouvoir m'impliquer, il vous faudrait d'abord prouver que j'avais connaissance de ces photos probablement truquées…

Avec un sourire satisfait, il se carra dans son fauteuil.

Aucun d'eux ne perçut le moindre mouvement, ni ne vit le couteau avant qu'il ne se plante dans le mur derrière L. Bass en lui frôlant l'oreille.

— Mauvaise réponse, Bass.

Terrifié, Hess bondit de son fauteuil et trébucha sur une pile de classeurs.

— Vous êtes fou ! siffla-t-il. Sortez d'ici !

Joe lui opposa un visage de marbre.

— La réponse correcte est : « Je renonce à poursuivre Cindy Sella. »

Hess se redressa en prenant appui sur son bureau. Enhardi par le silence des deux autres, il laissa tomber :

— Je vais porter plainte pour voie de f…

Le second couteau passa au ras de sa tignasse rebelle et se ficha dans le mur, juste au-dessus du premier.

Hess poussa un glapissement, puis un hurlement, en direction de la porte derrière laquelle Stephanie achevait (ou pas) de manger son gâteau :

— Stephanie ! La sécurité !

— Ce n'est toujours pas la bonne réponse, remarqua Joe.

— Vous êtes complètement cinglé !

Pâle comme un linge, Hess attrapa fébrilement sa veste sur le dossier du fauteuil et la brandit devant lui tel un bouclier.

En trois enjambées, Joe le rejoignit, l'agrippa par le col et le repoussa dans le fauteuil.

— Vous nous faites perdre notre temps…

— C'est bon, c'est bon ! gémit Hess en essuyant la sueur sur son front. Je retire ma plainte !

Avec un sourire en coin, Joe arracha les couteaux du mur et les glissa dans la poche intérieure de sa veste.

Candy et Karl se levèrent, abandonnant leurs verres sur la table.

— On ne demande qu'à vous croire sur parole, dit Karl. L'ennui, c'est que vous n'avez aucune parole. Si jamais on apprend que vous n'avez pas retiré votre plainte… on reviendra.

Sans se départir de son sourire, Joe prit la bouteille et un verre vide sur la table.

Quand ils refermèrent la porte derrière eux, Bass marmonnait des paroles inaudibles, appuyé contre son bureau.

Joe remplit le verre de champagne et le tendit à la réceptionniste.

— A la vôtre, Stephanie !

Elle prit le verre avec un rire presque authentique.

— Vous aviez l'air de bien vous amuser, remarqua-t-elle.

— Ça, vous pouvez le dire ! approuva Joe.

Cette fois, Stephanie lui rendit son clin d'œil.

Puis les trois hommes repartirent comme ils étaient venus.

50

— Je vais prévenir la police, déclara Bass Hess, tenant son verre d'eau d'une main tremblante.

Sitôt les visiteurs partis, il s'était jeté sur le téléphone pour appeler Paul Giverney à son secours.

— C'est du harcèlement, ajouta-t-il en piquant un morceau de poisson au bout de sa fourchette. Ce type m'a lancé des *couteaux*. Vous vous rendez compte ?

Dire que j'ai manqué ça ! pensa Paul sans cesser de remuer son café avec une expression compatissante.

Les deux hommes étaient attablés pour un déjeuner tardif. Bass avait commandé une sole meunière, servie avec des haricots beurre aussi fins que des aiguilles et quelques minuscules pommes de terre qui roulaient autour de son assiette. Il n'avait pas touché au pain tiède que Paul dévorait entre deux bouchées de risotto aux asperges, trempé dans l'huile d'olive.

Bass paraissait tellement affolé au téléphone, comme Paul l'avait escompté, qu'il lui avait proposé de le retrouver immédiatement à la Gramercy Tavern.

— Remettez-vous, Bass. Vous êtes sûr qu'il ne s'agissait pas d'une blague ? Vous avez été pas mal secoué, ces derniers temps…

Le lancer de couteaux était la spécialité de Joe Blythe. Paul aurait donné cher pour assister à son numéro. C'était malheureusement impossible, s'il voulait rester le confident de Hess.

— Une *blague* ? répéta ce dernier d'un ton horrifié. Ce couteau a failli m'arracher l'oreille ! Enfin, c'était qui, ce taré ? Sans parler des deux voyous qui m'ont dérobé des documents confidentiels… Ils m'ont accusé de collusion avec les avocats de Cindy Sella. Pour m'en débarrasser, je leur ai promis de retirer ma plainte contre celle-ci.

Le serveur s'approcha de leur table et remplit leurs verres de chardonnay. Bass ne buvait jamais d'alcool au déjeuner, afin de garder les idées claires. Ce jour-là, il avait décidé de faire une exception.

— Et vous allez tenir parole ?

— Moi ? Pourquoi leur ferais-je ce plaisir ?

— Parce que, sinon, ils reviendront pour vous tuer, à mon avis.

Bass sursauta sur sa chaise.

— Vous disiez que c'était peut-être une blague !

— Possible. En même temps, le type aux couteaux n'a pas l'air de plaisanter, lui.

Bass eut un sourire crispé.

— On est au moins d'accord sur ce point !

Paul réfléchit, ou fit semblant, en pianotant sur le livre qu'il avait posé sur la table près de lui. Thomas Mann l'accompagnait partout à présent, du moins était-ce l'impression qu'il voulait donner.

— Il serait peut-être plus prudent de vous éloigner de New York pendant quelque temps, dit-il enfin. Pourquoi ne pas rentrer chez vous ?

— Dans le Connecticut ?

— Non, à Sewickley, Pennsylvanie. Vous êtes né là-bas, je crois ?

— *Sewickley ?*

Bass avait prononcé le nom comme s'il désignait une supernova située à des milliards d'années-lumière.

— Je n'y ai pas remis les pieds depuis une éternité ! La maison de mes parents est louée…

— N'importe comment, il faut que vous quittiez Manhattan. Par pitié, mettez de la distance entre ces barjos et vous.

— Et le dossier qu'ils prétendent détenir ?

Paul haussa les épaules.

— Ce n'est pas votre problème, mais celui de ces avocats. Ils risquent d'être radiés du barreau. Enfin, qu'est-ce qui vous a pris d'entrer en contact avec les représentants légaux de Cindy Sella ?

— Je voulais savoir ce qu'elle mijotait, et surtout, si elle était prête à accepter un compromis. Je m'attendais à ce qu'elle se couche immédiatement !

Paul se fit violence pour ne pas agripper ce salaud par sa cravate et lui écraser le visage dans son assiette.

— Cette fille me doit tout, poursuivit Hess. J'ai sauvé sa carrière !

Au lieu d'étrangler Hess, Paul lui tapota le bras dans un geste rassurant.

— Vous voulez mon avis ? Vous n'êtes pas en conflit avec Cindy Sella, mais avec vous-même.

Cette bouillie pour chat soulevait l'estomac de Paul.

— Qu'est-ce que vous voulez dire ?

— Ecoutez, je ne suis pas psy…

Molly le lui avait suffisamment répété, avec le concours actif de Hannah.

— … mais j'ai l'impression que toute cette affaire

avec Cindy Sella n'est que l'expression d'un problème plus profond.

A son grand étonnement, Hess semblait gober ces conneries.

— Pensez-y : vous avez été…

« Sauvé par un alligator »… Ne pouvant se résoudre à prononcer ces mots, Paul passa directement au deuxième point :

— Vous avez vu un buisson ardent dans Central Park…

« Ardent-dans »… Il aurait pu éviter cette assonance malheureuse.

— Puis il y a eu cette silhouette fantomatique, à la casse… A elle seule, chacune de ces expériences est susceptible d'entraîner un traumatisme. Mises ensemble…

Paul secoua la tête et recommença à pianoter sur *La Montagne magique*.

— Vous oubliez l'alligator.

Paul but une gorgée de chardonnay qui déclencha chez lui une quinte de toux. Etait-ce vraiment lui l'auteur de ce scénario dément ? Etait-il sûr de vouloir retourner à Pittsburgh ?

L'heure du dénouement n'avait pas encore sonné. Son plan n'était pas encore au point. Pour lui laisser le temps de mûrir, il baissa les yeux vers le livre de Thomas Mann, le prit et le feuilleta rapidement.

— Vous lisez *La Montagne magique*, constata Bass.

— Hmmm ? Oh ! En fait, je le relis. Pour la sixième ou la septième fois.

En réalité, il n'en avait lu que le début, mais il savait que le roman avait pour cadre un hôpital où des gens mouraient de la tuberculose.

— C'est la description la plus juste d'une crise spirituelle que j'aie jamais lue, affirma-t-il.

— Vraiment ?

— Oui. Le sanatorium est un lieu de retraite, voyez-vous.

Bass semblait suspendu à ses lèvres. C'était d'autant plus méritoire que Paul peinait à habiller de chair son squelette de plan.

— Il est aussi la métaphore de la montagne…

Paul se pencha vers Bass à travers la table et ajouta, sur le ton de la confidence :

— Moi-même, je songe parfois à me retirer du monde.

— Vous ?! Je ne connais personne de moins susceptible que vous de faire une retraite.

Moi non plus, reconnut Paul. La seule retraite dont il avait besoin était son appartement à loyer contrôlé de l'East Village.

— Vous savez, le doute existentiel ne m'est pas étranger…

Un mensonge de plus : Paul aurait été incapable d'identifier le doute existentiel même s'il lui était tombé dessus, comme un coffre-fort qu'on balance par la fenêtre. Comment pouvait-il se dire écrivain sans avoir traversé la moindre crise spirituelle ?!

— Pour être franc, j'envisage un séjour à Pittsburgh…

— Pittsburgh ?

La « banlieue » de Sewickley, crétin !

Le plan commençait à prendre forme.

— C'est là que je suis né. Et figurez-vous qu'un ami que je n'ai pas revu depuis le lycée dirige un monastère près de Sewickley… Incroyable, non ?

Connaissant Johnny, il était probable que l'établissement tenait davantage de l'hôtel quatre étoiles.

Bass but une gorgée de vin.

— Un monastère… Votre ami est entré dans les ordres ?

Il coupa une pomme de terre et ajouta, d'un ton songeur :

— Ce doit être agréable de mener une existence paisible, loin du monde et de ses vanités…

Une expression tout droit sortie d'un moraliste, et telle que Paul n'en avait pas entendu depuis des lustres. Il garda le silence et laissa Bass approfondir sa réflexion.

Comme il trempait un morceau de pain dans l'huile, son regard tomba sur l'assiette de son vis-à-vis. Aussi blanche et transparente que l'était Bass lui-même. Il repensa soudain à Bunny Fogg, la Femme en blanc. Bass l'avait sans doute déjà croisée dans les couloirs de Mackenzie-Haack, mais il ne l'avait jamais vue d'assez près pour la reconnaître le soir où elle avait joué les apparitions.

Hess continuait à cogiter. Il paraissait toujours aussi réticent à admettre son état. Malgré lui, Paul ne pouvait s'empêcher de l'admirer. Si un lanceur de couteaux l'avait pris pour cible, lui-même aurait sauté dans le premier avion pour Pittsburgh – mieux, dans la première fusée pour Mars !

Il remua son risotto avec sa fourchette pendant que Bass découpait sa sole en minuscules bouchées. Comment s'appelait la femme que Karl et Candy semblaient tant admirer, déjà ? Une actrice de premier plan, apparemment.

Lena ! Lena bint Musah… Et aussi Monty, Molloy, Graeme et Bub.

L. Bass Hess avait besoin de faire un pas supplémentaire vers le précipice avant de plonger dans le vide.

51

— Pittsburgh ?! Pourquoi ? Tu détestes retourner là-bas ! Ça te rend toujours triste.

— C'est vrai, Molly. Seulement, j'ai besoin de faire des recherches.

— Pourquoi ? dit Hannah, qui ne manquait jamais une occasion de répéter les questions de sa mère.

— Parce que, là ! Un de mes personnages habite Shadyside.

— Je vois, soupira Molly.

Puis elle ajouta :

— Tes deux tueurs à gages voudront manger quelque chose ?

— Si tu parles de Candy et de Karl, ça m'étonnerait. On a prévu de passer au Clownfish Café dans la soirée. Est-ce qu'on a de la bière ?

— Oui. En revanche, on n'a rien à grignoter.

— Dans ce cas, on se contentera de la bière.

Molly resta appuyée au chambranle, comme si c'était l'endroit le plus confortable de la pièce.

— Sinon, je peux faire un saut chez Dean & DeLuca…

Paul sourit à son ordinateur. Molly n'était jamais

à court de prétextes pour rendre visite à son traiteur préféré.

— Tu es un ange. Dans ce cas, prends-leur des sandwichs. Rien pour moi.

— C'est noté. Hannah, tu peux m'accompagner, si tu veux.

— C'est quoi, des tueurs à gages ? interrogea Hannah quand Molly fut sortie. Maman parlait de Candy et Karl ?

— Depuis quand appelles-tu les grandes personnes par leur prénom ? demanda Paul en éludant la question.

— C'est eux qui m'ont dit que je pouvais.

Hannah resta plantée sur le seuil, serrant une page de son roman sur sa poitrine.

— Tu dois vraiment aller à Pittsburgh ? reprit-elle.

— Je n'y resterai qu'une journée. C'est à peine si tu t'apercevras de mon absence.

— Je sais. Mais est-ce que j'aurai le droit de me servir de ton ordinateur ?

— Non.

Hannah s'éloigna à pas menus. Resté seul, Paul fit pivoter son fauteuil vers son ordinateur et lança une recherche Google.

— Pittsburgh ?!

Cette exclamation étonnée provenait non de Molly mais de Karl.

Assis dans le bureau de Paul, les deux tueurs mangeaient les sandwichs que Molly avait rapportés de chez Dean & DeLuca.

— Je pars demain, expliqua Paul. J'ai loué une chambre au Renaissance.

Il avait prévu de descendre au Hilton, mais l'hôtel avait été racheté et avait changé de nom.

— C'est central, commenta-t-il.

— Central par rapport à quoi, je vous le demande ? Vous n'avez pas la moindre idée de ce que vous allez fiche là-bas !

— C'est faux ! protesta Paul avec une intonation geignarde qui lui déplut fortement. J'ai noté les noms de trois médiums, ajouta-t-il en brandissant une fiche.

— Des médiums ? Pour quoi faire ?

Candy but une gorgée de bière.

— Décidément, vous n'avez pas plus de mémoire qu'un poisson rouge, les gars. Rappelez-vous : ça fait plusieurs mois que Bass essaie d'entrer en contact avec son défunt père.

— Ça, d'accord, lui concéda Candy. Mais pas besoin d'aller à Pittsburgh pour faire tourner les tables. Vous pourriez très bien faire ça ici, à Manhattan.

— Sur le quai 61 des Chelsea Piers, par exemple, ricana Karl. Je vais vous dire pourquoi vous tenez tant à aller à Pittsburgh, moi. Vous êtes jaloux parce que la dernière fois on était là-bas sans vous !

— C'est ridicule !

Candy et Karl secouèrent la tête simultanément, tels deux pantins actionnés par le même marionnettiste.

— Non, ça ne l'est pas. Ce que vous voulez, c'est un nouveau Pittsburgh.

— Je vous signale que je suis né à Pittsburgh.

— Et alors ? Moi je viens de Wanker, Wyoming. Ce n'est pas pour autant que je veux tous nous y expédier…

— Moi, j'aimerais bien aller là-bas.

La voix de Hannah avait jailli à la périphérie du cercle qu'ils formaient.

La petite fille s'avança, tenant à la main une feuille qu'elle déposa sur le bureau de son père : le chapitre 117 des *Jardins chantés*.

Puis elle se tourna vers les deux visiteurs.

— Peut-être qu'on trouverait un appartement à Wanker, dit-elle. Comme ça, on pourrait laisser celui-ci à un pauvre. C'est un appartement à loyer contrôlé, vous savez.

— L'école de Wanker a une classe unique, lui rétorqua Paul. Elle regroupe tous les enfants, les petits comme les grands. Tu crois que tu apprendrais bien, dans ces conditions ?

— Je sais déjà trop de choses. C'est Clarence, le concierge, qui me l'a dit.

— En plus, insista Paul, il n'y a pas d'imprimante dans cette école. Comment ferais-tu, avec ton roman ?

Hannah réfléchit quelques secondes. Puis :

— Je pourrais peut-être le faire imprimer ici, à New York ? J'en parlerai à la maîtresse.

— Je préférerais que tu évites de mentionner Wanker devant elle. Compris, chérie ?

— Pourquoi ? C'est un secret ?

— Qu'est-ce qui est un secret ? fit la voix de Molly, surgissant du néant.

— Wanker, répondit Hannah en désignant Karl et Candy. C'est de là qu'ils viennent.

— Ça ne m'étonne pas d'eux[1] !

1. Le nom de cette (authentique) ville du Wyoming est aussi une insulte particulièrement grossière en anglais (« branleur » en français).

Molly lança un regard assassin aux trois hommes, puis elle tenta d'entraîner sa fille hors de la pièce.

— Mais, maman ! protesta Hannah. Wanker a l'air d'une ville très intéressante…

Ils l'entendirent répéter plusieurs fois « Wanker… Wanker » tandis qu'elle s'éloignait en direction de la cuisine.

Hannah venait encore d'enrichir son vocabulaire.

52

Cindy Sella dînait d'un plat de spaghettis aux palourdes en lisant *La Vie avec un aquarium* quand les six – non, les sept – entrèrent au Clownfish Café : Paul Giverney, les deux malfrats, un grand type mince aux cheveux clairsemés, une superbe rousse… et Bobby Mackenzie, Dieu seul savait pourquoi.

Sans oublier Joe Blythe.

Le cœur de la jeune femme fit un bond. Attablée derrière l'aquarium de Frankie, elle était invisible du reste de la salle, à moins que quelqu'un ne se donne la peine de la chercher à travers un rideau chatoyant formé d'une quarantaine de poissons.

Le groupe rapprocha deux tables et prit place juste de l'autre côté de l'aquarium. Cindy aperçut Joe Blythe entre deux discus qui fuyaient.

Même s'il fréquentait les deux malfrats, rien ne prouvait qu'il exerçait le même métier qu'eux. Cindy l'imaginait mieux sur un terrain de foot, en train de manier une perceuse électrique ou même au volant d'une voiture puissante qu'armé d'un Uzi, ou de n'importe quel autre flingue à la mode chez les tueurs à gages. Il avait l'air tellement… normal. Normal, et incroyablement joli garçon.

Un banc de poissons-chirurgiens jaune et bleu vif vint brouiller l'image de Joe et désorienter Cindy.

Qui était la femme rousse assise près de lui ? Quelle chevelure incroyable ! Joe et elle étaient en grande conversation, et si Cindy ne pouvait distinguer des phrases complètes, certains mots lui parvenaient un peu déformés, comme filtrés par l'eau.

Et qu'est-ce que Bobby Mackenzie fabriquait là ? Vu à travers le décor tropical de l'aquarium, l'éditeur légendaire paraissait très à l'aise en leur compagnie.

Elle captait la voix de Paul sans pouvoir déchiffrer ses paroles. Soudain les ivrognes qui occupaient la table voisine de celle du groupe rirent aux éclats. Cindy colla sa chaise contre l'aquarium pour mieux entendre, mais elle ne parvint qu'à disperser un nuage de poissons-anges effarouchés.

Paul poursuivait à travers le brouhaha :

— … vraie raison de ce voyage à Pittsburgh…

Pittsburgh ?!

Cindy tenta d'apercevoir Paul à travers une troupe de starbursts qui nageaient dans la même direction, mais tout ce qu'elle vit, ce fut la rousse qui se penchait vers Joe Blythe. Un poisson-ange passa dans le sillage des starbursts, suivi par un discus bleu océan. Elle se réjouit de savoir son poisson-clown à l'abri chez elle, loin de cette cohue perpétuelle.

Paul, de nouveau :

— … spiritisme…

Cindy ferma les yeux pour mieux s'imprégner du mot.

L'imagination fertile de Paul avait dû accoucher d'un plan dont la finalité lui échappait.

Son regard traversa le poisson-fantôme qu'elle avait

offert à Frankie et se fixa sur la rousse au moment où celle-ci murmurait à l'oreille de Joe.

Cindy prit son verre de vin et le vida en deux gorgées.

Ce qu'elle avait de mieux à faire, c'était de rentrer chez elle et de se remettre au travail. Paul Giverney avait imaginé un scénario autour de Pittsburgh et d'une séance de spiritisme, et elle se révélait incapable d'arracher son héroïne à sa voiture ?

Elle jeta sa serviette sur la table d'un air de défi, comme s'il s'agissait d'un gant.

Lulu restait cramponnée au volant de sa voiture parce qu'elle n'avait pas d'existence. Tant pis pour elle ! Mais qu'elle ne compte pas sur Cindy pour lui tenir compagnie et partager son affliction muette.

Cette soirée allait marquer le début de la nouvelle vie de Cindy Sella. Plus jamais elle ne passerait des heures, des journées entières à regarder dans le vide à travers un pare-brise de voiture, assise près de Lulu.

Elle posa sur la table de quoi payer son repas et un peu plus, puis elle se leva. Elle projetait de descendre fièrement les deux marches qui la séparaient du reste de la salle et d'adresser un petit salut de la main au groupe de conspirateurs, sans toutefois s'arrêter pour échanger ne serait-ce qu'un mot avec eux.

Au lieu de quoi, elle se précipita vers la porte latérale, celle qui avait permis à L. Bass Hess d'échapper aux tueurs le soir de la fusillade au Clownfish Café.

53

Le club s'appelait le Grunge. Cindy était souvent passée devant, en allant rendre visite à son amie Rosa et à sa chatte, Renée. Après la tombée de la nuit (celle-ci tombait probablement plus tôt à l'intérieur), les pulsations de la musique disco se répandaient jusque sur le trottoir.

Cindy avait vu toutes sortes de gens y entrer, principalement des filles avec des jupes si courtes qu'elles leur interdisaient de se pencher en avant et des types en cuir tatoués autour des poignets.

Elle descendit les marches qui menaient à une véritable porte de caveau, gardée par un videur à la mine patibulaire, vêtu d'un tee-shirt noir sur lequel on pouvait lire *Ratboy*. L'homme croisait les bras comme pour se prémunir contre Cindy et ses semblables.

Ignorant tout du protocole du Grunge, Cindy esquissa un sourire accompagné d'un clin d'œil. Elle réalisa trop tard qu'elle avait gardé ses lunettes noires. Le videur ne broncha pas quand elle tendit la main vers la poignée, mais il aboya :

— Vingt !

Pardon ?

— Hum… En fait, j'ai plus de trente ans, même si je…

— Vingt *dollars* !

Il ne lui avait toujours pas accordé un regard.

Cindy sortit son porte-monnaie de son sac et compta les billets dans la lumière saccadée qui filtrait par la porte chaque fois que celle-ci s'ouvrait. Le videur lui fit signe d'entrer.

La musique brutale, assourdissante, s'accordait parfaitement au style de la clientèle. Les gens présents avaient l'air totalement défoncés. Cindy avait vu assez de films ou de clips à la télé pour se croire capable de danser comme eux, en bougeant le bassin et en agitant les bras. Un verre ou deux l'aideraient probablement à se décoincer et à faire semblant d'être des leurs. Un bar occupait tout le côté droit de la salle. Les serveurs, mâles et femelles, semblaient sortis d'une pub pour un gel capillaire ou d'un film de Wes Craven.

Elle se fraya un chemin à travers la cohue pour atteindre le bar, se hissa sur le tabouret que venait de quitter un type à l'allure branchée et commanda un bourbon à l'eau. Sans avoir prononcé un mot, le barman décrocha un verre d'un râtelier accroché au-dessus d'un assortiment de bouteilles, le plongea dans la glace, le remplit de bourbon et le posa sur un sous-verre devant elle, le tout en six secondes chrono. Il était si rapide que Cindy avait eu du mal à suivre ses mouvements. Quand elle lui demanda combien elle lui devait, il leva les mains et montra deux fois ses dix doigts.

Cindy sortit un billet de vingt et le plaqua sur le comptoir. Apparemment, la communication par signes était la règle dans cet endroit. Puis elle se retourna pour regarder les lumières stroboscopiques balayer le plafond et ruisseler sur les danseurs. Ce spectacle lui rappela le Clownfish Café, et les poissons aux couleurs vives nageant en cercle dans les verres pleins d'eau. La piste était tellement encombrée qu'elle aurait été incapable de bouger le bassin et d'agiter les bras sans heurter quelqu'un.

Après le deuxième verre, elle se lâcha complètement. Les bras levés, les yeux clos, elle se mit à secouer la tête en rythme. Elle avait l'impression de voir danser un de ses personnages, si toutefois il leur arrivait de danser. Elle regrettait juste de ne pas porter des vêtements plus stylés qu'un tee-shirt blanc et un jean. Remue le bassin, bouge les hanches, bouge, bouge…

— T'as pris quoi, chérie ? J'en veux aussi !

C'était qui, cet idiot ? Sans ouvrir les yeux, elle rejeta la tête en arrière.

— Rien, répondit-elle. Maintenant, va voir ailleurs si j'y suis.

Ses mains glissent le long de son corps, ses cheveux volent…

— Ailleurs ? J'en viens. C'est mieux ici.

Le type était si près qu'elle pouvait sentir son haleine. Elle ouvrit les yeux et le regarda. Elle n'aurait su dire s'il était latino, mexicain ou amérindien (une preuve supplémentaire de son ignorance). Pas vilain, mais difficile à cerner. Il arborait une barbe d'un jour, comme les sans-abri et les mannequins.

— Tu t'appelles comment, chérie ?

— Chérie.

Cindy leva les bras, et les lumières se mirent à tournoyer. Le bourbon s'accordait mal avec le vin du dîner.

Le type eut un rire gras.

— Viens ici… chérie.

Elle lui tourna le dos. Il posa les mains sur ses hanches. Elle se dégagea. Il poursuivit son manège pendant une dizaine de secondes. A la fin, lasse de l'esquiver, elle annonça :

— Je vais prendre l'air.

Elle plongea dans la foule, se fit bousculer et marcher sur les pieds, finit par atteindre la porte.

Ratboy était parti, sans doute pour sniffer de la coke dans un coin. Cindy s'adossa au mur de brique, ferma les yeux et respira à fond. Pas longtemps, car quelqu'un se pencha soudain vers elle.

— Hé ! Qu'est-ce que tu fabriques ?

— A ton avis ?

Il approcha son visage mal rasé. Il sentait la sueur et aussi la mandarine, bizarrement.

Où était donc passé le videur ? Cindy voulut détourner la tête, mais déjà il plaquait une bouche vorace sur la sienne. Son baiser la traversa jusqu'au mur derrière elle. Puis il y eut un bruit de bagarre, des pas qui s'éloignaient, et quand elle rouvrit les yeux, le type avait disparu. Pensant qu'il avait peut-être fait un malaise, elle regarda autour d'elle – à droite l'allée menant à la rue, à gauche la chaise vide de Ratboy –, puis vers le sol. Personne. Son « cavalier » s'était évanoui dans la nuit.

Elle retourna lentement vers la porte. Un couple ivre sortit en se pelotant. Cindy jeta un coup d'œil à l'intérieur et constata que la fête se poursuivait sans elle.

Elle remonta précipitamment les marches. Par miracle, le sixième taxi qu'elle héla consentit à s'arrêter. Elle monta et se laissa tomber sur la banquette.

« Grub Street », faillit-elle dire, puis elle se rappela qu'il s'agissait d'une fiction.

— Grove Street, dit-elle au chauffeur. Dans le West Village.

Mickey et son petit chien lui tinrent la portière ouverte, comme si elle descendait d'une limousine.

Quand le vieil homme s'inclina devant elle en touchant la visière de sa casquette, Cindy mit une main sur son cœur, heureuse d'être rentrée saine et sauve.

— Bonsoir, mademoiselle. Vous allez bien ?

— Très bien, Mickey. Ce soir, je suis allée danser.

Mickey leva les yeux vers le ciel, ou vers le sommet de la tour de l'autre côté de la rue, et soupira.

— Comme je vous envie ! La dernière fois que j'ai dansé, c'était à Prague, dans les salons du Parlement.

— Ça faisait également une éternité que ça ne m'était pas arrivé, Mickey. Vous pourriez me donner des leçons ? On n'aurait qu'à monter sur le toit, de temps en temps.

— Quel genre de danse avez-vous pratiqué ce soir ?

Cindy réfléchit quelques secondes.

— Une forme de danse libre, sans partenaire.

— Oh ! Vous étiez dans un *club*, dit Mickey avec une pointe de mépris. Je n'appelle pas ça danser, mademoiselle. La vraie danse exige de la discipline.

Si Mickey s'était trouvé à l'intérieur de sa tête, il aurait vu que chacun de ses gestes relevait d'une discipline de fer. Hanches, bras, tête… Sans l'autre imbécile, cette soirée aurait été parfaitement réussie.

Elle se baissa et gratta le petit chien derrière les oreilles.

— Bonne nuit, Mickey. Je suis fatiguée.

— Pas étonnant, si vous étiez dans un *club*…

Il lui ouvrit la porte de l'immeuble et porta de nouveau la main à sa casquette.

Une immense tristesse envahit Cindy. Pauvre Mickey, passé de l'état de professeur de danse en Tchécoslovaquie à celui de concierge à Chelsea…

Les deux poissons-clowns se prélassaient sur les feuilles en plastique. Gus faisait de même sur le canapé, attendant qu'ils bougent.

Cindy se déshabilla et enfila son vieux peignoir avant de se débarbouiller. Puis elle gagna la cuisine, pieds nus. Elle avait presque atteint la machine à café quand on frappa deux coups à la porte. Pendant une seconde d'angoisse, elle pensa que c'était le type du Grunge qui l'avait suivie en taxi ou dans sa voiture.

Elle ouvrit un tiroir et tâtonna parmi les ustensiles, cherchant un couteau. Tous ceux qu'elle possédait étaient plus ou moins émoussés, mais un couteau reste un couteau. Comment avait-il réussi à monter jusqu'à son étage ? La vigilance de Mickey était parfois prise en défaut, mais quand même !

Elle colla son œil au judas. Le verre étant fêlé, elle ne vit rien. Elle mit alors la chaîne de sécurité et entrouvrit la porte.

— Cindy !

Joe Blythe se tenait sur le seuil.

Elle laissa tomber le couteau sur son pied, ouvrit et referma plusieurs fois la bouche, comme si elle avait pris des leçons auprès de ses poissons. Aucun mot ne lui venait à l'esprit.

— Qu'est-ce que vous fichiez ? demanda Joe, nonchalamment appuyé au chambranle.

— Heeein ?

Le père de Cindy raffolait du mot « ébaubi ». Jamais la signification de celui-ci ne lui était apparue aussi clairement.

— Qu'est-ce que vous fichiez dans cette boîte minable ?

Il avait une manière toute personnelle de mastiquer un chewing-gum, avec de minuscules mouvements de la mâchoire qui traduisaient une sorte d'indifférence.

Cindy cligna des yeux. Soudain elle eut honte de l'image qu'elle offrait dans son peignoir bleu usé, le visage rouge et luisant d'avoir été frictionné.

— Qu… quoi ? Comment savez-vous que…

— Je vous ai suivie depuis le Clownfish Café.

Elle reprit ses mimiques de poisson. En quelques coups de nageoires, elle gagna la surface et jaillit de l'eau dans un sursaut indigné.

— *Vous m'avez suivie ?*

Non mais, quel culot !

— Vous devriez éviter ce genre d'endroit. Ce type aurait pu vous causer de sérieux ennuis.

— Et les ennuis, c'est votre problème ? répliqua-t-elle, paraphrasant Raymond Chandler.

Les poings sur les hanches, elle se donnait tellement de mal pour paraître en colère qu'elle faillit ignorer l'évidence : si son agresseur avait disparu après l'avoir plaquée contre le mur, c'était parce qu'on l'avait éloigné de force.

— Vous… C'est vous qui m'avez débarrassée de ce type ? Je ne vous ai même pas vu !

— Vous fermiez les yeux.

Cindy tira nerveusement sur le nœud de sa ceinture.

— Ça s'est passé si vite…

— Je suis rapide.

— Pendant que je dansais… Vous étiez où ?

— Je prenais un verre au bar en regardant les gens danser. Si on peut appeler ça danser !

Cindy crut percevoir de la désapprobation dans sa voix.

— Et moi, vous me regardiez ?

— Bien sûr. Vous étiez à fond dans votre trip. Vous aimez danser, c'est clair.

Le voyant sortir un paquet de cigarettes de sa poche, elle s'appuya au jambage de la porte et demanda :

— Je peux en avoir une ?

— Pardon, je ne pensais pas que vous fumiez.

— Pourquoi ? Vous me connaissez à peine !

— Exact.

Il glissa deux cigarettes entre ses lèvres et les alluma avec un vieux Zippo.

— « Une femme cherche son destin », murmura Cindy.

Comme tout le monde, elle avait succombé au charme de Paul Henreid. Combien d'hommes avaient pris l'habitude d'allumer deux cigarettes à la fois après avoir vu ce film ? Beaucoup, sans doute.

Joe sourit et lui tendit sa cigarette.

— C'est un si vieux film… J'espérais que vous ne l'aviez pas vu et que je pourrais m'attribuer l'invention de cette technique d'allumage.

Elle lui retourna son sourire, aspira une bouffée et toussa.

— Certains gestes sont inoubliables, remarqua-t-elle. Pour autant, peut-on dire qu'ils rendent leur auteur immortel ?

Joe parut réfléchir.

— Si c'est le cas, la plupart d'entre nous n'ont aucune chance de le devenir. L'immortalité n'est pas pour le commun des hommes. Pour y prétendre, il faut léguer à la postérité un film, un poème, un tableau, une prise…

— Une *prise* ?

— Comme Ted Williams, le champion de base-ball.

Cindy ne savait plus du tout où elle en était quand Edward surgit par l'issue de secours. En la voyant sur le pas de sa porte, il s'immobilisa.

Cindy le héla comme si elle venait de l'apercevoir parmi la foule à Central Park.

— Edward !

— Bonsoir, Cindy, dit Edward… Ou plutôt, bonjour, ajouta-t-il en regardant sa montre.

— Edward, je vous présente Joe Blythe. Joe, Edward Bishop. Edward est poète.

Elle oubliait régulièrement qu'Edward ne tirait aucune fierté de cette qualité, au contraire. Le mot « poète », lui avait-il dit un jour, provoquait chez ceux qui l'entendaient des attentes impossibles à satisfaire.

Joe Blythe ne parut pas le moins du monde impressionné.

— Ça ne doit pas être facile, dit-il simplement.

Cindy fut agacée. Il s'imaginait peut-être qu'il était plus facile d'arracher Lulu à sa voiture ?

— Ecrire de la fiction n'est pas non plus du gâteau, répliqua-t-elle.

« Du gâteau »… Quelle expression ridicule !

— Je vous crois. Mais dans la poésie chaque mot compte.

— Dans la prose aussi !

Sa voix avait pris des intonations stridentes.

Joe la regarda sans rien dire.

— Pardon, lâcha-t-elle, contrite. J'ai tendance à m'emporter quand il s'agit de mon travail… Edward, vous avez le temps de prendre un verre ? J'ai un excellent bourbon.

— Volontiers !

— Et vous, Joe ?

— OK.

Cindy vola presque jusqu'à la cuisine afin d'aller chercher des verres. Elle s'attarda un moment devant la petite fenêtre d'où elle apercevait un morceau du Seagram Building avant de regagner le salon. Là, elle versa dans chaque verre une quantité plus ou moins importante de bourbon, puis elle courut jusqu'à la porte, comme si elle craignait que les deux hommes ne se soient évaporés en son absence. La distribution faite, elle constata qu'elle s'était attribué le verre le plus rempli et l'échangea contre celui de Joe.

En pleine discussion sur Robert Frost, les deux hommes la remercièrent distraitement.

— Vous n'auriez pas de la glace, Cindy ? demanda Edward.

— Si, bien sûr !

De retour à la cuisine, elle sortit le bac du freezer et le frappa violemment contre le plan de travail, faisant pleuvoir des glaçons sur le sol. Elle rassembla ceux qui avaient roulé sur le comptoir, les jeta dans un bol et se rua vers la porte.

— Voilà !

Edward racontait à Joe dans quelles circonstances il avait emménagé dans l'immeuble. Cindy laissa tomber deux glaçons dans le verre d'Edward et tendit le bol à Joe, qui le repoussa de la main. Elle posa alors le bol par terre et s'appuya de nouveau au jambage. La vue sur Manhattan depuis la fenêtre de sa cuisine lui ayant remis le film en mémoire, elle tenta de sourire comme Diane Keaton, mais, craignant de ressembler plutôt à Woody Allen, y renonça.

Aucun des deux hommes ne lui prêtait attention. Ils parlaient toujours de l'immeuble, les yeux fixés au plafond, Dieu seul savait pourquoi.

Cindy soupira et but une gorgée de bourbon.

UN NOUVEAU PITTSBURGH

54

Jusque-là, Paul n'avait pas eu beaucoup de succès avec les médiums de sa liste.

Martha Frobish, une femme aux cheveux grisonnants, lui avait demandé pour quelle raison elle se serait prêtée à un canular.

« Heu… Parce que c'est votre métier ? »

La seconde d'après, elle lui claquait la porte au nez.

Martha Frobish habitait Neville Island. Paul trouvait génial qu'il y ait une île aux portes de Pittsburgh. Le pont de Neville Island lui avait également beaucoup plu.

Il ne pouvait en dire autant de la médium, et l'aversion que celle-ci lui inspirait était de toute évidence réciproque.

Il savait que sa réponse lui vaudrait une fin de non-recevoir, mais Martha l'avait exaspéré en lui rebattant les oreilles de son prétendu « don divin ».

L'étape suivante le conduisit à East Liberty, à travers le Triangle d'or.

Une vieille maison délabrée se dressait en retrait de la rue, coincée entre deux immeubles récents. La médium qui vivait là, Elizabeth Gumm, se prétendait

« clairvoyante ». Quelle différence avec les autres ? s'interrogea Paul en actionnant la sonnette.

Une femme en cardigan gris lui ouvrit. Paul eut un mouvement de recul en la voyant. Sa ressemblance avec l'actrice qui interprétait l'épouse folle du *Rideau de brume* avait quelque chose de troublant. Jusqu'au sourire qui relevait à peine un coin de sa bouche… Un sourire aussi faux que celui d'une auto-stoppeuse qui attend que vous vous arrêtiez, pris de pitié, pour vous planter un couteau entre les omoplates.

— Que puis-je pour vous ?

Aucune lueur n'éclairait le vestibule derrière elle. Paul fut tenté de demander « M. Gumm », pour voir si elle avait un mari et s'il ressemblait à Richard Attenborough.

Il lui expliqua qu'il l'avait trouvée grâce à Internet, et plus précisément grâce à Facebook (qu'est-ce qu'une médium pouvait faire d'un compte Facebook ? Mystère !).

D'un geste théâtral, elle l'invita à entrer.

Ils passèrent d'un vestibule obscur à un salon qui l'était tout autant. Paul ne se formalisa pas de cette absence de lumière, qui, soupçonnait-il, devait moins à l'aura psychique de la médium qu'aux deux immeubles qui enserraient étroitement la maison.

De multiples détails trahissaient l'âge de celle-ci, pour ce que Paul pouvait en voir. Le plafond grisâtre était lézardé, le papier peint s'arrachait en plusieurs endroits, soit que la colle ait affiché relâche, soit qu'il ait voulu se faire la belle. Les vitres tremblaient sans le secours du vent. Et que dire du mobilier… Chaises, tables, buffets se dressaient sur des pieds en forme de griffes, de boules et de serpents. Paul n'aimait pas beaucoup les meubles sur pieds. Il craignait toujours qu'ils ne le battent à la course au cas où il aurait dû fuir.

Elle lui désigna un fauteuil et prit place face à lui, dans un canapé recouvert de crin. Elle le regardait avec l'expression habitée que cultivent la plupart de ses semblables. Soudain elle tendit la main vers une lampe et l'alluma, au grand regret de Paul, qui redoutait que la lumière n'accentue l'atmosphère sinistre de la pièce.

— Vous dites avoir besoin d'une médium, commença-t-elle. Je dois vous préciser que je suis clairvoyante.

— Peu importe.

Sans doute attendait-elle une autre réaction de sa part, quelque chose comme : « Oh ! Encore mieux ! », mais Paul se contenta de lui exposer ce qu'il attendait d'elle.

— Monsieur Giverney…

Elle prononçait son nom *Guiverney*. Et elle osait se dire clairvoyante !

— … vous me demandez de… *truquer* une séance ?!

Son visage exprimait un mélange d'incrédulité et de condescendance.

— Tout juste !

Paul avait renoncé à la convaincre presque à la seconde où il l'avait vue. A présent, il n'avait qu'un désir : échapper au plus vite à sa horde de meubles sur pieds.

— Vous voulez que je fasse *semblant* d'entrer en contact avec un esprit…

— Hin-hin.

— … que je me prête à une *imposture*, une *supercherie*, une *mystification*…

Paul s'assura qu'elle n'avait pas un dictionnaire de synonymes ouvert près d'elle sur le canapé, mais non. Rien qu'un coussin miteux, recouvert de crin de cheval.

— Oui, oui, et encore oui. Vous avez raison sur toute la ligne.

Il commençait à se détendre, quand elle reprit :

— Combien ?

Paul se raidit.

— Hein ?

— Combien m'offrez-vous pour cette comédie ?

Paul se livra à une soustraction de tête.

— Mille dollars, répondit-il.

Mauvaise idée : c'était encore trop pour qu'elle refuse.

— Pour cette somme, je vous demanderai de fournir quelques figurants…

Elle se rembrunit immédiatement.

— Pardon ?

— Votre mari, par exemple…

L'envie de vérifier si M. Gumm ressemblait à Richard Attenborough le tenaillait toujours.

— … et, mettons, un couple d'amis. Naturellement, vous partagerez l'argent avec eux.

Cette précision eut l'effet escompté. La femme se dressa tel un spectre.

Du coin de l'œil, Paul crut voir un tabouret amorcer un mouvement vers lui. Il se leva à son tour.

— C'est non, alors ? lança-t-il d'un ton plein d'espoir.

— Vous ne manquez pas de culot ! Je plains votre malheureuse victime…

— Et moi, je plains les vôtres. Adieu, madame Gumm.

Paul se rua vers la porte. Tandis qu'il descendait l'allée pour regagner sa voiture, il lui sembla entendre derrière lui le tap-tap-tap non d'une canne mais de quatre petits pieds en bois…

Ses tremblements accompagnèrent les vibrations du moteur pendant tout le trajet vers le centre-ville.

55

Paul renonça ensuite à se rendre à McKees Rocks pour le plaisir douteux d'y rencontrer la médium numéro trois sur sa liste. Ce n'était pas en triplant la dose d'opium qu'il parviendrait plus vite au pays des rêves.

Il se présenta plutôt à la réception de l'hôtel Renaissance. Dans sa chambre, il échangea sa chemise en coton contre une en flanelle (le fond de l'air était frais) tout en réfléchissant, debout devant la fenêtre. L'Allegheny miroitait au soleil de septembre. L'emplacement idéal du Sixth Street Bridge, l'un des ponts qui reliaient les deux rives de la ville, et du PNC Park donnait à Paul l'impression de contempler le travail d'un paysagiste de génie.

Qu'est-ce qui lui avait pris de vouloir louer les services d'une « authentique » médium, clairvoyante ou pas ? Même si celle-ci avait promis de se conformer à ses instructions, il aurait couru le risque de perdre le contrôle de la situation.

Avant son départ, il avait consulté le site du syndicat des acteurs de théâtre, Actors' Equity, et noté les noms et les numéros de téléphone de deux comédiens au chômage (un pléonasme) habitant Pittsburgh : Toby Marseille (un nom qui sentait le pseudonyme à plein nez) et Rebecca

Bloom (pas mieux !). Toby décrocha immédiatement (sans doute passait-il ses journées près du téléphone, à attendre un coup de fil de son agent). Il se faisait une joie de prendre un verre avec Paul et, bien sûr, il amènerait Rebecca. Une heure plus tard, tous trois se retrouvaient au bar de l'hôtel, autour d'un verre (chardonnay pour Rebecca, vodka pour les deux hommes).

Toby était grand, costaud et joli garçon, avec un profil de médaille qu'il exhibait volontiers en se détournant légèrement pour tirer sur sa cigarette. Rebecca, une blonde assez jolie dans le genre insipide, avait des yeux d'un bleu aussi transparent que son chemisier blanc.

Leur participation n'était pas indispensable, mais Paul jugeait que la présence de deux inconnus rendrait la scène plus crédible aux yeux de L. Bass Hess. Toby et Rebecca prétendaient « faire une pause entre deux rôles », ce qui signifiait qu'ils étaient sans emploi. Comme l'avait supposé Paul, la promesse d'une rétribution pour passer une heure ou deux assis autour d'une table constituait une aubaine pour eux. L'un et l'autre se déclarèrent emballés par la proposition et impatients d'en connaître les détails.

— On devra faire quoi ? s'enquit Toby.

— Rien, répondit Paul. Seulement participer à une séance de spiritisme.

Les deux acteurs se regardèrent et éclatèrent de rire.

— Vous voulez qu'on fasse semblant de communiquer avec les esprits, c'est ça ? demanda Rebecca.

— Ça, c'est le travail du médium. On sera cinq en tout : vous deux, un médium, moi et un autre homme.

Toby se pencha au-dessus de la table et regarda Paul avec avidité.

— Ce type, c'est votre pigeon ? Je suis très doué pour les arnaques. Si vous voulez, je peux…

— Pas cette fois. Il me fallait deux personnes de plus autour de la table et je vous ai choisis, vous. C'est tout.

— Je suis capable de faire autre chose qu'occuper une chaise, protesta Toby.

Il parlait avec un accent impossible à situer (Jersey ? Londres ? Brooklyn ?). Une mèche de cheveux lui retombant sur le front ; vêtu d'un jean et d'un tee-shirt blanc qui mettait ses pectoraux en valeur, il semblait se prendre pour le nouveau Brando.

Paul n'avait pratiqué aucun sport depuis que l'ascenseur de son immeuble avait été réparé. Néanmoins, il n'allait pas se laisser impressionner par une montagne de muscles.

— Que les choses soient claires : je vous paie pour rester assis et la boucler.

Toby recula, piqué au vif.

— Ce n'est pas pour ce que vous nous paierez…

— Parlons-en, justement. Je vous offre mille dollars chacun.

Rebecca intervint :

— Je me sentirais coupable d'accepter, dit-elle.

— Ça m'étonnerait, lui rétorqua Paul en levant son verre. A la vôtre !

Le Andy Warhol Museum se trouvait juste à côté du Sixth Street Bridge. Paul s'y rendit après son rendez-vous avec Toby et Rebecca.

L'intérieur était tout en angles et en arêtes, comme si Andy cherchait à rebuter les visiteurs. Paul régla le prix de l'entrée à une jolie fille coincée derrière un comptoir et emprunta l'ascenseur jusqu'au dernier niveau.

L'absence de mobilier conférait une allure austère aux salles. Ici, aucun banc pour s'asseoir et rêver devant les toiles. Les visiteurs étaient rares, ce qui n'avait rien d'étonnant pour un après-midi de semaine.

Paul s'attarda devant un autoportrait. Il avait toujours aimé Warhol, quand presque tous les gens qu'il connaissait le jugeaient artificiel et superficiel. Peut-être était-ce son sens du drame qui lui plaisait, moins celui qu'il avait manifesté dans sa vie que celui qui s'exprimait dans son œuvre. Celle-ci donnait toujours l'impression d'avoir été conçue pour la scène ou pour Hollywood : le cabotinage élevé au rang d'un art.

Paul poursuivit sa visite d'étage en étage, de galerie en galerie. Il s'attarda dans une salle où l'on projetait une vidéo expliquant comment Warhol dupliquait un même motif (chaussure, visage ou autre) pour créer une série. Une technique astucieuse, quoique d'une exécution délicate. Hannah se serait fait une joie de l'expérimenter, et elle n'aurait pas tardé à se proclamer l'égale d'Andy Warhol.

On ne voyait nulle part de vigiles, juste de jolies filles comme celle de l'accueil. Elles montaient une garde discrète près des issues, se balançant légèrement telles des fleurs dans la brise.

Les grands espaces vides, l'absence de visiteurs créaient une atmosphère presque mélancolique. La mélancolie… Quel mot merveilleux, songea Paul en jetant un coup d'œil à l'intérieur d'une salle tapissée de crânes tous identiques (seules leurs couleurs variaient).

Un meuble long et bas, constitué de deux banquettes dos à dos et recouvert de toile de parachute, occupait le centre de la pièce. Sans les deux personnes assises dessus, on aurait pu croire qu'il faisait partie des collections du musée.

Paul entra et se laissa tomber sur une des banquettes, qui s'enfonça sous lui. Il souhaita aussitôt la même pour son bureau. La toile de parachute dissimulait de la mousse ou une éponge géante. Dans son dos, les deux visiteurs assis se relaxaient également. Il pouvait rester là et profiter du spectacle des crânes aussi longtemps qu'il le souhaitait. Apparemment, les filles-fleurs n'y voyaient aucune objection.

Avec un soupir, il se releva et se dirigea vers la porte. Avant de sortir, il se retourna vers la double banquette et se demanda combien de personnes elle pouvait accueillir. Au moins cinq.

La salle suivante était consacrée à la série *Onze Fois Elvis*. Onze silhouettes d'Elvis en cow-boy, armé d'un six-coups. M'est avis, pensa Paul en mode cow-boy, qu'il n'y a jamais trop d'Elvis. Quel était le sens caché de cette répétition ? « Aucun », aurait sans doute répondu Andy Warhol.

Pas vraiment convaincu, Paul balaya du regard les onze images légèrement différentes. Le temps d'arriver à la dernière, Elvis aurait peut-être fait feu et quitté la salle.

La balle atteignit Paul en plein cœur.

Il sortit à son tour.

Pendant qu'il regagnait l'hôtel à pied, il tira de sa poche la liste de médiums et la balança dans une poubelle avant de s'engager sur le pont. Il s'arrêta au milieu de celui-ci et s'accouda à la rambarde. Peut-être aurait-il dû engager un acteur pour interpréter le médium. Puis il repensa à son entrevue avec Toby et Rebecca, et la lassitude l'envahit. Il avait eu sa dose d'ego démesurés. Mais le Warhol Museum, sa double banquette et ses crânes l'intriguaient. Pas question de renoncer à la séance de spiritisme.

Il apercevait au loin le funiculaire Duquesne qu'il aimait tant, enfant. En le voyant gravir la pente du mont Washington, il ne put s'empêcher de penser à sa sœur, Jenny, morte à quinze ans.

Il détacha son regard du funiculaire pour contempler les traînées de soleil à la surface de l'eau. Etait-ce à cause d'elle, Jenny, qu'il tenait tant à cette fichue séance ? Qu'espérait-il, au juste ? Un message de l'au-delà… ou un nouveau Pittsburgh ?

Passablement déprimé, Paul s'écarta du garde-fou et finit de traverser le pont. A l'hôtel, il tendit son ticket au voiturier et le pria d'aller récupérer son véhicule dans le donjon urbain qui tenait lieu de parking.

Dix minutes plus tard, il roulait en direction de Sewickley.

Il n'avait pas revu le village depuis des années, non, des décennies. (L'idée qu'il était assez vieux pour mesurer le temps en décennies acheva de le démoraliser.) Paul et sa famille y étaient parfois invités en été ou les jours de fête, chez des cousins fortunés. La maison était immense, la pelouse d'un vert éclatant. Les arbres massifs procuraient de l'ombre et filtraient la lumière. Le gamin qu'il était alors avait toujours considéré Sewickley comme un paradis fourmillant de lucioles ou enluminé de feuillages aux couleurs de l'automne.

Il traversa le village, qui paraissait toujours le même en dépit des changements. La fameuse « empreinte du passé », celle que les agents immobiliers tentaient de vous vendre en jouant sur votre désir de nostalgie. Tandis qu'il remontait la rue principale, il s'efforça de distinguer les bâtiments anciens et récents. Il se fondait uniquement sur des suppositions, mais ça n'avait pas d'importance. Le passé avait laissé son empreinte partout.

A la sortie du bourg, il emprunta la route de Sewickley Heights. Son plan nécessitait une colline, assez haute pour offrir un point de vue sur la route en contrebas. Ç'aurait été encore mieux si elle avait été à contre-jour. Dans quelle direction roulait-il ? Si Ulysse avait dû se fier au sens de l'orientation de Paul plutôt qu'aux augures, il serait mort bien avant d'avoir regagné Ithaque. En réalité, la situation de la colline importerait peu au moment où les principaux protagonistes de l'histoire convergeraient vers elle.

Il jeta un coup d'œil à la carte sommaire qu'il avait dessinée suivant les indications de Johnny. La route serpentait entre de vieux murs de pierre pendant encore quelques kilomètres. Le quartier de Sewickley Heights, « les hauts de Sewickley », portait bien son nom, contrairement à beaucoup de zones résidentielles situées en dehors des agglomérations. La route était bordée de maisons cossues, pour certaines nichées au milieu des bois. Celles qu'il apercevait à travers les arbres étaient si blanches et lointaines qu'on eût dit des nuages.

Il parvint enfin au pied d'une colline parfaite, entourée d'un vaste champ. Au même moment, le soleil plongea derrière son sommet. Paul aurait certainement cru à un présage, s'il avait eu la foi.

Et pourtant… Le coucher de soleil, les maisons-nuages, l'obscurité du sous-bois étaient autant d'indices. Il venait de pénétrer dans le territoire des présages, sur lequel régnait son vieux copain Johnny del Santos.

Johnny avait des origines espagnoles, italiennes ou peut-être mexicaines. Il ne s'était jamais laissé enchaîner à quoi que ce soit, même pas au pays de ses ancêtres. Paul et lui avaient grandi à Shadyside, « le côté ombre », un nom qui convenait parfaitement à Johnny. Quand Paul entra en troisième, Johnny était en première, et il possédait déjà un sourire désarmant à la James Stewart.

S'il n'était pas devenu une star du base-ball, il le devait uniquement à sa paresse. Il était voltigeur dans l'équipe du lycée, et quand il se trouvait à son poste, l'air semblait se lézarder autour de lui. Les balles craignaient de le traverser et seraient tombées à ses pieds s'il ne les avait pas attrapées au vol.

Johnny del Santos était le plus bel arnaqueur que Paul eût jamais croisé. Un artiste, capable de duper même une balle. C'était le même qui dirigeait à présent une abbaye à la sortie de Sewickley. Nul moine ne pouvait prétendre à « diriger » ses semblables, hormis Johnny del Santos. Paul tenta de se représenter celui-ci en homme de Dieu. A pleurer de rire.

Il fit faire demi-tour à sa voiture et repartit dans la direction d'où il venait. En levant les yeux, il finit par repérer sur sa droite un bâtiment tout en courbes qui surplombait la route. La fameuse abbaye, sans doute.

Puis il aperçut la pancarte qu'il avait manquée à son premier passage, parce que l'ampoule censée l'éclairer avait grillé. Une chouette était perchée dessus. Paul aurait juré qu'elle grinçait en se balançant dans le vent.

MONTE CASSINO

L'ABBAYE

Là où se trouvait Johnny del Santos, il y avait forcément un casino.

Et cette fichue chouette avait tout l'air d'être empaillée.

56

Monte Cassino… Faites vos jeux, mes bien chers frères !

Des murs enduits d'un stuc qui imitait l'adobe entouraient des bâtiments aux angles arrondis, avec de multiples extensions et un clocher double rappelant celui de cette église célèbre de Taos, au Nouveau-Mexique, dont Paul avait oublié le nom.

— J'ai toujours aimé le Sud-Ouest, se justifia Johnny.

— Il n'est pas question de tes goûts, lui répliqua Paul. Cet endroit est censé être un « monastère bénédictin »… Tu noteras les guillemets.

— Et alors ? Il y a aussi des monastères, au Nouveau-Mexique. J'en ai visité un, à Pecos.

— D'accord, mais je doute qu'ils ressemblent au Hilton de Santa Fe.

Johnny gloussa.

— L'entrepreneur venait d'Albuquerque. Ça a été dur de le freiner.

— Le Johnny que j'ai connu aurait réussi à freiner un taureau furieux en agitant un chiffon rouge.

— Au moins, j'ai insisté pour avoir des tuiles, remarqua Johnny en montrant le toit et les deux clochers.

— Les tuiles, ça fait espagnol. On est en Pennsylvanie. Sérieusement, Johnny, où as-tu trouvé le fric pour construire ce truc ?

— Dans la poche de types comme toi, répondit Johnny avec un sourire très peu chrétien.

Ce qu'il y avait de réconfortant chez lui, c'est qu'il n'était pas du genre à jouer les vierges effarouchées ou à vous claquer la porte au nez quand vous lui proposiez de tremper dans des affaires pas très catholiques. Un moine est-il supposé se prêter à une mystification ? Oui, si le moine en question se prénomme Johnny et que vous y mettez le prix. « Toute mauvaise action mérite salaire » : tel était l'Evangile selon Johnny del Santos.

Paul avait une autre certitude, concernant Johnny : quelle que soit la somme qu'on lui proposait, il tentait toujours de marchander. Comme il n'avait pas manqué de le faire la veille, au téléphone :

« Un million de dollars pour un canular ?… Ça a l'air drôlement important, dis donc. »

Un bref silence, puis :

« Pour un million deux, je suis ton homme ! »

Paul avait éclaté de rire.

« Je m'attendais plutôt à un million cinq !

— Qu'est-ce que tu insinues ? Que j'essaie de te rouler ? Comme si c'était mon style de plumer les poteaux…

— Pourquoi pas, si tu ne trouvais pas d'autre pigeon à plumer ? »

Johnny était un arnaqueur, un faisan, un as de la culbute, un pur voyou à l'ancienne.

Les deux hommes traversèrent successivement un jardin aromatique, un jardin de buis et une roseraie, croisant plusieurs « moines » en prière, les yeux fixés au sol, les mains jointes devant eux. La plupart étaient des laïcs, touristes ou « hôtes » en recherche spirituelle.

Comme Paul lui faisait une remarque à ce sujet, Johnny répondit avec aplomb :

— Si tu te rappelles saint Benoît…

— En fait, non. J'ai peur de l'avoir oublié.

— Saint Benoît considérait qu'un monastère doit toujours accueillir des laïcs.

— Tu te réfères au saint homme pour tout ?

— Cet endroit est plus ou moins un monastère bénédictin…

— « Plus ou moins »… J'adore. Ces types en costumes croisés noirs, là-bas… Ce sont aussi des moines ?

— Dans leur genre… oui.

Paul secoua la tête.

— En tout cas, dit-il, le nom est bien choisi.

— Monte Cassino ? C'était le premier monastère fondé par Benoît, en Italie.

— Ce n'était pas plutôt à Las Vegas ?

Johnny s'arrêta et se tourna vers Paul sans cesser de sourire.

— Hé ! C'est toi qui es venu me chercher, je te signale. Alors, arrête de faire chier.

— Je suis jaloux, c'est tout. Tu as toujours été plus malin que moi.

— Paul, personne n'est plus malin que toi.

Le bureau de Johnny était très éloigné de la simplicité spartiate qu'on était en droit d'attendre d'un monastère ou une abbaye. Paul ignorait la différence entre les deux, mais ça n'avait guère d'importance : à l'évidence, Monte Cassino n'était ni l'un ni l'autre.

— Comment définirais-tu cet endroit ? demanda-t-il.

— Tu as vu la pancarte à l'entrée, non ? C'est une abbaye.

— Ce qui fait de toi un abbé, donc ?

Johnny eut un geste vague qui laissait planer un doute sur la pertinence de ce titre.

Paul regarda autour de lui. Bois de zèbre, cuir sang-de-bœuf, tapis d'Orient…

— Tu sembles avoir bien réussi, remarqua-t-il. Ça ne me surprend pas.

Johnny se carra dans un fauteuil qui portait la patte de Mies van der Rohe et croisa les mains derrière sa tête.

— Saint Benoît prônait la simplicité, dit-il. Pas nécessairement l'austérité.

— Et tu te montres digne de son enseignement. Ce buffet-bar est la simplicité même ; ses portes en verre gravé n'ont rien à cacher.

Johnny avait servi à son visiteur un scotch aussi velouté que celui que Bobby Mackenzie conservait dans son bureau.

— Et si tu m'expliquais ce que tu attends de moi en échange de ce million et quelques ?

Paul lui raconta alors les démêlés de Cindy Sella avec L. Bass Hess.

— Quel connard ! commenta Johnny.

— Aussi, tu comprendras aisément que je veuille me débarrasser de lui.

— Je connais des types qui…

— Je n'en doute pas une seconde. Mais ce n'est pas ce que je recherche. Sinon, je n'aurais pas fait tout ce trajet depuis New York. Ce que je souhaite, c'est que notre ami Bass se mette en retrait de la scène littéraire new-yorkaise, et ce de manière définitive.

Un sourire se dessina sur les lèvres de Johnny, comme un reflet de celui de Paul.

— Tu voudrais qu'il…

— Tu m'as compris. Cet établissement est régi par des règles, je suppose ? Tes « genres de moines »… ils ont des devoirs, des obligations ?

Paul ne savait pas très bien lui-même ce qu'il entendait par là.

Le sourire de Johnny s'accentua.

— Oh ! Mais certainement. Comment comptes-tu parvenir à tes fins ?

— Hess a déjà vécu plusieurs « expériences mystiques » qui l'ont mis sur la voie du salut…

Paul raconta les événements survenus à Central Park et à la casse automobile.

— Dieu du ciel ! s'esclaffa Johnny lorsqu'il eut fini. Ah oui, quand même…

— Et je peux d'ores et déjà t'annoncer qu'une nouvelle révélation l'attend sur la route de Monte Cassino.

— Quand sera-t-il là ?

— D'ici quelques jours. Il ne sera pas difficile à convaincre. Il est originaire de Sewickley, même s'il y vient rarement.

— J'ai hâte de le rencontrer. Santé !

— Santé !

Paul leva son verre et l'inclina dans la direction de Johnny.

— Autre chose : il y a des haras dans le coin ?

— Tu veux dire des écuries de course ? J'ai quelques jockeys parmi mes connaissances…

— Johnny ! Il n'y a pas que le jeu et les paris dans la vie. Des haras avec des chevaux ordinaires, pour promener les gens.

Johnny eut l'air déçu.

— Oui, bien sûr. Il y en a un à moins d'un kilomètre.

Il nota une adresse sur un morceau de papier qu'il tendit à Paul.

— Dis-leur que tu viens de ma part. Ils te feront un prix.

— Je n'y manquerai pas. Merci.

Paul empocha le bout de papier et prit congé.

57

Le funiculaire Duquesne transporte des passagers jusqu'au sommet du mont Washington. Avant sa création, les résidents de Coal Hill, comme on l'appelait à l'époque, devaient regagner leur domicile à pied.

Paul compatissait aux efforts qu'ils avaient dû déployer tandis qu'il gravissait le long escalier en bois menant au bâtiment d'où les passagers embarquaient. Enfant, il avait maintes fois supplié son père de lui acheter un ticket, mais il n'avait eu gain de cause qu'en deux occasions, et encore, parce que Jenny avait joint ses supplications aux siennes. Paul aimait tendrement sa sœur. Celle-ci avait souffert pendant presque toute son enfance d'une forme de lymphome. Elle avait lutté contre la maladie jusqu'à l'âge de quinze ans, bien au-delà du délai que les médecins lui avaient accordé.

Devant lui se trouvait une vieille femme accompagnée de sa petite-fille, selon toute vraisemblance. La femme était vêtue d'un élégant tailleur en soie grise ou en gabardine dont le lustre rappelait les ailes d'un papillon. Ses cheveux étaient du même gris et possédaient le même éclat. Petite et menue, on aurait dit une grand-mère phalène. Elle se pencha vers l'enfant et lui dit quelque chose. La gamine (elle n'avait pas plus de six ans, sans doute moins) secoua la tête et serra son ours en peluche élimé, aussi soyeux que la grand-mère.

Paul resta derrière elles, progressant pas à pas vers le sommet de l'escalier. Une dizaine de personnes se pressaient dans la minuscule salle d'attente. Ils étaient cinq à faire la queue devant le guichet, en comptant Paul, la grand-mère et la petite-fille.

Le vendeur de tickets, un homme à la voix tonitruante, admonestait un couple coupable de ne pas avoir de monnaie. Les malheureux se mirent à fouiller leurs poches et leur fourre-tout comme s'il les avait mis au défi de produire un sauf-conduit.

Parmi les passagers assis sur des bancs étroits, Paul repéra deux jeunes, fille et garçon, elle avec des mèches rouges et bleues, lui avec des cheveux aile-de-corbeau et une variété impressionnante de piercings dans le nez et les oreilles. L'un et l'autre mastiquaient leur chewing-gum selon des tempos différents.

Le vendeur finit par renvoyer le couple fautif vers le distributeur de monnaie fixé au mur. Tandis qu'ils s'éloignaient, rouges de honte, la vieille dame et l'enfant s'avancèrent à leur tour. D'une voix claire, la grand-mère expliqua qu'en raison de leurs âges respectifs sa petite-fille et elle bénéficiaient de la gratuité du passage, comme indiqué sur le panneau annonçant les tarifs.

— Vous êtes citoyenne américaine ? demanda alors le vendeur sur le ton véhément d'un aboyeur de fête foraine.

— Pardon ? fit la grand-mère, interloquée.

— Vous êtes citoyenne américaine ? répéta l'aboyeur.

— Je ne vois pas ce que…

Molly avait souvent reproché à Paul son caractère irascible, pour ne pas dire plus. Il démarrait au quart de tour, à tel point (toujours selon Molly) qu'il aurait pu concourir aux 24 Heures du Mans sans voiture.

Paul fit un pas en avant et lança en français d'une voix sonore :

— *Que voulez-vous dire ? Quelle insulte ! Le... le cheval est...* Hum ! *Sorti par la porte !*

Le vendeur sursauta violemment.

— Hein ? Quoi ? Vous êtes qui, vous ?

Il recula comme Paul continuait d'avancer, jusqu'à ne laisser que l'épaisseur d'un carnet de tickets entre eux.

— *Je suis le consul de France !*

Paul pivota vers les spectateurs ébahis mais ravis, et, écartant les bras, les invita à se manifester :

— *Quelqu'un parle français ?*

A son grand étonnement, le garçon aux cheveux aile-de-corbeau se leva et se dirigea vers lui.

— *Oui, moi !*

Le vendeur de tickets affolé semblait prêt à battre en retraite vers la cabine rétro arrimée à la porte.

— *Je suis le consul de France !* répéta Paul en se frappant la poitrine. *Dire, dire !*

Il tira son portable de sa poche et commença à taper un numéro.

— A votre place, dit le jeune homme au vendeur, j'éviterais de demander aux gens leur nationalité. Ce type est le nouveau consul de France...

— *C'est ça !* acquiesça vigoureusement Paul.

Son interprète improvisé précisa, histoire d'enfoncer le clou :

— C'est aussi un ami proche du maire. D'ailleurs, il est en train de l'appeler, probablement pour...

— Quoi ? Qu'il arrête tout de suite ! Dites-lui « Non non non ! »…

Le jeune homme se tourna vers Paul.

— Non non non, répéta-t-il, tout sourire.

Paul rit bruyamment et fit semblant de parler au téléphone :

— *Allô... Oui...*

— Vous pouvez embarquer ! cria le vendeur avec des gestes frénétiques en direction de la porte. Tout le monde à bord, vite !

Les passagers se levèrent à contrecœur, désolés de manquer la suite du spectacle. Le couple sans monnaie souriait d'un air radieux. La grand-mère adressa un regard plein de gratitude à son allié inattendu.

Cependant, Paul s'adressait toujours à un interlocuteur imaginaire.

— *Qu'est-ce… Oui, le...* funiculaire Duquesne !

Sa prononciation de l'anglais était remarquable pour quelqu'un qui venait d'arriver dans le pays.

Ils montèrent tous à bord. Le jeune homme aux cheveux noirs et sa copine s'assirent en face de Paul, la vieille dame et la petite fille à côté de lui.

— Merci, dit la grand-mère.

Une vague d'applaudissements parcourut la cabine.

— C'était cool, renchérit le jeune homme. Surtout le passage sur le cheval.

— Le… cheval ? marmonna Paul, perplexe.

En débarquant de la cabine, Paul fut surpris de se retrouver dans une rue ordinaire. Qu'est-ce qu'il espérait ? Un fouillis d'arbres et de broussailles ? Un cerf ? Un ours ? Un cheval ? Il fut encore plus étonné de voir une limousine garée le long du trottoir.

La vieille dame s'arrêta à deux mètres de la voiture et s'adressa au chauffeur, qui était descendu pour ouvrir la portière arrière :

— J'en ai pour une minute, George.

Elle se tourna ensuite vers Paul.

— Je m'appelle Vera Hudson, dit-elle, et voici Virginia.

— Ginny, rectifia la petite fille, qui se cramponnait à la fois à son ours en peluche et à sa grand-mère.

Paul serra la main gantée que lui tendait celle-ci.

— Paul Giverney.

— Je vous remercie d'être venu à notre secours. Je ne me suis jamais sentie aussi humiliée de ma vie ! Qu'est-ce qui a bien pu passer par la tête de cet homme ? Ginny et moi avons l'air parfaitement américaines, vous ne croyez pas ?

La petite fille tira sur la main de Vera. Celle-ci se pencha, et Ginny lui murmura quelques mots à l'oreille.

— Oh ! D'accord. Ginny souhaite vous dire quelque chose.

Ginny fit signe à Paul de se baisser. Comme il obtempérait, elle plaqua sur sa joue un baiser rapide et se détourna en étouffant des gloussements gênés.

— Elle ne fait pas ça à n'importe qui, vous savez.

Paul sourit.

— Merci, Ginny.

La petite fille garda les yeux baissés. Après s'être presque jetée à son cou, elle l'ignorait, de peur de perdre toute contenance.

— Nous devons y aller, dit Vera. Merci encore, monsieur Giverney. Quel nom ravissant ! Il me rappelle quelque chose…

— Sans doute les jardins de Monet. Giverny, Giverney…

Ginny se hissa sur la banquette arrière de la limousine. Vera Hudson s'apprêtait à la suivre quand elle s'immobilisa. Elle se retourna et répéta, le regard dans le vague :

— Giverney…

Puis elle jeta un bref coup d'œil à Paul et secoua la tête.

— *C'est impossible*, murmura-t-elle en montant dans la limousine.

George referma la portière, se remit au volant et démarra.

Paul suivit la voiture des yeux tandis qu'elle s'éloignait. Le visage de Ginny s'encadrait dans la lunette arrière. Il se demanda à quel point Vera Hudson connaissait le français, et ce qu'elle savait de lui au juste.

Cette scène d'adieux avait eu lieu juste avant la tombée de la nuit.

A présent, il était 20 heures et Paul achevait de dîner. Tous les restaurants au sommet de la colline offraient un point de vue sur la ville.

Paul n'était pas assez âgé pour se rappeler « Smoke City », ainsi qu'on surnommait Pittsburgh au temps de sa grandeur industrielle. Mais ses parents évoquaient souvent l'époque où les lampadaires restaient allumés toute la journée, « à cause du fichu smog, même qu'on se serait cru à Londres ! ». Après avoir longtemps vécu à East Liberty, ils avaient quitté le quartier quand celui-ci était devenu à peine mieux qu'un bidonville, pour s'installer à Shadyside.

Ce que la ville avait perdu en richesse avec la

désindustrialisation, elle l'avait regagné en charme. Si elle rutilait dans la clarté du crépuscule, dans l'obscurité on aurait dit qu'une luciole géante avait laissé le long des trois rivières une traîne lumineuse qui découpait les silhouettes des grands immeubles et du PNC Park.

Pour l'heure, la ville rayonnait d'un éclat mystérieux et somnolent.

Avant de quitter le restaurant, Paul resta un moment le front appuyé contre la vitre, pour admirer le spectacle.

Un célèbre poème de Leigh Hunt lui revint brusquement à l'esprit :

Jenny m'a embrassé quand nous nous vîmes,
Elle a sauté de sa chaise soudain.
Temps voleur, qui aime les joies sublimes,
Inscris cette joie dont il me souvient[1]...

« Temps voleur »...

Un nouveau Pittsburgh s'offrait à Paul.

1. « Jenny m'a embrassé », poème de James Henry Leigh Hunt. Traduction de Jean-Pierre Lefebvre, *Petite anthologie poétique d'expression anglaise du XVII*e *au XX*e *siècle* (Publibooks).

58

Le plan de Bunny Fogg était tout tracé.

Chaque jour, Jackson Sprague quittait son bureau à 12 h 30 pour déjeuner au Four Seasons. Sa secrétaire – pardon, son « assistante » –, surnommée la Duchesse, quittait son poste de travail en même temps que son patron, pour se rendre non au Four Seasons mais chez Macy's ou Bloomingdale's, faire du shopping ou s'offrir une manucure.

Plus d'une fois, Bunny s'était étonnée de leur insouciance. En leur absence, n'importe qui aurait pu fouiller dans les tiroirs, faire main basse sur des dossiers confidentiels, fracturer le coffre-fort ou s'introduire dans les bases de données des ordinateurs. (La jeune femme avait le goût du drame.)

En général, c'était elle qui nourrissait les poissons de l'aquarium, aussi personne ne s'inquiéterait de la voir entrer dans le bureau de Jack Sprague.

Le mauvais goût du directeur juridique de Mackenzie-Haack ne connaissait aucune limite. A part lui, personne n'aurait osé faire poser les dépouilles d'un gnou, d'un zèbre et d'un guépard sur un tapis d'Orient.

Bunny glissa la main dans son fourre-tout en cuir blanc et en sortit Oscar. Le poisson de Candy était enfermé dans un cube transparent plein d'eau qu'elle plongea dans l'aquarium avant d'en ôter le couvercle avec précaution. Oscar se laissa flotter hors du cube. Pour autant que Bunny pouvait en juger, il semblait en forme et pas du tout perturbé par cet environnement inconnu.

Elle rangea ensuite la boîte dans son sac et quitta le bureau de Jackson Sprague pour celui de Bobby Mackenzie.

— Oscar paraît apprécier le grand aquarium.

Candy leva un regard interrogateur vers elle.

— Vous en êtes sûre ?

Karl et lui occupaient leurs fauteuils habituels avec des airs de propriétaires, comme si leurs noms s'étalaient sur les dossiers.

— J'en suis sûre, affirma Bunny.

Karl pivota brusquement vers elle.

— Ne me faites pas rire ! Comment pouvez-vous savoir ce qui se passe dans la tête d'un fout… tout petit poisson ?

— Il suffit de le regarder, répliqua Bunny.

La jeune femme ne se laissait pas facilement démonter. C'était une des qualités que Bobby appréciait chez elle.

— Approchez, Bunny. Vous boirez bien quelque chose… Scotch ? Gin ? Vodka ?

Bobby leva son verre dans un geste d'invite.

— Je vous remercie, mais je passais juste pour donner des nouvelles d'Oscar.

— Vous pensez que Jackson soupçonnera quelque chose ?

— Non. Il ne prête aucune attention aux poissons. S'ils flottaient tous le ventre en l'air, il ne le remarquerait même pas.

Les hommes s'esclaffèrent, à part Candy, qui avait légèrement blêmi.

— Heureuse d'avoir pu être utile, dit Bunny.

Sur le point de sortir, elle se ravisa :

— Je me demandais… Est-ce que je pourrais être là quand vous passerez à l'action ? J'aimerais tellement voir ça !

— Pourquoi pas ? répondit Clive. Il faudra seulement que vous trouviez un prétexte pour être dans le bureau de Sprague à ce moment-là.

Bunny lui sourit.

— Ça ne devrait pas être trop difficile.

59

La Duchesse trônait derrière son bureau à l'entrée de la « suite royale », ainsi que l'appelait Bunny (et pas seulement elle). Ladite suite se composait de quatre pièces : une salle de réunion et trois bureaux, occupés respectivement par Jackson, Bryce et un autre avocat.

Bunny arrivait tout droit de chez Bobby Mackenzie. Pour une raison mystérieuse, l'éditeur lui avait demandé de lui ramener le chef de la sécurité, Ben Wink. Avant de se retirer, la jeune femme avait entendu Bobby dire à Ben : « Il y a une chose que j'aimerais que vous fassiez, ou plutôt, que vous ne fassiez pas… » Puis la porte du bureau s'était refermée sur les deux hommes.

La Duchesse arrêta Bunny d'un regard glacial et d'une voix qui l'était encore plus. Vêtue d'une robe bleu glacier, elle évoquait un morceau de banquise dérivant au gré des courants.

— Où allez-vous comme ça ?

Bunny l'avait surprise en train de s'appliquer une touche de blush mandarine. Les tiroirs de son bureau abritaient une véritable armada de produits cosmétiques. La Duchesse s'appelait en réalité Elsie Hoag. Elle détestait son prénom et encore plus son nom, que la plupart prononçaient « Hog[1] », parfois de manière délibérée. Ne pouvant en modifier l'orthographe sans passer par les voies légales (elle avait quand même retenu quelques petites choses en travaillant pour des avocats), elle avait ajouté un tréma sur le *o*. Comme son prénom sentait également un peu trop le purin à son goût, la Duchesse l'avait transformé en Elise, prétendant sans vergogne que l'employé de l'état civil avait commis une erreur en rédigeant son acte de naissance. Ses avocats de patrons, pourtant pointilleux à l'extrême, avaient entériné ces changements sans trop de difficulté. Par conséquent, la Duchesse arborait à présent fièrement le nom d'Elise Höag.

— Bonjour, Elsie, lui lança Bunny sans répondre à la question.

— Elise, répliqua l'autre d'un ton cinglant. Je vous rappelle que mon prénom est d'origine all… autrichienne.

Bunny fit passer son chewing-gum de la joue gauche à la joue droite.

— Pardon. Je viens nourrir les poissons, dit-elle en montrant la boîte de flocons.

— M. Sprague est en ligne.

Elle mentait. Il n'y avait aucun voyant allumé sur le téléphone posé devant elle.

— J'attendrai qu'il ait terminé.

Bunny se laissa tomber dans un fauteuil et se mit à fredonner en balançant les jambes. Histoire d'agacer un peu plus Elsie, elle souffla même une bulle avec son chewing-gum.

— Je vais voir s'il a raccroché, annonça l'assistante en pressant le bouton de l'interphone.

1. *Hog* = cochon.

N'obtenant pas de réponse, elle ajouta :
— Il a dû sortir.
Bunny leva les yeux vers la pendule murale. Dans dix minutes, le spectacle commencerait.
— Je vais en profiter, dit-elle.
Elle entra sans attendre le feu vert d'Elsie.
Oscar s'exerçait à la nage synchronisée avec quatre autres poissons. Ils avaient l'air tellement sérieux que Bunny ne put s'empêcher de sourire. On aurait dit un gang de rue.
Cinq minutes plus tard, Jackson Sprague entra en coup de vent, accompagné de Boyd Lloyd, un de ses avocats personnels. Il s'arrêta net en voyant Bunny.
— Vous vouliez quelque chose, mademoiselle Fogg ?
— Je devais nourrir les poissons, et comme vous n'étiez pas là…
Elle laissa sa phrase en suspens. Encore quatre minutes à tenir.
— Oui ? fit Sprague.
Traduction : « Qu'est-ce que vous fichez encore là ? »
Bunny réfléchit quelques secondes, puis elle dit :
— En fait, j'ai peur que le poisson-chirurgien ne transmette la branchiomycose aux autres.
En temps ordinaire, Jackson Sprague ne se serait même pas donné la peine de relever. Mais le mot que venait d'employer Bunny évoquait tellement la terminologie opaque que ses confrères et lui affectionnaient qu'il fonça tête baissée dans le piège.
— La *quoi* ?
— La branchiomycose. Une infection des branchies.
Bunny avait potassé le sujet.
Boyd Lloyd eut un mouvement de recul.

Encore deux minutes. Ils étaient tellement faciles à duper que Bunny faillit éclater de rire.

— Dans la plupart des cas, cette maladie reste relativement bénigne. Mais elle peut avoir des conséquences dramatiques. Dans le pire des scénarios…

— Mademoiselle Fogg…

— … les branchies se déshydratent et se dissocient.

Pas sûr que le verbe ait été bien choisi.

Bunny se retourna vers l'aquarium, l'air soucieux, et conclut :

— Mais je ne crois pas que ça arrivera ici.

Des voix à l'extérieur du bureau. Bunny aurait reconnu celle de Joe Blythe même s'il s'était trouvé à bord d'une navette spatiale en train de décoller. Son cœur se mit à battre plus fort. Elle l'avait rencontré pour la première fois le matin même, brièvement.

Elle adressa son plus beau sourire à Jackson.

— Aussi, inutile de vous inquiéter.

Le juriste appuya les poings sur le bureau.

— Mademoiselle Fogg, vous voulez bien…

Il tourna la tête vers la porte, aussitôt imité par Boyd Lloyd.

— Qui est là ? s'enquit-il.

La réponse à sa question ne tarda pas à se matérialiser avec une autorité qu'il ne posséderait jamais, malgré ses prétentions. La porte s'ouvrit à la volée et trois personnes déboulèrent dans la pièce. Mais qui était la bombe incendiaire à la chevelure flamboyante ? Où les deux autres l'avaient-ils dénichée ?

— Jackson Sprague ? demanda Joe Blythe.

— Vous êtes qui, bordel ? rugit Sprague, renouant avec les manières de King of Prussia, Pennsylvanie.

— Joseph Blight, du FWS. Et voici les agents Morton et Pasco.

— Le *quoi* ?

— Le Fish and Wildlife Service. Une branche du Département de l'Intérieur, précisa Joe de mauvaise grâce, comme si n'importe quel idiot était censé savoir ça.

Bunny peinait à contenir son excitation. Les trois pseudo-agents brandissaient leurs badges sous le nez de Jackson, tellement impériaux qu'ils semblaient rayonner.

— Monsieur Sprague, poursuivit Joe, vous avez enfreint le paragraphe 119(a) de la loi sur la protection des espèces menacées.

Jackson Sprague était à la fois livide de peur et vert de rage. Bunny songea à toutes les fois où elle l'avait vu humilier un subalterne, y compris Elsie Hoag, et elle se retint d'applaudir.

— Vous possédez un *p. boylei*, dit Arthur en désignant l'aquarium de la tête. C'est interdit. Blair ?

La rousse sortit d'un grand sac une épuisette et une boîte en plastique transparent. Tournant le dos aux avocats médusés, elle adressa un clin d'œil à Bunny et la pria de l'aider à soulever le couvercle de l'aquarium.

Boyd Lloyd regarda tour à tour Joe, Arthur et Jackson.

— C'est quoi, un *p. boylei* ? demanda-t-il.

— Un poisson-ange peppermint, expliqua Joe. Un poisson exotique extrêmement rare et cher. Si vous voulez bien nous accompagner, monsieur Sprague…

Une requête de pure forme : Jackson n'avait pas le choix.

— C'est ridicule ! gémit-il. Ces fichus poissons ne m'appartiennent pas. Ce n'est pas moi qui les ai achetés !

Blaze se tourna vers lui, montrant la boîte en plastique.

— Poisson-ange peppermint, dit-elle.

Puis elle pointa le pouce par-dessus son épaule.

— Aquarium. Dans votre bureau.

Jackson lança un regard furieux à Bunny, comme si c'était elle qui avait déclenché tout cela en lui imposant sa présence.

— Höag ! hurla-t-il.

Elsie se matérialisa sur le seuil.

— Monsieur ? demanda-t-elle d'une voix essoufflée.

— Prévenez la sécurité !

Elsie parut s'évaporer.

— La maintenance de cet aquarium est assurée par une entreprise extérieure, plaida Boyd Lloyd. C'est probablement eux qui ont fourni les poissons. M. Sprague n'a rien à…

Joe Blythe ne lui accorda même pas un regard.

— Vous trouvez logique, dit-il, s'adressant uniquement à Sprague, qu'une entreprise de ce genre possède un poisson-ange peppermint et qu'elle l'ait mis dans *votre* aquarium ? A moins d'être liée à l'Alliance de l'Espadon… A présent, veuillez sortir de derrière ce bureau et venir avec nous.

— L'Alliance de l'Espadon ?! Où m'emmenez-vous ?

— Au siège de notre service. En centre-ville.

« En centre-ville »… Quelle façon délicieuse de désigner Manhattan !

Comme Jackson restait sans réaction, Joe Blythe glissa la main sous sa veste, et…

Bunny manqua défaillir en le voyant brandir une paire de menottes.

Jackson recula, les mains tendues devant lui, comme pour le repousser.

Elsie réapparut, encore plus essoufflée.

— Je n'arrive pas à joindre la sécurité…

— Comment ça ? beugla Jackson. La sécurité est *toujours* joignable !

Ne sachant quoi répondre, Elsie s'évapora de nouveau.

«… une chose que j'aimerais que vous fassiez », avait dit Bobby à Ben Wink. Bunny sourit.

— Arrêtez vos conneries ! Je suis le conseiller légal de D & D ! Merde, je suis avocat ! Je connais mes droits !

Arthur laissa tomber une feuille de papier sur le bureau.

Jackson la fixa avec des yeux exorbités, comme ceux d'un poisson.

— Un mandat, précisa Arthur. De perquisition et de saisie.

Le mandat vint à bout de la résistance de Jackson, ou peut-être les menottes.

— Vous ne pouvez pas faire ça, protesta-t-il faiblement en émergeant de derrière le bureau.

— Si, nous le pouvons, lui répliqua Joe Blythe.

C'était presque aussi délicieux que d'entendre Barack Obama scander son fameux slogan.

Comme le groupe se dirigeait vers la porte où venait d'apparaître Elsie, abasourdie, Jackson lança à Boyd :

— Prévenez mon avocat !

— C'est moi, votre avocat !

— Un autre, alors ! lui répondit Jackson depuis le couloir.

Bunny se précipita vers la porte et les regarda s'éloigner, entraînant Jackson qui protestait toujours.

Des têtes surgissaient des bureaux sur leur passage, comme montées sur ressort.

Nonchalamment appuyé au chambranle de sa porte, Bryce Reams, l'adjoint de Sprague, mangeait un esquimau et les suivait des yeux avec une expression tout sauf désespérée.

60

Cindy Sella laissa tomber quelques flocons de nourriture dans le nouvel aquarium et attendit que les deux poissons-clowns remontent en vrille pour les happer. Mais ils continuèrent à taquiner l'anémone, piquant sur elle pour s'en écarter aussitôt, à la manière de deux ivrognes en goguette.

Elle avait acheté l'aquarium le matin même, dans une petite boutique de l'East Village. Le propriétaire l'avait aidée à le charger dans le taxi. Le chauffeur ne s'était pas montré aussi serviable au moment de l'en sortir, mais par chance Mickey était en service. Il avait porté l'aquarium (pas très lourd mais encombrant) à l'intérieur de l'immeuble et jusqu'à l'appartement de Cindy.

Celle-ci retourna s'asseoir près de Gus sur le canapé. Elle se demanda si les poissons appréciaient d'avoir plus d'espace. En tout cas, ils semblaient apprécier l'anémone rose.

Gus sauta du canapé. Posté à ses pieds, il la regarda comme l'aurait fait un naufragé qui aurait passé plusieurs années sur une île déserte à attendre des secours. « Pitié, donne-moi à manger, n'importe quoi, une tranche de foie gras, un poisson-clown, le premier truc qui te tombera sous la main… »

Il la suivit à la cuisine, où elle ouvrit une boîte de sa pâtée favorite. Quand elle posa l'assiette sur le sol, il la renifla. Puis il dressa la queue comme une corde magique et sortit.

Ingrat ! Estime-toi heureux de ne pas avoir Lulu comme maîtresse.

Elle regagna sa chaise, son carnet et son ordinateur. Elle n'avait rien écrit depuis des jours. A se demander si elle achèverait un jour *La Lumière des adieux*, ou si Lulu serait son Waterloo. Elle se mit à jouer avec une page du carnet en songeant à Joe Blythe. Elle n'avait aucune nouvelle de lui depuis la nuit où il l'avait sauvée et où ils avaient bu un verre avec Edward dans le couloir. Elle ne devait pas se faire d'illusions. Ce n'était pas parce qu'il avait volé à son secours qu'il s'intéressait à elle. Sans doute en aurait-il fait autant pour n'importe qui.

Pour Lulu, par exemple.

Si Joe Blythe, en marchant dans la rue, avait aperçu Lulu dans sa voiture, le front appuyé sur le volant, il aurait certainement frappé à la vitre, ou ouvert la portière.

C'était plus que Cindy n'en avait fait jusque-là. De l'index, elle pressa une touche au hasard, se demandant où était passé Joe, si elle le reverrait un jour, et ce qu'il faisait à présent, en ce moment même.

61

Jackson Sprague, débarrassé des menottes mais pas de sa morgue insupportable de conseiller-légal-et-directeur-juridique, était assis derrière une table d'interrogatoire improvisée, dans une salle d'interrogatoire improvisée. Ils avaient travaillé d'arrache-pied pour aménager le rez-de-chaussée de l'entrepôt de Candy et Karl en QG du « Bureau d'enquêtes du FWS » (ce qui était écrit en lettres dorées sur la porte en verre dépoli qu'ils avaient insérée à la hâte dans un chambranle vide). Son décor actuel comportait une photo grand format de Barack Obama et un drapeau américain accrochés à un mur, deux meubles classeurs, une fontaine à eau ainsi qu'une quantité invraisemblable de matériel d'enregistrement. Des effets personnels – pulls, écharpes –, abandonnés sur les dossiers des chaises, témoignaient d'une utilisation récente de la salle et de son équipement.

— Je suis le *conseiller légal* du plus grand éditeur new-yorkais ! Vous comprenez ? Je suis un *avocat*, pas le premier péquin venu ! Vous ne vous en tirerez pas comme ça ! J'aurai vos têtes à tous !

Cette diatribe tout droit sortie d'un manuscrit de

Shirlee Murphee, italiques et points d'exclamation compris, s'adressait à Joe Blythe. Le regard bleu de celui-ci glissa sur Jackson Sprague comme s'il n'avait pas plus d'importance que le mur derrière lui ou l'air qui l'entourait.

— Veuillez vous asseoir, monsieur Sprague.

La main de Joe s'abattit sur l'épaule de l'avocat, l'invitant à obtempérer.

Les agents Morton et Pasco (Arthur Mordred et Blaze Pascal) avaient pris place de l'autre côté de la table.

— L'Alliance de l'Espadon, attaqua Arthur. Ça fait cinq ans qu'on cherche à les coincer.

— La *quoi* ?

— La tête de pont du trafic de poissons exotiques, expliqua Blaze. Une affaire juteuse. Mais je ne vous apprends rien, pas vrai ?

— Je ne comprends pas un mot de ce que vous racontez… Ce sont juste des *poissons*, merde ! Ne me dites pas que vous m'avez traîné hors de mon bureau pour des putains de poissons ?!

Arthur leva les yeux vers Joe Blythe qui croisait les bras, debout près de Jackson.

— Je ne peux pas croire qu'il soit aussi con, lâcha-t-il.

Joe riva les yeux sur Jackson Sprague, le clouant au dossier de sa chaise, et se pencha vers lui.

— Ces « putains de poissons », comme vous dites, sont aussi rares que des diamants rouges. Au moins douze hommes ont été abattus en plein Manhattan à cause d'eux. Alors, si vous savez quelque chose, je vous conseille de cracher le morceau, monsieur Sprague.

Jackson, incapable de s'exprimer autrement qu'en faisant du bruit, abattit ses deux poings sur la table. A peine s'ils entendirent frapper à la porte.

Joe alla ouvrir.

Graeme, qui avait enfilé un costume pour l'occasion, entra avec Lena bint Musah, vêtue d'une robe en soie rouge, une étole noire drapée autour des épaules. Joe la remercia d'être venue. Jackson Sprague, qui tournait le dos à la porte, pivota sur sa chaise, présentant son visage à Lena.

— C'est lui ? demanda Joe.

Avec des gestes délicats, Lena alluma une cigarette brune et souffla une arabesque de fumée.

— Oui, acquiesça-t-elle. C'est Miles Mutton.

— Bordel, c'est qui, Miles Mutton ? demanda Jackson en jetant des regards hébétés autour de lui.

Lena souffla une nouvelle volute.

— Vous, bien sûr, dit-elle.

Puis elle se retira, escortée par les remerciements sincères de tout le personnel du FWS.

Jackson Sprague était aussi pâle et raide qu'une statue de marbre. Non seulement on l'accusait de se livrer au trafic de poissons exotiques, mais en plus on venait de le confondre avec un certain Miles Mutton. Pour la première fois de sa longue carrière d'avocat, les mots lui faisaient défaut.

Boyd Lloyd était en pleine possession de ses moyens, lui. Il exigea l'abandon immédiat des poursuites contre son client et la remise en liberté de celui-ci. Il aurait pu continuer ainsi pendant des heures, si Joe Blythe ne lui avait pas coupé l'herbe sous le pied en disant :

— C'est bon, il peut partir.

Boyd se retrouva avec une tonne d'arguments inutilisés sur les bras. Joe et Arthur le tirèrent d'embarras en les mettant debout de force, lui et son client.

— Une dernière chose, monsieur Sprague. Nous vous demandons de ne pas quitter le territoire.

A peine libre, Jackson Sprague rassembla quelques affaires et prit ses dispositions pour quitter le territoire, contre l'avis de son avocat. Sa fuite apparaîtrait comme un aveu de culpabilité, tenta de lui faire valoir Boyd Lloyd. De toute façon, les charges retenues contre lui n'avaient aucun sens.

— Depuis quand la justice a-t-elle le moindre sens ? lui rétorqua Jackson.

Un coup de fil à Saad bin Saeed plus tard, il franchissait sans encombre le contrôle de sécurité à l'aéroport international JFK et embarquait à bord d'un vol Emirates pour Singapour.

Les frères Goodbye avaient besoin d'une personne de confiance pour gérer une partie de leurs comptes off-shore depuis Dubaï.

Le jour même, Bryce Reams s'installait dans le bureau de Jackson Sprague. Techniquement parlant, celui-ci n'avait pas quitté Dubaï & Dodge. Il n'était même pas repassé chercher ses effets personnels.

Bryce fit le ménage à sa place. Son premier coup de fil fut pour Saad bin Saeed. D & D, lui dit-il, serait bien inspiré de clore le dossier Cindy Sella.

— Un vrai bordel juridique, si vous me passez l'expression.

Saeed ne fit qu'un commentaire :

— OK. Qui est Cindy Sella ?

Bryce s'assura ensuite que les poissons n'avaient pas trop souffert de leur exposition prolongée à Jackson Sprague. Il demanda à l'entreprise chargée de la maintenance de déplacer l'aquarium contre un mur mieux exposé.

Pour finir, il se fit installer un petit réfrigérateur avec un freezer pour y stocker des esquimaux.

Tout cela fut accompli en moins d'une demi-journée, y compris la livraison du frigo. De mémoire d'employé de Mackenzie-Haack, on n'avait jamais vu un avocat s'activer autant.

Tout le monde apprécia le changement, surtout les poissons, dont le soleil ravivait les couleurs.

62

Hess geignit pendant presque tout le vol. Paul, qui occupait le fauteuil voisin du sien, ne cessa de s'interroger : comment un type aussi déraisonnable et dénué de scrupules pouvait-il être aussi rasoir ? Normalement, son immoralité aurait dû le rendre fascinant. S'il l'entendait se plaindre encore une fois de la cruauté de l'existence, il ne répondrait plus de ses actes, et le vol Delta numéro 3701 disparaîtrait en plein ciel, dans une gerbe de flammes créées de toutes pièces par Graeme.

L'avion se posa sans encombre à l'aéroport international de Pittsburgh, et ils se dirigèrent vers l'agence de location Enterprise.

— Pourquoi est-ce qu'on ne prend pas tout simplement un taxi ? demanda Hess.

— Vous vous voyez héler un taxi en pleine rue en sortant d'une séance de spiritisme ? Pas moi ! En plus, ce soir, j'aimerais essayer ce restaurant étoilé dont tout le monde parle, à cinq kilomètres de Sewickley. Avant, le chef possédait le Cecilia, dans l'Upper East Side. Vous y avez déjà mangé ?

— Non.

Paul n'y avait jamais mis les pieds non plus.

— Je n'en ai même jamais entendu parler, lâcha Hess.

De même que Cecilia n'avait jamais entendu parler de L. Bass Hess.

Après un passage au guichet de l'agence, ils récupérèrent leur véhicule (une Toyota Camry modèle standard) sur le parking et se fondirent dans le trafic. La circulation était fluide en ce début d'après-midi, remarqua Paul avec satisfaction.

— J'ai une faim de loup, annonça-t-il alors qu'ils roulaient sur l'Interstate 376. Pas vous ?

Hess, absorbé dans ses pensées, ne répondit pas.

Paul emprunta la sortie vers Moon, et cinq minutes plus tard, comme par magie, un dîner surgit devant eux, rutilant de tous ses chromes. Paul adorait ces établissements pour leur caractère merveilleusement éphémère. Une brève halte, et on reprenait la route. Il se gara sur le parking et éteignit le moteur.

L'intérieur ne le déçut pas : des banquettes en skaï bordeaux, des tabourets de bar en chrome et vinyle rouge, un comptoir en formica incurvé aux extrémités.

Ils s'installèrent dans un box. Une serveuse au physique agréable quoique légèrement décati accourut avec des menus aussi épais qu'un roman de Dickens.

Paul choisit un double cheeseburger avec des frites, savourant au passage l'expression horrifiée de L. Bass.

— Vous allez vous noyer dans les glucides !

Après réflexion, Paul commanda aussi des beignets d'oignons.

Bass frissonna. Le menu comprenait au moins une dizaine de poissons, tous frits ou cuisinés d'une manière inadéquate.

— Je prendrai un flétan poché…

— Pêché, ça ne fait aucun doute qu'il l'a été !

— Pas *pêché*, *poché*. Ou grillé, à la rigueur.

— Grillé… comme une grillade ?

Paul se délectait de cet échange.

Bass commanda des pommes de terre à l'eau et des petits pois pour accompagner son poisson.

Il aurait mieux fait d'emporter des vivres en voyage – un flétan entier, un sac de pommes de terre, des petits pois encore dans leurs cosses – et de les filer aux cuistots des restaurants dans lesquels il s'arrêtait ! se dit Paul.

— Vous êtes sûr des références de cette femme ? C'est bien une authentique médium ?

« Authentique médium »… Quelqu'un capable d'accoler ces deux mots ne s'étonnerait pas de voir la mer Rouge s'ouvrir au passage de la parade de Thanksgiving dans Times Square.

— Vous avez ma parole, assura Paul.

Il avait déjà raconté à Bass comment il avait lui-même fait plusieurs fois appel au talent de la médium en question, et comment l'idée d'un de ses romans, *N'y va pas*, lui était venue lors d'une séance avec elle, deux ans plus tôt. C'était un mensonge, bien sûr. Tout ce qu'écrivait Paul ne sortait que de son cerveau.

Hess revint à la charge :

— Mais pourquoi organiser une séance au Andy Warhol Museum ?

— C'est à elle qu'il faut poser la question.

La serveuse apporta leurs commandes avec la célérité propre à ce genre d'établissement. Le poisson était poché – à la perfection, même.

— Si ça vous gêne, vous n'êtes pas obligé de venir, reprit Paul.

Bass changea aussitôt de ton :

— Non, non, au contraire. A vous écouter, ça a l'air captivant. Vous m'avez convaincu.

Le gros menteur, pensa Paul en attaquant son énorme cheeseburger. S'il avait réussi à entraîner L. Bass dans cette entreprise loufoque, c'était en lui laissant croire qu'il ne pouvait pas y participer, une méthode qui avait fait ses preuves en de multiples occasions.

« Désolé, lui avait-il dit, mais ces séances sont réservées aux habitués…

— Allons, Paul ! Je suis certain qu'elle acceptera de faire une entorse à ses principes, rien que pour cette fois. On ne refuse rien à un homme de votre réputation.

— De toute manière, vous n'aimez pas Pittsburgh.

— J'irais n'importe où pour assister à une chose pareille. Si cette femme est aussi douée que vous le prétendez… »

A force de supplications et de cajoleries, Paul s'était laissé fléchir.

— Pourquoi le Warhol Museum ? reprit-il. Eh bien, cette médium, Mme de Musa, prête à Andy Warhol le pouvoir d'attirer les esprits. Selon elle, il agit comme un catalyseur.

Bass reposa sa fourchette pleine de petits pois.

— Un *catalyseur* ? répéta-t-il d'un ton incrédule.

— Ses toiles opèrent comme un portail vers l'autre monde. Surtout *Double Elvis*. Malheureusement, celle-ci se trouve au MoMA. Le musée de Pittsburgh possède une autre série sur le même sujet, *Onze Fois*

Elvis. Mais pour une raison que j'ignore, Mme de Musa la juge moins… performante.

Il aurait pu trouver mieux, mais tant pis.

Bass leva la main. On aurait dit un agent arrêtant la circulation pour permettre à deux Elvis de se rejoindre au milieu d'un carrefour.

— Vous voulez dire qu'elle organise toutes ses séances au Warhol Museum ?!

Paul trempa une frite dans le Ketchup.

— Plus ou moins, oui.

— Et elle a l'autorisation de faire ça ?!

Une autorisation ? Et puis quoi encore ?

— Il y a quelques années, le musée s'est fait voler une toile d'une grande valeur. J'ai oublié laquelle. Tout ce que je sais, c'est qu'ils l'ont retrouvée grâce à Mme de Musa.

Paul mordit dans un beignet, résolu à commander une tarte aux pommes à la mode pour dessert. Histoire de boucher un peu plus vite ses artères.

Lena bint Musah avait trouvé l'idée extrêmement drôle. C'était de bon cœur qu'elle avait accepté le rôle que lui destinait Paul.

« Un plan magistral, avait-elle commenté entre deux gorgées d'espresso.

— Magistral ? Non, avait rétorqué Candy, qui commençait à bien connaître Paul. C'est juste un putain de bon plan. »

La réunion avait eu lieu chez Lena, quelques heures après le retour de Paul de Pittsburgh. Elle leur avait offert des cigarettes brunes et un café si corsé qu'il aurait pu les arracher à leurs fauteuils et les projeter à l'autre bout de la pièce.

« La présence de vapeur à l'intérieur de la salle alerterait les gardiennes, avait expliqué Paul. On va devoir renoncer à l'ectoplasme, ou à toute autre manifestation…

— Manifestation, mon œil, avait objecté Karl, chez qui l'effet lénifiant des cigarettes commençait à se dissiper. Vous racontez n'importe quoi, Paulie.

— Au contraire, avait répliqué Lena. Je crois qu'il sait très bien ce qu'il dit. »

Paul avait souri. La plupart du temps, il ignorait lui-même de quoi il parlait. Cet élément de surprise expliquait sans doute le succès de ses livres.

« Il y a un truc que je ne pige toujours pas, avait dit Candy d'un air vaseux. Pourquoi ce putain de musée ?

— Le PNC Park n'était pas libre. Les Pirates avaient un match à domicile. »

Ils avaient tous ri, puis Lena avait demandé :

« Quand partons-nous ?

— Demain, avait répondu Paul. Je voyagerai avec Hess. Vous prendrez un autre vol. »

Demain, c'était aujourd'hui.

Pour la deuxième fois en quarante-huit heures, Paul se présenta à la réception de l'hôtel Renaissance. Bass ne pouvait pas séjourner au « vieux manoir », sa maison d'enfance. Celle-ci n'avait pas été occupée depuis des années, hormis par une ou deux familles de locataires, et il craignait de la trouver en mauvais état et envahie par les toiles d'araignées. Paul regretta de ne pas l'avoir su plus tôt. Il se serait fait un plaisir de transformer « le vieux manoir » en terrain de jeux pour la raison déjà vacillante de son compagnon de voyage.

Une fois débarrassés des formalités, ils se dirigèrent vers le bar de l'hôtel.

Hess prit les devants, et Paul lui emboîta joyeusement le pas. Ne l'ayant jamais vu boire d'alcool (hormis un whisky après l'incident du buisson ardent, et un verre de chardonnay à la Gramercy Tavern), il croyait Bass plus ou moins abstinent. C'était une bonne chose qu'il se décoince un peu, mais il ne fallait pas qu'il perde complètement pied. Sinon, il serait tenté d'imputer à l'ivresse les événements qui se préparaient : « Avec ce que j'avais sifflé, pas étonnant que j'aie cru voir ce que j'ai cru voir ! »

Hess s'appropria un tabouret avec l'autorité d'un pionnier plantant une clôture autour de son lopin de terre. Il commanda un double cognac et engloutit presque toutes les cacahuètes.

Paul avait demandé une pression. Le barman lui servit une pinte de stout noire comme le péché, avec au moins cinq centimètres de mousse sur le dessus.

— Vous devriez goûter ça, Bass. C'est surprenant.

— J'ai horreur de la bière.

Evidemment.

63

Lena bint Musah les attendait dans le hall du Warhol Museum.

Son tailleur rayé gris ardoise s'accordait si bien aux murs pâles et aux cuirs sombres du musée qu'il aurait pu faire partie de la garde-robe du conservateur. Ça, c'était pour le côté « business ». Le reste de son déguisement était placé sous le signe de l'or, depuis la perruque bouclée jusqu'aux bijoux mastocs, anneaux créoles, colliers, bracelets, assez nombreux pour remplir la caverne d'Ali Baba. D'immenses lunettes noires dissimulaient son regard. Paul se retint d'applaudir à cette métamorphose.

Il avait averti L. Bass Hess qu'il n'y aurait pas de présentations. Mme de Musa avait insisté pour qu'aucun nom ne soit prononcé. C'était la règle lors de ce genre de séances, pas vrai ? Comme s'il avait la moindre idée des us et coutumes du spiritisme… Malheureusement, il avait oublié de se renseigner auprès de Lena. Il se rappela alors que celle-ci n'était pas une vraie médium. Il la regarda à la dérobée. Son attitude ne trahissait aucune émotion.

Il constata avec plaisir que Toby et Rebecca affichaient

la même impassibilité. Sitôt entrés, ils s'approchèrent de leur groupe et les saluèrent de la tête, comme si le silence était chez eux une seconde nature. Une veste en cuir râpée sur un tee-shirt blanc accentuait la ressemblance de Toby avec Marlon Brando. Fidèle à elle-même, Rebecca jouait sur la transparence d'une robe arachnéenne faite de foulards qui voletaient au gré des courants d'air du hall.

Quelques rares visiteurs déambulaient au rez-de-chaussée du musée. Leur petit groupe remplissait l'ascenseur, qui les transporta sans effort au premier étage, encore plus désert.

Lena bint Musah, ou plutôt Mme de Musa, n'avait pas prononcé un mot jusque-là. A peine si elle les avait accueillis avec un vague murmure.

Elle s'arrêta à l'entrée de la salle des crânes, comme l'avait affectueusement surnommée Paul, et annonça, avec une pointe d'accent étranger :

— C'est ici que j'organise mes séances, chaque fois que je le peux.

Elle tira de son sac en cuir la statuette en bronze d'un cochon, aussi lustrée que la veste de Toby.

— Avant de commencer, j'aimerais que chacun de vous tienne ceci un instant.

L. Bass fut le premier à s'exécuter. Les yeux mi-clos, il serra brièvement le cochon dans ses mains avant de le faire passer. Ça, c'est le pompon, pensa Paul, ravi, tandis que Rebecca lui confiait la statuette.

Lena leur indiqua la banquette recouverte de toile de parachute avec autant de naturel que si elle les avait invités à prendre place dans son salon.

— Maintenant, nous allons nous asseoir tous les

cinq, sans nous prendre les mains. Ça ne servirait à rien, et en plus, ce serait gênant.

Un sourire condescendant flottait sur ses lèvres.

Ils pénétrèrent en groupe dans la salle. Si Hess eut l'air mal à l'aise en découvrant les crânes, les deux acteurs affichèrent un sang-froid tout professionnel.

— Ne vous laissez pas troubler par les crânes. L'art n'a rien à voir avec la mort. Si vous connaissez Warhol…

Lena n'acheva pas sa phrase.

Paul lui lança un regard admiratif. S'il n'avait pas su qu'elle jouait un rôle, il se serait laissé abuser. Elle avait assimilé les détails de son plan avec une facilité déconcertante. Elle manifestait une telle aisance qu'on aurait cru qu'elle était déjà venue dans cet endroit et avait fait ça toute sa vie. A se demander si elle ne possédait pas des pouvoirs psychiques infiniment supérieurs à ceux des Gumm et Frobish précédemment rencontrées.

Elle désigna à chacun une place sur la banquette. Le matelas en mousse s'enfonça dans un bruissement soyeux.

Lena avait fait asseoir Hess près d'elle. D'une voix contenue, elle demanda à chacun de se concentrer sur le crâne en face de lui.

Cette instruction n'avait pas été dictée par Paul, mais il s'y conforma avec plaisir, savourant ces quelques minutes d'intimité avec le crâne qui lui faisait face. Il mêlait le vert algue à un jaune digne de van Gogh et à une variété de rouges plus ou moins fanés. A un moment, Paul crut le voir remuer ses lèvres absentes, mais c'était peut-être une simple résurgence de sa visite à Elizabeth Gumm.

Il détacha son regard du mur une fraction de

seconde et aperçut Hess, avachi dans une position particulièrement inélégante. Il fallait dire à sa décharge qu'il est difficile de garder sa dignité sur une banquette en éponge.

Dix ou quinze minutes s'écoulèrent sans qu'il se passe quoi que ce soit. Puis Mme de Musa tourna la tête et murmura :

— Ce sera tout.

Une certaine perplexité se lisait sur leurs visages à tous quand ils s'arrachèrent à la banquette. Toutefois, Hess semblait plus irrité et agité que perplexe.

— Comment ça, « ce sera tout » ? demanda-t-il. Il n'y a eu ni message ni communication, rien !

Lena parut ignorer son intervention.

— L'un de vous pense être victime d'une grave injustice, déclara-t-elle.

Sans blague ?! Il y avait deux acteurs ratés parmi eux ! Trois mains se levèrent – non, quatre, quand Paul se joignit aux autres.

— L'un de vous pratique la pêche, poursuivit Lena sans s'attarder sur la nature de l'injustice en question.

Cette fois, seul Hess leva la main.

Lena l'attira à part et lui dit d'une voix basse et pourtant étrangement sonore :

— Il compatit à vos souffrances. Ce que vous recherchez se trouve dans la cage.

Puis elle redressa ses lunettes noires et quitta la salle, les laissant tous muets de stupeur, y compris l'instigateur de la scène.

— Il y a bien cette nouvelle de Henry James… commença Paul comme ils s'apprêtaient à sortir du musée.

Hess s'arrêta net.

— *Henry James ?* Qu'est-ce que vous racontez ?

— Il a écrit une histoire intitulée *Dans la cage*. Elle parle d'une…

Hess lui coupa de nouveau la parole :

— Ne me faites pas rire ! Mon père ne lisait pas. Si toutefois elle parlait bien de lui… Enfin, qu'est-ce qu'elle a voulu dire ?

— Je n'en ai pas la moindre idée. Prenons le pont, vous voulez bien ?

Paul ne pouvait s'empêcher de fredonner. Si ça n'avait tenu qu'à lui, il aurait balancé Hess par-dessus la rambarde et invité Lena bint Musah à dîner. Cette femme était géniale, *gé-ni-ale* !

— Qu'est-ce qu'elle a voulu dire ? répéta Bass.

Ce n'est sûrement pas moi qui vais te répondre… Je n'ai jamais mis les pieds à Everglades City.

Paul continua à marcher et fredonner.

64

Le restaurant cinq étoiles vers lequel ils roulaient (du moins L. Bass le croyait-il) était aussi mythique que Camelot. Paul se mordit la lèvre. Il aurait dû saupoudrer son cocktail d'une pincée de légende arthurienne : Merlin, Excalibur, la Dame du Lac… Pourquoi n'y avait-il pas pensé plus tôt ?

Tout à coup, l'abbaye se dressa au-dessus de la route, baignant dans la miséricorde du clair de lune. Johnny n'avait pas lésiné sur l'éclairage extérieur.

— Vous voyez, là-haut ? dit Paul d'un ton désinvolte. C'est le monastère dont je vous ai parlé. L'abbé est un vieux copain de lycée. Jamais je n'aurais imaginé qu'il finirait dans les ordres !

— La vie oblative ne manque pas d'attrait, murmura Bass Hess en étirant le cou pour mieux voir l'abbaye. Comment votre ami a-t-il découvert sa vocation ?

— Une révélation soudaine. Une épiphanie comparable à celle de saint Paul… Oh ! Pardon.

Hess ne répondit pas.

Autour d'eux, les collines formaient des berceaux boisés. Depuis qu'ils avaient quitté les faubourgs pour la campagne, ils n'avaient croisé âme qui vive ni aucun véhicule. La lumière des pleins phares fouillait la nuit devant eux et se déportait chaque fois que la voiture franchissait un nid-de-poule.

Le portable de Paul se mit à vibrer au fond de sa poche : le signal qu'il attendait. Il aperçut un panneau *ATTENTION TRAVAUX* sur le bas-côté, environ trente mètres plus loin. On l'avait placé là à sa demande, au cas où il n'aurait pas reconnu le virage.

Les silhouettes de quatre cavaliers montés sur quatre chevaux se découpaient au sommet d'une colline escarpée, dans une clarté brumeuse et incertaine (incertaine car elle était l'œuvre de Graeme, et non de Dieu). Trois des chevaux avaient une robe foncée, brune ou noire. Le quatrième était d'un blanc spectral. Les cavaliers étaient enveloppés dans des capes sombres, le capuchon rabattu sur la tête.

Une vision extraordinaire, spectaculaire…

— STOP ! hurla Bass.

La voiture avait presque tourné le virage. Paul freina si brutalement qu'ils furent tous les deux projetés vers le tableau de bord.

— Il y a un problème ?

— C'est quoi, là-bas ?

Bass Hess pointa l'index, manquant de crever l'œil de Paul. Celui-ci se tourna vers la vitre et regarda vers la colline.

— Où ça ?

Bass se cramponna à son bras, livide de terreur.

— Des chevaux… Quatre chevaux. Et leurs cavaliers. Ne me dites pas que vous ne voyez rien ?

Paul scruta la nuit et secoua la tête.

— Je verrai mieux si je descends, dit-il en ouvrant la portière.

Bass le tira en arrière.

— Non ! Ne sortez pas ! Vous ne les voyez toujours pas ?

— Bass, calmez-vous…

Paul posa une main sur l'épaule de son compagnon et le força à se rasseoir.

— C'est bien… Maintenant, baissez la tête et respirez profondément.

Pendant que Bass se recroquevillait sur son siège, la tête entre les genoux, Paul fit deux appels de phares. Un sanglot étouffé s'éleva près de lui.

Les quatre cavaliers tirèrent sur les rênes et s'éloignèrent au petit galop après avoir adressé un signe de la main à Paul.

— Il n'y a rien dehors, dit celui-ci à Bass (ou plutôt à sa tête). Rien du tout. Vous savez quoi ? Je vais sortir et monter au sommet de cette colline pour vous prouver…

— Non !

Bass se détendit tel un ressort et braqua son regard vers la vitre au-delà de Paul.

— Ils ne sont plus là ! Où sont-ils allés ?

— Nulle part. Il n'y avait rien, Bass.

Paul n'avait pas éteint le moteur, afin d'étouffer le bruit de la cavalcade. Il passa la première et se prépara à faire demi-tour.

— Il serait plus prudent de retourner en ville, dit-il. Vous avez besoin de boire quelque chose, et de vous reposer.

Bass porta les mains à ses tempes.

— Je ne peux pas l'avoir imaginé, murmura-t-il. C'était trop… *réel.* Je ne peux pas croire qu'il n'y avait rien…

Le petit sanglot qui suivit indiquait le contraire.

Tandis qu'ils s'éloignaient du théâtre de l'Apocalypse, Paul suggéra :

— C'était peut-être une autre de vos épiphanies, Bass. Vous vous sentirez mieux après une bonne nuit de sommeil. Après, je vous conseille de prendre des vacances – de vraies vacances. Et aussi de parler de vos visions à quelqu'un qui pourra vous guider. Sur le plan spirituel, je veux dire.

Bass agrippa le bras de Paul, qui faillit perdre le contrôle de la voiture.

— Ce monastère ! Ce monastère. Il doit avoir des cellules pour les visiteurs ? Les visiteurs…

C'était sans doute son être spirituel qui répétait tout ce qu'il disait, tel l'écho.

— Une retraite. Une retraite. Vous savez : un sanctuaire. *La Montagne magique*…

Il serrait le bras de son voisin si fort que celui-ci sentait sa main s'engourdir.

— Je ne pense pas qu'on puisse s'y présenter à n'importe quelle heure, comme dans un hôtel, objecta Paul.

— On pourrait demander… Regardez, c'est là !

Paul sourit dans l'obscurité.

— Si vous insistez, dit-il comme de mauvaise grâce, je vais les appeler…

Bass faillit lui arracher la main en voulant l'empêcher de prendre son portable.

— N'appelez pas ! Ils risquent de refuser. Allons-y sans prévenir. Maintenant !

Il se tassa sur son siège, à bout de forces.

Paul haussa les épaules d'un air indifférent.

— Comme vous voulez.

Moins de dix minutes plus tard, il garait la voiture sur le parking de l'abbaye. Ils descendirent et se dirigèrent vers la porte massive en faisant crisser le gravier sous leurs pas. Le heurtoir s'abattit lourdement contre le battant, provoquant un vacarme à réveiller les morts.

— Donc, dit Paul d'un ton détaché, vous avez vu trois chevaux montés par des cavaliers ? A votre avis, où allaient-ils ?

Durant une fraction de seconde, il avait oublié qu'il niait leur existence encore quelques minutes plus tôt. Mais Bass n'en était plus à ça près.

— L'Apocalypse, Paul, dit-il d'un ton acide. Vous n'avez jamais entendu parler des cavaliers ?

— Oh ! Je croyais qu'ils étaient quatre ?

— C'est bien ce que j'ai vu ! Je vous l'ai dit : il y avait quatre cavaliers.

Paul constata avec plaisir que Hess n'avait pas complètement renoncé à sa morgue coutumière.

Soudain une petite porte se découpa dans la grande, révélant un visage auréolé de lumière.

— Oui ? En quoi puis-je vous aider ?

— Bonsoir. Je m'appelle Paul Giverney, et voici M. Hess. Si c'était possible, nous aimerions parler à…

L'abbé ? Paul ne put se résoudre à prononcer le mot.

— … Au père, euh, au *frère* John. John del Santos. S'il veut bien nous recevoir.

Le moine (ou le pseudo-moine) les fit entrer. Lors de sa première visite, Paul avait été agréablement frappé par la fraîcheur et la quiétude du hall. En vérité, il ne lui aurait pas déplu de passer quelques jours dans cet endroit.

— Je suis le frère Francis. Si vous voulez bien patienter, je vais prévenir l'abbé.

Frère Francis s'éloigna d'un pas rapide, sa robe flottant dans son sillage.

Paul regarda autour de lui, appréciant l'absence de tous les gadgets, bricoles, babioles que chacun entassait chez lui à Manhattan. Le monde était devenu une vaste brocante. Aucun meuble ici, hormis un long banc en bois contre un mur. Paul soupira en songeant au bric-à-brac qui encombrait son bureau, à l'usure tellement chic de ses fauteuils. Sa famille et lui dégustaient les plats achetés chez Dean & DeLuca dans un service en porcelaine Villeroy & Boch (un cadeau de mariage).

Deux minutes plus tard, Johnny del Santos apparut à l'extrémité du couloir et se dirigea vers eux d'une allure solennelle. Ses pas résonnaient dans l'espace vide.

— Paul Giverney ! Quelle surprise !

— Bonsoir, Johnny.

Les deux hommes échangèrent une poignée de main, puis Paul reprit :

— Je te présente Bass Hess, un ami. Pardon de débarquer à l'improviste…

— Je t'en prie, c'est un plaisir. Allons dans mon bureau.

A peine assis, Bass se lança dans une logorrhée sur le déclin spirituel et les remèdes à y apporter. Johnny l'écouta en silence, les mains jointes devant lui. Paul admira une fois de plus son expression pleine d'empathie, qui laissait croire à son interlocuteur qu'il était la seule personne sur terre à mériter son attention.

A la fin de son monologue (il avait passé l'alligator sous silence pour mieux s'étendre sur le buisson ardent), Bass se tut pour reprendre son souffle.

— Bien entendu, nous serons heureux de vous accueillir quelque temps parmi nous, plaça Johnny. Pendant votre séjour, peut-être pourriez-vous envisager de rejoindre notre communauté en tant qu'oblat…

Le mot « oblat » parut provoquer un déclic salvateur

chez Bass. Il se mit à répéter : « Oui, oui, bien sûr », comme s'il tenait à mettre au plus vite les choses au clair, au cas où il aurait été frappé d'un mutisme subit. Il hochait vigoureusement la tête, comme l'oiseau sur le bureau de Bunny Fogg, qui plongeait le bec dans l'eau quand on l'effleurait du doigt.

— Vous n'aurez pas à prononcer de vœux, expliqua Johnny. Après une période de préparation, vous serez libre de retourner dans le monde afin de pratiquer. Je suppose que la règle de saint Benoît n'a pas de secret pour vous ?

Bass le regarda d'un œil stupide.

— Ce n'est pas grave. Vous l'apprendrez, si vous décidez de nous rejoindre.

Bass recommença à dodeliner de la tête, la bouche entrouverte, avec l'air d'un parfait crétin.

— Pour commencer, vous devrez renoncer à votre existence actuelle et à vos attachements. Avez-vous informé votre famille de votre décision ?

Bass répondit par la négative. Après en avoir discuté avec Johnny, il décida qu'il séjournerait à l'abbaye pour une période d'au moins cinq ou six mois. Il semblait soulagé au-delà de toute mesure, presque excité. Quand Paul lui proposa d'aller chercher la valise qu'il avait laissée à l'hôtel, il lui dit de la rapporter plutôt à New York.

— C'est bien, approuva Johnny. Mieux vaut entrer ici aussi nu que vous l'étiez au jour de votre naissance.

Ça dépend si vous vous appelez Bass Hess ou si vous êtes une prostituée de haut vol, songea Paul en examinant ses ongles.

— A présent, Bass, je dois vous informer de certaines règles…

Paul fredonna durant tout le trajet de retour vers l'hôtel. Parmi le train de « règles » que Johnny avait taillées sur mesure pour Bass Hess figurait l'obligation de renoncer à ses activités et de chasser de son esprit tout ce qui l'encombrait. Dans ces conditions, il lui serait extrêmement difficile, voire impossible, de continuer à nuire à Cindy Sella.

Le lendemain matin, comme il avait quelques heures à tuer avant de s'envoler pour New York, il traversa une nouvelle fois le pont pour se rendre au Warhol Museum. Il s'attarda un moment sur le seuil de la salle où se trouvait la banquette recouverte de toile de parachute, sans toutefois y entrer. Ses pas le conduisirent à une autre salle, plus exiguë, dans laquelle flottait une masse de coussins argentés gonflés à l'hélium. Deux petites filles et un adolescent jouaient à se les renvoyer ou à les projeter vers le plafond. Ils acceptèrent de bonne grâce qu'il se joigne à eux. En fait, c'est à peine s'ils parurent remarquer sa présence.

Comme c'est warholien ! songea Paul en détournant un des nuages d'argent des gamines, comme l'aurait fait un grand frère. Elles se liguèrent aussitôt contre l'intrus pour dévier le nuage qu'il visait et l'expédier hors de sa portée, comme l'auraient fait deux petites sœurs.

Paul contemplait la rivière depuis le Sixth Street Bridge. Son excitation de la veille était retombée, le laissant dans un état qui ressemblait à la mélancolie. Il avait l'impression de s'appuyer au bastingage d'un bateau ayant tout juste quitté le port et atteint la distance où les lumières de la côte se mêlent aux étoiles.

Très exactement ce qu'il ressentait quand il achevait l'écriture d'un livre.

LA LUMIERE DES ADIEUX

65

Depuis combien de temps était-elle assise là, penchée au-dessus de la machine à écrire ? Elle se redressa, leva les yeux vers la pendule. A peine dix minutes, qui lui avaient paru des heures. Si elle n'y prenait garde, elle deviendrait comme Lulu.

Lulu était-elle réellement incapable d'admettre ses sentiments pour les gens avant qu'ils ne la quittent ou qu'elle ne les quitte ? En tout cas, c'était l'impression qu'elle donnait, à force de tenir les autres à distance.

Cindy la regarda, ou plutôt elle posa son regard sur la page que Lulu squattait. Le front appuyé sur ses mains, celles-ci croisées sur le volant, l'héroïne s'enfonçait toujours plus profondément dans l'immobilité.

Bientôt, elle échapperait complètement à sa créatrice.

Pourquoi Lulu était-elle ainsi ? Parce qu'elle ne supportait pas de perdre les gens ? Non, c'était plus compliqué. Lulu refusait le changement.

Cindy sursauta. On frappait à la porte.

Qui pouvait lui rendre visite aussi tard ? Il était presque 22 h 30 ! Edward, bien sûr… Elle s'assura qu'il restait dans la bouteille d'Old Grand-Dad de quoi remplir quelques verres.

Puis elle jeta un coup d'œil à sa vieille chemise. Elle était affreuse, tachée (elle la portait le jour où elle avait aidé Rosa Parchment à peindre des cadres de miroirs), et il lui manquait un bouton. Edward ne s'en formaliserait pas.

Elle alla ouvrir.

Le regard de Joe Blythe tomba sur sa chemise, et il sourit.

— Ravissante. Bonsoir, Cindy.

Elle ferma les yeux. Elle aurait voulu disparaître. Puis elle les rouvrit et dit :

— Bonsoir. J'étais en train de repeindre la chambre…

— En turquoise. Ce doit être magnifique. Et les plinthes en violet, peut-être ? Je prendrais bien un verre. J'ai eu une fichue soirée.

— Un verre… Oui, bien sûr. Tout de suite.

Elle se précipita vers la cuisine, attrapa deux verres, retourna au salon et versa deux doigts d'Old Grand-Dad dans chacun. Puis elle regagna la porte et tendit son verre à Joe.

— Tenez !

— Merci. Edward n'est pas là ?

— Lui ? Il doit être au Ray's.

— Là où je vous ai vue la première fois ?

Joe s'appuya au mur et but une gorgée.

Cindy acquiesça frénétiquement, trop heureuse de lui confirmer que oui, c'était bien là qu'ils s'étaient rencontrés.

— Je pensais que vous aviez déjà quitté New York, dit-elle. Pour rentrer chez vous.

— Moi ? Je ne serais jamais parti sans dire au revoir.

— Au revoir… Oh ! Ça va de soi.

Elle avait parlé d'un ton détaché, comme si elle n'était pas concernée.

Elle s'appuya au mur opposé et but également une gorgée.

Joe fit tourner le bourbon dans son verre et se lança :

— Je me demandais…

— Ou… oui ?

Sa voix s'était fêlée sur l'unique syllabe.

— Ce serait possible d'entrer ?

Cindy ouvrit de grands yeux. Seigneur ! pensa-t-elle. Il a raison. Je ne peux pas toujours le recevoir sur le pas de la porte !

— Oui, certainement, répondit-elle en s'écartant. Pardon.

— Ne vous excusez pas. J'aime ce couloir.

Elle le suivit à l'intérieur et se dépêcha de fermer la porte de la chambre pour lui cacher ses murs Calamity White. Joe se laissa tomber sur le canapé et Gus vint se piquer à ses pieds.

— Il s'appelle comment, votre chat ?

— Gus.

— Salut, Gus.

Gus le fixa d'un regard sévère.

Histoire de se donner une contenance, Cindy saisit la bouteille de bourbon et resservit Joe.

— Merci. Vous vous êtes rappelé que je le buvais sans glace, remarqua-t-il avec un sourire.

Cindy s'assit en face de lui et passa une main dans ses cheveux.

— Oui, bien sûr.

C'était faux. Simplement, elle n'avait pas eu le temps de sortir le bac à glaçons.

Elle tenta d'imiter son sourire en coin, puis elle se dit qu'elle devait ressembler à une des deux folles de *Grey Gardens*, la mère ou la fille. Surtout avec cette vieille chemise.

— Vous n'êtes pas encore rentré chez vous, donc, dit-elle en priant pour tomber ivre morte dans les dix secondes qui allaient suivre.

— En effet. Je voulais vous voir avant de partir.

Trois secondes. L'estomac de Cindy se trouvait à présent au même niveau que Gus, couché en rond aux pieds de Joe.

— Ça me fait plaisir que vous soyez venu me dire au revoir. J'espérais…

Non mais, tu t'entends ?

— Comment avez-vous connu Paul Giverney et les autres ? La rousse, par exemple ?

— Blaze ? En fait, je ne la connais pas.

Bien !

— Pourtant, l'autre soir, vous étiez tous ensemble au Clownfish Café, avec Candy, Karl, et un homme que je n'avais encore jamais vu.

— Arthur. On avait des trucs à voir ensemble.

— Ce sont des tueurs à gages. Vous êtes au courant ?

— Arthur et Blaze ?

— Non, répondit-elle d'un ton impatient. Candy et Karl.

— Ça fait longtemps que je les connais. Ce sont de chics types.

— Pour des tueurs, oui. Vous avez l'intention de retourner voir mon ex-agent ? Si oui, je peux vous accompagner ?

Joe rit.

— Il ne vous embêtera plus.

Cindy s'enfonça dans son fauteuil.

— Ils l'ont tué ?

— Non. Il a filé… Pfff ! En Floride, il me semble.

— En Floride ?!

— C'est là que vit sa tante. Elle voulait qu'il vienne habiter avec elle. Elle est très riche, et elle n'a pas d'autre héritier. Vous vous doutez qu'il n'a pas hésité longtemps.

— Et son agence ?

— Il a dû la céder à quelqu'un. Vous n'aurez qu'à demander à Paul.

Joe promena son regard autour de la pièce et ajouta :

— C'est gentil, chez vous. En tant qu'écrivain, vous devez aimer Manhattan. Moi, je l'ai toujours trouvé trop exotique. Surréaliste, même.

Il appuya sa nuque contre le dossier du canapé, comme s'il avait l'intention de rester pour la nuit.

Peut-être l'aurait-il fait si Cindy avait étalé le plaid en laine sur lui. Mais, avant qu'elle ait seulement pu y penser, il se redressa et prit le livre de Gissing sur la table basse.

— Je ne l'ai pas lu, avoua-t-il. *New Grub Street*… Ça veut dire quoi ?

— C'est le nom d'une rue, à Londres. Du moins, ça l'était au XVIIIe siècle. Plus tard, c'est devenu un repaire de journalistes et d'écrivains ratés. C'était le début de l'édition moderne, vous voyez. C'est pourquoi Gissing a intitulé son roman *New Grub Street*. Enfin, c'est un peu plus compliqué que ça…

Elle se pencha vers la table, comme il l'avait fait, et posa une main sur le livre.

— Le personnage principal, Edwin Reardon, est un auteur qui refuse de se soumettre aux lois du marché. C'est peut-être idiot de ma part, mais je ne peux m'empêcher d'avoir de la compassion pour lui. Il est pauvre, il meurt jeune et sa femme se remarie avec un confrère qui, lui, connaît le succès commercial.

— C'est vraiment pas de bol.

Joe se cala dans le canapé et but une gorgée de bourbon.

— Vous aimez écrire, pas vrai ?

Cindy leva vers lui un regard stupéfait, presque horrifié.

— Non ! Je déteste ça. C'est trop dur.

Il rit. Puis il vida son verre et se leva dans un seul mouvement fluide.

— Il faut que j'y aille…

— Non ! se récria-t-elle. Pas encore. Je ne veux pas.

Sa voix avait pris des intonations râpeuses, et elle était dangereusement proche des larmes.

— Cindy…

Ce fut plus fort qu'elle. Elle l'entoura de ses bras et enfouit son visage dans le creux de son cou. Tout aussi subitement, elle le lâcha et recula.

— Je veux partir avec vous !

— J'élève des cochons. Je lance des couteaux. C'est ça que vous voulez ?

— J'aime les cochons.

— Et les couteaux ?

— Allons ! dit-elle, feignant de prendre la chose à la légère. Vous ne passez pas votre temps à lancer des couteaux !

— Candy et Karl ne passent pas non plus leur temps à tuer des gens.

— Vous voulez me faire croire que vous êtes un tueur à gages ?

— Non.

— Ah ! J'en étais sûre ! De toute manière, ça m'est égal.

Il sourit.

— Cindy, vous n'avez pas besoin de moi.

Ce qu'il pouvait être agaçant !

— Je vous défends de me dire de quoi j'ai besoin ! J'ai horreur de ça !

Dans sa nervosité, elle tordait sa chemise comme pour y faire un nœud. De guerre lasse, elle glissa le pouce dans la dernière boutonnière.

Joe ne sembla pas se formaliser.

— Je ne crois pas que vous ayez besoin de quelqu'un, dit-il.

— *Quelqu'un ?* Il n'est pas question de *quelqu'un*, mais de *vous* ! J'ai besoin de vous, Joe. Personne n'a des yeux aussi bleus que les vôtres.

Il fit semblant de réfléchir.

— Même pas Steve McQueen ?

Elle le regarda, interloquée.

— *Steve McQueen ?*

— Je vous taquinais. Vous avez déjà tout ce qu'il vous faut, Cindy. Votre cerveau, l'écriture, vos personnages…

Elle en resta bouche bée. Puis elle écarta les bras, mais comme son pouce était coincé dans la boutonnière, sa chemise se souleva.

— Alors ça, c'est le bouquet !

Ayant libéré sa main, elle saisit son carnet de notes et l'agita devant le visage de Joe.

— Mes *personnages* ? Ah ! Vous parlez d'une compagnie !

Elle brûlait de balancer le carnet contre un mur, mais les nombreuses feuilles volantes qu'il contenait se seraient alors dispersées. Craignant de ne pouvoir les remettre en ordre, elle se contenta de l'abattre sur la table.

— Vous croyez vraiment que Lulu est une compagnie enviable ?

— Lulu ?

— Une fille qui ne fiche jamais rien, à part rester assise dans sa voiture ? J'aimerais vous y voir !

Elle hésitait entre tout casser et fondre en larmes.

— Regardez-moi ! Une vraie ratée, incapable de prévoir quoi que ce soit ! Ce soir, j'aurais pu porter ma jolie robe rouge. Mais non, il a fallu que j'enfile cette guenille ! Vous trouvez que c'est une vie, vous ?

— D'accord…

Joe se rassit.

— Allez chercher vos affaires. Je vous emmène chez moi, à la ferme.

— Hein ?

— Dépêchez-vous de préparer votre sac. Puis on se mettra en route.

Elle eut un rire incrédule.

— Quoi, comme ça ?

— Oui.

— Maintenant ?

— Pourquoi pas ?

— Vous êtes bien sûr de vous !

— Moi, non. Et vous ?

C'était là, à portée de main, ou juste à ses pieds.

Le fandango d'un pas léger.

Les roues à travers la piste.

Le plafond qui s'envolait.

Elle regarda Joe sans répondre.

Il finit par se lever.

— C'est bien ce que je pensais, dit-il.

Puis il se pencha vers elle et l'embrassa, en effleurant à peine ses lèvres.

— Passez donc me voir un de ces quatre. Vous me servirez de cible pour lancer mes couteaux.

Il se retourna sur le seuil.

— Au revoir, Cindy.

Puis il disparut, comme s'il n'avait jamais été là.

Cindy regarda les poissons-clowns se prélasser sur l'anémone rose, Gus couché sur le tapis, le carnet sur la table, le manuscrit sur le bureau, Lulu dans sa voiture…

Ils baignaient tous dans la lumière des adieux.

66

Trois mois plus tard

— On ne peut quand même pas l'attacher à une chaise, Paul.

— Je sais bien. Mais je pensais qu'il tiendrait au moins six mois. Tu ne pourrais pas, hum, le persuader de rester ?

Johnny del Santos rit.

— Comment ? En lui collant un pistolet sur la tempe ? Même les novices animés par une vocation authentique craquent parfois au bout d'un an.

Les pieds calés sur son bureau, Paul contemplait le papier peint familier. En baratinant le syndic, Molly avait fini par lui arracher l'autorisation de retapisser l'appartement contre la promesse de le repeindre entièrement le jour où ils partiraient. Combien d'années s'étaient écoulées depuis ? Quitteraient-ils un jour cet endroit ?

— Paul ? Tu es toujours là ?

— Pardon. Penses-tu pouvoir le retenir encore, mettons, une semaine ?

— Je trouverai un prétexte. Mais laisse-moi te dire

un truc : je comprends que tu veuilles empêcher ce connard de pourrir la vie des gens. Tout le monde ici l'a pris en grippe. Frère Walter est le seul à trouver un côté positif à l'expérience. Il dit que c'est Dieu qui nous l'a envoyé, « pour éprouver notre patience et notre humilité ». Je lui ai répondu : « Dieu ne peut pas se montrer aussi cruel, frère Walter. »

Walter… Un prénom qui jurait bizarrement avec le titre de « frère ».

— Frère Walter est le type le plus humble que je connaisse. Pourtant, il prétend avoir découvert à cette occasion que son humilité n'était qu'une façade. « Une façade ! je lui ai répondu. Impossible, Walt. Si quelqu'un ici mérite d'aller au paradis des humbles, c'est toi. » Je parierais ma chemise sur lui.

Paul réprima un sourire. Apparemment, Johnny était toujours accro au jeu, et le paradis devait avoir pour lui les couleurs de Las Vegas.

— Frère Walter m'a tout l'air d'un vrai chrétien.

— Je dirige un monastère, je te rappelle. Enfin, plus ou moins.

— « Plus ou moins » ? Ne te fiche pas de moi, Johnny. Et d'abord, tu n'es pas censé servir de modèle à frère Walter ? Il me paraît beaucoup plus humble que toi.

— Un modèle, moi ? Depuis quand ?

Paul éloigna le téléphone de son oreille et le regarda. Avait-il bien entendu ?

— Depuis que tu as fait construire ou restaurer cet endroit, Johnny. Tu en es le chef, le leader spirituel, appelle ça comme tu voudras. Mais on s'écarte du sujet. C'est quoi, le problème de Hess ? De quoi se plaint-il ?

— De tout. La nourriture, le manque de distractions, le fait de devoir participer aux tâches domestiques… L'autre jour, il a fait irruption dans mon bureau en se disant victime d'une machination. Tu l'aurais manipulé pour le forcer à entrer au monastère. Je lui ai rétorqué que personne ne l'avait obligé à quoi que ce soit, que c'était sa décision, la conséquence de ses visions, etc. Mais il n'en démordait pas. Il affirmait que c'était *toi* qui avais tout manigancé, le buisson ardent, l'apparition dans la décharge, les cavaliers sur la colline…

Johnny poursuivit, hilare :

— Tu ne m'avais pas parlé de l'alligator, d'ailleurs, Paul. Bon sang, ce que j'aurais voulu voir ça ! Comment as-tu fait ton coup ?

— Je n'y serais jamais arrivé sans l'aide de quelques personnes de talent.

— Ni sans l'alligator !

Johnny rit de plus belle.

Une « cellule de crise » se réunit d'urgence dans le bureau de Bobby Mackenzie.

Comme les fois précédentes, il y avait là Candy et Karl, Clive Esterhaus, Bobby et Paul. La seule chose qui avait changé, c'était le scotch qu'ils buvaient ce jour-là : un Laphroaig originaire d'Islay. (Bobby avait affirmé que le nom de l'île se prononçait *Aïe-la*, mais aucun d'eux ne l'avait cru.)

— Donc, ce salopard va rappliquer et reprendre le cours de sa vie comme s'il ne s'était rien passé, dit Candy d'un ton grincheux.

— Mais Cindy Sella est tirée d'affaire, remarqua Karl. C'est le principal.

Rien n'est moins sûr, pensa Paul.

— Hess a dû perdre tous ses clients quand il a mis la clé sous la porte, dit Clive. Qu'est-ce qu'il vient fiche à New York ?

— Il en trouvera de nouveaux, affirma Bobby. C'est un agent, pas vrai ? Cette ville grouille de romanciers débutants qui ne connaissent rien à l'édition, ni à la vie en général. L. Bass leur demandera une commission de vingt pour…

Bobby s'interrompit net.

— J'y suis ! s'écria-t-il en reposant violemment son verre. Je sais comment neutraliser cet enfoiré !

— Comment ? dit Paul.

— Comment ? dit Clive.

— Comment ? dit Candy.

— Comment ? dit Karl.

Bobby se frottait les mains, une lueur féroce dans le regard. Son silence visait moins à maintenir ses compagnons sur des charbons ardents qu'à lui permettre de savourer l'ingéniosité de son propre plan.

— La bibliothèque des horreurs, laissa-t-il enfin tomber.

— La bibliothèque des horreurs ? demanda Clive.

— La bibliothèque des horreurs, répéta Bobby.

Les autres échangèrent des regards perplexes.

Soudain, Paul Giverney éclata de rire.

— Génial, Bobby ! J'adore.

Bobby bondit de son fauteuil, se dirigea vers la porte et leur fit signe de le suivre.

— Venez, venez !…

— Nous avons une semaine pour tout organiser, indiqua Paul en se levant. Johnny del Santos ne pourra pas le retenir plus longtemps.

Bobby avait déjà quitté la pièce, les entraînant à sa suite.

— Quand Hess va rouvrir son agence, il lui faudra une secrétaire, remarqua-t-il en s'arrêtant devant le bureau de son assistante. Je sais qu'il a viré Stephanie. Dolly…

Dolly le regarda avec des yeux ronds.

— Oui ?

— Trouvez-moi Bunny Fogg.

Puis les cinq hommes s'engouffrèrent dans le couloir qui menait à la bibliothèque des horreurs.

67

Bass Hess n'était pas du genre à flâner. Généralement, il marchait du pas vif de l'homme qui n'a pas de temps à perdre avec des bêtises.

Ce jour-là, pourtant, c'était d'une allure nonchalante qu'il remontait Broadway, puis la 23e Rue, pour se rendre à ce qui demeurait *son* bureau. Il avait réglé au propriétaire six mois de loyer d'avance en échange d'une remise. Le syndic, ignorant que les locaux de l'agence étaient inoccupés, continuait à y faire le ménage – gratis, pensa Bass avec un gloussement ravi.

La vie allait reprendre son cours habituel. Le seul changement serait l'absence de son ancienne réceptionniste, Stephanie. De toute manière, il ne l'avait jamais appréciée. Trop frivole et préoccupée d'elle-même à son goût.

La première chose qu'il vit en poussant la porte fut la photo de Cindy Sella parmi les portraits de ses clients.

Cindy Sella… Elle ne perdait rien pour attendre, celle-ci. Elle croyait peut-être qu'il lâcherait l'affaire ? Eh bien, il aurait voulu être là pour voir sa tête quand un huissier sonnerait à sa porte pour lui remettre une assignation. Il venait de passer un mois à retravailler sa plainte, à la peaufiner. Chaque jour, il se rendait dans le jardin du monastère, et là, au lieu de désherber, biner ou arracher les laitues, il prenait des notes dans son carnet.

Il considéra les portraits de ses clients. Certains avaient engagé un nouvel agent ; il n'avait même pas tenté de les recontacter. Il promena un regard ému le long des rayonnages où étaient exposés leurs livres. Comme ils lui manquaient ! Même l'horrible Mia Pennyroyale et ses romans à deux balles. Pour la plupart, il ne se serait jamais abaissé à les lire deux fois. Il n'avait même pas pu finir un seul livre de Creek Dawson ! Le désert à perte de vue, le crottin… Très peu pour lui. Mais il appréciait trop les commissions qu'ils lui versaient pour faire la fine bouche.

Ça lui faisait mal de l'admettre, mais les seuls livres qui méritaient qu'il leur consacre un peu de son précieux temps étaient ceux de Cindy Sella. S'il l'avait pu, il aurait étranglé cette traîtresse de ses propres mains. Non mais, elle se prenait pour qui ? On ne lâchait pas l'Agence Hess impunément.

La perspective de retrouver la place qui lui revenait au sommet de l'édition new-yorkaise finit par effacer le visage de Cindy Sella de son esprit, et il se dirigea vers son bureau d'un pas résolu.

Il ouvrit la porte… et resta pétrifié.

Nom de Dieu ! C'était quoi, ce bazar ?

Les centaines de livres qui couvraient autrefois les murs avaient été remplacés par des piles de feuilles. Qui avait osé… ? Et qu'est-ce que cet aquarium fichait sur une étagère, au milieu d'un océan de papier ?

Dans un état second, il traversa la pièce, dépassa les canapés en cuir, la table basse.

Une partie des livres retirés des rayonnages avaient été triés et rangés dans des caisses. Chacune portait une plaque en laiton, *Policier*, *Western*, *Science-fiction*… Les tas de papiers (pas question d'y toucher !) étaient également classés par genre, avec des variantes : *Sentimental*, *Ados*, *Pré-ados*… Bass transpirait à grosses gouttes. C'était sûrement un mauvais rêve, un cauchemar. Dans un moment, il se réveillerait dans sa cellule du monastère, couché dans son lit étroit…

Il se rua vers le bureau, empoigna le téléphone. La ligne n'avait pas été coupée. Il composa le numéro du syndic, Big Applebaum.

— Non, monsieur. A notre connaissance, personne ne s'est introduit dans vos bureaux. Et non, nous ne les avons pas sous-loués.

— Passez-moi votre patron. J'exige de lui parler. Il sait sûrement quelque chose !

— Désolée, monsieur Hess, mais M. Applebaum est en déplace…

Hess raccrocha violemment.

— J'ai l'impression d'être Popeye, dit Karl, appuyé contre la façade d'un épicier-traiteur.

— Et moi, « Ratso » Rizzo, à force de vous suivre partout, dit Bobby Mackenzie en s'écartant du mur.

Karl alla s'accouder à la portière du 4 × 4 dans lequel attendait le reste de la bande. Candy et Paul le regardaient d'un œil rond.

— Popeye ? fit Candy.

— *French Connection*, la scène où Gene Hackman et son équipier surveillent l'hôtel depuis la rue…

A voir leurs têtes, on aurait dit qu'ils n'avaient jamais mis les pieds dans une salle de cinéma.

— Pas grave, marmonna-t-il en filant une claque à la portière. Oubliez ce que je viens de dire.

Joe Blythe s'empressa d'obtempérer en portant la paire de jumelles Leica Duovid à ses yeux. Celles-ci passaient de main en main depuis que Joe avait repéré Hess dans la rue, à proximité de l'immeuble qui abritait son agence. Le 4 × 4 Land Rover appartenait à Joe. Habituellement, il y transportait plutôt de la nourriture pour cochons et les équipements nécessaires pour la ferme.

— Il est au téléphone, annonça Joe.

— Qui peut-il bien appeler ?

Joe sourit.

— Les flics ?

— Le *Publishers Weekly*, suggéra Karl avec un rire moqueur.

— Tout ce qui compte, c'est qu'il ait vu l'état de son bureau. Allons-y.

Ils descendirent tous du 4 × 4 et risquèrent leurs vies en traversant la 23e Rue alors que le feu venait de passer au vert, lâchant sur eux un raz de marée de taxis jaunes.

68

Les craintes de L. Bass se révélèrent fondées.

Les rayonnages de la bibliothèque étaient remplis de manuscrits. Comment étaient-ils arrivés là, et qu'est-ce que ça signifiait ? Encore un coup de ce salaud de Paul Giverney, sans doute. Ce serpent, ce…

Il tapa du poing dans sa main, ce qui lui fit un mal de chien.

Il s'apprêtait à cueillir un manuscrit sur le sommet d'une pile quand il entendit des voix. Il se rappela alors qu'il n'avait pas refermé la porte à clé derrière lui.

Paul Giverney et Bobby Mackenzie entrèrent, apparemment très détendus.

— Salut, Bass, lança Paul, qui tenait deux grandes enveloppes marron à la main.

— Vous…

Hess fut interrompu par l'irruption soudaine de Candy, Karl et Joe Blythe. Il chancela mais resta debout, tel un héros blessé sur le champ de bataille.

Joe Blythe s'assit sur le coin du bureau, au même endroit que la fois précédente.

Bass riva son regard sur Paul.

— Où est le reste de mes livres ?

— En sécurité, dans un box de stockage. Nous nous sommes assurés que les déménageurs les traitaient avec soin.

Karl et Bobby se prélassaient dans les fauteuils en cuir.

Debout devant l'aquarium, Candy observait ses occupants. Un chirurgien d'un jaune éclatant, quelques poissons-anges de toute beauté – platine, noir, rayé comme un tigre – et un couple de clowns.

— J'espère que vous appréciez l'aquarium, Bass, dit-il. On a pensé qu'il apporterait une touche de gaieté…

— Je déteste les poissons.

Bass se redressa pour paraître plus grand et ajouta :

— J'appelle la sécurité.

Joe étant assis juste à côté, il hésitait à tendre la main vers le téléphone.

— Ne vous donnez pas cette peine, dit Paul. Le temps de vous fournir quelques explications, et nous serons partis. Vous voyez tous ces manuscrits ? Nous avons supposé que vos anciens clients auraient changé d'agent, à part peut-être le cow-boy. Comment s'appelle-t-il, déjà ?… Creek ? Un nom qui sonne très authentique.

— Même ce bon vieux Dwight Staines a quitté le navire, glissa Candy en tournant le dos à l'aquarium. Son départ va représenter un gros manque à gagner pour vous.

— C'est pourquoi il vous faut de nouveaux clients, reprit Paul en indiquant les rayonnages.

— Quoi ? Vous ne croyez quand même pas que je vais me farcir ces… cette daube infecte ?

Bass avait adopté un ton méprisant qui ne trompa personne, pas même lui.

— Ah ! soupira Bobby. Quelle douce musique à mes oreilles !

— Bien sûr que si, reprit Paul, répondant à Bass. Vous n'aurez rien de mieux à faire, de toute façon.

Il s'approcha de la bibliothèque, prit un manuscrit sur une étagère.

— « *Tutus et chaussons pointus* »… Un récit autobiographique, dirait-on. L'auteur était… danseuse au ballet d'Austin. Alléchant, non ?

Bass ferma à demi les yeux.

— Si vous pensez que je vais perdre mon temps avec ces conneries, c'est que vous êtes tous complètement cinglés.

Bobby Mackenzie enchaîna comme s'il n'avait rien entendu.

— Votre mission consiste à trouver le prochain Salinger, Joseph Heller ou Thomas Harris…

Bass eut un rire cassant.

— Vous n'êtes pas sérieux ?

— On ne pourrait l'être plus. Autrefois, les éditeurs payaient des assistants pour lire les manuscrits qu'ils recevaient et leur faire remonter ceux qu'ils jugeaient dignes d'intérêt. Ça n'arrivait pas souvent, je vous l'accorde. Mais parfois, vous tombiez sur une pépite dans le genre de *L'Attrape-cœurs*, *Catch 22* ou *Le Silence des agneaux*. Maintenant qu'il n'existe plus de filtre et qu'on a ouvert en grand les vannes, l'édition est devenue un vrai marécage. On publie à prix d'or des trucs qui n'ont jamais subi le regard critique d'un éditeur digne de ce nom, sans parler de toutes ces merdes autoéditées… Quoi de plus arrogant qu'un mauvais écrivain, je vous le demande ? A force d'être gavés de saloperies, on ne sera même plus capables de reconnaître le nouveau Salinger le jour où on tombera dessus. Aussi, faites-moi plaisir, Bass : trouvez-moi la prochaine révélation, le futur grand roman de ce siècle. Il est là, dans cette pièce !

Bobby s'interrompit et alluma un cigare.

Le visage de L. Bass Hess passait alternativement du blanc au rouge, comme une enseigne clignotante au néon. De quel droit Mackenzie, le plus amoral (et le plus puissant) des fumiers qui prospéraient dans ce milieu, lui faisait-il la leçon ?

— Je n'ai aucun ordre à recevoir de vous ! aboya-t-il.

Bobby haussa les épaules en exhalant un nuage de fumée.

— Je crains que si, répliqua-t-il. Et pas seulement de moi : de nous tous.

Avec un grognement, Bass enfila sa veste et ramassa son attaché-case, marquant son intention de quitter les lieux.

— Je m'en vais, annonça-t-il. Avant que je prévienne la police, je vous conseille de virer ces cochonneries de mon bur…

« Cochonneries »… S'il y avait un mot qu'il ne fallait pas employer devant Joe Blythe, c'était bien celui-ci.

L'air vibra près de l'oreille de Hess, et un couteau se planta juste derrière lui, dans une étagère.

Il hurla et porta la main à sa tête. Pas de sang.

Joe Blythe souriait.

Karl prit la parole :

— Je crois que Joe essaie de vous dire que votre journée de travail n'est pas terminée. Il est à peine midi. Alors, vous feriez mieux de poser cette mallette.

Indifférent à l'agitation, Paul s'était approché d'un des rayonnages et avait pris un manuscrit au hasard.

— Vous devriez jeter un coup d'œil à celui-ci, dit-il après l'avoir feuilleté cinq secondes. Ça parle d'un perceur de coffres-forts. « *Pirouette et Cambriole* »… Amusant, non ? Je dirais que c'est prometteur.

Il reposa le manuscrit, vida les deux enveloppes marron de leur contenu sur le bureau. Surprise ! D'autres manuscrits, qu'il poussa vers Hess.

— Clive a pensé que ces deux-là vous plairaient tout particulièrement, précisa-t-il.

Hess ne daigna pas remercier Clive de cette attention.

— Comment voulez-vous que j'accorde du temps à mes clients si je dois me coltiner toutes ces coch… ces conneries ?

— Quels clients ? Ils vous ont tous lâché, à part Creek Dawson et cette espèce de folle, Mia ou Myra quelque chose. Mais ce n'est pas un problème.

— Comment ça ?

Hess voulut s'extraire de derrière son bureau, mais comme Joe s'était rassis dessus, il se ravisa.

— Vous voulez que je lise tout ça ? gémit-il.

Paul s'écarta de la bibliothèque après avoir placé *Robot rattrapé* sur la deuxième étagère en partant du bas. Pas sur le dessus de la pile, mais pas trop loin non plus.

— Rassurez-vous, répondit-il. Nous ne sommes pas aussi déraisonnables.

Bass osa ricaner, tout en surveillant Joe du coin de l'œil. Apparemment indifférent, celui-ci jouait avec un coupe-papier.

— Pas tous, non, reprit Bobby. L'idée, c'est qu'après

avoir vendu six ou sept de ces textes à des éditeurs réputés – moi, par exemple – vous raccrochiez pour de bon.

— Vous êtes fou ? protesta Bass. Qui voudrait publier ces foutaises ? Des déchets repêchés au fond de Dieu sait quelles poubelles…

— Vous exagérez. Quelques-uns ont été oubliés au fond d'un tiroir. La plupart ont été survolés par une assistante qui n'y connaissait rien avant d'atterrir dans la case des manuscrits refusés. Une minorité a eu le privilège d'être lue par un directeur éditorial avant de connaître le même sort. N'oubliez pas : ce fatras dissimule peut-être un trésor.

Bass allait répliquer quand la porte extérieure de l'agence s'ouvrit. Des pas traversèrent la salle d'attente, et Bunny Fogg passa la tête à l'intérieur du bureau.

— Pardon, dit-elle avec un grand sourire. Je suis en retard.

— Entrez, Bunny ! lui lança Bobby. Bass, voici votre nouvelle secrétaire. Nous nous doutons que vous allez devoir adresser des lettres de refus à la plupart de ces auteurs, ajouta-t-il en désignant les rayonnages. Bunny vous sera d'un grand secours. Elle prend des notes à la vitesse de la lumière. Peut-être même acceptera-t-elle de vous décharger en lisant une partie de ces manuscrits.

Bass fixait Bunny d'un œil soupçonneux.

Suivant les instructions de Paul, la jeune femme était entièrement vêtue de blanc. « Assurez-vous de ne porter toujours que du blanc au bureau, lui avait-il dit. Si vous avez besoin de compléter votre garde-robe, faites un saut chez Saks ou Bloomingdale's et envoyez-moi la facture. »

— On se connaît ? demanda Bass en plissant les yeux. J'ai l'impression de vous avoir déjà vue quelque part…

— J'ai longtemps travaillé pour Mackenzie-Haack, répondit Bunny. Vous avez dû me croiser dans les couloirs.

— Bunny veillera à ce que rien ne vienne vous distraire de votre tâche, expliqua Bobby avec un sourire carnassier.

— En d'autres termes, elle est là pour me surveiller ?

Bunny prit un air innocent, presque peiné.

— Pas moi, monsieur Hess. Mais je vous aiderai à classer ces manuscrits par ordre de priorité.

Hess la gratifia d'un reniflement méprisant.

Bobby se tourna vers ses compagnons.

— On y va, les gars ?

Ils se levèrent tous.

Tous, sauf Candy, déjà debout. Il n'avait pas détaché les yeux de l'aquarium depuis son entrée, n'avait pris aucune part aux menaces et autres lancers de couteau, de sorte que L. Bass ne s'était même pas aperçu de sa présence.

— Je ne savais pas qu'il existait autant d'espèces de poissons-anges, lança-t-il à la cantonade. C'est un bel aquarium que vous avez là.

Bass lui jeta un regard assassin mais se tut. Il n'avait plus rien à dire. Les visiteurs sortirent l'un derrière l'autre. En passant devant Bass, ils lui sourirent et levèrent le pouce en signe de victoire. Candy pianota sur la vitre de l'aquarium pour dire au revoir.

Oscar n'agita même pas une nageoire pour le saluer.

LE RESTE
EST (PRESQUE) SILENCE

Une semaine plus tard

Les enquêteurs du FWS firent irruption dans les locaux encombrés de paperasse de l'Agence littéraire Hess et présentèrent un mandat de perquisition à L. Bass, l'accusant de détenir illégalement un poisson-ange peppermint.

D'une main experte, l'agent Pasco (une superbe rousse) préleva le prétendu poisson-ange peppermint dans l'aquarium et le déposa dans une boîte en plastique.

Puis ils repartirent, emmenant L. Bass Hess.

Enfermé dans la salle d'interrogatoire du QG de Houston Street, Hess réclamait avec force un avocat et protestait de son innocence, prétendant qu'on avait introduit le poisson dans son bureau à son insu.

Cette affirmation lui valut un rire méprisant de l'agent Pasco.

— C'est toujours la même histoire, dit-elle en plaçant le poisson rescapé dans un sac fourre-tout.

Moins d'une heure plus tard, un autre agent, Molloy,

entra, accompagné d'une femme brune en robe rouge. Celle-ci alluma une mince cigarette brune et considéra L. Bass Hess.

— C'est lui, déclara-t-elle enfin. C'est Miles Mutton.

Un mois plus tard

Simone Simmons apprit à Clive Esterhaus que son neveu, L. Bass, avait été emmené aux urgences, où il avait eu droit à vingt-cinq points de suture après avoir introduit la main dans la cage de Jasper.

— Dieu seul sait ce qui lui est passé par la tête.

— En effet, Dieu seul le sait.

Simone avait récemment modifié son testament pour léguer la plus grosse part de sa fortune aux Amis des Everglades et à la Fondation pour les Everglades, et sa maison à son employé, Bolly.

— Je n'ai aucune confiance en Bass pour gérer ma succession. Il semble avoir perdu la raison.

Plus tard, alors qu'ils dînaient au fameux petit restaurant de Naples, Clive dit à Simone tout le bien qu'il pensait de ses nouvelles dispositions testamentaires. Ce faisant, il espérait sincèrement ne pas se laisser embringuer dans un remake de *Certains l'aiment chaud*.

— Au fait, Simone, que signifie l'initiale *L* dans le prénom de votre neveu ?

— Rappelez-vous : son père pêchait le black-bass.

Clive attendit qu'elle poursuive. Comment elle se taisait, il demanda :

— Et alors ?

— Comment, vous ne devinez pas[1] ?

Avec un rire dédaigneux, Simone porta son verre de martini XXL à ses lèvres.

Un an plus tard

1

Robot rattrapé bénéficia d'une publication accélérée de la part de Swinedale (une maison tout ce qu'il y avait de vénérable) et entra aussitôt dans la liste des meilleures ventes. Ce succès inattendu fit l'effet d'une bombe dans le monde de l'édition et laissa sans voix la douzaine de responsables éditoriaux qui avaient refusé le manuscrit. « Pas si inattendu que ça, nuançait volontiers Sam Driscoll, le directeur du marketing chez Swinedale. Pas pour qui connaît le marché, en tout cas. On ne peut pas dire qu'on s'aventurait en terrain inconnu par une nuit sans lune… »

« Mais bien sûr ! ironisait Bobby Mackenzie. Quand le succès est au rendez-vous, tout le monde se vante de connaître le marché comme sa poche. »

Le *Publishers Weekly* salua « le talent de visionnaire » de Suzie Moon, la directrice de Swinedale, qui avait su anticiper « le déclin de la thématique vampirique au profit des robots », ajoutant : « Comme nous l'a confié Mlle Moon avec un sourire espiègle : “Les robots, c'est géant !” »

Bub Biggins, l'auteur de *Robot rattrapé*, écrirait

1. L. Bass, soit *largemouth bass*, littéralement « black-bass à grande gueule ».

actuellement une suite à son roman. Il travaille toujours à la casse auto, chez Gio, et n'aurait aucune intention d'en partir. A en croire son patron, Gio Beauchamp, le chiffre d'affaires de son établissement aurait été multiplié par quatre au cours de l'année écoulée. « Bub est un type bien, confie-t-il à qui veut l'entendre. Il est resté le même malgré toute cette gloire. »

2

L. Bass Hess intenta un procès à Bub Biggins afin d'obtenir une commission sur la vente de *Robot rattrapé*. L'avocat de Biggins fit valoir que, son client n'ayant jamais signé le moindre contrat avec Hess, il ne lui devait rien.

Le juge Owen Oglethorpe statua en faveur de Biggins.

— J'ai l'intention de faire appel, lâcha Hess.

3

Autre succès inattendu, en particulier chez les lycéens et étudiants, celui de l'essai de Shirlee Murphee, *Gardez toujours le silence : l'erreur de Shakespeare*. Dans un style limpide, l'auteur y analyse l'échec de Shakespeare à établir les raisons de la temporisation de Hamlet. A cet égard, Mlle Murphee admet une dette envers T.S. Eliot, même si elle s'applique à démontrer dans la foulée « l'erreur d'Eliot ».

4

L. Bass Hess intenta un procès à Shirlee Murphee. Il lui réclamait une commission au motif que son essai, *Gardez toujours le silence*, n'était que la version à peine remaniée d'un roman antérieur, prétendument découvert par l'Agence Hess, *Nous (n')avons (jamais) été (vraiment) heureux,* réintitulé par la suite *Le reste est (presque) silence.*

La juge Carolee Menekee statua en faveur de Shirlee Murphee, arguant que celle-ci avait parfaitement le droit d'adapter son propre roman en essai, et que l'Agence Hess n'avait joué aucun rôle dans la création de cette nouvelle œuvre.

5

Mais la vraie surprise de la saison littéraire, juste derrière *Robbie* (le surnom affectueux donné au best-seller de Bub Biggins), fut *La Trilogie du singe skonke*, de Donny Lugz. Le succès de la série doit beaucoup au flair de son éditeur, Humpback House, qui eut l'idée révolutionnaire de l'adapter en trois dioramas avec plus de deux cents éléments mobiles.

Le deuxième volume (le plus populaire) comprend une reproduction du repaire d'alligators où, selon la légende, le singe skonke aime à se reposer. Le lecteur peut y introduire des petites figurines représentant des touristes sur la piste du singe. Libre à lui de décider si les touristes en ressortent, et dans quel état. (Le kit fourni avec l'ouvrage comporte un lot de figurines supplémentaires, plus ou moins démembrées.)

La série fit un carton auprès du jeune public, toutes tranches d'âge confondues. Les magasins Barnes & Noble, qui accueillirent Donny Lugz lors de sa tournée de promotion, furent pris d'assaut par des hordes de gosses déchaînés. Pour la première fois dans l'histoire de la célèbre chaîne de librairies, on vit des manifestants (parmi lesquels un certain nombre d'enfants) se masser devant les portes en brandissant des pancartes. La plupart se réclamaient des Skonkebusters, un tout nouveau mouvement protestataire. Les journalistes interviewèrent des enfants des deux camps. « Génial », « Trop cool », « Déchire grave », « Donny, on t'aime ! », pouvait-on entendre parmi les adorateurs de M. Lugz. « Nul », « Craignos », « Aucune originalité », « Grosse daube », rétorquaient ses détracteurs.

Deux de ces enfants ne se rangeaient ni dans un camp ni dans l'autre. Appuyés contre la vitrine de la librairie, les frères Hollander-Trump observaient la scène.

L'aîné, douze ans, désigna les livres mis en scène dans la vitrine.

— Un simple feu de paille, dit-il d'un ton plein d'ironie. Comme la vie.

Il tenait à la main un exemplaire corné de *Bruit de fond*, de Don DeLillo.

Le cadet prétendit alors avoir « lu » (les guillemets sont de lui) ce « phénomène », ou du moins, comme il le précisa avec un sourire sardonique :

— J'ai essayé de convaincre papa de l'acheter, pour mes fiches de lecture hebdomadaires. Avec ça, j'aurais tenu trois semaines ! Il n'a pas voulu. Mais je l'aurai à l'usure, vous en faites pas !

Il tenait sous le bras un exemplaire de *Comment devenir riche*.

6

L. Bass Hess intenta un procès à Donny Lugz pour obtenir une commission, au motif que son manuscrit n'aurait jamais attiré l'attention de Humpback House sans le temps et les efforts qu'il lui avait consacrés.

La réaction du juge Owen Oglethorpe en surprit plus d'un. Non content de débouter le plaignant, il l'admonesta en plein tribunal :

— Nom de Dieu, Hess ! Dans votre intérêt, j'espère ne plus jamais vous revoir.

7

Paul Giverney ne tenait plus en place quand Hannah entra et déposa un paquet de feuilles sur son bureau.

— C'est une griffure d'action des *Jardins chantés*, expliqua-t-elle. D'où le nouveau titre.

Puis elle sortit.

— C'est quoi, une… « griffure d'action » ? lança Paul à Molly.

Celle-ci venait d'apparaître sur le seuil, la taille ceinte d'un tablier.

— Hannah m'a demandé comment tu appelais ça quand ton récit partait dans une nouvelle direction.

Je lui ai répondu : « Une bifurcation. » Le dîner sera prêt dans cinq minutes.

Molly s'éloigna à son tour.

Paul prit la griffure d'action sur son bureau. Elle comprenait sept feuilles. La page de titre indiquait :

LA PIERRE DE FEU
par Hannah W. Collins

Premier roman à suspense avec des dragons

— Bien joué, championne ! murmura Paul avant de passer à la page suivante.

8

La Lumière des adieux n'eut pas les honneurs de la liste des meilleures ventes du *New York Times*. Néanmoins, le livre obtint d'excellentes critiques ainsi qu'un relatif succès.

Cindy Sella, qui n'en espérait pas autant, s'estima parfaitement heureuse. Toutefois, son roman lui procurait moins de satisfaction que le cochon nain qu'elle avait acheté à un vendeur à la sauvette, dans l'intention de lui assurer une existence heureuse dans une certaine ferme au nord de l'Etat de New York. Au bout de quelques jours, ne pouvant se résoudre à s'en séparer, elle l'avait baptisé Herman et lui avait appris à utiliser la litière du chat. Herman passait beaucoup de temps assis sur le canapé auprès de Gus, à observer les poissons-clowns (toujours anonymes) vautrés sur leur anémone rose.

Cindy se rend souvent au Clownfish Café afin de bavarder avec Frankie. Elle commande toujours les spaghettis qu'elle mangeait quand les deux tueurs en pardessus avaient fait irruption dans l'établissement et ouvert le feu sur l'aquarium.

Cindy n'a pas besoin de texter, tweeter ou prendre des photos.

Sa mémoire n'est jamais prise en défaut.

9

Candy envisage de présenter Oscar à un concours.

— Un *concours* ? Purée, on organise des concours pour les *poissons* ?!

— Il doit exister des concours d'endurance, ou un truc dans ce genre. Après ce qu'il a vécu, il aurait toutes ses chances.

Karl secoue la tête et tente de froisser les pages du *Publishers Weekly* en signe d'impatience.

— Ça se passe comment ? Les poissons se mettent sur la ligne de départ, on tire un coup de feu en l'air et on leur crie : « Partez ! » ?

— Tu te trouves malin, hein ? Tu crois avoir tout pigé aux poissons, pas vrai ?

Karl fait une nouvelle tentative pour froisser les pages de son magazine.

— Pas à tous les poissons, réplique-t-il. Juste à celui-ci.

Réfugié dans son petit palace aquatique, Oscar prend son mal en patience.

Composition et mise en pages
FACOMPO, LISIEUX

Imprimé en Allemagne par
GGP Media GmbH
à Pößneck
en décembre 2015

POCKET – 12, avenue d'Italie – 75627 Paris cedex 13

Dépôt légal : janvier 2016
S26388/01